SV

Marion Poschmann
Die Sonnenposition

Roman

Suhrkamp

Die Arbeit der Autorin am vorliegenden Buch wurde vom Deutschen Literaturfonds e.V. sowie vom Land Berlin gefördert.

Erste Auflage 2013
© Suhrkamp Verlag Berlin 2013
Druck: CPI – Ebner & Spiegel, Ulm
Printed in Germany
ISBN 978-3-518-42401-8

Die Sonnenposition

1 Prolog: Sol invictus

Die Sonne bröckelt. Wenn im Speisesaal Betrieb herrscht, versetzen die schweren Schritte alles in Schwingung, und von der Decke fällt Stuck. Aus der Sonnenmitte hängt das Kabel für den Kronleuchter, ein Modell aus DDR-Zeiten. Messingstäbe spreizen sich von einer Mittelachse, an den Enden verdecken Milchglastrichter die Glühbirnen bis auf die Kuppe, sie sind geformt wie kleine Füllhörner, die Strahlen aussenden, Sonnenimitate.

Die Stucksonne darüber ist nur noch halb vorhanden. Bei jeder Mahlzeit rieseln Gipsteile herab, einmal fiel ein Placken einem Patienten in die Suppe, seitdem hat man die Tische umgestellt, und der Platz in der Mitte ist frei. Nach jedem Essen liegen dort weiße Stückchen auf dem Linoleumboden, ein feiner Puder, manchmal größere Brocken, nach jedem Essen wird der Raum gewischt.

Formlose graue Putzlappen trocknen auf den Heizkörpern; ein verlöschendes, alles auslöschendes Grau, das jahrelang den Staub geschluckt hat, ihn beständig weitergeschluckt, nur in den Pausen schlapp und feucht über der Heizung hängt. Neben den ausgebreiteten Lappen erheben sich auf den weißlackierten Rippen metallene Pflanzenreliefs, altertümlich elegante Ranken, an denen sich Schwebstoffe ablagern, so daß ihnen der festsitzende Schmutz eine fast schon wieder edle Schattierung und Tiefe verleiht. Harte Akanthusgirlanden, schwer zu reinigen, es bedürfte eines Dienstmädchens, das täglich mit einem Federwedel zwischen die Rippen fährt, Flaumteile fliegen läßt, oder mit einer jener kunststoffborstigen Stangen stochert,

7

die aussehen wie vergrößerte Flaschenreiniger, in Neonfarben leuchtend, kirmeshaft, und in ihrer Sterilität vielleicht passender für eine Einrichtung wie die unsere.

Das Schloß ist unbedeutend und heruntergekommen. Kein königliches, ein gräfliches Anwesen, für 1 DM stand es eine Weile zum Verkauf. Als sich kein privater Investor fand, hat das Land hier eine Heil- und Pflegeanstalt eingerichtet. Notdürftig vorerst, mit der endlosen Verzögerung und plötzlichen Hektik bürokratischer Beschlüsse, sind wir hier eingezogen, in ein stark renovierungsbedürftiges Gebäude. Mit der Sanierung, die eine akribische Restaurierung sein wird, kann erst begonnen werden, wenn die Fördergelder bewilligt sind. Bis dahin besitzt die Anlage den Charme eines Spukschlosses, verwildert, eingesponnen, verwunschen. Wer von den Bewohnern aus dem Westen kommt wie ich, mag von der Romantik schwärmen, den filmreifen Kulissen, der sichtbaren Vergangenheit, welche bei uns ja nach Kräften bereinigt ist, zu glatt wiederhergestellt oder gänzlich getilgt wurde. Wer von den Bewohnern aus dem Westen kommt wie ich, hat sein Glück in der Umbruchsituation gemacht, denn in den neuen Bundesländern waren plötzlich Stellen frei.

Im Ostteil des Landes war es die Regel, die verfügbaren Schlösser, Herrenhäuser, Burgen, die gräflichen Jagdsitze zu Sanatorien, Nervenkliniken, Altenheimen und Gefängnissen umzunutzen. Auch im Westteil werden Barockpaläste und Klostergebäude von sogenannten Insassen bewohnt, weil es praktisch ist, weil man die Leute unterbringen muß, weil das Gebäude sonst leerstünde. Im Ostteil ist man nicht nur aus praktischen Erwägungen so verfahren, sondern aus Prinzip. Das Hohe sollte niedrig werden. Das Feudale proletarisch. Das Schöne banal, das Vornehme allgemein verfügbar.

Unser Schloß hat im Zweiten Weltkrieg als Lazarett gedient, dann als Unterkunft für Zwangsarbeiter, als Materiallager, als Chemielabor. Jetzt ist es Teil der Psychiatrischen Kliniken, die nach der Wende ausgeweitet wurden. Die Zahl der Fälle hat vorerst nicht zugenommen. Aber man gesteht den Leuten mehr Platz zu. Sie müssen nicht mehr zu zehnt im Schlafsaal nächtigen. Sie dürfen im Bewußtsein der übrigen Bevölkerung vorkommen. Man gesteht ihnen zu, daß es sie gibt.

Die Patienten sind im Nebengebäude, im ehemaligen Kavaliershaus, untergebracht. Dort sind die Fenster vergittert, die Ausstattung ist schlichter. Im Schloß befinden sich die Aufenthaltsräume und Behandlungszimmer, hier wohnen die Ärzte, und aus der ehemaligen Empfangshalle hat man eine Turnhalle gemacht.

Viele der Patienten pflegen nervtötende Gewohnheiten oder nehmen sie augenblicklich an, sobald sie hier einquartiert werden. Sie kratzen mit den Fingernägeln nach und nach den Lack von den Fensterrahmen, sie zerschaben das Linoleum, weil sie auf ihrem Stuhl, festgeklammert am Sitz, langsam und hartnäckig den ganzen Tag von einem Ende ihres Zimmers zum anderen reiten. Was der Zahn der Zeit in langen Jahren abnagt, schaffen sie in wenigen Monaten. Sie beschleunigen den Verfall, als hätte sich die Macht der Zeit in ihnen konzentriert, als besäßen sie mehrere Leben auf einmal, die miteinander um einen Ausweg aus dem engen Körper ringen, als bräche die Energie der Zerrüttung, die sonst kaum merklich ihr stetiges Werk verrichtet, immer wieder geballt aus ihnen heraus, unbeherrschbar, unsinnig, gegen die Norm.

Die Sonne scheint durch die staubigen Fenster in den Speisesaal. Die Falten in den Gesichtern gewinnen an Tiefe, sie graben sich grauschattige Furchen, die vorher nicht auffielen, als sei das Alter über Nacht eingekehrt und jetzt etwas, das sich unwiderruflich festgesetzt hat: eine Vergangenheit, aus den Körpern nicht mehr herauszukriegen. Unsere Arbeit ist es, mit dem umzugehen, was bei Sonne an den Tag kommt, das Unausweichliche, vor dem wir des Nachts in Träume, Wahngebilde fliehen. Die Patienten blinzeln, wenn ein Strahl sie trifft, sie kneifen die Augen zu, ducken sich weg. Unsere Aufgabe ist es, mit dem zu operieren, was der Alltag sonst wie eine Wolkenschicht gnädig verdeckt.

Die Sonne bringt das dickwandige weiße Geschirr zum Glänzen, und sofort zieht Herr P. sein Ärmelbündchen über den Handballen und beginnt, seine Tasse an den Stellen, wo Reflexe funkeln, abzuwischen.

Das stumpfe Klicken, mit dem sich die Tassen und Untertassen, der schneidende Sang, mit dem sich Bestecke und Teller berühren.

Heilen – wovon? Vom Aufgang und Untergang der Sonne, vom Licht, das morgens durch die östlichen Fenster auf die Tische fällt, seine unausweichliche Runde macht, abends von Westen kommt, fatalistisch, wachsam, unhintergehbar?

Es dreht einmal durch den Saal, beleuchtet die Sprelacart-Tische und die einfache Bestuhlung, die halbblinden Spiegel, die zwischen die Fenster montiert sind und dadurch verwirren, daß man beim Blick in ein und dieselbe Richtung zugleich aus dem Raum hinaus und auch in ihn hinein sieht: Stücke von ausgewucherten Buchsbaumhecken, ungepflegte Rasenflächen, verwilderte Eibenpyramiden. Stücke von Teewagen, mit benutztem Anstaltsgeschirr behäuft, die von schlaffen Armen vorübergeschoben werden.

Es beleuchtet die opulenten Ölgemälde, die vielleicht deshalb noch vorhanden sind, weil man auf ihnen kaum etwas erkennt: stark nachgedunkelte Blumen- und Obstbuketts, Kirschen mit eckigen Glanzlichtern, schwarz gewordener Wein und erlegte Pelztiere, die mit dem Fond verschmelzen.

Die Bilder zumindest scheinen stabil zu bleiben und geben auch uns ein Gefühl von Stabilität, als verändere sich nichts, als sei die Gegenwart bereits die Ewigkeit, und als gleite die Zeit wie ein dünner Wasserstrom säuselnd über die Körper, als sei die Zeit den Körpern ein Reinigungsritual, das ihren Zustand unversehrt bewahrt, ja auffrischt, und nicht etwas, das sie permanent durchdringt, sich in ihnen ablagert, sie deformiert, umformt und auflöst, den Kaninchenkörper, der an den Hinterläufen hängt, den runden funkelnden Leib der Orange zwischen den Gläsern, den Körper des Kochs, der mit neckischem Kopfneigen ein Tablett präsentiert, verdreht und gebeugt auf Würdigung wartet. Als sei solches Warten die vordringliche Maßnahme in einer Zeit, die den Körper bildet und ausformt, ein Warten auf die Zukunft, in der dieser Körper endlich seinen Platz einnehmen wird, ein Warten auf den schmalen, feuchten Ort, wo er zur Ruhe kommt.

Ich liege in meinem Bett im Bereitschaftszimmer. Der Kühlschrank im Korridor rattert, der Boden vibriert. Feine Zuckungen übertragen sich auf das Bettgestell, elektrisieren mich, halten mich wach wie eine Vollmondnacht. Meine Nachttischlampe mit dem Plastikschirm, der Leinwand nachahmt, habe ich angelassen. Mein klösterliches Bett mit seinem hohen, schnitzverzierten Kopfteil, den schweren Sprungfedern, dem Birnenfurnier knarrt, auch wenn ich mich nicht bewege. Eine schwarzlackierte Leiste rahmt es ein, als schliefe ich in meiner eigenen Todesanzeige.

Mein Fenster steht offen. Aus dem Nebengebäude schallt der Patientenfernseher durch den Park. Es herrscht die Tendenz, das schlechte Bild durch maximale Lautstärke auszugleichen. Auch ich verfüge über einen alten Schwarzweißfernseher, dessen Empfang nicht optimal ist. Er zeigt mehrere Programme gleichzeitig, ein vordergründiges, durch das Schatten, Silhouetten, Unschärfen huschen. Die hintergründigen, die manchmal deutlicher werden und den Rest unkenntlich machen. Oft schlagen die Patienten deswegen Lärm. Immer wieder wird der Zivildienstleistende aufs Dach geschickt, um die Antenne zu verstellen und das Bild zu regulieren. Die Verbesserungen sind minimal, aber die Patienten beruhigen sich für eine Weile, sie haben das Gefühl, daß man sich für sie einsetzt, sich um sie bemüht, daß etwas geschieht.

Die Nächte unterscheiden sich durch die Träume. Die Tage sind gleich.

Nichts hat sich verändert, schon ist wieder Nacht. Ich ziehe mir die Schuhe an und hänge mir den Arztkittel über den Schlafanzug.

Ich durchquere den Speisesaal auf leisen Sohlen. Auch nachts, wenn niemand da ist, riecht es noch nach verschwitzten Trainingsjacken. Die Insassen tragen viel Sportkleidung, als handele es sich hier um ein Ferienlager, womöglich ein Trainingslager. Sie tragen bequeme Kleidung, die den Körper nicht einengt, wohl weil der Körper in diesen Mauern eingeengt genug ist, er wird betreut, beschützt, kontrolliert, er stößt an die Grenzen eines geregelten Ablaufs, den andere festlegen.

Neben dem Speisesaal liegt das Billardzimmer. Ehemals das Ankleidezimmer der Gräfin, hängt hier jetzt eine Garderobe aus dünnen Metallstangen an der Wand, Haken und Hutablage in funktionaler Schlichtheit, niemand hat sie jemals benutzt. Das Billardzimmer ist unbeliebt, hierhin zieht der Hauch der Sanitäranlagen, die seit Jahrzehnten nicht erneuert worden sind, deren Kabinen sich nicht abschließen lassen, in deren Rohren die Gerüche der vergangenen Jahre gespeichert scheinen. Die Sanitäranlagen werden weiterhin benutzt, das Billardzimmer meidet man. Nur der Zivildienstleistende kommt gelegentlich hierher, stößt eine Billardkugel über das Tuch, setzt sich auf den Stuhl neben der Yuccapalme, um der Gesellschaft der Patienten für eine Weile zu entfliehen.

Die allgemeinen Räume gehen ineinander über, sie sind allesamt Durchgangszimmer, die man in einem Kreis durchschreiten kann. Ich betrete das Billardzimmer und verlasse es, ich erreiche die Bibliothek, drei karge Regale in einem Saal. Blanke Fangarme wehen über meinem Kopf. Der Kronleuchter hängt hier nicht in der Mitte des Zimmers unter der Stuckrosette, sondern ein Stück versetzt, so daß er die Leseecke ausleuchtet. Aus dem Rosettenherz führt ein Kabel an der Decke entlang und senkt die Lampe mit ihren geschliffenen Glastropfen wie eine leuchtende Kronenqualle in den Raum, eine Qualle, deren harte Glastentakel mit einem schütteren Klirren aneinanderstoßen, wenn jemand die Tür aufreißt. Es ist ein einfacher Luftzug, der den spätbarocken Lüster bewegt, aber mir kommt es vor wie ein Beben, die stumme Erregung, die jeder menschliche Körper für gewöhnlich in sich selbst verschließt und die die Gegenstände an diesem Ort aufnehmen, als herrsche hier Sturm.

Nachts stehe ich mindestens einmal auf und geistere durch die verlassenen Säle. Ich schalte die Lampen an und aus, ich setze die Füße vorsichtig auf, um kein Geräusch zu verursachen. Eine peinigende Unruhe treibt mich um. Als müsse ich der Versehrtheit nachgehen, die sich in diesen Räumen hält. Eine Versehrtheit, die ich nicht fassen kann, die zu fassen ich aber, seit ich hier bin, für meine Aufgabe halte.

Der Kristallüster in der Bibliothek ist eines der wenigen beweglichen Inventarstücke, die die Kriege, Besatzungen, Plünderungen, Ausverkäufe unbeschadet überstanden haben. Die Vasensammlung ist erst später hierhin umgelagert und vergessen worden. Die schloßeigenen wertvollen Möbelstücke, Polsterstühle, Rokoko-Anrichten, Marmortischchen, Intarsienschränke befinden sich in Rußland. Ich imaginiere allnächtlich die fehlenden Teile, es fühlt sich fade und falsch an, es entwertet die Dinge, die da sind.

Ich mache die Runde, ich kehre in mein Zimmer zurück, hänge den Kittel an den Haken auf dem Türblatt, stelle die Schuhe unters Bett, lege mich wieder hin.

Bei meinem Einzug saßen große Kreuzspinnen zwischen den Doppelfenstern meines Zimmers. Ihre Radnetze spannten sich zwischen den Rahmen, sie waren von berückender Schönheit, von einem filigranen Gleichmaß wie das hauchdünne Porzellan im chinesischen Kabinett. Ich wagte nicht, mich zu rühren, ich stand, meinen Koffer noch an der Hand, versteinert in der Tür, während die Pflegerin, die mich begleitete, energisch vortrat, die Fenster umstandslos öffnete, eine Spinne nach der anderen in ihre hohlen Hände nahm und behutsam nach draußen warf. Manche von ihnen liefen in Panik von der Fensterbank in den Raum; die Pflegerin fing sie ein. Sie fegte mit einem Handfeger die Netze weg, fast tat es mir leid um die Arbeit der Tiere. Inzwischen haben sie ihr Werk erneuert, nicht ganz so umfangreich wie zu Beginn, so daß ich das eine Fenster öffnen kann. Im anderen beobachte ich sie. Sie arbeiten nachts.

Beständig hängt hier ein Pilzgeruch in der Luft; man hat es bisher vermieden, die Tapeten abzureißen, um zu kontrollieren, ob sich dahinter Schimmel gebildet hat. Man kann sie nicht einfach ersetzen, man müßte sie abnehmen und restaurieren. Der pilzige Geruch verwandelt sich im Mund in einen modrigen Geschmack. Und es scheint, als zerfalle das Schloß in meiner Mundhöhle, als zerfalle es, je mehr ich davon spreche, immer weiter, rieselnder Putz, Sonnentrümmer, Gipspulver. Ich knirsche nachts mit den Zähnen. Ich schlafe schlecht.

Draußen geht die Sonne auf und unter. Im Schloß verfallen die Kränze und Kreise. Die Stuckrosetten schwinden, das Dekkengemälde Aurora verrottet, in die strahlig angelegten Achsen im Park frißt sich Gras. Draußen geht die Sonne auf und unter, während all unsere Nachahmungen nicht von Dauer sind. Gescheiterte Sonnen, untergegangene Sonnen – überall im Schloß sammeln sich die irdischen Reste, verdüsterte Sonnen aus grau gefaßtem Lindenholz über den Eingängen zum Speisesaal, Türklinken, die einmal vergoldet waren und jetzt ermattet sind, abgegriffene Sonnen, blind gewordene Sonnen, vor allem aber die angelaufenen Sonnenkopien in der muffigen Anstaltskapelle, sie umgeben die Kanzel und sind fast schwarz von dem Ruß in der Luft, dem feuchten Atem, der sich als düstere menschliche Schicht über den Glanz legt, das Feuer dämpft, es soweit verdunkelt, daß man sehenden Auges hineinblicken kann, ohne also Schaden zu nehmen, aber wohl auch, ohne entzündet zu sein.

Sonnenschiffe, Sonnenbrocken, Barocksonnen. Ihre gefilterten Strahlen um den Altar, ihre Schattenstrahlen, die aus imaginären Wolken brechen; den Staub, der gemeinhin in ihnen tanzt, haben sie auf ihre Oberfläche gezogen und sich mit ihm bedeckt: eine weiche graue Bemäntelung, um sich dem Irdischen soweit wie möglich anzugleichen.

Draußen geht die Sonne auf und unter. Wo ist draußen, frage ich mich, wenn ich nach dem Dienst müde das Gelände verlasse. Am Giebel des Torhauses bewacht ein steinernes Auge Gottes in seinem Dreieck meine Ein- und Ausfahrten.

Oft weiß ich selbst nicht, ob ich mich als Arzt oder als Patient hier aufhalte. (So geht es allen hier, nehme ich an.) Die Unterschiede verwischen, wenn man feststellen muß, daß nur der Status, den man einnimmt, die Macht, über die man verfügt, das Bild einer gefestigten Persönlichkeit hervorbringt, und daß es einer rätselhaften Vorsehung zu verdanken ist, daß ich den weißen Kittel trage und die anderen nicht.

Ich erzähle von der Sonnenwarte aus. Allsehendes Auge des Arztes.

Eine Position der Ferne, des generellen Überblicks. Ich behellige die Dinge mit meiner gleichmäßigen Aufmerksamkeit. Und doch entgeht mir mindestens die Hälfte, die Nachtseite, die Stellen, auf die der Schatten fällt. Das Interessante dabei ist die Hälfte, die im Dunklen bleibt. Die Sonne bescheint nur die Oberfläche. Und was sie sieht, ist nicht unbedingt das Entscheidende. Nicht das, worauf es ankommt. Nicht das, was eine Geschichte vorantreibt: daß sich die Körper vermischen, daß Intimität stattfindet, Auslöschung, Liebe und Haß.

Ein sonnenhafter Erzähler, rundlich gebaut, sonnigen Gemüts, der sich erlaubt, sich gegebenenfalls auch künstlicher Beleuchtung zu bedienen, mit Straßenlaternen zu operieren, Taschenlampen, Scheinwerfern, der Durchleuchtung anstrebt und doch achtgeben muß, daß ihm das Objekt seines Interesses dabei nicht abhanden kommt.

Wer des Nachts in ein Gebüsch leuchtet, scheucht Tiere auf und spielt ihnen Tag vor, er wird sie nie schlafend erwischen. Schatten läßt sich nur ableiten. Schatten ist da, wohin mein Blick nicht fällt. Dennoch weiß ich um ihn, denn das Licht entsteht aus der Finsternis.

I Furor

2 Pompes funèbres

Der schwarze Lack spiegelte stark, warf das Licht zurück und
blendete mich. Die Sonne brannte an diesem Morgen wie auf
einem Mafiabegräbnis, auf dem Parkplatz schimmerten teure
dunkle Wagen wie hohe Wellen, ich setzte meinen roten Opel
hinzu und schritt über den Schotterboden zum Friedhofstor,
gehemmt, gebremst, mit schweren Beinen wie unter Wasser,
mit den Armen ein prekäres Gleichgewicht errudernd, Gang
über Meeresgrund.

Odilo war tot.

Ein ähnlicher schwarzer Wagen war über ihm zusammen-
geschlagen, hatte sich mit ihm eingerollt und ihn mitgerissen
in die Nacht, über die Leitplanke, einen Hang hinab. Er war
angeschnallt, der Airbag hatte funktioniert, aber ab einem bestimmten Maß der Gewalteinwirkung sind die Sicherheitsein-
richtungen im Innern eines Gefährtes nur noch kosmetisch. Er
war nüchtern, oder jedenfalls hatte er keinen Alkohol getrun-
ken. Er fuhr schnell, es gab keine Geschwindigkeitsbegrenzung
auf dieser Strecke, die er hätte unzulässigerweise überschreiten
können. Es war eine dunkle Nacht, mondlos, Schichtwolken.
Er fuhr ohne Licht.

Diese Tatsache hatte mir seine Mutter am Telefon mitgeteilt.
Sie berichtete die Fakten, sie wirkte gefaßt.

Jetzt stand sie am Friedhofstor, ihre Augen glitten unstet
hinter den dünnen Schleiern, die von ihrem Hut fielen und
jeden fremden Blick vor ihrem Gesicht zerstreuten, in oszillie-
rende Muster auflösten, vernichteten.

Sie gab mir die Hand, eine schmale kühle Hand, besteckt

mit mehreren klobigen Ringen, ich bemühte mich, sie nur sanft zu drücken.

Frau Leonberger. Es tut mir sehr leid.

Altfried.

Ihre Stimme klang freundlich wie immer, sachlich, wie sie auch am Telefon geklungen hatte, verbindlich, als sei ich tatsächlich ein Freund der Familie und nicht nur eine hartnäckige Laune ihres Sohnes, ein nicht ganz standesgemäßer Kumpel, mit dem er sich von seinem sonstigen Leben zu entspannen pflegte.

Altfried. Noch einmal von ihren Lippen, die in grellem Rot geschminkt waren, Signalrot, wie eine Warnung, in ihre Nähe zu kommen, ein Abstandhalter, der zu ihrem alltäglichen Erscheinungsbild gehörte, an diesem Tag aber leicht hysterisch wirkte, als sei die Lippenfarbe clownesk verschmiert, aber sie war nicht im geringsten verschmiert, vergewisserte ich mich, sie war wie sie sein sollte, wie alles an dieser Frau, sie war exakt.

Altfried. Beschwörend, beruhigend, beschwichtigend.

Ich weiß, daß mein Name tröstet. Ich bin benannt nach dem heiligen Altfried, Bischof von Hildesheim. Altfried, mit langem katholischen Dehnungs-E, das sich absetzt von der nordischen, heidnischen, altdeutsch-germanischen Schreibweise Altfrid, die eine Zeitlang wieder beliebter war, weil sie reckenhafter klang, kämpferischer, während in meinem Namen der Friede das entscheidende Element bildet, etwas harmlos, etwas bieder, aber seltsam tröstlich, was ich oft daran merke, daß meine Patienten dem Klang dieses Namens vertrauen und ihn manchmal mantraartig vor sich hinsprechen, obwohl es mein Vorname ist und wir uns in der Klinik mit den Patienten nicht duzen. Die Patienten sind meist darauf aus, dem Therapeuten nahezukommen, alle Grenzen, die sie überschreiten können, überschreiten sie, und die Kenntnis meines Vornamens, das Aussprechen meines Vornamens, einfach so, sinnierend, wie um ihn sich besser einzuprägen, ist eine Strategie der Machtergreifung, der Selbsterhöhung, ein typisches magisches Ritual.

Frau Eleonore Leonberger hat mich stets beim Vornamen genannt. Ich war zwar schon volljährig, als ich Odilos Bekanntschaft machte, aber in ihren Augen noch ein Kind, etwas unbeholfen, zu dick, aus einfacheren Verhältnissen, was sie meinen Manieren, meiner Kleidung, meiner Ausdrucksweise anmerkte und was mir erst in ihrer Gegenwart zum ersten Mal bewußt geworden war. Mein Vorname aus ihrem Munde war wohl eine noble Geste, eine familiäre Zuvorkommenheit, die mich eingemeinden sollte, dennoch empfand ich es als unpassend, weit mehr als bei meinen Patienten, und in ihrem Fall wäre es mir lieber gewesen, sie hätte Herr Janich zu mir gesagt.

Ihre Lippen verzogen sich jetzt zu einem Lächeln, ihre Augen konnte ich nicht sehen, sie wies mir den Weg zur Kapelle und begrüßte weitere Trauergäste, die mit dünnen Sohlen den Kies zum Knirschen brachten und feinen weißen Staub aufwirbelten.

Mir schien, ich hatte während des gesamten Begräbnisses diesen hellen Staub vor Augen. Steinstaub, von schweren Schritten, vom strengen Wind hochgewirbelt, ich mußte unablässig blinzeln, um nichts in die Augen zu bekommen, und doch oder gerade deswegen tränten sie, ich sah alles verschwommen, dabei hatte ich mir vorgenommen, mich zu konfrontieren, mir den Tod genau anzusehen.

Ein Märzmorgen, der warm zu werden versprach, die Sonne stach schon, stach um so mehr, als noch kein grünes Blatt vorhanden war, sie abzuschirmen. Den Weg zur Kapelle säumte eine Rotdornallee. Die Knospen schwollen, in der Luft hingen bereits Blütendüfte, auch wenn man keine Blüten sah, auf dem Kiesweg zeichneten sich die scharfen Schatten kahler Äste ab, harkten wippend, wenn ein Windstoß kam.

Von den Gräbern war die Winterdekoration bereits entfernt worden, in den Behältern für Pflanzenabfälle häuften sich Fichtenzweige und lädierte Gestecke mit hartem weißen Islandmoos, aus denen rote Schleifen hervorblinkten. Auf den frisch geharkten Gevierten stachen Primeln ins Auge, fast schmerzte es, diese Frühblüher zu sehen in ihren Plakatfarben, feuerrot, dottergelb, passionsviolett, die unbeweglich blanken Tulpen in flaschengrünen Steckvasen, die künstlich anmutenden Narzissenbündel, in denen an Holzstäbchen bunte Plastikeier steckten.

Im älteren Teil des Friedhofs war aus den Grabfeldern ein Wald gewachsen. Verwitterte Steintafeln hingen schief im Boden und drohten umzustürzen, wurden von abgebrochenen, bemoosten Ästen in ihrer Schieflage gehalten, an rostigen Gittern bröckelten die stilisierten Lilien, die eisernen Mohnkapseln, die Ranken und Rosenblüten unter dem feinen Flechtenschimmer, der aufgeklebt aussah, wie der Rasenstaub einer Modelleisenbahn. Auf dem Waldboden der Hauch von ungezählten Sibirischen Blausternen, ein himmlisches Blau, das einlud, dort zu lagern, sich mit einer Picknickdecke hinzubetten, das mich, bevor ich die Kapelle betrat, für einen Moment erfreute.

Die klamme Kühle saugte mich ein, der Geruch brennender Kerzen, die schwüle Süße der Lilienblüten. Vor dem Sarg bordeten die Blumenkränze über, in vornehmem Weiß gehalten, als habe man sich abgesprochen. In den Bänken saßen einzelne Trauergäste, die noch ein Gebinde auf dem Schoß hielten, es in raschelndem Blumenpapier verborgen hielten, auf den passenden Zeitpunkt der Übergabe wartend, sich mit beiden Händen am leichten Knitterpapier, seiner Luftigkeit festhaltend.

Ich stellte mich hinter der letzten Bank auf, die Hände gefaltet, ohne Blumenstrauß. Ich war kein naher Verwandter des Verstorbenen. Meine Trauer hielt sich in vernünftigen Grenzen, ich hatte Odilo in den letzten Jahren seltener gesehen, in meinem Alltag spielte er keine Rolle, und sein Hinscheiden würde in meinem Leben kaum eine Veränderung bringen. Dennoch ist das Faktum des Todes ein gemahnendes: an die eigenen Versäumnisse, mögliche Lieblosigkeiten, die ganz persönliche Hinfälligkeit.

Natürlich wäre es nötig gewesen, mich mehr um ihn zu kümmern. – Ein Satz, den ich innerlich testete, den mir meine Erziehung wie automatisch eingegeben hatte, den ich auf alle ähnlichen Fälle hätte anwenden können, auf Odilo nicht. Man kümmerte sich nicht um ihn. Man widmete ihm Aufmerksamkeit, eine ganze Menge sogar, aber er wußte es stets so einzurichten, daß der andere von ihm abzuhängen schien, seiner Gegenwart bedürftiger schien als umgekehrt. Er hat mir immer das Gefühl gegeben, daß seine Anwesenheit in meinem Leben eine Gnade war, und ich glaube, zu meiner Beerdigung wäre er nicht gekommen.

Als die Musik einsetzte, senkte ich den Kopf. Durch Musik bin ich leicht zu erschüttern. Gegen Musik errichte ich keinen inneren Schutzwall, noch die trivialste Untermalung eines Werbespots erreicht mich, jeden Country-Song summe ich mit, mein fülliger Leib zuckt allen Beats nach, selbst wenn ich mich in der Öffentlichkeit bemühe, nicht rhythmisch mit dem Kinn zu nicken. Frau Leonberger hatte ein Streichquartett engagiert, es spielte einen getragenen Satz von Schostakowitsch, eine demonstrative, düstere, leidende Musik, die in der Kapelle erst zu leise, dann zu laut war, laut gegen die Wände schwappte, an denen auf weißen Fackelattrappen elektrische Kerzen brannten, ewige Elektroflammen, die nicht einmal flackerten, wie man es von italienischen Inszenierungen kennt, von jeder Krippenbeleuchtung, nein, diese Flammen standen starr, wie Frau Leonberger starr stand, die in der ersten Reihe ihren Platz gefunden hatte, wie alles starr stand, da man jetzt die Türen schloß.

Ein Redner trat an den Ambo, ich hörte ihm nicht zu.

Schwarzlackierte Autos, schwarzlackierte Schuhe, schwarzlackierter Sarg. Frau Leonberger hatte auch mich gebeten, eine Rede zu halten. Rückblick, nannte sie das, Lebensrückblick, ich als sein guter Freund, zudem Psychiater, wisse doch sicher manches, was der Familie entgehe, eine tiefgründige Analyse und Würdigung erhoffte sie sich, und ich hatte nicht die Kraft, das Ansinnen abzuschlagen, aber dann saß ich nächtelang vor dem weißen Blatt und fand keinen Anfang, überhaupt keinen Ansatz, ich wußte nichts über Odilo, gar nichts, und es lag mir nicht, die glänzende Fassade, an der er sein Leben lang gearbeitet hatte, diese Fassade, die sein Leben war, nun meinerseits noch einmal nachzuarbeiten. Am Telefon deutete Frau Leonberger meine Verwirrung, meine Beklemmung, den nur mühsam unterdrückten Ärger als von Trauer überwältigt und meine belegte Stimme als tränenerstickt, und sie sah sich gezwungen, meine Verweigerung zu akzeptieren, ja mir in besonderer Weise Mut zuzusprechen für meinen weiteren Lebensweg, der ohne ihren Sohn nur ein unbedeutender, farbloser, verzweifelter sein konnte.

Erfolgreich abgeschlossen, schmetterte der Redner, hochgebildet, brillierte in, Eleonore Leonberger hatte ihn gut instruiert.

Auf den schwarzen Autos, den Lackschuhen, dem Sarg lag diese blendende Schicht, diese irritierende Spiegelung, ein Lichtermeer, ein Abglanz, etwas Helles, Grelles, das ich nicht ansehen konnte, ohne daß mir die Augen tränten.

Odilo Leonberger, geboren, gestorben, promoviert, Biologe, aussichtsreiche Karriere, ledig, mutmaßlich kinderlos.

Ein paar Urkunden, ein paar Vortragstexte, ein paar bahnbrechende Forschungsergebnisse. Von seinem Leben war nichts übriggeblieben.

Noch einmal ergriffen die Streicher ihre Instrumente, das

Publikum ballte die Faust ums Papiertaschentuch, ich war derjenige, der sich bereits nach den ersten Tönen hemmungslos schneuzte.

Heulen und Zähneklappern um den Sarg, während seine polierte Oberfläche wie undurchdringlich lächelte, ein körperloses Lächeln, das den unansehnlichen Körper im Innern ersetzte oder verschleierte, der Schmelz lenkte von ihm ab, er war verführerisch, beweglich, ließ sich nicht fixieren, er lockte und blendete, eine sinnlose Korona um den unsichtbaren Schmerzensmann oder vielmehr seine zerquetschten Reste, die man mit einem Schneidbrenner aus dem Blech hatte trennen müssen und niemandem mehr zeigte. Ich habe diesen Körper also nicht mehr gesehen, einmal kurz habe ich versucht, ihn mir vorzustellen, um das Bild dann rigoros zu verdrängen – als sei all der psychische Druck, der auf Odilo sein Leben lang gelastet hat, ins Physische umgeschlagen, und als habe sich daran wieder gezeigt, daß das Fleisch schwächer ist als der Geist, konnte sein Körper dem, was die sogenannte Seele über Jahre hinweg ohne merklichen Schaden ertragen hatte, in keiner Weise standhalten.

Ich hatte meine schwarzen Lacklederschuhe am Vorabend besonders gründlich geputzt. Es sind meine Beerdigungsschuhe. Normalerweise trage ich Braun, Schwarz steht mir nicht, es nimmt mir den Schwung. Während der Redner sprach, blickte ich andächtig auf meine Schuhe. Es störte mich, daß sie vom Staub des Kieswegs überpudert waren, fast kam es mir vor, als mache dieser Staub die ganze Feierlichkeit zunichte. Ich stellte versuchsweise einen Fuß auf die gepolsterte Kniebank, brachte es aber nicht über mich, mich vorzubeugen und den Schuh mit meinem Taschentuch abzuwischen. Ich würde keuchen müssen bei dieser Operation, ich würde mit rotem Gesicht von der Kniebank auftauchen, es lag mir nichts daran, den Nebenstehenden ein pietätloses Schauspiel zu bieten, daher hob ich den Fuß verstohlen an die Wade und wischte das Schuhleder an meiner Anzughose ab.

Die schwarzglänzenden Gegenstände dieses Vormittags, der gewölbte Spann der Schuhe, die Kühlerhauben und Kotflügel, der geschwungene Deckel des sogenannten letzten Gefährts schoben sich übereinander und rundeten sich. Schwarze Kugelform, Reichsapfel, Weltkugel, barocke Gottesform, die einzige Form, die man dem an sich Formlosen grundsätzlich zugestand, in der man sich die Engel dachte, sphärisch, harmonisch, in sich selbst zurückführend, autonom; schwarze Sonne, die kein Licht ausstrahlte, die das Licht vielmehr in sich zurücknahm, in die auch Odilo sich jetzt zurückgezogen hatte, unangreifbar, perfekt. Selbst in seinem Tod schien er es so einzurichten, daß man ihn beneidete.

Die Trauergäste wie in einem Spiegelkabinett: peinlich verzerrt, gestreckt und gestaucht, Figuren in einer Blase, mit übermäßigen Bäuchen, langen Hälsen, die Rundungen in Regenbogenstreifen schillernd, Menschen in Anzügen und Kostümen durch einen Wassertropfen gesehen, ich konnte niemanden von ihnen erkennen.

Meine Schwester sah ich erst am Ausgang. Sie wartete auf mich, etwa dort, wo zu Beginn Odilos Mutter gestanden hatte.

Ich möge sie mitnehmen, verlangte sie, zu meinem Erstaunen in einem Ton, als habe sie alles Recht der Welt, in diesem Moment Forderungen zu stellen, als sei sie von uns beiden die Hauptleidtragende und nicht ich. Mein Erstaunen über ihren fordernden Ton verdeckte zunächst mein Erstaunen darüber, sie überhaupt hier anzutreffen. Erst als wir im Auto saßen, begann ich mich darüber zu wundern, daß sie der Beerdigung meines Freundes beigewohnt hatte. Daß ich sie während der gesamten Zeremonie nicht bemerkt hatte. Daß sie mich offenbar durchaus bemerkt und mich am Ende abgepaßt, aber während der Bestattung meine Nähe nicht gesucht hatte. Um mich in meiner Trauer nicht zu stören? Üblicherweise hielt man seinem Bruder, wenn man schon da war, bei solchen Gelegenheiten die Hand.

Mila neben mir auf dem Beifahrersitz krallte die Finger um den Sicherheitsgurt an ihrer Schulter. Dabei traten ihre Knöchel weiß hervor, sie strangulierte den Gurt. Kurz vor der Kreuzung, an der sie sich entscheiden mußte, ob ich sie zum Bahnhof oder zu unseren Eltern bringen sollte, hob ich fragend die Brauen.

Fahr mich nach Hause, sagte sie.

Mila lebte in Berlin, wir allerdings befanden uns in einem Vorort von Köln.

Etwas in ihrem Ton hinderte mich, auch nur eine Frage zu stellen. Mila war die Jüngere von uns beiden, sie hat meine Rolle als älterer Bruder, klüger, erfahrener, niemals in Frage gestellt, im Gegenteil hat sie mich bewundert, obwohl ich nicht hübsch war wie sie, nicht sportlich, nicht im jugendlichen Sinne imposant. Ich war dicklich, vorlaut, ein Eigenbrötler, sie aber hat meine Schwächen nicht gegen mich verwendet, und sie hat es nie für sich ausgenutzt, daß ich sie vergötterte.

Ich fuhr Richtung Autobahn, ich stellte keine Frage, ich rief die Eltern nicht an, mit denen ich den Abend hatte verbringen wollen, ich rechnete mir selbstbetrügerisch aus, daß ich nachts gegen eins zurück sein konnte.

Wir hatten die Trauerfeier als erste verlassen. Wir waren im Pulk der Gäste zum Tor geschwemmt worden, dort hatten wir uns abgesetzt, ich für meinen Teil, ohne mich zu verabschieden, was mir unangenehm war, da Frau Leonberger auf Etikette Wert legte, während die anderen sich auf die schwarzen Wagen verteilten und zu einem nahegelegenen Restaurant fuhren, in das auch ich eingeladen worden war, um dort ein Menü zu mir zu nehmen, das ich später erlesen hätte nennen können, wenn ich Lust gehabt hätte, meiner Chefin von meinem Wochenende zu berichten.

3 Tapeten eines Lebens

Wer von einer Beerdigung kommt, sieht überall Särge. Wir fuhren durch das erzbischöfliche Köln. Durch das römische Köln, durch das kölsche Köln. Im Innenstadtbereich wurden Kisten umherkutschiert. Ich überholte einen Schrank, der auf offener Ladefläche fuhr. Neben uns an der Ampel hielt ein Transporter mit polnischer Aufschrift, durchgestrichene Ls, zungenbrecherische CZs, für mich keinerlei Hinweis, worin die Ladung bestand. Rostige Waggons eines Güterzugs glitten über den Rhein. Hartnäckig verschlossene Kisten bewegten sich im Straßennetz, Kisten, die sich zu Ketten aneinanderreihten, die sich in langen Prozessionen voranbewegten, sich über die Fahrspuren schlängelten, abrissen und sich neu verbanden.

Schon am Mittag überfüllte Abfallkörbe, ein Stapel Pappkartons vor einer Altpapiertonne, ein Koffer, aus dem Kleidung quoll. Verworfene Geschenke, verschnürte Fetische, Reliquien in ihren Behältern. Mieter hockten in ihren Raumkapseln, Flaschen fielen in Glascontainer, Postsendungen in Briefkästen, minimalistische Verstecke.

Auch wir fuhren in einer solchen beklemmenden Kiste, von der wir uns Halt versprachen und Sicherheit.

Ich war in eigenartiger Verfassung, ich wollte auf keinen Fall, daß Mila es bemerkte, die wohl ebenfalls in eigenartiger Verfassung war, sie sprach nicht, sie starrte geradeaus, Kistenträume. Odilo war mein erster Toter, nicht der erste Verstorbene, den ich gekannt hatte, aber der erste Verstorbene in meinem Alter, erst jetzt, sagte ich mir, war in meinem Leben ein Einschnitt gemacht, der erste Tote aus meiner Generation, es mußte mich daher betreffen, mir Mahnung sein oder Stimulans. Natürlich kam mir mein Leben verfehlt vor, so gehörte es sich nach einer Beerdigung, Rückschau und Buße, natürlich fühlte ich mich verdammt dazu, ein enttäuschender Inhalt in einer enttäuschenden Verpackung zu sein.

Ich hatte mein Leben damit verbracht, in Kisten zu sitzen, lebendig begraben in schön ausgekleideten Kisten, den Blick auf Tapeten gerichtet. Ich habe Tapeten angestarrt, auch rohe Wände, aber meistens Tapeten, ich habe mich auf die Wandverkleidungen konzentriert, als könnte ich so besser erfassen, was sich zwischen diesen Wänden ereignete.

Rauhfasertapete
Klinisch weiß, nahm sie das Leben in der Klinik vorweg. Ich bewohnte ein 12-qm-Zimmer in einem Studentenwohnheim, das an einen Friedhof mit altem Baumbestand grenzte und immer im Schatten blieb. Mein Zimmer war im Erdgeschoß gelegen, und ich blickte, wenn ich von den Büchern aufsah, auf einen Rhododendronbusch, der das wenige Tageslicht, welches die Bäume noch durchließen, schluckte.

Das Weiß der Tapete setzte dem wenig entgegen. Es war angegraut von den Ausdünstungen disziplinierter Medizinstudenten, viele von ihnen aus China oder dem Iran, die keine Zeit verschwendeten, die keine Freizeit kannten. Der Reiskocher in der Gemeinschaftsküche. Die Dusche auf dem Flur. Ich wusch mich am Waschbecken in meinem Zimmer. Vor diesem Waschbecken erlernte ich den Gebrauch des Waschlappens, den ich seit Kindheitstagen nicht mehr benutzt hatte, neu, ich lernte den Waschlappen zu schätzen, er machte mich unabhängig. Ich hatte es nicht nötig, im Bademantel über den Flur zu laufen, zufälligen Blicken ausgesetzt, ich kam nicht in die Verlegenheit, fremde Haare in den Abfluß brausen zu müssen. Ich fuhr am Wochenende zu unseren Eltern, um zu duschen, ich saß mit ihnen auf der Terrasse und aß Kirschkuchen, während die Waschmaschine im Keller meine Wäsche schleuderte, ich brachte ausgelesene Bücher mit und lagerte sie in meinem Jugendzimmer, ich nahm jede Woche ein Glas selbstgekochte Marmelade mit zurück.

Die Rauhfasertapete war durchstochen. Sie trug unzählige Stecknadelspuren von Vorgängern, die sich ihre Klause mit Kalendern und Kunstdrucken geschmückt hatten. Ich hängte nichts auf, mich elektrisierte vielmehr die Kargheit, ich konzentrierte mich auf die Erhebungen der Tapete, schiefe Perlen, über die ich die Finger gedankenverloren gleiten ließ, Noppen, die Körperkontakt erforderten, die mich zu unwillkürlichen Kerbungen mit dem Fingernagel verleiteten, ich stellte Kerbtiere aus Perlen her, Käfer, die massenhaft auf den Wänden wimmelten, wahnhafte Käfer, mit denen ich mich professionell zu befassen begann.

Ich als der Ältere habe die Nachkriegssparsamkeit unserer Eltern geerbt. Meine Schwester ist davon schon nicht mehr betroffen, sie hat zu Geld ein vernünftiges Verhältnis, sie gibt es aus, ohne dabei zu übertreiben. Ich hingegen drehe auch heute noch jede Münze dreimal um, obwohl dies in Anbetracht meines Gehalts nicht erforderlich ist und obwohl mir klar ist, daß dieser Automatismus vor allem bei geringfügigen Summen einsetzt, während ich größere Beträge wesentlich lässiger behandele, als verlöre ich dort den Überblick, als sei in solchen Dimensionen jede Realität überschritten und bräuchte nicht mehr berücksichtigt zu werden, als sei mir in Geldangelegenheiten ab einem gewissen Punkt plötzlich alles egal.

Damals allerdings verfügte ich über wenig Geld und schränkte mich ein. Ich frühstückte in Wasser gekochte Haferflocken mit einer Prise Salz und einem Löffel Zucker. Ich nannte diese Speise großspurig Porridge. Abends bereitete ich mir in der Gemeinschaftsküche Spaghetti mit einer Sauce aus

Zwiebeln und Tomatenmark zu, Spaghetti al pomodoro e cipolla, ein klassisches Gericht, mit dem ich die reiskochenden Flurnachbarn allabendlich beeindruckte. Ich benutzte Teebeutel mehrmals hintereinander, bis sich die Flüssigkeit nicht mehr nennenswert färbte, ich verlängerte Mineralwasser mit Leitungswasser. Ich darbte nicht, im Gegenteil, ich nahm zu.

Bereits im ersten Semester hatte sich mein Verhältnis zu meiner Finanzsituation in eine Art sportlichen Ehrgeiz verwandelt, der sich darauf belief, die Ressourcen optimal zu nutzen. Die Heizkosten waren in der Zimmermiete inbegriffen, daher war ich nie gezwungen, mit Schal und Handschuhen am Schreibtisch zu sitzen, wie ich es von Kommilitonen hörte, die sich andernorts eingemietet hatten. Ich sparte nicht an Büchern, ich sparte in unserer Stadt allerdings an öffentlichen Verkehrsmitteln und fuhr bei jedem Wetter mit dem Rad. In der Kölner Bucht regnete es oft.

Diese Lebensweise behielt ich bei, als ich ein Begabtenstipendium der Studienstiftung erhielt. Ich führte mein bescheidenes Leben weiter und kaufte mir einen Kleinwagen. Ich begann, Erlkönige zu jagen.

Historische Makulaturtapete

Es waren die Jahre, in denen ich, einem äußerst gedrängten Stundenplan folgend, auf meinem Weg zu den Lehrveranstaltungen die immer gleichen Stadtstraßen abfuhr, Straßen mit überladenen Fassaden im Zuckerbäckerstil, Straßen, die mich mit ihrer adretten Häuslichkeit, ihrer Versuchsküchenhaftigkeit, ihrer Schulkochbuchmäßigkeit verseuchten, Jahre, in denen ich täglich am letzten Domizil des irre gewordenen Musikers Schumann vorbeikam, der Heilanstalt Endenich. Für einen angehenden Psychiater schien mir das ein Omen, wenn ich auch nicht sicher war, wofür. Meine künftige Tätigkeit kam mir angesichts der dürftigen Heilerfolge bei Geisteskrankheiten damals oft drückend und überflüssig vor. Robert Schumann, Ludwig van Beethoven, Friedrich Nietzsche – alle fähigen Personen, die mit Bonn in Kontakt kamen, endeten bekanntlich in völliger Zerrüttung.

Einem halb religiösen Bedürfnis folgend, nahm ich mir regelmäßig nach der Mensa eine Stunde Zeit und besuchte Schumanns Zimmer. Die Räume der Heilanstalt beherbergten inzwischen die Musikbibliothek der Stadt, nur Schumanns Zimmer im Obergeschoß hatte eine museale Konservierung erfahren. Ein honiggelb getünchtes, anheimelndes Zimmer mit angenehm knarrendem Holzboden; der Ausblick auf Bonn und den Kreuzberg, der zu Schumanns Zeit eine gewisse erleichternde Weite erbracht haben mußte, war inzwischen verbaut. Von den Tobezellen im Park (kleinen Häuschen, in denen die Patienten ans Bett gefesselt lagen, bis sie ruhiger wurden) war nichts mehr zu sehen, auch die winzigen Krankenkammern für weniger privilegierte Patienten, der Empfangsraum und das Untersuchungszimmer waren nicht mehr vorhanden. Noch erhalten: das Schumannsche Vorzimmer, in dem ein Pfleger über ihn gewacht hatte, sowie das Tafelklavier.

Im Schumannzimmer dominierte die honiggelbe Tapete, dominierte alles mit ihrem klebrigen Charme. Schumann hatte in diesem Zimmer keine Nahrung mehr zu sich genommen, weil er glaubte, sie sei vergiftet. Schumann war in den Rhein gesprungen, um sich das Leben zu nehmen. Schumann hörte geisterhafte Klänge, er wähnte sich von Geistern umgeben, die ihm Musik eingaben, himmlisch schöne sowie höllisch schreckliche Musik.

Waschbare Fondtapete mit bläulichen Streublumen
Lange Stunden habe ich an unserem Küchentisch gesessen und mit einem Buntstift auf kariertes Papier gezeichnet, immer wieder zur Tapete aufgeblickt, und wenn später in meinem

Leben der Ausdruck blümerant fiel, dachte ich, er bezeichne dieses Tapetengefühl: dort gesessen zu haben seit meiner
Säuglingszeit, seit der Kinderwagenaufsatz mit mir darin auf
dem Tisch stand, meine Mutter mich aufrichtete und ich beid-
händig, breit lachend, auf die Wand patschte; dieses Gefühl,
seither, mit den Unterbrechungen eines anderen Lebens, in
dieser Küche gesessen zu haben, vor meinen Schulheften, vor
meinem Malblock, dort gesessen zu haben, solange ich denken
kann.

Ich zeichnete an reglosen Nachmittagen die Gemüsewer-
bung aus den Wurfsendungen ab, ich zeichnete eine Stilleben-
tapete mit Wildbret und Früchten, ich zeichnete Apfel- und
Birnentapete, Kirsch- und Pfirsichdekor.

Meine Mutter besuchte alte Leute aus der Kirchengemeinde
im Krankenhaus, und ich zeichnete einen Abwehrzauber, ich
wollte Fülle und Opulenz beschwören, aber meine Kinderkrit-
zeleien taugten nicht einmal für mich selbst. Ich saß vor spär-
lich hingeworfenen Blümchen, vor Armut, Gebet und Gehor-
sam – Klosterküche, blaublumige Küche, eine Küche wie aus
dünnem Porzellan. Ich hatte Angst, mich in dieser Küche zu
bewegen, ich fürchtete mich, die Töpfe und Teller zu berühren,
als könnte ich eine Oberflächenspannung zerstören, die diesen
Raum noch eine Weile in seiner Form hielt. Streublümchen,
Mehlsuppen, Himbeersaft – was blieb, war die Himbeersaft-
tapete meiner Kindheit, Milch mit Haut, weichgekochte Eier,
Zichorienkaffee. Was blieb, waren Fastenspeisen, Enthaltsam-
keit, Schonkost; als halte man sich zeitlebens inmitten einer
Krankheit auf.

Korktapete
Ich war einer jener dicken kleinen Jungen, altklug und übereifrig, die heiße Sommertage in ihrem Kellerlabor verbringen
und gegen Abend in weißem Kittel auf die Wiese rennen, ein

Etwas mit enormer Rauchentwicklung am ausgestreckten Arm haltend, um es unter freiem Himmel explodieren zu lassen. Ich gehörte zu den Jungen, die monatelang mit einem Detektivkoffer zur Schule gingen, vor Unterrichtsbeginn einen überraschenden Putzfimmel an den Tag legten und ausgesuchte Flächen entfetteten, um nach jeder Stunde hektisch Pult und Türklinke mit Graphitpuder abzupinseln und eine Fingerabdruckkartei des Lehrkörpers anzulegen. Ich gehörte zu denen, die ihren Heimweg daraufhin taxierten, wo sich ein geheimer Briefkasten einrichten ließ, ungeachtet dessen, daß man mit den in Frage kommenden Briefpartnern den ganzen Vormittag im selben Raum verbrachte, ich untersuchte Höhlungen in alten Baumstämmen, tastete in Mauerspalten, hob lose Pflastersteine an und legte probeweise leere Zettel ein; dann durchschritt ich die Schleuse ins Elternhaus. Die Naturkorkwand in der Diele neutralisierte meinen kriminalistischen Impetus, sie stufte mich von einem Geheimagenten zurück zu einem Kind, das sich auf das Mittagessen freut. Ich stellte meinen Tornister vor der Kiefernholztruhe ab, warf einen Seitenblick auf die Postkarten mit Sinnsprüchen, die unsere Mutter an den Kork gepinnt hatte, Man sieht nur mit dem Herzen gut, Jedes Kind ist ein Geschenk, Die schönste Sonne ist ein fröhliches Gesicht, ich senkte den Kopf vor dem Messingkreuz, hinter dem ein Palmzweig steckte, der in Wahrheit ein vertrockneter Buchsbaumzweig aus unserem Vorgarten war, in der Kirche gesegnet, das Jahr über unseren Eingang weihend. Hat uns dieser Brauch Segen gebracht?

Plastik-Quetschdruck-Tapete
Einmal wöchentlich besuchten wir Tante Sidonia. Wir saßen steif auf der Polstergarnitur. Tante Sidonia eilte zum Wäscheschrank und legte Handtücher über die hohe Rückenlehne des Sofas, damit unser fettiges Haar nicht die Bezüge befleckte.

Der Körper ein Ölkännchen? Wir hatten kein fettiges Haar, am Vorabend des Tantenbesuches badeten wir, aber bei Tante Sidonia begannen wir zu triefen und zu tropfen, zu sabbern und zu krümeln, begannen wir wieder zum Baby zu werden, und Tante Sidonia legte uns das Handtuch wie ein rückwärtiges Lätzchen an.

Ich empörte mich still, denn den Vormittag über war ich nahezu körperlos gewesen, und mir haftete noch der Weihrauchhauch aus dem Meßdienerheim in den Kleidern.

Mila war das Handtuch gleichgültig, sie lehnte ihren Kopf nicht ans Polster, sie verbrachte die Besuche bei der Tante auf der Sofakante, gerade aufgerichtet, versunken in den graugrünen Bezugsstoff, der von Moosgrün zu Lindgrün zu einem grünlichen Chamois changierte, je nachdem, wie das Licht fiel, wie man ihn strich. Mila war damit beschäftigt, das Sofa mit dem Strich und gegen ihn zu betrachten. Es zu berühren, mit dem Finger darauf zu malen, wagte sie nicht.

Japanische Grastapete
Zu Hause durfte Mila auf dem Sofa hüpfen. Sie tänzelte divenhaft um den Wohnzimmertisch, übte kleine Ballettschritte vor den dänischen Weichholzmöbeln und machte Spagat.

Im Raum stand die Forderung, glücklich zu sein, natürlich zu sein und normal. Wir kamen dieser Forderung klaglos nach, wir waren glückliche Kinder und bewiesen unseren Eltern Tag für Tag, daß unser aller Leben in den Bahnen der Normalität verlief. Wir waren die normalsten Kinder der Siedlung, wir gaben uns Mühe, nicht hervorzustechen, wir waren demonstrativ angepaßt.

Es sollte uns gut und besser gehen, und es ging uns besser. Wir verhielten uns artig. Uns fehlte nichts. Wir waren zufrieden. Und die Familie war ihrerseits mit uns zufrieden.

Trotzdem nagte an uns ein Schuldgefühl: Es schien, daß wir

die Forderungen, die an uns gerichtet waren, nie ganz erfüllen konnten. Wir spielten Glück. Ich spielte die Rolle des glücklichen Kindes bravourös. Ich steigerte mich in eine stilisierte Kindheit hinein, ich entwickelte eine regelrechte Leidenschaft der Wohlgeratenheit. Aber ich wäre lieber ein Mädchen gewesen. Und ein Faible für Abweichung wurde zu meinem heimlichen Laster.

Mila saß auf der Fahrt nach Berlin an den Sicherheitsgurt geklammert, sie sprach nicht mit mir, sie war blaß, unter den Achseln hatte ihre Bluse Schweißflecken, die immer noch wuchsen. Sie saß sehr aufrecht, sie verzog keine Miene, etwas Herrisches ging von ihr aus, das ich an ihr nicht kannte. Hätte sie eine Jacke getragen, die die Achseln verdeckte, ich hätte ihr kaum etwas angemerkt.

Ich hatte den Klassiksender eingestellt, wir fuhren schweigend zu klassischer Musik, schweigend seit zwei geschlagenen Stunden, aber jetzt drehte ich die Lautstärke auf ein Minimum zurück und betrachtete meine Schwester von der Seite, sie nahm mich nicht wahr, sie sah angestrengt durch die Windschutzscheibe, die Lippen zusammengepreßt, wie ich es sonst nur von Tante Sidonia kannte. Es war derselbe ein wenig verbitterte Zug, bei Mila nur angedeutet, den unsere Tante gewöhnlich um den Mund trug und der sich bei dieser längst von einer Gewohnheit zu einem körperlichen Merkmal verfestigt, sich unauslöschlich in ihre Miene eingegraben hatte.

An der Scheibe klebte die Märzlandschaft, klebte dort penetrant und deprimierend mit ihren grau zerdrückten Wiesen und überschwemmten Äckern und ihrer lichten Monotonie; ich hätte jetzt gerne die zäh an uns haftende Landschaft von meinen Fenstern entfernt. Die matschigen, gleichwohl funkelnden Felder, die keimende Saat, die riesigen Pfützen, in denen zerfetzte Wolken schwammen, mit dem Eiskratzer abgeschabt, oder einfach an der richtigen Ecke gezogen, von der aus sich alles ablösen würde.

Kopfschmerzen, Übelkeit, Engegefühl: Ich riß an der Landschaftstapete. Sie war spröde, holzig, sie riß darunterliegende Schichten mit. Die Beerdigung hatte mich zermürbt. Etwas in meinem Inneren begann Tapeten abzureißen, als sei ich ein leerer Raum, mit den modischen Mustern vergangener Jahre beklebt. Ich riß wütend die Schichten ab, als bildete ich mir ein, neu anfangen zu können.

Meine Schwester sah mich nicht an, sie betrachtete meinen Handrücken, die blasse Haut mit den Sommersprossen und den roten Härchen, sie sah auf meine Hände, die das Lenkrad würgten.

Ob ich mich an ihren Tigertraum erinnere.

Ich erinnerte mich. Wir bewohnten noch ein gemeinsames Zimmer. Mila war von einem Alptraum aufgeschreckt und zu mir ins Bett gekrochen, ihr hatte wieder von einem gewaltigen Tiger geträumt, der ihre Puppe verfolgte, und zwar die schwarzgelockte, dunkelhäutige Puppe, die keinem Familienmitglied ähnelte. Die Puppe gewann unwahrscheinlicherweise einen Vorsprung, obwohl der Tiger ungleich größer und schneller war, dann aber schleuderte der Tiger nach der Art eines Frosches seine meterlange klebrige Gummizunge und bekam die Puppe wohl zu fassen, aber das vermutete ich nur, denn Mila behauptete, in diesem Moment aufgewacht zu sein und den Ausgang des Traumes verpaßt zu haben.

Die schwarze Puppe hatte keine Chance. Der Tiger reichte weiter, als man selbst einem Tiger zuzugestehen bereit war, die phallische Komponente der Macht nahm ich als Kind mit Gelassenheit zur Kenntnis, die träumerische Übertreibung erstaunte mich, die Tigerzunge selbst leuchtete mir unmittelbar ein. Ein bedeutender Tigerstreifen, der sich abgelöst und verselbständigt hat, verdickt und beweglich, chamäleonklebrig, erobernd, ausgreifend.

Diesen Tiger empfand ich durchaus als bedrohlich, aber das eigentlich Gruselige war die Tatsache, daß die Identität der Puppe wechselte. Mila erzählte, daß sie selbst als diese Puppe vor dem Tiger flüchtete, daß sie aber auch von außen die Puppe laufen sah, die dann jemand anderes sein sollte, meistens unsere Mutter, manchmal auch unser Vater oder sogar ich. Mir war daran unheimlich, daß das Ich meiner Schwester einmal in dieser Puppe steckte, dann wieder hilflos von außen zusehen mußte, und daß es problemlos mit meinem vertauscht werden konnte.

Seit unserer Kindheit war von diesem Traum nicht mehr die Rede gewesen, aber ich erinnerte mich ausgezeichnet.

Daß ich mich sehr gut erinnere, behauptete ich also in jenem auffordernd-verständnisvollen Ton, den ich mir im Laufe meiner Berufstätigkeit zur Gewohnheit gemacht habe und der früher einmal nur für Mila zur Verfügung stand.

Mila nickte nur und starrte vor sich hin. Pyramidenschweigsamkeit.

Eigentlich hätte ich erwartet und auch durchaus angemessen gefunden, daß sie sich in irgendeiner Form erklärte. Ich wartete noch eine Weile, als Psychiater muß man warten können, die Kunst besteht darin, ohne Druck und ohne Vorwurf zu warten, bis der Patient bereit ist, sich zu äußern, aber Mila war nicht mein Patient, und deshalb erläuterte ich ihr, daß ich diesen Traum auf übermäßigen Fernsehkonsum zurückführte.

Auf die gewaltverherrlichenden Zeichentrickfilme, in denen sich vermenschlichte Tiere jagten und auf brutale Weise zu Tode kamen, graue Kater in Scheiben geschnitten, lustige Mäuse auf jede erdenkliche Weise malträtiert und verstümmelt, Panther, gegen die Wand geschleudert und plattgedrückt. Auf die Raubtiere, sagte ich, die sich ständig verformten, die in die Häckselmaschine, in den Fleischwolf, die unter die Räder gerieten, von der Dampfwalze zu einer Fläche gewalzt. Aber dann kam die Wiederauferstehung, die unsterbliche Figur nahm ihre alte Form wieder an, fand aus der Flächigkeit zum Volumen zurück im Handumdrehen, nach dem Vorbild der Schwimmtiere, die man nur aufblasen muß, und die Jagd konnte erneut beginnen.

Den Tigertraum meine ich von Mila so oft erzählt bekommen zu haben, daß ich mich an ihn erinnere, als wäre es mein eigener Traum gewesen. Beinahe ärgerte es mich, daß sie nun Anspruch darauf erhob.

Es sei ein Tagesrest, sagte ich also, geblieben von den Gummipuppen des Kinderfernsehens und vielleicht den Werbespots der Autoindustrie, wo eine Raubkatze über die Steppe raste und nicht nur die Geschwindigkeit der Maschine, sondern auch Freiheitswahn und dunkle Eleganz verkörpern sollte, also das Geheimnis, das auch der schwarzen Puppe innewohnte.

Mila nickte wieder, es war klar, daß sie jetzt gar nichts mehr sagen würde, daß sie imstande war, wesentlich länger in einer Schweigesituation zu verharren als ich, und daß ich den Zorn, den das Begräbnis in mir hatte hochkochen lassen, an ihr auslassen wollte.

Ich zuckte mit den Schultern, fand einen ekelhaften Popsender und drehte das Radio auf volle Lautstärke, gewann wieder die linke Spur und legte jaguarhaft an Tempo zu. Mila ließ den Gurt los und lehnte den Kopf an die Scheibe, starrte nach vorn, etwas Willenloses meinte ich von der Seite in ihrem Blick zu finden und gleichzeitig etwas Unerbittliches, wie eine Beerdigung es einem auferlegt, wenn man nur die Wahl hat, sich entweder mit dem Tod oder mit dem Toten zu identifizieren.

Seiden-Präge-Tapete

Mila bekam zur Einschulung eine Katze und ein eigenes Zimmer. Sie übernahm Verantwortung, und der Tigertraum wurde von Katzenträumen verdrängt. Die Katze, weiß und rosapfotig wie ein Albinokaninchen, aber mit vergißmeinnichtblauen, kornblumenblauen, zichorienblauen Augen, wurde zu meinem bevorzugten Beobachtungsobjekt. Ich schlich ihr nach, wenn sie durch das Haus schlich, ich zählte die Mäuse, die sie fing, ich kontrollierte, ob und wie oft sie ihr Katzenklo benutzte und auf welchen Kissen sie sich niederließ. Die Katze besaß ein Katzenkissen auf der Kiefernholztruhe im Flur, das sie mied, sie besaß ein Frotteetuch auf Milas Fensterbank, das sie stark nutzte, sie schlief nachts zu Milas Füßen, was sie nicht durfte. Weil die Katze so weiß war, konnte sie sich unerkannt in den Federbetten des Elternschlafzimmers verbergen, im Sommer preßte sie sich auf die kühlen weißen Fliesen des Badezimmerbodens, sie wälzte sich auf meinem Teppich und stieß weißes Katzenhaar ab. Ich hatte den Eindruck, daß ich auf die Katze mit einer leichten Allergie reagierte. Manchmal mußte ich anhaltend niesen, manchmal fühlte sich meine Zunge pelzig an.

Zeitlose Streifentapete fürs Jugendzimmer

Kompensatorisch hängte ich in meinem Zimmer Apothekenposter mit großen Raubkatzen auf. Infame Apothekenposter, die die Kinder werbend an das Thema Krankheit heranführen sollten, ihnen das Thema Krankheit eigenartigerweise dadurch schmackhaft zu machen versuchten, daß auf ihnen jeweils eine Verkörperung von absoluter Gesundheit abgebildet war. Ich heftete einen brüllenden Löwen über mein Bett und einen schwarzen Panther an die Zimmertür. Abends im Bett sah ich die Schönheit der Linie, der wehrhaften Bewegung vor mir, ich stellte mir vor, ein solcher Panther zu sein, der in kraftvoller Eleganz über die Steppe jagt, dann wurde ich, kurz bevor ich einschlief, ein Königstiger, ein Sibirischer Tiger, ein Säbelzahntiger, der sich aus den Streifen der Tapete löste und meine Träume durchschritt.

Als Mila mit Pferdebildern konterte, tauschte ich das Pantherposter gegen einen Jaguar und den Löwen gegen einen Ferrari. Auch dies gab die Apotheke her. Ich frage mich manchmal, wie ich als Einzelkind durch die Pubertät gekommen wäre. So arbeitete ich mich an meiner Schwester ab, ich reagierte auf ihre Aktivitäten mit Gegenaktivitäten, genaugenommen mit kurzen Krankheiten, die mich in die Apotheke führten und die ich dann als Gegenaktivitäten auszugeben in der Lage war.

Linkrusta-Imitation

Im Werkraum in unserem Keller waren drei Wände kahl, auf der vierten prangte ein Stück Tapete mit goldenen Rankenornamenten, das Tante Sidonia aus der Wohnung ihres Dienstherrn mitgebracht hatte. Als die Pfarrerswohnung aufgelöst wurde, rettete sie diesen Tapetenrest und drängte ihn unseren Eltern auf. Unseren Eltern schien er für die eigenen Wohnräume zu altmodisch, wegwerfen wollten sie ihn nicht, schließlich klebten sie ihn in den Keller.

Die goldgrauen Schlingen umrankten die Ecken, umringten das Zimmer. Schimmernde Siegeskränze zwangen zu Anstand und Strebsamkeit, zu bedächtigem Handeln, gemessenem Gang. Wir schlichen auf Zehenspitzen vor dieser Tapete, wir senkten die Stimme.

Hier bereitete unser Vater seine Unterrichtsstunden vor, feilte seine Vorführstücke an der Werkbank zurecht, entwarf Tafeldiagramme, breitete maßstäbliche Zeichnungen aus.

Die Tapete hing wie übermäßiger Silberschmuck der Weihnachtstanne in seinem Rücken, wie das Lametta, das unsere Tante jedes Jahr neu aufgebügelt hatte, zu viele Facetten, zu viel

Verzierung, zu oft wiederverwendet, Lametta, dessen unzählige Knicke längst stumpf geworden waren, lahmer Behang aus
Andacht und Sparsamkeit, der längst nicht mehr aussah wie
Silberfäden, sondern wie Eisen, wie Blei, ein mit Blei begosse-
ner Baum, der uns feinfädig-schwerfällig die Zukunft voraus-
sagte, eine nach unten gerichtete Zukunft, von der Erdanzie-
hungskraft bestimmt.

4 Glühbirnengleichnis

Man spricht vom Verlöschen des Lebenslichtes, man spricht davon, daß jemand in den Schatten eingeht, daß er ins Dunkel zurückkehrt, aus dem er kam. Als handele es sich bei diesem Dasein um einen Kurztrip durch Tag und Nacht, klar umrissen wie eine Kaffeefahrt, einsteigen in die Welt, aussteigen, und als bliebe der Tod, sobald wir eingestiegen sind, außerhalb.

In Milas Küche hing eine klassische Eßtischlampe, die das Licht nicht streut, sondern auf die Tischplatte ausrichtet. Die Lampe hing zu hoch, und sie hing nicht über dem Tisch, der an der Wand befestigt war und ausgeklappt wurde, die Mahlzeiten verliefen im Halbschatten. An diesem Abend entspannte mich das. Von schräg unten sah ich die klare Birne und ihren Glühdraht, es kam mir so vor, daß sie uns nicht im Blick hatte, und es schien mir besser so.

Mila nahm aus dem Kühlschrank eine schon angebrochene Flasche Cola und goß uns beiden ein Glas ein, als hätten wir einfach nur vor, gemeinsam Abendbrot zu essen. Sie hatte eine so selbstverständliche Art, diese Cola mit Eleganz zu servieren, mit langen kühlen Fingern die Gläser zurechtzurücken, ihr kinnlanges Haar zurückzuwerfen, sich dem Kühlschrank zuzuwenden, um den Rest zurückzustellen, daß ich das bereits etwas abgestandene Getränk, das sie mir vorsetzte, zu mir nahm wie einen edlen Aperitif. Dergleichen funktioniert vielleicht nur bei der eigenen Schwester, mit der man Kaufladen gespielt hat, Puppenküche und Restaurant. Mila jedoch war nicht zum Spielen aufgelegt, über ihrer Nasenwurzel stiegen senkrecht zwei Falten auf, ihre Mundwinkel bebten, das Zwielicht am Tisch zeichnete die maskenhafte Miene weich, als verschwände ihr wahres Gesicht dahinter im Halbdunkel. Ich hatte sie noch nie so angespannt gesehen. Von ihr ging eine unangenehme Energie aus, Wut, Ratlosigkeit und etwas wie ein schäbiger Triumph. Ich schob meinen Stuhl ein Stück zurück, duckte mich in die düsterste Ecke, bemühte mich hinter meinem Glas um Unauffälligkeit. Der braune Schaum platzte lahm und prickelte kraftlos in mein Gesicht, es würde kleben.

Gründlich ausgeleuchtet war in diesem Raum nur ein Teil des Fußbodens. Die Glühbirne blickte auf rotes Linoleum, darauf schwammen einige Brotkrümel, Teilchen von braunen Zwiebelschalen, die weißen leichten Hüllen von Knoblauchzehen, die jeder Lufthauch weiterbewegte, vor dem Mülleimer lag etwas Kaffeesatz.

Diese Dinge lagen und lagen nicht, sie wurden achtlos ausgestreut und regelmäßig aufgefegt, manchmal eine Mohrrübenscheibe, manchmal ein Tomatenstrunk. Aus der Sicht der Glühbirne, einäugig und unbeweglich, fehlte es diesem Bild an Tiefe, es kam einem abstrakten Gemälde nahe, in dem die Farben von größerer Bedeutung waren als die Form. Ein Bild, dessen Grundton gleich blieb, auf dem sich nur winzige Details, störrisch und flüchtig und wiederholbar, ab und zu verschoben.

Was die Glühbirne sah, waren Milas Bewegungen beim Aufsetzen des Teekessels, war ich, der ich den Raum verließ und wiederkam, war die Katze, die weißblitzend über die Dielen huschte und auf die Fensterbank sprang, ein Wischen nur, eine Unschärfe, die nicht stillhielt.

Was die Glühbirne sah, war eine Stubenfliege, die kopfüber am Lampenschirm entlanglief. Die Glühbirne sah aus nächster Nähe die behaarten Fliegenbeine, den borstigen Leib, das Schillern und Irisieren, die geäderten Flügel. Auf dem äußersten Rand trippelte die Fliege immer im Kreis, ein Endlospfad,

auf dem sie mit ihren Haftfüßen festhing, eine ziellose Strek-
ke, die sie mit mechanischem Eifer zurücklegte, automatische
Fliegenflucht, Rennebahn.

Die Glühbirne sah nicht, daß sich die Wand in hell und
dunkel teilte, als wäre sie in zwei verschiedenen Farben gestrichen. Die Horizontlinie, die die Bereiche trennte, schaukelte,
wenn die Lampe leicht ins Pendeln geriet.

Auf dem Rand des Schattenfrieses, der die Decke und das
obere Drittel der Küche verdüsterte, lief riesenhaft die Fliege.
In allen Details, den staksigen Beinen, den Borsten, den monströsen Augen, übermäßig vergrößert, krabbelte ihr Schatten-
riß über die Wand und ließ seine plump-filigranen Glieder auf
der einen Höhe rund um den Raum gleiten, nur an einer Stelle
führte die Linie, leicht versetzt, über den Schrank; ein lächer-
licher, wie ein Blechspielzeug aufgezogener und unermüdlich
abschnurrender Fliegendämon, der uns kindlich-kriecherisch
umkreiste, als wären wir der Mittelpunkt eines Karussells.

Meine Schwester goß Tee auf, sie senkte den Kopf über die
Kanne, sie bemerkte nichts. Ich aber verfolgte das diabolisch
geblähte Bild, es zog wieder und wieder seinen Kreis um uns,
und die Geschwindigkeit schien zuzunehmen.

Mich schwindelte leicht, und gerne hätte ich meiner Schwester vorgeschlagen, das Deckenlicht zu löschen und statt dessen
die Leuchtröhre über der Spüle anzuschalten, aber ich wagte sie
nicht einmal auf das Schauspiel hinzuweisen, als dürfe nichts
ihre Verschlossenheit, ihre Verstocktheit, ihren schweigenden
Trotz unterbrechen. Der Tee war stark, er hatte zu lange gezogen, eine Assam-Sorte, die nach Kaffee schmeckte.

Als mir später bewußt wurde, daß wir den ganzen Abend
nur schwarze Getränke zu uns genommen hatten, fand ich das
passend und befriedigend. Wir hatten die fade Cola ausgetrun-
ken, ein paar Dosen bitterer italienischer Pomeranzenlimona-
de, starken Kräuterlikör.

Auf der Fensterbank schlief die Nachfolgerin der alten Perserkatze, sie schnarchte leicht. Als die Erstkatze das Zeitliche gesegnet hatte, war ohne jede Rücksicht auf mich umgehend eine neue Katze angeschafft worden, die der alten aufs Haar glich. Mila hatte sich bei ihrem Umzug nach Berlin nicht von ihr trennen wollen. Ein Effekt war, daß ich unsere Eltern wieder entspannter besuchte, Mila jedoch seltener sah, als ich angemessen gefunden hätte. Meine Katzenallergie war nicht heftig, ich bekam keine Asthmaanfälle, aber sie beeinträchtigte mich. Wenn sich die Katze in der Nähe aufhielt, röteten sich meine Augen, mein Rachen begann zu jucken, ich nahm es meiner Schwester zuliebe in Kauf. Schlimmer war, daß Mila sich gewöhnlich über mich empörte, daß sie der Ansicht war, ich ließe meine Augen mit Absicht tränen, um sie ins Unrecht zu setzen. An diesem Abend war sie mit anderem beschäftigt. Sie sah mich nicht an.

Odilos Mutter hatte alle Personen benachrichtigt, die in seinem Adreßbuch standen. Die meisten Menschen, mit denen er Umgang gepflegt hatte, kannte sie nicht. Sie benachrichtigte sie pflichtgemäß, es interessierte sie nicht, wer an der Bestattung teilnehmen würde. Insgeheim erfüllte es sie wohl mit Groll, daß ihr Sohn überhaupt seine Zeit mehr und mehr mit Fremden verbracht hatte, sie versuchte, es vor sich selbst zu verbergen, und gab sich leutselig. Schon damals war sie ausgesprochen freundlich, ja übertrieben zugewandt gewesen, wenn ich Odilo traf, es schien mir oft, als halte sie sich für den eigentlichen Anlaß meines Besuchs, sie lachte und scherzte und brachte uns teures Gebäck, aber es war nur ein Manöver, ihre besitzergreifende Haltung von ihrem Sohn für kurze Zeit auf mich zu verschieben.

Ich konnte mir gut vorstellen, daß es ihr gelungen war, meine Schwester aufs höflichste zu informieren, mit ihr am Telefon zu sprechen und sie im selben Atemzug zu ignorieren, als sei Mila nur ein Gegenstand, etwas, das man abhakt. Meine Schwester hatte sich entsprechend während der Zeremonie in ein Ding verwandelt. Sie war in ein strenges schwarzes Kostüm gekleidet. Ich hatte nicht gewußt, daß sie eine so förmliche Gewandung überhaupt besaß, und nicht geglaubt, daß sie, die mit Kleidung so heikel war, dergleichen jemals anziehen würde. Aber es war ihr gelungen, damit in der Menge zu verschwinden, weder von mir noch von Odilos Mutter bemerkt zu werden. Und auch jetzt saß sie in diesem Kostüm am Tisch, als wäre sie nicht da, als sei dieser schwarze Stoff nur ein Stellvertreter, während sie selbst sich anderswo befand.

Ich bestellte beim asiatischen Restaurant um die Ecke ein Reisgericht für sie und ein Nudelgericht für mich, ich nahm die Lieferung an der Tür entgegen, wir lösten schweigend die Alufolie vom Styropor. War es meiner Schwester zuzumuten, an einem solchen Tag aus einer Wegwerfpackung zu essen? Überhaupt irdische Nahrung zu sich zu nehmen? Mit einer gewissen Ergebenheit stand ich nochmals auf, um Teller aus dem Schrank zu nehmen, aber Mila stocherte schon im Reis, schaufelte verbissen Gemüse in sich hinein, schob Fetzen von Hühnerfleisch zur Seite.

Die Geräusche, die Gerüche hatten die Katze geweckt. Sie erhob sich von ihrem Kissen, gähnte, buckelte, sprang von der Fensterbank und strich mir klagend um die Beine. Mein Hals schwoll an, ich bückte mich und tätschelte sie. Gleichzeitig bemühte ich mich, sie von mir wegzuhalten. Mila reichte ihr mechanisch ein Stück Geflügel unter den Tisch. Das zog die Katze von mir ab, wenn ich auch nicht gutheißen konnte, daß sich die menschlichen und tierischen Mahlzeiten auf diese Weise vermischten. Aber ich hatte, solange ich denken konnte, zu diesem Thema geschwiegen.

Gewöhnlich stellt sich nach einer Beerdigung Erleichterung ein, weil man selbst noch lebt und auch noch länger weiterzuleben gedenkt; eine vom ärztlichen Standpunkt aus gesehen völlig normale und auch gesunde Regung, die meiner Schwester keineswegs fremd war. Wir hatten teilgenommen, als man die Großeltern mütterlicherseits, unsere Großtanten und den Cousin unseres Vaters zu Grabe getragen hatte, Mila war immer gefaßt geblieben. Als Vierjährige hatte sie sich einmal auf ihren Stuhl gestellt und in die Trauergesellschaft gerufen: Et kütt wie et kütt. Und auf diese Einstellung hatte ich mich seither bei ihr verlassen können.

Jetzt: Befriedigung, aber keine Erleichterung, Schmerz, aber keine Trauer, eine eigenartige Intimität mit dem Tod, die ich abstoßend fand.

Ich selbst fühlte mich erleichtert. Ich war erstaunt, in welchem Ausmaß ich mich erleichtert fühlte. Nicht nur, weil wir die Zeremonie hinter uns gebracht hatten. Sondern als wäre eine Last von mir abgefallen, deren Existenz ich bisher, weil sie dauerhaft war, nicht bemerken konnte.

Aber war Erleichterung die richtige Bezeichnung? Eine kurze Erleichterung, abgelöst von einer Empfindung des Verlassenseins, auch diese nur kurz – ich hatte Odilo in den letzten Jahren so selten gesehen, daß es mir schwerfiel, an seine endgültige Abwesenheit zu glauben.

Meine Schwester umklammerte mit beiden Händen eine Dose Bitterorangenlimonade, die Katze leckte sich die Pfoten, strich über ihre Schnurrhaare und begab sich auf Milas Schoß, um sich dort einzurollen und weiterzuschlafen.

Es war normalerweise nicht ihr Stil, Dosenlimonade im Kühlschrank zu lagern. Sie mied Verpackungsabfall, sie trank Leitungswasser und Tee, ich fragte mich, woher die Dosen kamen, die man nur in Italien zu kaufen bekam, ich fragte mich, warum ihre Adresse in Odilos Adreßbuch stand.

Mein Freund – mein Widersacher? Es erboste mich, daß er meine Schwester offenbar näher kannte, wie es unsere selige

Großmutter formuliert hätte, sie gekannt hatte, ein Skandal für mich, ein Affront gegen mich, eine Überschreitung von Grenzen, die ich zwar nicht gesetzt, aber deren Einhaltung ich vorausgesetzt hatte. Meine persönlichen Grenzen: Hingen sie nicht mit denen meiner Schwester zusammen? War er mir nicht, und auch noch ohne mein Wissen, zu nahe getreten? Zustände wie vor hundert Jahren, als viele die Schwester ihres besten Freundes ehelichten, nicht mangels anderer Gelegenheit, jemanden kennenzulernen, vielmehr um sich durch diesen Schritt auch der besonderen Verbundenheit des Freundes zu versichern, sich mit dessen Familie zu vereinigen, also in diesem Falle auch mit mir. Ein heimtückischer Übergriff, eine Zumutung. Körperlich bestand zwischen Mila und mir keine Ähnlichkeit, wir hatten keine gemeinsamen Merkmale, als seien alle Erbanlagen gerecht und ohne Wiederholung zwischen uns aufgeteilt worden. Mila dunkelhaarig, dunkeläugig, beweglich und extrovertiert, ich blaß und rotblond, empfindlich, auf Innenschau eingestellt.

Was mochte sie an Odilo gefunden haben, wenn man vorerst das Kriterium, daß er mein Freund war, außer acht ließ? Er war durchaus kein schöner Mann, nicht auf landläufige Art anziehend, er war ein ewiger Junggeselle und ein Muttersöhnchen, er war konservativ und verklemmt, er war Karrierist und Einzelkind, was mochte sie an ihm gefunden haben, wenn nicht, daß er für sie, wie für alle anderen, unerreichbar war?

Ein nicht direkt unerwünschtes, aber doch nicht erhofftes Kind, empfangen zu einer Zeit, da Eleonore Leonberger an ihre Fruchtbarkeit nicht mehr glaubte, ein Spätling. Er lebte mit seiner Mutter in einem Vorstadthaus in Klinkeroptik, mit schmiedeeisernen Fenstergittern und einem Treppenhaus aus gelben Glasbausteinen. Im Haus hatte es ehemals ein Geschäft gegeben. Das Ladenlokal war zum Wohnzimmer umgewandelt worden, man hatte das Schaufenster, das etwas hervortrat, mit Gardinen verhängt, und auf der überbreiten Fensterbank zog seine Mutter Kakteen und Azaleen und Orchideen, Pflanzen mit Doppel-E.

Er war als Kind bereits erwachsen gewesen, er hatte seine Jugend übersprungen. Von Kindern und Jugendlichen fühlte er sich in Frage gestellt. Er sah an ihnen vorbei, als fürchte und wünsche er ihre Aufmerksamkeit.

Odilo trug zu Hause Strickjacken wie der Kanzler, er war jemand, von dem man sich vorstellen konnte, daß er auch mit vierzig noch bei seiner Mutter wohnte, nachts, wenn sie zu Bett gegangen war, vor dem Fernseher saß und onanierte, auf eine eigenartige Weise Hausherr und auf eine ebenso eigenartige Weise zurückgeblieben; er suchte das Stockfleckig-Unbewegliche seiner Herkunft, die desolate Situation, seiner Mutter der Gattenersatz zu sein, mit Arroganz zu kompensieren.

Dieser Ort, der Vorort, Halbort, wo er wohnte, war einer jener Orte, an denen man auf das Älterwerden wartete, ein Ort, den man selbst als vorläufig betrachtete und der seinerseits unveränderlich blieb, ein Ort, dem das Vorläufige, notdürftig Angebaute, das Vorgartenhafte zum Dauerzustand geriet, und man mußte sich wundern, daß er es nicht anstrebte, den Ort seiner nicht einmal mißratenen, sondern schlicht ausgebliebenen Jugend zu verlassen, um endlich ein Leben zu führen, das seinem Erwachsenenstand, seinem Anspruch, seinem Intellekt entsprach.

Mila trank ihre Limonade aus und drückte ihre Dose mit einem Knacken zusammen. Sie knackte immer weiter, penetrant, knackfroschhaft, wütend und wild, unausstehlich, und ich leerte hastig meine eigene Dose, legte sie auf den Boden und trat hinein. Trat so hinein, daß sich die runden Scheiben von Deckel und Boden um meine Beerdigungsschuhe klemmten, wie ich es früher einmal auf dem Schulhof gelernt hatte. Knackend schritt ich in der Küche auf und ab.

Ich, sagte ich schließlich, muß unsere Eltern anrufen.

Die Eltern erwarteten, daß ich bei ihnen an diesem, meinem Kölner Abend übernachtete. Ich, sagte ich, weiß nicht, wie ich es ihnen erklären soll.

Die Fliege kreiste jetzt unter der Decke, die Katze blinzelte, ihre rosa Nase zuckte, sie streckte eine Pfote heraus, drehte sich und rollte sich behaglich wieder zusammen. Die Katze war faul und verwöhnt, sie ließ sich nur selten dazu herab, Fliegen zu fangen.

Unsere Mutter vor dem gedeckten Kaffeetisch, der Kaffee allmählich verdampft. Unser Vater am Fenster, die Auffahrt beobachtend. Das ganze Gerede vom Autounfall wieder akut.

Mila hob die Brauen. Du sagst ihnen, du kommst dort nicht weg. Die Trauerfeier dehnt sich ins Endlose aus. Seine Mutter hat dich in Anspruch genommen. Du mußt sie trösten. Sie zahlt dir ein Hotel.

Das sagte sie nicht, sie teilte es mit durch ihren Blick. Ausgeschlossen offenbar, den Eltern gegenüber ihre Teilnahme am Begräbnis zu erwähnen. Ausgeschlossen aber auch, den Eltern solche Märchen aufzutischen. In unserer Familie war es üblich, daß Verabredungen eingehalten wurden. Ich jedenfalls war zu Zuverlässigkeit erzogen. Und bisher war ich imstande gewesen, mein Leben so zu organisieren, daß mir, wenn ich etwas zugesagt hatte, nicht plötzlich etwas dazwischenkam.

Der Brummer heftete sich erneut an die Kante des Lampenschirms, nahm seinen Lauf wieder auf. Ich zwang mich, nicht mehr auf die Wand und den huschenden Schatten zu sehen, aus den Augen, aus dem Sinn.

Das Haus an der Beke, dem begradigten Bach, in den Rohre ragten. Im Winter der Bodennebel, weil das Abwasser, welches der Bach führte, warm war. Odilo, der abends im Dunkeln noch spazierenging, Formeln memorierte, nachdachte, Odilo, der durch den Bodennebel schritt.

Jetzt seine Mutter in diesem Haus, von Dämmerlicht umgeben. Mit alten Gewohnheiten, die nicht mehr zählten. Ihre demonstrative Stärke und das Mitleidheischende in dieser Demonstration.

Ich ging zum Telefon im Flur, hob den Hörer mit schlaffer Hand, mit einer Hand wie geronnenes Eiweiß, ich sprach mit belegter Stimme, mit einer Stimme, die in all ihre Einzelklänge zerfiel.

Ich kam mit dem Mantel über dem Arm zurück.

Mila schob die Katze weg und stand auf. An ihrem schwarzen Wollrock hafteten weiße Haare, sie schüttelte sie nicht ab. Ich sah mich die nächsten Tage mit Bindehautentzündung verbringen, mit Ausschlägen und Atemnot. Ich sah auch meinen dunklen Anzug weiß übersät, ich würde in ihm nach Hause fahren und mein Auto kontaminieren. Aber es war nicht der Zeitpunkt, kleinlich aufzurechnen.

Ich nahm sie in den Arm, ich drückte sie fest an mich.

5 Verblendklinker

Odilos Elternhaus lag neben den Weck-Werken in einem gemischten Wohngebiet. Von seinem Studierzimmer aus blickte er auf eine Zypressenwand, die den Palisadenzaun zum Glaswerk verdeckte. Man hörte Tag und Nacht die Bundesstraße, man hörte die Bahnlinie, auf der tags der Personennahverkehr und nachts der Güterverkehr vorüberrollte, man hörte ein nie nachlassendes Summen, da das Werk die Produktion in der Nacht nicht stoppte. Speziell des Nachts hörte man die Gabelstapler, die hinter dem Zaun die Paletten mit den Einmachgläsern verluden, ein durchdringendes Raunen, ein Einflüstern, gegen das man sich nicht schützen konnte.

Die Gläser waren gut abgepolstert; kein Scheppern, kein Klirren. Aber man bildete es sich ein, daß sich bei dem unentwegten Hin- und Hermanövrieren auch die Ware bewegte auf ihrem Weg zum Verladebahnhof; ich bilde mir ein, daß ihn das Knirschen, mit dem dickwandiges Glas aneinanderstieß, die ganze Nacht wachhielt. Haushaltskonservenglas, Weithalsgetränkeflaschen. Kerzenlicht-Glas, Verpackungsglas, Glasbausteine. Eine Umgebung aus Glas, das man nie zu Gesicht bekam.

Seine Mutter, Apothekerstochter, heiratete unter Niveau. Sein Vater erlag allzufrüh einer Krankheit, die Mutter lebte von ihrem Erbteil. Blieb in dem Haus mit der weißen Klinkerfassade, dessen Lage ihren Ansprüchen nicht angemessen schien, blieb dort aus Trotz.

Sie nahm es dem Gatten übel, daß er sie alleingelassen hatte, weigerte sich, ihr Schicksal zu akzeptieren, und zog Odilo wie ein Scheidungskind auf. Wenn man ihm begegnete, erfaßte man augenblicklich die Resignation seiner Mutter bei der Erziehung. Ihr fehlte das Einschätzungsvermögen, daß seine kindliche Affektiertheit nicht altersgemäß war, daß sein Erwachsenengehabe auf Verzweiflung beruhte, und sie beabsichtigte auch nicht, dagegen anzuwirken. Sie hatte ein Kind, vernünftig und ruhig, mit dem sie sich austauschen konnte. Ein fleißiges, ein ehrgeiziges Kind, überbehütet, eingeschlossen, verwöhnt, und doch in den entscheidenden Punkten im Stich gelassen. Er war schon als Kind ganz auf sich gestellt. Schon als Kind war er einer von denen, deren Leben sich leicht zur Patientengeschichte entwickeln kann. Schon als Kind sah ihn sein Umfeld als Fall.

Er bezog das väterliche Arbeitszimmer, das noch die Möbel des Verstorbenen enthielt. Sein Vater hatte diese Möbel kaum genutzt, er war den ganzen Tag außer Haus gewesen. Odilo hingegen empfand diesem Raum gegenüber eine Verpflichtung, er bemühte sich, in ihn hineinzuwachsen, sich wie eine Intarsie in ihn einzubetten. Ich sehe ihn sepiafarben in diesem Raum, er vergilbt immer mehr, er verschwindet in einem erschreckenden Tempo in der Umgebung, den dämpfenden Teppichen, den hohen Bücherregalen mit ledergebundenen Klassikern, er geht chamäleonhaft in dieser Umgebung auf.

Den Tag vor seinem Unfall, es war ein Samstag, verbrachte er, so viel weiß ich von Frau Leonberger, in äußerster Normalität.

Er wohnte immer noch im Haus seiner Mutter. Oft witzelte er darüber, daß er die Rolle des Partnerersatzes blendend ausfülle, aber er sah keinen Grund, die Situation zu verändern. Warum sollte er eine teure andere Wohnung suchen, wenn er ausreichend Räume zur Verfügung hatte, und wer sollte seiner Mutter Gesellschaft leisten, die anfallenden Reparaturen im Haus erledigen, den Garten pflegen, wenn nicht er?

Er stand im Morgengrauen auf und setzte sich an den
Schreibtisch. Er beobachtete, wie es zwischen den Eibenzwei-
gen heller wurde, wie der fahle Tag in sein Zimmer drang, die
alten Möbel zu atmen begannen. Mit einem karierten Stofftaschentuch entfernte er eine Staubflocke, die sich auf halber
Höhe an der Velourstapete festgesetzt hatte.

Er arbeitete, bis es richtig hell war, dann knotete er den Gürtel seines Morgenmantels fest, setzte in der Küche die Kaffeemaschine in Betrieb, wusch sich, während der Kaffee durchlief, im Gäste-WC, trug die Warmhaltekanne leise in den ersten
Stock zu seinem Arbeitsplatz. Etwas später trat er barfuß auf
die Terrasse hinaus, um Atemübungen auszuführen.

Er schritt über die bereifte Wiese, vorüber am ehemaligen
Hühnerstall, in welchem jetzt Gartengeräte lagerten, der Son-
nenschirm und die zerlegte Hollywoodschaukel, er schüttete
Ölsamen in das Vogelhaus zwischen zwei Rhododendronbü-
schen, ließ die restlichen Körner auf den Boden des Pappkartons zurückrieseln, und die harten Halme unter seinen Sohlen
knackten. Er hinterließ eine dunkle Trittspur im Gras. An der
Schwelle zur Küche lag ein Handtuch bereit, er trocknete sich
die Füße ab und zog Kniestrümpfe an.

Die kleinbürgerliche Umgebung, in die er nicht paßte. Der Fri-
seursalon an der Ecke, dessen Besuch er vor sich selbst gewissermaßen geheimhalten mußte. Von außen blickte er auf die
damenhaften türkisblauen Trockenhauben, die mit sehr langen
Hälsen und hochtoupierten Schaufrisuren beieinanderstanden
und einen Leistungsvergleich ihrer Haargebilde anstellten. Er
selbst begnügte sich mit einer normalen Kabinenfrisur. Ließ
sich die Haare sehr kurz schneiden, soldatisch kurz, den Nakken ausrasieren. Das kurze Haar stand ihm nicht.

Der Friseur nahm ihm den Umhang ab, er wackelte mit dem
Kopf, eine rasend schnelle, kleine Bewegung, wie ein nasser

Hund sich schüttelt, ein Tick, den er sich für diese Friseurbe-
suche vorbehielt, als gelänge es ihm damit, Dinge ungeschehen
zu machen.

Die drei Stufen hinab auf den schmalen Bürgersteig, der
verlassen dalag, wie ausgefegt. Die Damenhauben kicherten
elegant, dazwischen sein Gesicht, mondweiß schwebte es um
die türkisen Türme, fast haarlos, sehr nackt. Es löste sich in
immer größerer Helligkeit auf, bis es im Spiegeln der Scheibe
verschwand.

Gegen Mittag brachte er zwei Tortenstücke vom Konditor mit.
Er bereitete zwei Teller vor, wickelte das Seidenpapier vorsichtig ab und faltete es zärtlich zusammen, er zog das Fettpapier
von der Sahnegarnierung und leckte es sauber, bevor er es
wegwarf. Er deckte den Kaffeetisch, stellte eine Kerze auf, und
während er wartete, daß seine Mutter herunterkam, wedelte
er mit einem antistatischen Tuch über den Porzellanpfau, der
unentwegt einstaubte. Er besprühte die Orchideen. Seine Mutter kam.

Narkotisierter Nachmittag. Er saß an seinem Schreibtisch, das
Licht schien vom aufgeschlagenen Buch, von unten her auf
sein Gesicht zu fallen. Er arbeitete unentwegt. Er hatte kein
Hobby. Er brauchte kaum Schlaf.

Seine Mutter war außer Haus. An den Samstagen fuhr sie
zum Einkaufen nach Köln. In einer Zimmerecke plätscherte
ein Aquarium, Neonfische standen in Sekundenstarre, Wasser-
pflanzen wiegten sich in hypnotisierendem Algentempo, und
das Plätschern schien sich in grünlichen Blasen vom Aquarium zu lösen, anzuschwellen, ich sehe Odilo in diesem Grün
phosphoreszieren, dann erreicht die Blase die Zimmerwände
und zergeht, während sich die nächste schon bildet: Er schien
immer wieder aufzuflackern in diesem allgemeinen Sepiaton,

inmitten der wuchtigen alten Möbel seines Zimmers, die er behutsam berührte, als wären es Haustiere, groß und geduldig.

Unten drehte sich der Schlüssel in der Tür, seine Mutter stellte ihre Handtasche auf die Anrichte, hängte den Mantel in den Garderobenschrank, stieg aus den Schuhen, die irgendwo verschwanden, schlüpfte in schwarze Samtpantoletten mit Keilabsatz. Niemand, nicht einmal sie selbst, bekam in diesem Haushalt das Innere eines ihrer Schuhe zu Gesicht. Niemand sollte das verfärbte Leder, die dunkleren Druckpunkte, wo der Fuß die innere Sohle berührte, diese seltsame geruchsintensive Intimität wahrnehmen; skandalös genug, daß die Verformungen des Außenleders, die Beulen, die ihr Hammerzeh jedem Schuh zufügte, nicht kaschiert werden konnten, nicht durch das Tragen von Hüten, Pelz noch Parfüm; der Blick ging nach unten, alles fiel auf. Frau Leonberger bewegte sich mit sehr kleinen Schritten, auch wenn sie keine langen Schlauchröcke trug, die sie behindert hätten. Sie schob die Füße voran, ohne sie wirklich vom Boden zu lösen, es waren vornehme und zähe Schritte, aber dennoch wirkte sie mit diesen Pantoffelschrittchen immer kränklich, sie wirkte anfällig und älter, als sie war.
Seine Mutter kam die Treppe herauf, sie klopfte an, trug einen schweren Duft herein, das Blitzen von Gold. Für einen Moment verharrte sie in der offenen Tür, wie jemand, der sich vergewissert hat, daß die Kinder keinen Unfug treiben, und der sich nun noch eine kurze Weile der Versunkenheit erlaubt, ihr Spiel betrachtend, ihre Freiheit und Friedlichkeit. Aber Frau Leonberger sah nicht auf ihren Sohn, sie sah aus dem Fenster auf die Eibenzweige, deren schwarze Nadeln kreuz und quer gegen die Scheibe stießen, sich überlagerten, eine abstrakte Fläche, die alles verschloß.

Schwere Tischtücher, Porzellan mit Goldrand, Silberbesteck. Die kalte Mahlzeit, die sie einnahmen, Graubrot mit Salami, Schwarzbrot mit Heringssalat, schwarzer Tee mit Milch.

An den Rändern bodenlange Vorhänge, düstere Möbel, ein hochgepolstertes Sofa, in das man keinen Millimeter einsank. Auf der Anrichte sangen Sammlerfiguren in einem stummen, domestizierten Engelschor.

Er saß steif am Tisch, sein Teller bereits leer. Nur seine Füße bewegten sich, er hielt die Fersen am Boden und rollte wieder und wieder die Zehen ein. Verlegene Wellen, peinlicher Aufruhr, ein verwüstetes Meer in ihm, das er durch Körperspannung zurückhalten wollte.

Die Straßenlaternen im Dunst, Luft, die nach Kartoffelschalen schmeckte. Lichtglocken, die nicht weit reichten, Lampen im Einmachglas. Er ging wie jeden Abend um den Häuserblock, etwas vorgebeugt, seine Gedanken ordnend. Die Feuchtigkeit hing in den zugewachsenen Vorgärten mit ihren Eiben, ihren Lebensbäumen und Wacholdersträuchern, in den Moosen auf niedrigen Mauern, sie hängte sich in sein kurzgesäbeltes Haar. Er zog die Jacke fest um sich, er ging sehr schnell.

Sein Schönheitsbedürfnis, seine Liebe zur Natur – er war Abend für Abend vor die Aufgabe gestellt, die erbärmlichen Bepflanzungen der Siedlung, die gepflasterten Einfahrten mit grasbewachsenem Mittelstreifen, die den Verkehr beruhigenden Rabatten, die Gelbflechten auf den Bordsteinen mit dem Blick eines Zen-Mönchs zu sehen. Er richtete seine Aufmerksamkeit auf die Muster, die Wiederholungen, die Regelmäßigkeiten, auf den einen immer wiederkehrenden Vogelbeerbaum die ganze Straße lang. Dann auf die Abweichungen, den bizarren Wuchs einer Araukarie, das feine Rascheln von trockenem Pampasgras. Er nötigte sich selbst, aus der Vorhölle der Vorstadtsiedlung einen Vorhof der Ästhetik zu schaffen.

6 Dunkelbilder

Ich sitze in meinem Büro und pfeffere einen Radiergummi gegen ein paar Tablettenschachteln, die ich als halbharte Ziele auf dem Besucherstuhl aufgebaut habe. Wut, wenn sie denn schon ausgelebt werden soll, auf keinen Fall an leidensfähigen Objekten abreagieren, Regel Nr. 2. Ich bleibe auch selbstredend zu den Patienten ausgesprochen höflich, ich habe noch nie einen Pfleger in barschem Ton zurechtgewiesen, Kommunikation in heiligenhafter Beherrschtheit ist mir zur zweiten Natur geworden, Regel Nr. 1.

Haloperidol fällt, Lorazepam fällt, Amitriptylin fällt, auch Diazepam. Amphetamin, eine schmale elegante Schachtel, nicht leicht zu erwischen, bleibt stehen, ich verschreibe gerne Amphetamin. Und ich nehme es auch gerne selbst, wenn ich Diagnosen schreiben muß wie jetzt und mich nicht darauf konzentrieren kann.

Ich notiere mir meine vier Punkte, ich stelle alle Packungen wieder auf.

Ich hebe schon die Hand, um wieder auszuholen, als mir bei dieser Bewegung einfällt, wie ich im Traum dieser Nacht eine Klingel drückte, und für einen Moment bin ich wieder von atemloser Erwartung gepackt.

Dann hole ich Schwung und fahre in der Wurfbewegung fort, der Radiergummi prallt gegen die Wand, ich werfe einen Kugelschreiber nach, ich fege mir die Tablettenschachteln in den Arm, lasse sie eine nach der anderen an die Wand klatschen.

Ich fuhr im Traum mit meinem Dreigangrad an den Stroh-
blumen-, den Kopfsalat- und Rotkohlfeldern des Vorgebirges
entlang. Es roch nach Kamille und zerhäckselten Rübenblät-
tern. Auf meinem Gepäckträger klemmte ein Einkaufskorb aus
dem Lebensmittelladen. Der rote Plastikgriff schlug bei jeder
Bodenwelle gegen das Metallgitter, und im Korb hüpfte die
Sammelbüchse scheppernd ein Stück in die Höhe. Ich war in
Mission meiner Meßdienergruppe unterwegs, wir unterstütz-
ten notleidende Kinder in Ruanda, und ich war übereifrig los-
gefahren, ich strampelte in eine Gegend, die bisher niemand in
Betracht gezogen hatte. Sie lag außerhalb unserer Kirchengemeinde, sie gehörte nicht zum Sammelgebiet.

Weiße Klinkerfassade hinter düsteren Nadelgewächsen.
Schwarze Eibenzweige schnellten von meinen Speichen zurück, als ich mein Fahrrad über die Bruchsteinplatten schob,
den Ständer ausklappte.

Ich drückte die Klingel, ein Junge meines Alters, dünn und
dunkelhaarig, öffnete die Tür.

Frau Leonberger sei nicht da.

Er trug braune Cordhosen mit Knieflicken, einen kamelfar-
benen Pullover, Altmännerschlappen aus grauem Filz.

Auch Kinder könnten spenden, erklärte ich. Rappelte großspurig mit der Büchse. Man habe Taschengeld. Not in Ruanda.
Ein Opfer bringen.

Opfer? erwiderte er verächtlich. Seine Mutter hätte eventu-
ell etwas gespendet, aber er persönlich halte nichts davon. Man
befriedige sich doch nur selbst in dem Gefühl, etwas Gutes zu
tun. Ich solle mich nicht ausnutzen lassen. Meine Fähigkeiten
besser verwenden.

Ich fand diese Reaktion für ein Kind in meinem Alter un-
erhört. Vor mir selbst mußte ich einräumen, daß ich eigens zu
weit gefahren war, um mit einer besonders schweren Büchse
positiv aufzufallen, daß ich es auf das Gemeinschaftsgefühl

abgesehen hatte, das Schulterklopfen, die Verkündung in der Sonntagsmesse, daß die Sammlung soundso viel eingebracht habe, und davon gehe allein folgender Betrag auf das Konto des Meßdieners Altfried J.

Unsinn, sagte ich, man hilft anderen. Wann seine Mutter wiederkomme?

Sie käme erst, wenn es dunkel sei. Bis dahin, befand er herablassend, müsse ich längst zu Hause sein.

Aber er werde mir etwas zeigen, was wertvoller sei als die paar Mark, auf die es mir offenbar ankomme.

Auf seinen Wink hin zog ich meine Schuhe aus und stellte sie auf die innere Fußmatte. Zwischen die Schuhe plazierte ich die Büchse, als würde sie dadurch bewacht, und folgte ihm eine Treppe hinab.

In dem Kellerraum, in den er mich führte, blinkten im Licht, das vom Flur einfiel, mehrere leere Aquarienbecken. Dann glitt die Tür ins Schloß, es war finster, ich glaubte mich eingesperrt. Unter meinen Füßen fühlte ich eine Bastmatte, dann spürte ich seinen Körper neben mir, seine Schulter lehnte an meiner, sein Kopf mußte dem meinen relativ nah sein. Ich drehte das Gesicht weg, ohne die Berührung aufzugeben.

Siehst du es?

Er hatte das Kellerfenster abgedichtet, die Dunkelheit war vollkommen. Ich sah nicht das geringste. Es roch unangenehm nach Fisch. Ich meinte, mir diesen Fischgeruch einzubilden, weil ich zuvor die Aquarien gesehen hatte, imaginäre Ausdünstungen dieser Aquarien also, aber schließlich ging das Licht an und ich sah die Heringe, zwei Salzheringe auf einem Teller.

Siehst du es, sagte er. Sie leuchten.

Normalerweise hätte ich etwas Freches entgegnet, aber ich spürte noch immer seine Schulter an meiner, ich befand mich, so gut wie eingesperrt, auf Socken in seinem Keller, und ich hielt den Mund.

Sie leuchteten, erläuterte er, weil sich auf ihnen ein Photobakterium vermehre. Sie leuchteten nicht wirklich selbst, sondern das Bakterium, Vibrio fischeri, ziehe seine Energie, seine Lichtenergie aus den toten Fischen. Er habe den Versuch nachgestellt, und man könne es wirklich sehen.

Als das Licht erneut ausging, meinte ich ein vages Schimmern wahrzunehmen. Ich war mir nicht sicher. Wenn eine Glühlampe verlöscht, sieht man immer ein Nachleuchten in sich selbst.

Solche Experimente kann jeder machen, sagte ich, während ich hinter ihm die Kellertreppe hochstieg. Besser, du würdest spenden.

Arme Kinder, knurrte er, als wir die Treppe ins obere Stockwerk erklommen. Ein altertümlich eingerichteter Raum mit einem wuchtigen Eichenschreibtisch, auf dem ein buntes Federmäppchen lag, ein Stapel seiner Schulhefte, ein Zeichenblock, von dem eine Micky Maus lachte. Er zog die Schublade auf, entnahm einer Brieftasche einen Zehnmarkschein und faltete ihn schmal zusammen.

Unten warteten meine Schuhe auf der Matte, nicht mehr einwandfrei riechende Turnschuhe, deren Innenfutter halb in Fetzen hing. Ich zog sie an und nahm die Büchse an mich. Er steckte den Schein durch den Schlitz und klopfte noch einmal gönnerhaft nach. Niemand hatte bisher mehr als ein oder zwei Mark gespendet.

Ich schaltete vom zweiten in den dritten Gang und fuhr durch den Wind über die Felder. Die Büchse wie Blei auf dem Gepäckträger. Ich hatte den Eindruck, daß alles an mir nach Fisch roch.

Gleichaltrige: Wir waren keine Schulkameraden. Wir besuchten mitnichten dasselbe Gymnasium. Aber wir teilten dennoch Ort und Zeit, das Aufwachsen im Rheinland, die Kindheit im gleichen Großklima, teilten die Prägungen der Gegend, den Abscheu vor Karnevalsfestivitäten, die Weigerung, im rheinischen Singsang zu sprechen, das Grundgefühl, in dieser Region stets im Abseits zu sein. Biographische Aufrechnung: Ich hatte in der Grundschule eine Klasse übersprungen. Da ich zwei Jahre Zivildienst leistete, er hingegen wegen seines Herzfehlers von der Wehrpflicht befreit wurde, war er mir schließlich im Studium ein Jahr voraus. Als ich ihn kennenlernte, studierten wir bereits, und er verbrachte seine Tage im Labor.

Er bettete Gewebeproben in Paraffin ein, zerschnitt das so stabilisierte Material in hauchdünne Scheiben, legte die Präparate unter das Mikroskop. Er entnahm Brutschränken Zellkulturen, hantierte mit flüssigem Stickstoff, ließ aus der Pipette Tropfen in Reagenzgläser fallen.

Odilo kam sehr früh, er kam vor allen anderen, hielt die Augen gesenkt. Er blickte an sich herab, sah auf den billigen Bodenbelag, sah sich voranschreiten. Die Institutsflure blendete er aus, ihn empörte die schönheitsabstinente Bauweise der siebziger Jahre, er stellte sich genau so auch die Flure im Sozialamt, in allen demütigenden Ämtern vor.

Bevor er mit der Arbeit begann, hielt er sich eine Weile in dem Vorzimmer auf, in dem das Aquarium stand. Es war ein Raum ohne Tageslicht. Sein Vorgesetzter, ein lässiger Typ, der in Turnschuhen ins Institut kam und sich von den Studenten duzen ließ (was Odilo eisern verweigerte), hatte aus einer Laune heraus auf Institutskosten dieses Aquarium anschaffen lassen. Es beherbergte einige Tannenzapfenfische, an denen sich Leuchtorgane beobachten ließen, und diente weniger der Forschung als vielmehr Repräsentationszwecken. Sollten sich jemals Gäste in diesem Institutsbereich einfinden, würde ihnen gleich ersichtlich sein, womit man sich hier befaßte.

Der Tannenzapfenfisch besaß große gelbe Schuppen, die braun umrandet waren und ihm das Aussehen eines Mischwesens aus Tannenzapfen und Ananas verliehen. Das Leuchtorgan wurde bei geöffnetem Maul sichtbar; an den inneren Lippen lockte es Beute an, die dann im Schlund verschwand. Odilo schloß die Tür, schaltete das Licht aus, setzte sich vor das Becken und meditierte über die blaugrünen Punkte, die durch die Dunkelheit zuckten. Die Leuchtpunkte glitten körperlos vorüber, ihn faszinierte ihre fraglose Eleganz, und doch dienten sie ausschließlich der Täuschung, verübten sie einen Betrug am Gejagten, was man mißbilligen konnte. Odilo allerdings vermied es, einen Gedanken der Mißbilligung zu denken.

Er dachte daran, daß sein dilettantischer Vorgesetzter als erstes Meerestier einen Laternenfisch bestellt hatte, der einige Lichtblitze produzierte und bald verendete, da die Druckverhältnisse im Becken nicht seinem Bedürfnis entsprachen. Der Laternenfisch hatte Licht ausgesandt, wenn ihm das leuchtende Zifferblatt einer Armbanduhr vorgehalten wurde. Er reagierte nicht auf Taschenlampen und größere Scheinwerfer; das Licht mußte so dosiert sein, daß er es als seinesgleichen erkannte.

Dann verdrängte Odilo auch den Gedanken an den bedauernswerten Laternenfisch und legte sich neben das Becken auf den Boden. Aus den Augenwinkeln verfolgte er die Punkte, die an einer gedachten Linie entlangliefen, von ihr ausschwärmten, zurückfanden, er schloß die Augen und atmete tiefer, entspannte sich, ließ seinen rechten Arm schwerer werden, wie er es im Entspannungskurs gelernt hatte, er stellte sich vor, sein bleischwerer Körper werde vom Glanz des Universums erfüllt. Es war ganz einfach. Zehn Minuten autogenen Trainings ersetzten ihm drei Stunden Schlaf.

Die Lichter unter seinen Lidern verschoben sich geräuschlos. Nur die Apparaturen des Beckens rauschten, die Pumpe dröhnte, im Hintergrund summte etwas. Odilo erhob sich, als er hörte, wie sich der Fahrstuhl in Bewegung setzte.

Er fing mit einem Griff eine Maus aus ihrem Käfig, setzte ihr einen Nasenkegel auf, durch den das Anästhetikum verabreicht wurde, und hielt sie fest, bis sie betäubt zusammensackte. An der vorgesehenen Körperpartie rasierte er die Maus, zuerst mit einem elektrischen Rasierer, dann entfernte er überzähliges Haar mit einem handelsüblichen Gel. Er desinfizierte die Haut, zog sie straff, stach die Spritze ein. Er legte die schlafende Maus in ihren Käfig zurück. Wenn sie wieder zu sich kam, sollte sie ein wenig laufen, damit sich der injizierte Stoff D-Luciferin Firefly, die Leuchtsubstanz des amerikanischen Glühwürmchens, richtig verteilte.

Er schloß die Tür der Lichtbox und nahm zunächst ein Dunkelbild des leeren Kastens auf. Dies war entscheidend, um Hintergrundflimmern und Störsignale berücksichtigen und später eliminieren zu können. Dann steckte er die Schnauze der Maus wieder in den Nasenkegel, befestigte ihren kleinen Körper an einem Sicherheitsnetz, folgte routinemäßig den Anweisungen.

Das Tier wird schwach belichtet aufgenommen, um seine Körperposition und die Lage der Organe zu bestimmen.

Ein Biolumineszenzbild wird sofort im Anschluß aufgenommen.

Nach der Bilderserie nochmals ein Dunkelbild.

Auf dem Computerbildschirm legte Odilo die Dunkelbilder übereinander. Das Dunkelfeld wies erhebliche Unregelmäßigkeiten auf, es zeigte verzitterte Wellen wie auf einer Meeresoberfläche bei wenig Wind. Er lud das Biolumineszenzbild hoch und subtrahierte von diesem das gemittelte Dunkelbild. Das Lichtsignal brach ellipsenförmig aus der Schwärze; kein Mond, eher ein Loch, ein Glutkern, der sich vorfrißt und alles zu entzünden droht; ein Loch, das den Blick, der vom Schwarz abprallte und auf sich selbst zurückgeworfen wurde, in sich hineinzog, in eine gleißende äußerste Ferne.

Bestimmen Sie eine Region des Interesses, um das Signal zu messen und zu integrieren.

Er zeichnete die Region des Interesses ein, lud das Lichtbild hoch und legte das Biolumineszenzbild darüber, ließ den Hintergrund transparent werden.

Die Maus lag ausgebreitet auf dem Sicherheitsnetz, die Beine von sich gestreckt, den Schwanz locker zwischen den Hinterbeinen. Die Fußsohlen waren nach oben gekehrt und zeigten ihre Nacktheit, die Ohren fast durchscheinend, der Kopf leicht angehoben aufgrund des Nasenkegels, der Nacken warf feine speckige Falten.

Auf den übereinandergelegten Aufnahmen war das Lichtsignal in Regenbogenfarben dargestellt. Die höchste Intensität markierte ein roter Fleck, umgeben von gelben, grünen, türkisfarbenen Ringen, die am Rand in ein zerfranstes Violett ausliefen. Im Hintergrund ließ sich das Innere der Lichtbox erkennen, das Metallgehäuse mit seinen Vorrichtungen, über das wie ein Tennisnetz quer das Netz mit der Maus gespannt war. Der bunte Fleck an ihrem Oberschenkel wirkte übertrieben, wie eine Comiczeichnung, die auf einem realistischen anatomischen Foto die Aufschlagstelle des Balls markiert.

Mittags brachte ihm eine Kollegin aus den Niederlanden, die ihn nicht interessierte, eine Ochsenschwanzsuppe aus dem Automaten im Foyer. Er löffelte die Brühe mit höflicher Todesverachtung, nickte zu den Ausführungen der Kollegin, registrierte alarmiert, daß sie unter Kopfschuppen litt, die den Kragen ihrer dunkelblauen Bluse sprenkelten, er duldete gleichwohl, daß sie das gebrauchte Plastikgeschirr für ihn entsorgte, verabschiedete sie und desinfizierte seinen Arbeitstisch.

Die Maus wird sanft erwärmt, bis die Venen der Schwanzwurzel leicht geschwollen sind. Hier erfolgt die Injektion.

Für die Aufnahmen, die über eine Zeitspanne von 30 Minuten bis zu einer Stunde erfolgen sollten, wird die betäubte Maus auf den Rücken gelegt, mit Hand- und Fußfesseln versehen, der Schwanz abgedeckt.

Wie äußerst verlangsamte Blitze kriecht nun das Licht die Leisten der Maus hinauf, durchzieht die Lymphbahnen bis zur Achsel, illuminiert die Lage der Lymphknoten in normalem Gewebe.

Die Maus wird in ihren Käfig zurückgesetzt. Üblicherweise erholen sich die Tiere innerhalb von fünf Minuten.

Mein sogenanntes Bereitschaftszimmer im Schloß ist in Wahrheit ein Dauerbereitschaftszimmer, ich stehe Tag und Nacht zur Verfügung, ich wohne hier. Außer dem Bereitschaftszimmer, in dem ich schlafe, wurde mir ein Büro zugeteilt, das zugleich als Therapiezimmer dient. Ich empfange hier die Patienten zu Einzelgesprächen. Für die Gruppentherapie ist das Büro zu klein, diese findet im Speisesaal statt und beginnt damit, daß alle Teilnehmer die Tische zur Wand rücken und in der Mitte einen Stuhlkreis bilden. Schon an dieser minimalen Initiative entzünden sich die ersten Konflikte, und wir beginnen in medias res. Ich bin mir mit meiner Chefin nicht einig, ob wir diese Initialinitiative durch Verlegung der Gruppensitzungen in die Bibliothek lieber vermeiden oder im Gegenteil das Initiatorische noch verstärken sollen, indem wir die Patienten auffordern, die Tische nach den Gesprächsrunden und also vor den Mahlzeiten in ihre alte Ordnung zurückzurücken. Hierfür ist bislang das Küchenpersonal zuständig, die Patienten bilden den Stuhlkreis, das Küchenpersonal löst den Stuhlkreis wieder auf. Frau Dr. Z. findet das bourgeois und tröstet sich damit, daß auch das Küchenpersonal zum Teil aus Patienten besteht, die dort Hilfsdienste verrichten, ich hingegen glaube, daß die Gespräche im Kreis größere Effekte zeitigen, wenn zu einem stillen, besinnlichen Ende gefunden wird, alle in stummer Andacht auf ihre Zimmer gehen und das Geschehene nachwirken lassen können, ich glaube, daß ein neuerliches Schieben der Tische und Umsetzen der Bestuhlung, mit dem damit verbundenen nervenzerrüttenden Quietschen, Ratschen und Poltern, der lärmenden Sperrigkeit alle guten Ansätze sofort wieder zunichte macht. Die Ruhe des Kreises soll bis zuletzt bleiben: So viel Luxus muß sein.

Bevor ich die Medikamentenpackungen aufsammele, alles zurück an seinen Platz stelle, werte ich den nächsten Anamnesebogen aus. Ich gebe mir Mühe, zu klaren Ergebnissen zu kommen, denn ich muß die Diagnose mit Frau Dr. Z. besprechen. Sie hält nichts von Vagheit, nichts vom Wahrscheinlichkeitscharakter einer Störung, sie mutmaßt nicht.

Etwas später verlasse ich mein Büro, die Diagnosen säuberlich unterm Arm, und stoße fast mit dem Patienten B. zusammen. Ich sehe es an seinem Mienenspiel, erst erschreckt, dann ertappt, dann verärgert, daß er an meiner Tür gelauscht hat. Tablettenschachteln, die gegen die Wand klatschen, können recht laut werden, und ich zucke selbst zusammen bei dem Gedanken, er könnte Frau Dr. Z. petzen, daß der Arzt Janich seinen Patienten den Podex versohle. Ich räuspere mich und sage zu Herrn B., daß ich mir nichts vorzuwerfen habe. Ich räuspere mich und teile ihm mit, daß in fünf Minuten die Sport- und Entspannungsstunde beginnt, an der er sonst immer teilnimmt. Herr B. setzt sich verstockt auf einen der Wartestühle in meinem Korridor und macht keine Anstalten, sich zum Sport zu begeben. Dabei hat er bereits Sportkleidung angetan, einen Trainingsanzug mit Reflektorstreifen, die im schummerigen Korridor markante Signale aussenden.

Biolumineszenz war die große Leidenschaft von Odilo. Von ihm weiß ich sehr genau, zu welchem Behuf die lebenden Wesen Leuchtmittel einsetzen. Beim Anblick von Herrn B. höre ich wieder Odilos dozierende Stimme, und ich rattere vor mir selbst pflichtschuldigst die verschiedenen Funktionen herunter, als könnte ich Odilo damit Ehre erweisen.

Fünffacher Grund der Biolumineszenz:

1. Anziehen eines Geschlechtspartners
2. Schutz – Täuschung – Tarnung
3. Abschreckung – Warnung – Blendung
4. Anlocken von Beute
5. Orientierung – Wegbahnung

Im Fall von Herrn B. dient die Reflexionsfolie vor allem der Selbsttäuschung, wie ja die meisten von den Patienten angestrengten Maßnahmen der Tarnung, Täuschung und Selbsttäuschung dienen. Es ist offensichtlich, was ihn daran fasziniert. Jemand, der sich seiner Mängel zu bewußt ist, der sich schutzlos und dünnhäutig, häßlich und sterblich fühlt, hat selbstverständlich ein Interesse daran, größer, schrecklicher, giftiger und gefährlicher zu scheinen (Punkt 3), hat den Wunsch, sein Ungenügen an sich und der Welt zu kaschieren (Punkt 2), die eigene Unscheinbarkeit und Entfremdung in einen künstlichen Nimbus zu verwandeln (Punkt 1). Tatsächlich scheint Herrn B.s Körper im Korridorhintergrund zu verschwimmen, während sich die Leuchtstreifen in den Vordergrund drängen und die Blicke auf sich ziehen. Ihm mag es sogar bei der Orientierung (Punkt 5) helfen, wenn er glaubt, daß sich sein zersprengtes Ich hinter einem grellen Gitter verbirgt; ein leuchtender Käfig, in dem die Persönlichkeitsanteile toben.

Im Normalfall strebt ein leuchtendes Lebewesen nur einen vorrangigen Nutzen an und arbeitet nicht die gesamte Liste ab. Glühwürmchen beispielsweise leuchten, um einander zum Zwecke der Fortpflanzung leichter zu finden. Herr B. ist ein

Fall, der praktisch alle Anwendungen abdeckt. Und was den Punkt 4, Anlocken von Beute, betrifft, muß ich mir redlicherweise die Frage stellen, ob es sich bei der Beute etwa um mich handeln soll.

Ich schließe etwas zu demonstrativ die Tür zum Therapiezimmer ab, ich sehe währenddessen über meine Schulter auf die Reflexionsfolie, die unstet durch den Raum zieht wie die Flugbahnen eines Leuchtkäferschwarms.

Dann nicke ich Herrn B. noch einmal freundlich, aufmunternd, vorwurfslos zu und begebe mich zur Sitzung mit Frau Dr. Z.

Wie war die Beerdigung? fragt Frau Dr. Z., und leider habe ich mir auf diese Frage keine passende Antwort zurechtgelegt. Wie ist eine Beerdigung? Ich sage vorsichtig, die Beerdigung sei gewesen, wie Beerdigungen eben so seien. Ich seufze bedeutungsvoll, so daß Frau Dr. Z. sowohl tiefe Trauer als auch angemessene Gefaßtheit, Mitgefühl und Abgeklärtheit herauszuhören vermag. Ich bin jemand, dem nichts Menschliches fremd ist, jemand, der auf Schicksalsschläge nicht mit Verzweiflung und nicht mit Verhärtung reagiert, sondern in der Lage ist, sich seine Würde zu bewahren und ein differenziertes Spektrum an Empfindungen spielen zu lassen. Wie Beerdigungen eben so seien, sage ich weltläufig, und ich füge hinzu, diese Beerdigung sei sehr pompös gewesen, im Vergleich sehr pompös, sage ich, als hätte ich Vergleichsgrößen vorliegen, als vergliche ich Woche um Woche eine Beerdigung mit der anderen, vergleichsweise pompös, sage ich, und Frau Dr. Z. nickt befriedigt und sieht ihr Vorurteil bestätigt, daß wir im Westen eben zu sehr auf Äußerlichkeiten bedacht sind, übertriebener Blumenschmuck, Sarg aus tropischen Edelhölzern, selbst der Tod noch Ware, sie sieht ihre Auffassung bestätigt, daß uns im Westen eine gewisse aufgeklärte Härte fehlt, welche allein eine

authentische Konfrontation mit den Realitäten des Alltags er-
möglicht. Da ich aber schon für Pompösität ein Bewußtsein
zu entwickeln im Begriffe bin, hofft sie im stillen, daß sie mich
noch hinbiegen, mich noch zu einem Menschen machen kann.
Im Vergleich sehr pompös, sage ich also, und Frau Dr. Z. nickt
wissend und mitleidig und weist mir den Stuhl an, auf den ich
mich setzen soll. Ich öffne meine Mappe und nehme die Papiere heraus. Wir beginnen.

7 Methoden der Jagd

Wenn die dünne Schneeschicht höherer Lagen gerade wieder schmilzt, der Nieselregen die Straßen in ein Matschparadies verwandelt, die Tage am kürzesten sind, muß der Zeitpunkt als ideal gelten. Nacht und Nebel. Die ideale Witterung für Erlkönige, deren Aktivitäten zum Weihnachtstauwetter ihr Jahreshoch erreichen, da sie dann sowohl besonders unauffällig bleiben, als auch auf einen gewissen Prüfstand gestellt werden können: Schlechte Sicht, Bodennässe, glatte Fahrbahn, diese Art von Voraussetzungen lassen sich mit künstlichen Mitteln kaum herstellen.

Es war der optimale Tag, wie er nur in der dunkelsten Zeit des Jahres zu erwarten ist, wenn sich die Energie auf dem Tiefpunkt befindet, die Stadtbewohner schon im Vorweihnachtsstreß, die Landbewohner vor dem Fernseher verkrochen, die Bevölkerung also blind für alles, was in ihrer nächsten Umgebung vorgeht.

Nebel werden. Selbstvernebelung. Tarnkleidung je nach Wetterlage. Aber auf die Kleidung kommt es nur nachrangig an. Die innere Haltung entscheidet. Selbstvernebelung, ein Zustand, in dem ich mir entgleite. Eine Trance, eine eigenartige Abwesenheit. Ich bewege mich auf besondere Weise, nach innen gekehrt, ich gehe verborgen im Hall meiner Schritte, ich tarne mich mit mir selbst. In diesem Zustand, gefangen in unscharfer Bewegung, kann ich durch eine belebte Einkaufsstraße gehen, ohne daß mich jemand bemerkt. Auch wenn ich der einzige Passant bin auf leerem Platz, werde ich von der

Umgebung geschluckt. Gewohnheiten ablegen, unbestimmt werden. Eine Pflastersteinreihe werden, eine Asphaltdecke, mit der Hauswand verschmelzen. Es gelingt mir am besten bei Hauswänden aus den fünfziger Jahren, ornamentfreie, langweilige Flächen, der Anstrich stark eingedunkelt und verschmutzt, klapprige Briefkastenschlitze, der Sockel verklinkert, Garagentore. Mich als Garagentor vor eine solche Wand spannen, im Rücken die Wäschestangen spüren, die knappen Rasenflächen, die flatternden Laken. Seitlich die Aschentonnen bemerken, die Altpapierstapel. Auf dem schmalen Bürgersteig Kölns gehen die Leute an mir vorbei, ohne mich zu sehen. Sie müssen mir ausweichen, sie sind gezwungen, einen Schritt auf die Fahrbahn zu tun, aber sie glauben, sie hätten andere Gründe, ein ausgespuckter Kaugummi, den sie großzügig umrunden, eine lose Bodenplatte, ein Aufsteller vor einem Kiosk, der für Speiseeis wirbt. Chamäleon der Innenstädte. Parkbank werden. Telefonzelle werden. Verkehrsschild werden. Es fällt leicht, wenn ich mich neben länglichen Objekten aufstelle. Ich kann mich verschatten, dem immer dichteren Schatten angleichen, mich vom Schatten der Objekte überlappen lassen. Neben einem Abfallkorb, wenn ich also Abfallkorb, Schatten des Abfallkorbs bin, werfen die Leute ihre Zigarettenschachteln und Plastikflaschen auf mich. Wenn ich mich neben einem öffentlichen Telefon vernebele, sprechen die Leute in den Hörer, als gäbe es mich nicht oder als sei ich ihr Beichtvater. Es hat damit zu tun, die eigene Ausstrahlung zu drosseln. Um sich herum Wolken zu bilden, Wolken der Unnahbarkeit, der Uninteressantheit, der Ereignislosigkeit.

Bei Regen ist es am einfachsten. Unter Schirmen nehmen Fußgänger ohnehin nichts wahr. Autofahrer achten auf die Fahrbahn und haben mit betropften, beschlagenen Scheiben nur begrenzte Sicht. Es fällt leicht, sich dem Tempo des Regens anzupassen, sich in ihn hineinzuducken, in ihm zu verschwinden.

Die Ruhe des Regens mit der eigenen Unruhe nähren. Sich in seinem Glitzern verstecken. Sich mit diesem unsteten Glanz durch ein quecksilbriges Denken, huschende Bewegungen zur Deckung bringen.

Odilo stieg zu, er schnallte sich an, er verstellte sich die Rükkenlehne etwas nach hinten.

Unser erster gemeinsamer Ausflug, unter meiner Leitung. Ich war unsicher, ob es sich als gute Idee erweisen würde, ihn mitzunehmen. Er war, in gewisser Hinsicht, wenig belastbar. Man konnte ihm die Niederungen des gewöhnlichen Lebens nur bedingt zumuten. Er gab sich keinen sinnlosen Vergnügungen hin, schließlich ging der Riß in der Welt durch ihn persönlich hindurch.

Was hatte er an? Er trug eine grüne Lodenjacke mit Hirschhornknöpfen, er glaubte damit meiner Anweisung zu entsprechen, etwas Gedecktes, Waldgemäßes, möglichst Schlichtes anzuziehen, mit dem man beim Wandern in abgelegenen Eifelregionen nicht auffiel.

Ich möge losfahren, sagte er im Tonfall eines Fahrlehrers, und ich fuhr sofort los.

Er saß neben mir, schweigsam und müde, ohne daß die Müdigkeit ihn gelockert hätte. Zwar hielt er sich breitbeinig, die Arme weit, die Hände offen, ganz Lässigkeit, ganz Abenteuer, doch ging diese Ausflugspose mit einem zu hohen Muskeltonus einher, einer Anspannung, die zu seinem Habitus gehörte und ihm, trotz oder wegen aller Bemühung, etwas Linkisches und Steifes verlieh, als sei er stets darum bemüht, sich zusammenzunehmen, etwas Verborgenes nicht nach außen dringen zu lassen.

Sein einziger Ausrüstungsgegenstand die Brille, die er immer wieder abnahm, sich die Augen rieb, von einer sinnlosen Konzentration erschöpft.

Er war unterdurchschnittlich groß, es fiel nicht auf, wenn

er saß. Im Stehen reichte er mir nur bis zur Schulter, aber seltsamerweise gelang es ihm dennoch, den Eindruck zu vermitteln, daß ich zu ihm aufschauen müsse. Wenn ich ihn vor mir
sehe, sehe ich ihn wie aus Untersicht, einen schlanken, drah-
tigen Mann, der sich körperlich stark verändern konnte: unangenehm verzerrt, ja häßlich, jedenfalls auf den ersten Blick.
Dann wieder: eine geschmeidige Art, sich zu bewegen, eine
animalische Anmut, eine instinktive Bewegungsschönheit, die
einsetzte, sobald er seinen Körper vergaß.

Ein schwerer Schädel mit stark gewölbten Brauen, so weit
vorspringend, daß sie mich an die Ansätze von Hörnern erinnerten und ich mich manchmal dabei ertappte, wie ich erwartete, daß er den Kopf senkte und zum Angriff überging.

Sein Gesicht disproportioniert, die Augen etwas zu klein,
die Nase etwas zu breit, eine hohe Stirn, schmale Lippen, star-
ker Bartwuchs, so daß auf seiner Haut immer ein schmutziger
Schimmer lag, ein wenig schönes Gesicht, dessen Unausgego-
renheit jedoch in Vergessenheit geriet, wenn er einen ansah.

Dunkle Augen, die tief in den Höhlen lagen, Augen von
fragwürdiger, unbestimmbarer Farbe. Mal das öde Braunblau
aufgewühlter See, mal, je nach Lichteinfall, ganz schwarz, als
seien seine Pupillen dauerhaft erweitert. Augen, die etwas Ver-
kniffenes, Stechendes besaßen, als träte aus ihnen ein Sehstrahl,
der auf die Welt zustieß und die Dinge berührte, sie streichelte
und strafte und manipulierte. Ein hypnotisierender Blick, der
wie von einer Sonnenbrille kam und aus der Anonymität ope-
rierte, ein irritierender Blick, vor dem man sich entblößt fühlte
und zugleich auf eine unerhörte Art gewürdigt.

Im Wagen war es klamm, es roch nach den Bananen, die als
eiserner Proviant auf dem Rücksitz lagen, und es roch nach
ihm, seinem Haarwaschmittel, seinem Rasierwasser, nach dem
süßlichen Waschpulver, das seine Mutter verwendete und das

sich mit dem Aroma seiner Haut zu einem Duft vermischte, an dem ich ihn mit geschlossenen Augen aus jeder Menschenmenge hätte herausfinden können.

Auf der Frontscheibe hinterließ der Sprühregen Tausende winziger Punkte. Im leichten Niederschlag, im unsteten Licht trat die angenehme Rundheit der Kanaldeckel zutage, satt lagen sie vor uns, schlürfend, schimmernd. Der Bürgersteig, sonst stumpf und staubig, schien jetzt nachgiebig und aufgequollen, wie eine Gummimatte.

Das Licht spielte eine große Rolle. Bereits bei bedecktem Wetter erfuhr eine ganz normale Straße eine berückende Veränderung hin zu größerer Weichheit. Das Tageslicht, durch Wolken gesiebt, fiel pudrig über sie hin. Alles verlief gedämpfter, gab sich bescheidener gegenüber dem Besserwisserischen sonnenbeschienener Dinge, ihrer fraglosen Existenz, ihrer Anspruchshaltung.

Jetzt ließ der Nieselregen die Bordsteinkanten verschwimmen, die Betonwürfel vor einem Fußweg, die niedrigen Vorgartenmauern schienen porös zu werden, als dringe unentwegt Feuchtigkeit in sie ein, als öffneten sie sich unmerklich immer weiter, bis sie sich aufgelöst haben würden. Sie standen uns, erklärte ich Odilo, nunmehr nicht starr gegenüber, sondern sie verhielten sich, als begönnen sie uns aufzunehmen in ihre Geheimnisse, ihre Verschwiegenheiten, in die unbändige Macht der Landschaft.

Dies, erörterte ich Odilo, seien die Bedingungen, auf die es ankomme; unter solchen Bedingungen richte man die Aufmerksamkeit nicht mehr auf das Vordergründige, vielmehr lerne man, auf eine hintergründige Weise zu sehen.

Alberich, dem Elfenkönig, oblag es, den Hort der Nibelungen zu bewachen. Er ging zu diesem Behuf in einen Mantel gekleidet, der ihn unsichtbar machte: eine Pelerine, die das Licht so zurückwarf, als sei da nichts. Die modernen Erlkönige werden von ihren Firmen getarnt. Die Hersteller testen sie unter extremen Bedingungen, um alle Bestandteile einer Belastungsprobe auszusetzen. Man mietet Rennstrecken oder andere Gelände an, die hohe Geschwindigkeiten zulassen und dem Fahrer ausreichend Herausforderung bieten. Die Prototypen, die in dieser Phase das Werk verlassen, sollen vor den Augen der potentiellen Käufer geheim bleiben, damit sich das Interesse nicht vorzeitig vom Vorläufermodell abwendet. Dies aber geschieht unausweichlich, das Interesse von Käufer und Presse richtet sich sogleich auf das Neue, Unbekannte, und die Modelle, die sich auf öffentlichen Straßen zeigen, werden verhüllt. Man benutzt keine Tarnmuster im eigentlichen Sinne, man strebt nicht an, sie optisch völlig zum Verschwinden zu bringen, man bemüht sich nur, ihr wahres Aussehen zu verschleiern. An den entscheidenden Stellen sind die Prototypen mit auffälligem Material beklebt, das die Erscheinung bedeutend verändert. Dunkle Folie trägt dazu bei, Proportionen unkenntlich zu machen, psychedelische Muster und Karos lösen die Umrißlinien auf. Sie verwirren den Betrachter, weil er nicht weiß, was er fixieren soll, das Objekt tritt ihm so stark entgegen, daß er unwillkürlich zurückweicht, es simuliert eine Bewegtheit, die einen bedrohlichen Unterton besitzt, die ihn in ihrer betonten, ja übertriebenen Sichtbarkeit anzugreifen scheint.

Flecktarnmuster funktionieren entgegengesetzt, sie zerstreuen den Gegenstand auf eine Weise in der Umgebung, daß seine Anwesenheit nicht bemerkt werden kann. Das Problem besteht bei klassischem Fleckmuster darin, daß die Umgebung eines beweglichen Körpers nicht konstant bleibt, daß die Tarnung nur auf eine bestimmte Stelle paßt, etwa *Potato Pattern*, Kartoffeltarn, auf ein Kartoffelfeld, *Flower Camo*, Blumencamouflage, auf eine wilde Alpenwiese, Eichentarnung in ein entsprechendes Waldstück, ein Waldstück, das sich zu verselbständigen scheint, sobald der Jäger es verläßt und seinerseits als wandelnder Eichenbaum, Äste und Zweige auf die Jacke gedruckt, den Weg bis zum abgestellten Fahrzeug in Waldrandnähe zu überbrücken sucht.

Während meiner Studienzeit ist es mir einmal gelungen, mit einer Prototypaufnahme echtes Geld zu verdienen. Es war ein Glückstreffer, ich fuhr von Köln nach Aachen, kam irgendwo auf freier Strecke an eine Kreuzung, flache Landschaft, Stoppelfelder zu allen Seiten, als sich der Wagen näherte, auffällig gestaltet mit schwarzweißen Kringeln, die sich vergrößerten, wie Seifenblasen schillerten, rotierten und verpufften und aus dem Nichts neu ausdehnten. Meine Kamera lag auf dem Beifahrersitz, als das Gefährt an der Kreuzung einbog, von rechts an mir vorüberglitt, sonst niemand außer uns. Ich knipste durchs offene Fahrerfenster, ich dachte nicht nach.

Nie wieder ist mir ein Erlkönig begegnet, aber ich fahre seitdem systematisch die nur unvollkommen geheimgehaltenen Strecken ab, die empfohlenen, hoch gehandelten Strecken, auf denen sie angeblich schon gesichtet wurden.

Erlkönige – man hätte einfach ein paar Wochen warten können und die Bilder wären ohnehin in allen Zeitschriften zu sehen gewesen. Mir aber ging es genau um diese paar Wochen, ich konnte durchaus nicht warten, und im übrigen war ein Zeitschriftenfoto, ein von einem anderen aufgenommenes Foto nicht im geringsten zu vergleichen mit einem eigenen. Ein eigenes Foto enthält die Konfrontation mit dem Objekt. Es ist von einem höheren Realitätsgrad, es verspricht bedeutend mehr Erkenntnisse, es kommt einer realen Ansicht nahe. Das Objekt zeigt sich ohnehin verhüllt; ein Foto läßt einiges von seinem wahren Aussehen erahnen, aber bei einer Konfrontation wäre man fähig, das Verdeckte, Unsichtbare, Getarnte intuitiv zu erfassen, man wäre imstande, durch die Äußerlichkeiten hindurchzusehen.

Erlkönigjäger. Wir suchten, erklärte ich Odilo, nach einer verborgenen Schönheit, einer Schönheit, die sich nicht sofort erschloß, für die man den Blick hatte schulen müssen, damit er die Verhüllungen, die albernen Abklebungen, die Karotarnungen durchdrang.

Ein exzentrisches Hobby, merkte Odilo zweiflerisch an.

Ich hatte damit gerechnet, daß Einwände kommen würden. Von Odilos Seite kamen stets Einwände, als läge es in seiner Natur, jede Initiative anderer, ihre unbefangene Herangehensweise, ihre optimistische Gutgläubigkeit, ihr Vertrauen in sich und die Welt zu untergraben.

Odilo pflegte selbstredend kein Hobby. Einer wie er wußte seine Interessen beruflich zu verwerten, er wußte aus dem, was ihn beschäftigte, klingende Münze zu schlagen. Er wünschte seine gesamte Tätigkeit dem größeren Nutzen zuzuführen. Ein Hobby war Zeitverschwendung, Selbstbetrug, ein Ausweichen vor dem Ernst des Lebens, die Verweigerung von Verantwortung.

Ich wußte nichts zu erwidern, aber natürlich mußte ich mich fragen, ob diese Fahrten in Wahrheit nicht zum Abschalten dienten, zum Ausweichen, eine Fluchtbewegung, als Suche getarnt, um für ein paar Stunden aus allem heraus zu sein.

Ein Hobby, sagte ich schließlich schlapp. Meinetwegen ein Hobby. Warum nicht.

Ich fuhr auf direktem Weg zum Nürburgring. An einer Forststraße stiegen wir aus, schlugen uns ein Stück querfeldein durch den Wald und wanderten dann lange am Zaun der Nordkurve entlang.

Ich steckte hier und da das Objektiv durch den Maschendraht. Ich vermeinte auch, Motorengeräusch zu hören, das sich näherte. Wir lauschten eine Weile, auch Odilo lauschte und verhielt sich reglos, das Geräusch schwoll an, streifte uns und verklang dann wieder, vermutlich war es von der Straße gekommen.

Die Tanzplätze der Elfen befinden sich, wie es heißt, an mild-feuchten Stätten, in Flußauen in der Nähe von Erlengebü-schen, auf blumenbewachsenen Hügelgräbern, auf abgelege-nen Wiesen bei Frühdunst. Der typische Aufenthaltsort des Erlkönigs entspricht diesem Schema des Feuchten vollkom-men, nur ist das Liebliche ins männlich Markante gewendet, und er bevorzugt vereiste Seen, verregnete Wälder, vernebelte Steppen.

Methoden der Jagd. Wer die Gewohnheiten seiner Jagdbeu-te genau kennt, kann sich so plazieren, daß er die Beute an ih-ren üblichen Wechseln und Äsungsplätzen erwartet. Auf dem Ansitz harrt der Jäger aus. Das Wild wird in seinen Abläufen kaum gestört. Es erscheint dort, wo es immer erscheint. Man benötigt lediglich Geduld.

Von Vorteil ist es, einen höher gelegenen Standort zu wählen, um den Wegen des Wildes, da man ihm nicht nach-schleicht, mit dem Auge folgen zu können. Unabdinglich ist es, einen Ort zu wählen, der mit den Vorlieben der Beute so über-einstimmt, daß diese ihn nicht nur aufsucht, sondern auch, aus Faulheit, aus Gewohnheit, aus Verzückung, in der Aufmerk-samkeit nachläßt und nicht sofort flieht.

Die Pirschjagd hält man gemeinhin für die anspruchsvoll-ste aller Jagdarten. Der Jäger bewegt sich allein durch das Ge-lände, ohne Hund. Er sollte durchtrainiert sein und über eine ausgezeichnete Körperbeherrschung verfügen, denn das wich-tigste bei der Pirsch sind Lautlosigkeit und Unsichtbarkeit. Die Anpassungsfähigkeit des ausgezeichneten Jägers ist eine abso-lute. Er gleicht sich der Umgebung so vollständig an, daß er unbemerkt wie unter einer Tarnkappe vorankommt. Er paßt

sich aber auch an das Wild an. Er muß dessen Wege vorausah-
nen, dessen Bewegungen wie seine eigenen kennen. Man muß
dahin gelangen, mit dem Wild eins zu werden, man muß die
Verletzung, die man ihm zufügt, am eigenen Körper spüren.

Das Wild, das man schießt, stirbt einen stellvertretenden
Tod. Der Jäger stirbt mit ihm, aber der Jäger ersteht wieder auf
und lebt weiter. Und zwar, wenn man so will, geläutert. Die
Kraft der Beute ist auf ihn übergegangen, ihre Eleganz, ihre
Schnelligkeit, ihre Macht.

Es war mittlerweile einige Grad kälter geworden. Der Nieselregen wurde stärker und ging in Schneeregen über. Odilo nahm
immer häufiger seine Brille ab und wischte sie mit einem Stofftaschentuch trocken. Ein trüber Tag, sprach ich beschwörend
auf ihn ein, Rutschgefahr, minimale Sicht, die Bedingungen
seien die besten. Wir bräuchten nur etwas Geduld.

Odilo klopfte sich den nassen Schnee von den Schultern,
keineswegs anklägerisch, er wirkte unbeteiligt.

Waldeinsamkeit. Weihnachtstauwetter. Den Zaun entlang ein
aufgeweichter Trampelpfad. Unsere Schuhe lösten sich bei jedem Schritt mit einem Schmatzen. Odilo tippte Zweige an, legte einer Baumrinde die Hand auf. Er berührte alles in diesem
Wald, als sei es sein Eigentum. Stechpalmenblätter kratzten
über den Stoff meines Anoraks. Die Beeren waren rot und reif.
Odilo riß eine ab und zerkaute sie. Sie sind giftig, murmelte
ich, aber so, daß er es nicht hörte. Er trug ungeeignetes Schuh-
werk. Schon beim Aussteigen war er in eine Pfütze getreten,
die tiefer war, als sie aussah, und in der er bis über den Knöchel versank. Er hatte keinen Schreckenslaut von sich gegeben,
er hatte keine Beschwerde getan, er hatte nur kommentarlos
den Fuß geschüttelt und gewartet, daß wir losgingen. Wie war
ich darauf verfallen, ihn mitzunehmen? Ich war aufgeregt, ich

machte mir Hoffnungen, aber er bremste mit seinem kühischen Kauen der giftigen Beere meinen Elan.

Wir hatten den Tag damit verbracht, um den Nürburgring zu kurven, hier und da auszusteigen, durch Schneematsch und über trübe Feldwege zu stapfen, wir hatten Schallschutzwände betrachtet und waren in den langweiligsten Orten der Republik eingekehrt, um uns mit einem lauwarmen Tee bei Laune zu halten. Wir fuhren im Kreis, es war ein weiträumiges Umkreisen des Ziels oder auch nur ein zielloses Kreisen, Schweifen, Streunen. Das endlose Fahren tröstete uns. Wir sprachen kaum miteinander auf dieser Strecke, es ging nur darum, unterwegs zu sein, mit einem vagen Ziel.

Wir befanden uns bereits auf dem Rückweg. Wir hatten nichts gesehen. Seltsamerweise löste das bei mir ein Gefühl der Befriedigung aus, als hätten wir nichts verpaßt, als könnte alles noch kommen.

Nacht, Beginn einer kühlen Dezembernacht, Schneeregen, schlechte Sicht, kein Sternenhimmel. Endlos wiederholte Schlieren des Scheibenwischers, quietschendes Gummi, ein Wegwischen der Dinge, unwirklich.

Wir suchten Zuflucht unter der Lichtkapuze der Tankstelle, ein Schutzmantel, der die Zapfsäulen vom Wald abschirmte und in die Depressivität des Spätherbstwetters eine therapeutische Buntheit mischte, rotes und gelbes Licht, segensspendend wie die Weihnachtsdekoration in den Städten, aber auch verführerisch, einzutreten und etwas zu kaufen, Benzin, Bier, Schokolade, ein modernes Knusperhaus mitten im Wald. Der dickflockige Regen fiel grau und gleichmäßig, ein unmenschliches Gleichmaß. Auf alle Straßen sanken kieselhelle Brosamen, die sofort wegschmolzen, die uns in den Wald locken wollten, zwischen die immer gleichen Stämme und verfaulten Blätter.

Wir stiegen an der Tankstelle aus, und es schien, als prallte der Wald auf uns, sein schwerer Geruch, nasses Nadelholz, sein Wogen, Wiegen, Wallen.

Odilo warf die Wagentür zu und machte unwillkürlich ein paar Schritte zum Wald hin, nicht tänzelnd, nicht leichtfüßig, eher wie angezogen von etwas, dem er gleichzeitig Widerstand leistete, er trat schwerfällig vor, wie gezwungen, stolperte über eine flache Steinkante, die an der Einfahrt kümmerlichen Rasen umfriedete, stieg über die rutschige Kante in die Rasenpfützen hinein, stand so einen Moment, auf den schwarzen Wald starrend, sich in diesem Wald, seiner Unsichtbarkeit verlierend, bis ihn ein heftiger Windstoß erfaßte, in seine offene Jacke fuhr und die Schöße hob.

Er kehrte zurück unter die Überdachung, er betrachtete seine schemenhafte Spiegelung in der Tanksäule, seine Jacke streifte die meine. Ich hängte den Tankstutzen ein und betrat den erleuchteten Verkaufsraum.

Länger als nötig hielt ich mich an der Kasse auf, begutachtete Kaugummis und Knallbrause, plauderte ostentativ mit der jungen Frau, die kassierte, und versuchte das Gefühl zu genießen, einziger Kunde an einem abgelegenen, wenn auch nicht unzugänglichen Ort zu sein, in einer düsteren, dünnbesiedelten Gegend, die, für deutsche Verhältnisse, Wildnis war.

Als ich wieder zurückkam, gruppierten sich die Zapfsäulen wie die bewegten Figuren in einem Märchenwald, Figuren, die den Kopf von einer Seite zur anderen wenden, den Arm mit dem Flechtkörbchen heben und senken konnten. Odilo stand wieder abseits.

Sternenhimmel, Sterntaler; Schneeregen ersetzte die Sterne, ein bewegliches, herabstürzendes Firmament. Er hatte seine Brille abgenommen und rieb sie sinnlos trocken, in die Wasserflocken starrend, ohne etwas zu sehen, ohne etwas sehen zu wollen, in ein Grübeln, eine geheimnisvolle Gedankenfolge versunken, die mich ausschloß, ähnlich wie die Landschaft ihn ausschloß, ihn an den Rand drängte und dann wieder ansog, als gäbe es ein unbekanntes Zentrum, in das sich einzudringen lohnte.

Ich sah ihn von hinten, seinen Rücken in der Lodenjakke vor einer Wand aus Schneeregen, dahinter wiederum, im Dunkeln nur zu erahnen, der Nadelwald in äußerster Zurückgezogenheit. Schichten von Regenvorhängen, Schichten von Finsternis.

Seltsamerweise sah ich ihn so, als falle nur direkt vor ihm der Niederschlag, als betrachte er, und nur er allein, wie die halbgefrorenen Tropfen, die halbgetauten Flocken, dieser unklare Aggregatzustand, das bestirnte Firmament ersetzt hatten und ihm entgegenfielen. Er hielt die Brille in der Hand und rieb sie mechanisch, das Gesicht den wäßrigen Sternen entgegengehoben, das Haar blau vom Tankstellenlicht. Ich weiß nicht, ob er hektisch blinzelnd in das Flimmern starrte, oder ob er die Augen geschlossen hielt und das Stürzen des Nachthimmels allein mit seinem Gesicht, mit einer Art umfassender Blindheit, einer gesteigerten Dunkelheit auffangen wollte.

8 Auerhähne

Es hatte das Gerücht gegeben, sie testeten jetzt im Tagebau. Es hatte geheißen, die Konzerne arbeiteten jetzt zusammen, es hieß, eine Hand wäscht die andere, und man munkelte, die abgebauten Flächen eigneten sich für die Autohersteller vortrefflich, um Wüstenbedingungen zu simulieren.

Wir kletterten den Wall hinauf, rutschiger Lehmboden, feuchtes Gras. Der Wall war gerade so hoch, daß man von der Straße aus nicht über ihn hinwegsehen konnte. Wir ignorierten das Verbotsschild und erreichten den Grat. Jenseits des Walls öffnete sich eine weite Fläche, ihre Ausdehnung beeindruckte wesentlich stärker als ihre Tiefe, so daß man die Tiefe, verwirrt, nicht einschätzen konnte. Seitlich stiegen sanft Terrassen ab. Unten der schwarze Block. Das Kohleflöz.

Odilo neben mir ging den Wall ein paar Meter auf und ab, sah hierhin und dahin, als nähme er vom Tagebau überhaupt nichts wahr. Tatsächlich war die Senke mit diesiger Luft gefüllt, beständig wirbelte Staub auf, verbarg die Maschinen hinter einem Schleier, die monströsen Bagger mit ihren Schaufelrädern, die sich mit einer kaum merklichen Langsamkeit voranfraßen, die Absetzer, die das Erdreich auf Fließbänder füllten, die Bänder, die unablässig liefen und deren Bewegung von weitem wie Stillstand schien.

Die Grube eine Spielzeugwelt. Spielende Baggerfahrer, spielerisch aufleuchtende Positionslichter, modellbauhaft winzige Pkw. Kein verschlingendes Chaos: Es war eine vollkommen geordnete Abtragung, bei der alle Prozesse ermüdend präzise abliefen, eine Operation, die mit der Ruhe des Hintergrunds vor sich ging. Das Erdinnere, Millionen Jahre alt, lag bloß, aber in mir entstand kein Gefühl von Schamhaftigkeit. Diese Grube war nicht mehr als ein Betriebsgelände, ein gewaltiger Exzeß der Nüchternheit, der Routine, womöglich der Vernunft. Arbeit spielte sich dort ab, scheinbar kleinteilige Arbeit, die man aus der Entfernung wie mit dem Gleichmut der Ewigkeit sah; Arbeit, so stetig wie das Rinnen einer Sanduhr – erst bei den letzten Körnern merkt man erschrocken, daß etwas zu Ende gegangen ist.

Schwarz und stumm lag das Flöz, speicherte unvorstellbare Zeitmassen; jetzt nagten die Bagger an dieser Zeit, zermalmten den Boden, der unsere Vergangenheit war. Feuchtkalte Bauernhöfe ringsum, klamme Dörfer, platte Felder. Vor uns die schnöde Kohlengrube. Wir am Rand.

Der Wind an der Abbaukante blies kalt, ich zog meinen Reißverschluß hoch. Auf der Böschung klebte der Lößboden wie Blei an meinen Sohlen. Hinter uns, auf der verwilderten Wiese an der Straße, mäanderten die Rohre der Pumpvorrichtungen.

Tagebau, das Erzeugen von Leere bei Tag und bei Nacht. Am hellichten Tag, in erleuchteter Nacht, pausenlos wurde Erdgeschichte vernichtet. Die Grube erstreckte sich bis zum Horizont, und sie rückte in der Fläche bedrohlich vor. O daß mein Sinn ein Abgrund wär. Und meine Seel' ein weites Meer. Daß ich dich möchte fassen.

Unentwegt gruben die Bagger, erzeugten ein mahlendes Grundgeräusch, ein beständiges Flüstern, das auf das Flöz hinredete, sich in den schwarzen Block bohrte und ihm etwas einredete, dem Stein zusprach, ihn beschwor, daß er Brot werde, daß er es zulasse, sich zu verwandeln in das, was uns zukam, uns not tat, uns nützte, Herrschaft und Herrlichkeit.

Odilo hatte sich neben mich gestellt, er starrte in das öde Loch, erst jetzt, nachdem ich für mich längst befunden hatte, es gebe hier gar nicht so viel zu sehen. Mir war schon etwas langweilig geworden. Es war eine künstliche Wüste, die sich als Testgelände, da war ich mir sicher, nicht eignete. Odilo hingegen schien plötzlich von Faszination ergriffen. Er blickte in die verschleierte Ferne, seine Augen glänzten feucht, ein Lächeln spielte um seine Lippen, das ich nicht deuten konnte, ein ironisches Lächeln, er lächelte immer so, als verspräche man ihm auf einen Augenblick alle Reiche der Welt und als gehöre es zu den Vorzügen seines Charakters, dem nicht zu widerstehen.

Ich trat unruhig von einem Fuß auf den anderen. Der Wind wehte durch den Stoff meiner Jacke hindurch, und es kam mir vor, als wehe er durch meinen Körper, als sei ich nicht vorhanden. Ich steckte die Hände in die Taschen, zog sie wieder hervor, sah auf die Uhr.

Odilo stand an der äußersten Kante der Böschung, dahinter ging es relativ steil bergab. Auch das beunruhigte mich. Er stand dem Loch zugewandt, leicht nach vorn gebeugt, die Arme leicht ausgebreitet, als käme es ihm nicht in den Sinn, daß auf dem unebenen Untergrund die Gefahr bestand, zu stolpern und zu fallen, vielmehr als sei er bereit und imstande, gleich abzuheben. Über den Abraum zu segeln, über die Erden und Maschinen hinweg, ein Großgrundbesitzer, der seinen Fuhrpark prüft.

Ich warte im Auto, sagte ich entnervt.

Odilo atmete ein. Wandte den Blick nicht vom Flöz. Gerne, befand er. Er komme gleich nach.

Ich saß erst kurze Zeit im Wagen, als ich ihn die Böschung umständlich heruntersteigen sah. Meiner alten Gewohnheit der Unterwürfigkeit folgend, stieg ich aus und hielt ihm den Wagenschlag auf.

Gigantisch, urteilte er knapp. Er sei froh, das Gelände gesehen zu haben. Eindrucksvoll. Eine Bewußtseinserweiterung.

Nicht weit vom Tagebau entfernt fuhren wir durch ein leeres
Dorf. Sehr saubere Straßen und Gehwege, eine Backsteinkir-
che, eine besprühte Bushaltestelle, kein Mensch zu sehen. Ich
hielt vor der einzigen Restauration. Ein grüngelber Schriftzug *Pizza* leuchtete über einem vorspringenden Schaufenster.
Braune Samtvorhänge faßten dieses Fenster theatralisch ein.
Zwischen den gerafften Bordüren präsentierten sich zwei aus-
gestopfte Auerhähne. Auerhähne!
Begeistert wies ich mit dem Zündschlüssel auf die Lokalität,
schon einen Fuß auf der Straße. Odilo saß noch angeschnallt
und begriff erst allmählich, daß wir hier, genau hier etwas essen gehen würden, in einer zünftigen Dorfwirtschaft, nach einem langen erfolglosen Tag.
Wir überquerten die Straße, unsere Schritte klangen hohl.
In den alten rheinischen Dörfern drängen sich die Häuser eng
zusammen, die Gehwege sind so schmal, daß man kaum auf
ihnen balancieren kann, die Hausmauern erheben sich direkt
an der Straße. Keine Pflanzen, keine Vorgärten, kein Schmutz
auf der Schauseite, nur hier und da ein Geranienkübel.

Wir saßen beim Fenster, direkt neben mir hing einer der
theatralischen Vorhänge, und wenn ich mich zur Seite lehnte, konnte ich den staubigen Samt an meiner Wange spüren,
paradiesisch weich, wie es dem Staub eigen ist. Ich hätte den
Wunsch gehabt, in einem Bett aus reinem Staub zu schlafen.
Im Hintergrund murmelten die Einwohner des Ortes, auch
dies wirkte einschläfernd auf mich, wenn auch nicht beruhigend, und als ich mich für einen Moment diesem hypnotischen
Murmeln hingab, von ihm fortgetragen werden wollte, schrak
ich hoch von dem dumpfen Laut, mit dem unser Essen kam.

Vorsuppe, ich Erbsen-, er Spargelcreme-. Mir ein Fläschchen Maggi auf den Tisch geknallt, ihm ein Salz- und Pfefferset. Odilo entfaltete spitzfingrig die dünnknisternde Imbißbuden-serviette und wischte damit über das Besteck. Er behauchte den Löffel, auf dem man noch kalkige Tropfenspuren sah, wie-nerte ihn mit der spröden Serviette blank.

Ich tauchte ungerührt den Suppenlöffel ein. Aus den Au-genwinkeln sah ich die Auerhähne. Sie gruben vergeblich im Boden, sie scharrten und schabten, ihre rauhfiedrigen Füße rutschten von dem dunkel gebeizten Brett, auf dem man sie ausgestellt hatte, immer wieder ab. Ich stellte mir vor, daß ihre Krallen Spuren hinterließen, lange häßliche Kratzer, wie es Hunden unterläuft in einer Wohnung mit Parkett, wie es, in weniger bescheidenem Ausmaß, den Baggern gelang, die ihre Klauenschaufeln in fruchtbaren Lößboden drückten. Die bei-den Hähne schlugen ihr kleines schwarzes Rad, sie schritten ruckartig, mit der abgehackten Nervosität eines Sekundenzei-gers, sie reckten die Hälse mit dem schillernden Gefieder in potenter Pracht. Auerhähne, vermutlich im Hochsauerland erlegt, wo sich noch einige Exemplare dieser bei uns nahezu ausgestorbenen Vogelart hielten, verbracht in ein nahezu aus-gestorbenes Dorf.

Bauern und Arbeiter des Tagebaus murmelten die Geschichte des Ortes, wie geht es Karl, wie lang ist er schon krank, wor-an war seine Mutter eigentlich gestorben, hat er die Kühe ver-kauft, wieviel hat er für das Land bekommen, den Umzug ins Reihenhaus, das sage ich dir gleich, erlebt er nicht mehr, und die Kinder, was machen die Kinder, studieren in Köln, ja, Köln, lange nicht mehr dagewesen, immer zu tun, muß alles laufen, dieses Jahr viele Erdbeeren, richtige Erdbeerplage, meine Frau hat Marmelade gekocht, aber was willst du damit, Hunderte Gläser, könnten noch die Enkel von leben, wird man doch nicht eigens einen Umzugswagen für Marmeladengläser nehmen, macht man sich ja lächerlich …

Ein bereits aufgegebenes Dorf, nur noch die Hülle seiner selbst. Als sei es in Wirklichkeit bereits unter der Erde und scheine hier nur noch einmal auf wie in einem wehmütigen Traum. Ein Dorf, das mechanisch weiterfunktionierte, wie ein Huhn, dem man den Kopf abgeschlagen hat und das noch ein paar Meter flattert. Hühnergegend. Die Leute fuhrwerkten noch aus Gewohnheit, fegten ihre Bürgersteige bis zuletzt, fegten schon eine Vergangenheit. Die Meter unter ihnen würden in Kürze abgetragen sein. Sie nähmen ihre Toten mit, ihre Grabsteine. Errichteten ihr Geisterdorf an anderer, ähnlicher Stelle neu.

In der aufgegebenen Kneipe im aufgegebenen Ort brachte uns die aufgegebene Bedienung zwei Biertulpen mit einem feuchten Pilsdeckchen um den Fuß. Was genau tranken wir? Wir tranken Bier, das Odilo nicht schmeckte. Es gab in dieser Pizzeria ausschließlich Bier.

Odilo, der in arrogantestem Tonfall von seiner Isolation spricht, seiner Menschenscheu und auch Menschenabscheu, Odilo, der eine Person einfordert, die ihm gewachsen sei, die ihm Widerpart sein könne, Odilo, der sich in einer unbekannten Flüssigkeit ertrinken fühlt, der diktatorisch Mitgefühl verlangt.

Die horizontale Sehnsucht, so Odilo, die Schwärmerei ins Unendliche führe zu nichts. Im Rheinland neigten die Leute dazu, ihr gesamtes Gefühlsleben einer banalen Fließbewegung aufzuhalsen, sich mit dem verdreckten Rhein in eine Ferne verschaukeln zu lassen, die sich am Ende als ein ebenso verdrecktes Kleinstmeer entpuppe, als die übliche scheußliche Nordsee, ein Schlechtwettermeer voller Bohrplattformen. Seine eigene Mutter habe sich nicht entblödet, einen Kupferstich des ro-

mantischen Rheins in ihrem gemeinsamen Wohnzimmer aufzuhängen. Bei jeder Mahlzeit sehe er jetzt diesen elenden Fluß,
der nicht einmal eine richtige Mündung aufweise. Er laufe in
ein vielarmiges Delta aus, und bevor er die Nordsee überhaupt
erreiche, versickere er in den Niederungen Hollands. Aus diesem Grund sei auch niemandem bewußt, in welches Meer sich
der Rhein überhaupt ergieße. Das drückende Empfinden eines mit aller Macht betriebenen Versickerns sei bereits auf der
Höhe von Bonn so enorm, daß ihm beim Anblick dieses Flusses regelmäßig die Tränen kämen, eines Flusses, der bedauerlicherweise nur noch ein erbärmliches Gewässer sei, ein Strom,
der nicht mehr fließe, quasi ein Teich.

Die Enge Bonns, die Kessellage, behauptete Odilo, sei nur
durch vertikale Ausrichtung des eigenen Bewußtseins überhaupt zu ertragen. Man komme gar nicht umhin, aus dieser
Enge eine Ausflucht zu wünschen, und aufgrund der Kessellage könne eben der Ausweg nur ein vertikaler sein. Sein Unbehagen aufgrund dieser städtischen Enge, die sich auf sein eigenes Körpergefühl übertrage, nehme immer weiter zu. Es sei,
als ob er auch körperlich einen Ausweg suche. Ein Drang, die
eigenen Körperwände zu übersteigen, ein Fremdkörpergefühl,
ein Aus-sich-herausgehen-Wollen, gegen das ausschließlich
Arbeit helfe. Er arbeite viel.

Wir sprachen über die glatte Tischplatte hinweg wie über
eine Wasserfläche, die unsere Worte leicht hinüberhallen ließ,
die die Geräusche verstärkte. Wir sprachen über Vögel und
Unvermögen, über Glücksversprechen und Erfolg. Wir lobten
den Schlaf.

Also gewohnt, die Nacht größtenteils arbeitend zu verbringen,
sei er mittlerweile nicht mehr in der Lage, länger als drei bis
vier Stunden zu schlafen. Leistungsbereitschaft und Schlaf –
alle bedeutenden Männer seien mit wenig Schlaf ausgekom-

men. Und er gestehe, er wolle bedeutend werden, er wolle Erfolg. Man versage sich den Schlaf aus Leidenschaft, man brenne für eine Idee, eine Aufgabe, und wenn die Leidenschaft nicht ausreiche, müsse man sie sich eben abringen, sie erzwingen. So habe er damit begonnen, förderliche Umstände mit einer gewissen Gewalt gegen sich selbst herbeizuführen; wenn er nachts arbeite, störe ihn niemand, nachts sei die Zeit seiner höchsten Konzentration. Die Welt ausklammern, sich in glückliche Isolation begeben. Inzwischen habe sich dieses sein Pflichtgefühl verselbständigt; der Schlaf fliehe ihn, eine gewisse innere Abschottung von den Geschäften der Menschen, den falschen Rücksichten, den schäbigen Kompromissen, dem kleinsten gemeinsamen Nenner habe sich verfestigt, er finde nicht mehr zurück.

Ob er es wolle? Darüber nachzudenken weigere er sich.

Inzwischen, sagte er, habe er Angst zu schlafen.

Sattelschlaf. Scheinschlaf. Tage aus Schlaf. Die Leute seien auf Wohlstand aus, auf Bequemlichkeit, merkten in ihrer Dumpfheit kaum, daß sie von anderen gesetzte Ziele verfolgten.

Splendid isolation, das bedeute, daß er bewußt und gezielt nicht unter die Leute gehe. Sich die primitiven Vergnügungen des Normalverbrauchers verbitte, sich von dessen unausgegorenen Zuständen nicht anstecken lasse.

Alle anderen schliefen, nur er teile ihre Betäubung nicht, er feiere den Zustand der Wachheit. Er sitze Tag für Tag am Schreibtisch, im Labor, am schlaflosen Fensterglas. Draußen Wolken, die ihr irres Licht ins Zimmer schickten, aufrührerisch.

Schlaf habe keine Macht mehr über ihn, er biete kein Einfallstor für Schläfrigkeit, weil er mit Licht befaßt sei, mit der Maschinerie des Scheinens.

Sein Wunsch, die Dinge erstrahlen zu sehen. Ihnen eine Würde zu verleihen, die sie in seinen Augen nicht hatten.

Er bewundere Menschen mit Ausstrahlung. Aber die eigene Liebesfähigkeit dürfe auch vor den Banalitäten des Lebens nicht haltmachen. Sondern es gelte, dem Unscheinbaren, Läppischen die Unsicherheit zu nehmen, durch den eigenen liebevollen Blick auch die anderen glänzen zu lassen. Ihm gelinge es nach wie vor schlecht. Er könne mit Menschen im Grunde nichts anfangen. Ein Tonic Water, das in der Diskothek unter Schwarzlicht leuchte, imponiere ihm mehr als sein Grundstücksnachbar, der sich seit der Pensionierung am Bürgersteig zu schaffen mache, unter erheblichen Mühen fege, harke, Laub verblase, die Hecke schneide. Es rühre ihn täglich, diesen Nachbarn zu beobachten, den roten Nacken, den steifen Gang, doch echter Respekt wolle nicht aufkommen. Das Empfinden von Peinlichkeit überwiege.

In letzter Zeit fahre er öfter an die Erft. Er gönne es sich, am Ufer spazierenzugehen und die Schmuckschildkröten zu betrachten, die die Leute, die verantwortungslosen Leute dort ausgesetzt hätten. Weil das Wasser der Erft, bedingt durch den Tagebau, im Winter um 10°C wärmer sei als normal, könnten sich Populationen dort halten. Sie hockten auf den Ufersteinen, auf abgestorbenen Baumstämmen, verschmölzen farblich mit dem Umfeld, und wenn sie die Köpfe einzögen, halte er sie oft selbst für Steine. Diese Schildkröten, die sich kaum bewegten, die sich in ihren schönen, glänzenden, mit Netzmuster überzogenen Panzer zurückzögen, wann immer sie wollten, diese Schildkröten wirkten beruhigend auf ihn, ihr Anblick wiege ihn geradezu ein.

Die Erft: Hierher kämen Leute wie er, um zu schlafen.

Er bohrte mit dem Zeigefinger gedankenverloren in die Tischkante, mir fielen seine langen Fingernägel auf, er trug einen Siegelring, den er von seinem Großvater geerbt hatte, er bohrte versunken an einer Stelle, wo das Furnier fehlte, und es gelang ihm tatsächlich, ein wenig von der Preßspanplatte herauszubröseln. Spätpubertärer Vandalismus? Eher schien es mir eine Demonstration, wie marode in seinen Augen diese Gaststätte bereits war. Bedurfte es überhaupt noch der Bagger, wenn dieser Tisch, ohnehin bar eines Tischtuchs, nicht einmal solide genug war, einer selbstvergessenen Berührung standzuhalten?

Ich müsse es ihm nicht sagen. Er wisse es selbst. Am Ende sei es natürlich ein Gottesproblem. Nachdem er sich nur noch auf sich selbst verlasse, also jegliches Gottvertrauen eingebüßt habe, nachdem er sich Gott folglich so zum Problem gemacht habe, fürchte er sich davor, daß Gott ihn im Schlaf betrachte. Daß Gott ihn in einem Moment des Kontrollverlusts überrasche.

Die drei bis vier Stunden, die er schlafe, falle er in eine traumlose Bewußtlosigkeit, in eine Art Koma, falle er praktisch ins Nichts. An das Einschlafen, das Aufwachen habe er keine Erinnerung, er werde in diese Sphäre gerissen, und dort sei eben wirklich – nichts. Das Leben sei sein Traum, sein ewiger Wachtraum. Im Wachzustand halte er daher alles für möglich. Begebenheiten ohne Grund, ohne Wirkung. Traumlogik. Das menschliche Vermögen sei gewaltiger, als gemeinhin angenommen werde. Und vernünftige Ziele ließen sich mit etwas Disziplin erreichen wie im Traum.

Er wandte sich zu den ausgestopften Auerhähnen neben uns und strich anerkennend über das Gefieder. Staub stieg auf. Sank auf die Bälge zurück. Schöne Vögel, sagte er.

Wir traten auf die Straße, die engen Wände strahlten Wärme ab, so empfand ich es zumindest, obgleich es kein sonniger, auch kein warmer Tag gewesen war, sie strahlten dennoch habituell Wärme ab, gefühlte Wärme, Lebenswärme, es roch nach Gurkensalat in dieser Straße, die in vollständiger Geräuscharmut da lag, keine Schritte außer den unseren, keine Fahrzeuge außer in einer nicht mehr dazugehörigen Ferne, ein Windstoß pfiff durch den engen Straßenkanal und ließ Geranienzweige wippen, ließ feuerrote Blütenblätter an dem schwarzroten Backstein vorüber auf den Bürgersteig fallen, dessen Breite genau eine Platte betrug, nicht mehr als ein Gartenpfad entlang der Straße, dann ließ jemand irgendwo donnernd einen Rollladen herunter.

II Patientia oder Das Ostschloß

9 Anstaltskost

Muß es sein? Müssen sie die Apfelsinen, die als Nachtisch vorgesehen sind, in abgeschabten Spülschüsseln präsentieren? Der Zivildienstleistende fährt den Teewagen herein, vollbesetzt mit Plastikgerät, der Art, wie wir es zu Hause verwendeten, die Hände in Schaum getaucht, die Haut im heißen Wasser gerötet, unverwüstliche Schüsseln, eckig, mit Griffen. Der Zivi wuchtet eine von ihnen herunter und geht damit die Tischreihen entlang. Jeder darf sich eine Apfelsine nehmen. Die Patienten greifen gierig zu, so gierig wie zögerlich betasten sie jede einzelne Frucht, wenden sie um und um, wählerisch wie auf dem Markt. Der Nachtisch ist ihnen wichtig, sie leben den ganzen Tag auf den Nachtisch hin, und nur allzuoft ist gerade der Nachtisch eine Enttäuschung.

Herr V. wirft seine Frucht locker von einer Hand in die andere, dann legt er sie, offenbar für zu leicht befunden, zurück und nimmt sich eine neue. Der Zivi hält die Spülschüssel mit Engelsgeduld. Auf der Höhe von Frau H. stemmt er den Turnschuhfuß gegen eine Strebe ihres Stuhls und stützt die Last mit dem Knie. Frau H. möchte die Apfelsine in Seidenpapier, die ganz unten liegt. Durch die Hohlräume hat sie das weiße Papier blinken sehen und gräbt jetzt alles um. Sie zieht ihre Beute brachial heraus, erst das angerissene Papier, dann die Orange, die sie für die dazugehörige hält. Herr P. entnimmt eine der Kugeln mit seinem Stofftaschentuch und beginnt sie zu polieren, so wie er gestern stundenlang den Apfel blank rieb, nur daß das Wienern bei Zitrusfrüchten nichts nützt. Gestern hat er den Apfel so zum Strahlen gebracht, daß er ihn nicht mehr zu essen vermochte. Nach langem Über-die-Schulter-Beugen-und-gut-Zureden überzeugte ihn der Zivi, der als einziger Herrn P.s Vertrauen genießt, das Innere von der Schale zu trennen. Schließlich begann Herr P. tatsächlich damit, den Apfel vorsichtig zu schälen. Die Schalenspirale, ein einziges Stück in hauchfeinen Windungen, hat er mit auf sein Zimmer genommen, wo es erst heute morgen, schrumpelig und braun, entfernt worden ist.

Selten konfrontiert die Küche unsere Patienten mit einer vollständigen, noch zu handhabenden Frucht. Oft ist das Obst vorverarbeitet, recht häufig gibt es Kompott: eingeweckte Pflaumen oder Kirschen, Apfelmus. Meist allerdings haben wir Fruchtimitat in Form von Götterspeise, gerührt aus einem Pulver, das das Aroma von Kirschen nachahmt. Götterspeise ist höchst unbeliebt und wird als Dessert nur unter größtem Vorbehalt gelten gelassen. Dies liegt daran, daß zu viele andere Speisen ebenfalls dieses Göttrige aufweisen, die glibbrige Durchsichtigkeit, das formlos Ungreifbare.

Es beginnt morgens mit der Marmelade. Man portioniert sie kellenweise, aus dem 5-Liter-Eimer wird sie mit der Suppenkelle in gläserne Schälchen geklatscht, wo sie nachzittert, die Formung der Kelle aber nicht verliert. Glänzende Wölbung dieser Morgenmarmelade, Aurorarot: Immer ist es Vielfruchtmarmelade, mal scheint der Erdbeeranteil etwas höher, mal der Aprikosenanteil, die Farbe bleibt gleich. Nicht stückig, aber auch nicht Gelee, dazu ist sie wiederum zu sämig; nie behauptet sich diese Marmelade als etwas Eindeutiges, sie bleibt ein Kunstprodukt, dessen Inhaltsstoffe niemand kennt.

Die Insassen schneiden mit dem Teelöffel behutsam Stücke aus der Gallertmasse, kippen sie auf ihre Brotscheibe, zerdrücken sie mit dem Messer, jeden Morgen als erstes diese quallenschinderische, höchste Konzentration erfordernde Operation.

Abends abermals Quallenhaftes, quadratische Sülze. Die

Scheiben dienen als Schaukästen für Fasern von Hühnerfleisch, für aufgeschnittene Erbsen, einen haarfeinen Hauch von Blumenkohl. Brotbelag als Objektträger – ein Transparentscheibchen, das wie die Quallen nach Salzwasser schmeckt, schließt seine Beute ein. Es ist eine unverblümte Resteverwertung, das Mittagessen vom Vortag läßt sich in der Sülze wiedererkennen. Diese unerbittliche Ordnung, auch Sparsamkeit, die darin liegt, die demonstrative Regelhaftigkeit gefällt mir noch am besten. Wir alle können angesichts der durchsichtigen Strukturen, des eingekapselten Gestern wenigstens für die Dauer einer Mahlzeit etwas lockerlassen, denn eine Instanz außerhalb unserer selbst hat die Dinge, hat die Zeit im Griff.

Ansonsten Lebensmittel von wabbeliger Konsistenz, vor dem Messer zurückweichende Speisen. Zähes Püree, puddinghafte Soßen, durchscheinender Harzer Käse. Speisen, mittels deren hier der Rückzug von der festen Materie angedeutet wird, das Dahinschwinden des Massiven, der Verfall jedes Widerstands. Speisen, angesichts deren es uns so scheinen muß, auch wir selbst seien nichts als eine zurückweichende Masse, seltsam inhaltslos, beliebig verformbar, von jedermann leicht zu durchschauen.

Jetzt die Orangen: Sie lösen eine andächtige Stille, beinahe Ehrfurcht aus, als handele es sich um Qigong-Kugeln, deren innerem Klang man lauscht.

Ich sitze mit den Pflegern und Frau Dr. Z. am Ärztetisch. Von hier aus sehe ich, wie der Zivi mit dem Apfelsinenhügel in der Schüssel von einem zum anderen geht und wie der Hügel seine Kuppe verliert und verflacht.

Ich sehe den Hügel in eigenartig hoher Auflösung, jeder einzelne Lichtpunkt auf den wächsernen Wölbungen scheint sich mir persönlich mitzuteilen, verschwenderisch wie ein sprachlicher Überfluß, ein sich selbst rühmender Hügel, der schon wieder ortlos wird in seiner Überschärfe.

Ich meine Tafelmusik zu hören, die die gemessenen Zivi-
schritte umspielt und die langwierigen Auswahlprozesse be-
schwingt. Nach dem Verzehr der Frucht, so hält er die Patienten an, sollen die Orangenschalen von jedem einzelnen Teller
in die leeren Plastikschüsseln auf dem Teewagen geschabt werden, bloß nicht die Teller mit den Obstschalen darauf ineinan-
derstellen, nicht warten, bis alles festgeklebt ist, der Küche den
Ablauf erleichtern.

Es beginnt die Arbeit an der Schale. Verhornte Fingernägel brechen Fetzen ab. Lange Spiralstreifen winden sich von
stumpfen Messern wie auf einem niederländischen Gemälde.
Manche Schale erhält Einschnitte vom Blütenansatz zum Stiel
und löst sich in den Spitzovalen, die sich die Kinder zu Karne-
val als falsches Gebiß in den Mund schieben. Die Frucht von
Herrn P. zerfällt in hauchdünne runde Scheiben, von denen
nur die äußerste wächserne Schicht entfernt ist. Die wattige
Albedo bleibt dran und wird mitgegessen.

Von meinem Platz aus sehe ich, wie Frau H. ihre Apfelsine
halbiert, dann viertelt, dann achtelt. Sie hat sie auf ihren benutz-
ten Teller, auf die Kartoffelbrei-und-Soße-Spuren gelegt und
sägt durch Schale und Fruchtfleisch, den Verlauf der Segmente
nicht achtend. Was sie erhält, sind Pyramiden mit gerundetem
Fuß, und von diesem schaukelnden Schalenfuß zieht sie mit
den Zähnen das Fruchtfleisch herunter. Sie kaut. Es klingt, als
äße sie Chips, Kekse, etwas Hartes, sie demonstriert, daß die
Kiefer eine Orange zerquetschen, aufsprengen, zerbeißen müssen, während man doch irrtümlich glaubt, es handele sich nur
um ein leichtes Anpressen der Zunge, ein Herausdrücken des
Saftes aus einem überprallen, nachgiebigen Objekt.

Heutzutage erwartet man von den Patienten, daß sie mit Hilfe
eines Obstkorbes die Familiensituation als Stilleben nachstel-
len. Frau H., die von Anfang an opponierte, aber auch in einem

schon krankhaften Grad phantasielos wirkt, sah sich in der Sitzung außerstande, sich selbst als Frucht zu imaginieren, schon gar nicht ihren Vater. Sie sah mich an, wie eine vernünftige, nüchterne Person jemanden ansieht, den sie für wahnsinnig hält: etwas mitleidig, etwas angeekelt, etwas gelangweilt, vor allem gelangweilt. Ich hütete mich, ihr Vorschläge zu machen. Als Kompromiß bot ich an, sie solle eine Frucht aussuchen, die mich darstellen könnte.

Ihr Ekel nahm zu. Mit spitzen Fingern hob sie eine Banane aus dem Korb, eine Nuß, eine Pflaume. Ob ich sicher sei, daß das etwas bringe? Sie bekomme ihr Leben nicht in den Griff, und ich wolle unbedingt ein Stück Obst sein?

Nun, sagte ich, sie möge doch bitte alle Anzüglichkeiten, die ihr bei den einzelnen Früchten einfielen, zunächst vergessen. – Warum sagte ich das? Warum brachte ich Anzüglichkeiten ins Spiel? Sie dachte daran nicht einmal. Sie war auf eine beinahe unschuldige Weise unvoreingenommen. Sie hatte nichts gegen Obst, sie wollte das Problem mit ihrem Typ lösen und erwartete von mir Ratschläge, Anleitungen, Anweisungen, zur Not Befehle, sie war entschlossen, sich an alles zu halten, was ich vorgab, sie war bereit, Opfer zu bringen, Unangenehmes durchzustehen, sie war auf Härten jeder Art gefaßt, aber sie wollte nicht spielen.

Ich hingegen interessierte mich während meiner Ausbildung stets dafür, Obst zu sein. Banane sein: weich und glitschig und pelzig schmeckend. Ein Apfel, fest und süßsauer und hochempfindlich bei Druck. Es kam mir ganz natürlich vor, wie eine Kindheitserinnerung, manchmal war man müde, manchmal fühlte man sich bananenhaft, oder erdbeerig, hatte man solche Zustände nicht immer schon gekannt?

Seit ich im Schloß wohne, halte ich mich gerne für eine Orange. Besser noch für eine Pomeranze, prachtvoll und bitter, eine Frucht aus dem Reich der Mitte, dem Land der aufgehenden Sonne, perfekt gerundet, relativ stoßfest, von einer in sich ruhenden Fülle, einer positiven Pracht.

Ich selbst bin füllig. Nicht unangenehm dick, allerdings füllig in einem Ausmaß, das mir den Patienten gegenüber Imposanz verleiht. Auch eine gewisse Standfestigkeit. Mein Körperfett puffert die unangenehmen Gefühle, die die Patienten zu mir herüberschieben, ich nehme sie wahr, aber sie erreichen mich nicht im Kern, von dem ich mir einbilde, daß ich über einen solchen verfüge. Mehrere Kerne, eine Menge von Kernen, in den Saftschläuchen gelagert und gut versteckt. Ich bin gefeit, anders läßt sich dieser Beruf nicht ausüben. Ich konzentriere mich nach innen hin, ich falte mich ein: Bauchfalten, Speckrollen, Hautpartien, die sich berühren, ein Leib in Segmenten, der sich selbst permanent liebkost. Dadurch fühle ich mich autonom. Dadurch besitze ich das Entscheidende, das, was den Patienten ausnahmslos fehlt.

Apfelsine, Sinaasappel, Apfel aus China, der in unserem chinesischen Teezimmer an seinen natürlichen Ort gelangt. In der Tat fühle ich mich immer wohl zwischen den Porzellanimitaten, den billigen Vasen und Teekannen und kranichbemalten Tellern aus dem Asienladen, von irgendeinem Gutmeinenden herbeigeschafft und museal auf Blumenständern ausgestellt, da die echten Stücke in den Wirren der Geschichte geraubt wurden. Im Teezimmer hängt noch die importierte Seidentapete, Blütenzweige und mottenzerfressene Vögel, Mode der Chinoiserie. Ich stehe manchmal in der Mitte, rieche die muffig zerfallende Seide und den Räucherstäbchenduft, der den Dingen aus dem Asienladen in alle Ewigkeit anhängt, ich stehe dort zu Zeiten, in denen mich niemand überraschen kann, und ich imaginiere dort die Vollkommenheit einer zurückfedernden Schicht, die das Fleisch schützend umschließt. Ich sehe mich in diesem weißen Kokon, von einem wasserabweisenden

Orange überzogen, das fremde Einflüsse abhält. Panzerbeere: Die Apfelsine gehört, was man normalerweise nicht weiß, zu den Beerenfrüchten, und wenn eine Beerenfrucht hartschalig ist wie ein Kürbis oder eine Gurke, heißt sie Panzerbeere. Ich sehe mich als Pomeranze, die eine Panzerbeere ist.

Die Patienten beginnen schon abzuräumen. Ein entsetzliches Quietschen hebt an, da sie sich korrekt an die Anweisungen halten und die Schalenabfälle entsorgen. Rostfreier Edelstahl schabt über Porzellan, übergründlich, um auch jede noch so kleine Faser zu erwischen. Frau Dr. Z. verzieht schmerzlich das Gesicht.

Der Ärztetisch unterscheidet sich vom Patiententisch dadurch, daß die Ärzteschaft zu jeder Mahlzeit Zellstoffservietten erhält, die Patienten nicht. Die Patienten müssen so zurechtkommen. Ich habe Frau Dr. Z. noch nicht zu fragen gewagt, ob hier bewußt ein Statusunterschied betont werden soll, oder ob man einfach davor zurückscheut, den Patienten eine Beschäftigungsmöglichkeit an die Hand zu geben, die an Komplexität einem Stück Obst in nichts nachsteht, nur Unruhe und Abfall verursacht und Energie von der Ergotherapie abzieht. Man könnte von den Servietten die einzelnen Lagen abheben, Papierkügelchen aus ihnen formen, Wasser oder Sud mit ihnen aufsaugen und den Verlauf der Flüssigkeit verfolgen, um nur das Naheliegendste zu nennen. Wie die Kinder, das ist das Fazit, das Frau Dr. Z. bei jeder Gelegenheit gebetsmühlenhaft wiederholt. Sie legt ihr Besteck zusammen, sie tupft sich den Mund ab, schielt kontrollierend zum Patiententisch hinüber, wo kaum noch jemand sitzt. Ich weiß nicht, ob sie sich davor fürchtet, daß ihr die Kontrolle jemals entgleiten könnte. Sie ist der Meinung, daß ihr diese Kontrolle zum Teil bereits durch eine betont aufrechte Haltung, eine gewisse Wortkargheit, gut gebügelte Blusen gelingt. Sie legt das Zellstofftuch behutsam neben ihrem Teller ab, einen Moment zögert sie. Ich erkundige mich nach den Servietten. Frau Dr. Z. ist nicht irritiert, sie hebt nicht die Brauen, sie bleibt völlig ruhig, wie ein Daunenkissen.

Eine Kostenfrage, bescheidet sie mich. Eine Kostenfrage, wiederhole ich brav.

Ich lege die Hände ineinander. Wir falteten vor jeder Familienfeier komplizierten Tafelschmuck, erzähle ich Frau Dr. Z. Wir falteten Fächer und Schwäne, grobgeriffelte Seerosenblätter, Gebilde, die, am Fuß mit dem Gewicht der Kuchengabel beschwert, mühelos aufrecht standen.

Frau Dr. Z. macht eine winzige Bewegung, als wolle sie sich von ihrem Stuhl erheben, aber ich wende mich ihr nun mit einer Drehung des Oberkörpers vollständig zu.

Körper, sage ich zu Frau Dr. Z., Skulpturen, Räumlichkeit, während es sich zuvor nur um eine Fläche handelte, weich zwar und bedruckt, aber doch allenfalls ein Bild. Wir hingegen falteten Lotusblüten, sage ich, Kronen, Tischskulpturen, die zierlich-pompös wie Gnome oder Elfen auf den Tellern hockten.

Ich habe Frau Dr. Z. noch niemals etwas Persönliches erzählt. Ich habe dergleichen sogar bewußt vermieden, mir schien das besser so. Nun aber, da sie gerade aufstehen will, überkommt mich ein Rededrang, ich möchte ihr etwas erzählen, das ich noch niemals jemandem erzählt habe, möchte mich mit einer längeren Ausführung an sie, dezidiert an sie wenden, ihr etwas anvertrauen, auch wenn ich gar nicht weiß, was, es ist eine Art von Beichtzwang.

Früher, setze ich an, doch Frau Dr. Z. erhebt sich und läßt ihr Geschirr zurück und nickt mir zu, als erteile sie mir Absolution, noch bevor ich überhaupt dazu komme, etwas zu sagen.

Das hindert mich keineswegs, ihr trotzdem zu beichten, innen und still.

Kunst der Serviette: Ich bemühte mich verbissen um Akkuratesse, um exakte Knicke, ich strich mit den Daumennägeln über den Falz, gerade so fest, daß das Papier nicht riß. Mich störte das Nachgiebige der Servietten, die mangelnde Statik, die schlaffen Ziehharmonikafalten, ich arbeitete an gegen die Widerstandslosigkeit des duftigen Materials, während meine Schwester mit ihm eine geheimnisvolle Einheit zu bilden schien. Schlimmer waren nur die Stoffservietten zu hohen kirchlichen Feiertagen, die sich im Grunde nur rollen oder in Wellen versetzen ließen, am schlimmsten aber die feinen, fast durchsichtigen Servietten aus hauchdünnem Japanpapier, die meine Mutter zur Erstkommunion meiner Schwester gekauft hatte und die nach Kerzenwachs rochen, weil sie ein Jahr lang hinten im Schrank gelagert worden waren. Bei diesen hätte es genügt, sie zum Dreieck zu legen und an den Spitzen zu einem Krönchen zusammenzustecken, edel genug für meinen Geschmack, aber Mila bestand darauf, gerade aus ihnen etwas Besonderes zu machen, also mußten wir sie um einen Bleistift legen und mit einer obszönen Melkbewegung raffen und straffen, so daß die Serviette in winzigen Ringen um den Stift riffelte wie ein Waschmaschinenschlauch. Ich ertappte mich, wie dabei meine Zungenspitze zwischen den Lippen herauslugte, ich biß mir auf die Zunge vor Konzentration, dann nahm Mila das Ergebnis an sich und zog und zupfte daran, bauschte hier etwas auf, drückte dort etwas zurecht, sie tat das spielerisch, mit einer Leichtigkeit, die dem Hauch von Papier wohl angemessen war, sie schuf erstaunliche Blüten, gefüllte Pfingstrosen, Lilien, Gladiolen, und was mich am meisten verwunderte, war, daß diese Blüten weit größer wirkten, weit materialreicher als das Stück Serviette, aus dem sie entstanden waren, es schien beinah, als greife Mila diese Dinge aus dem Nichts, während ich doch genau wußte, daß ich mit ihr am Tisch gesessen und schwitzend die Vorarbeiten geleistet hatte.

Zu Milas Geburtstagsfeier mit den Klassenkameradinnen

falteten wir Ponys aus rotem Kreppapier, zu meinem Kin-
dergeburtstag wünschte ich mir etwas Technisches, und Mila
brachte graue Papierhandtücher mit, die sie aus einem Spender
im Waschraum ihrer Schule genommen hatte. Daraus falteten
wir nach dem Prinzip der Wasserbombe Quader, die wir auf
einer Seite mit Filzstift als Fernsehschirm bemalten.

Milas Serviettensammlung: die dünnen Vliese, mit denen
man sich den Mund abwischte, den Schoß bedeckte. Von jeder Familienfeier nahm meine Schwester ihre Serviette mit
nach Hause und ordnete sie in den Klarsichthüllen eines alten Schallplattenalbums an. Konnte es ihr dabei allen Ernstes
um die aufgedruckten Muster und Motive gehen, die in der
Regel scheußlich waren, oder doch eher um diese aufgestaute
Sinnlichkeit, die Unbenutztheit, die Möglichkeit einer Entfal-
tung. Es kam darauf an, daß die Tücher schon auf einem Tisch
gelegen hatten, aber nicht weiter eingesetzt, sondern geschont
worden waren. Unbefleckte Servietten strich sie zu Hause noch
einmal glatt.

Ich stehe vom Ärztetisch auf, nicke einer imaginären Frau
Dr. Z. zu und trage mein Geschirr zum Teewagen. Ich schiebe
mit dem Messer meine Orangenschalen zu den übrigen in die
Spülschüssel, wische mit der Serviette nach, stelle den Teller
auf den Stapel und werfe das Messer in eine andere Schüssel,
wo es mit einem Klick zwischen Besteckteile sinkt. Ich gehe
noch einmal an meinen Platz zurück und hole meine Gabel,
meine Tasse, meine Untertasse.

Wir haben dickwandige weißglasierte Tassen, in denen man
sich nichts als leicht gesüßten Hagebuttentee vorstellen kann,
Tassen, deren Fuß zu augenfällig in die Vertiefung der Untertasse paßt, Tassen, für die es kein einfaches Abstellen gibt, nur
ein Einrasten. Ich setze meine Tasse mit dumpfem Scheppern
auf die Spitze des Tassenturms. Das deutsche Anstaltsgeschirr:

In allen Einrichtungen mit gemeinschaftlicher Beköstigung, in Krankenhäusern, Jugendherbergen, Kinderheimen verwendet man dieses Geschirr, an dem immerwährend der Geruch nach zu scharfem Spülmittel hängt. Man riecht die sterile Spülküche, riecht die riesigen Maschinen, die heiße Lauge um die Körbe mit den eingestellten Tellern wälzen, man riecht den unentwegt gewischten gelblichen Fliesenboden mit, Küchen, gekachelt wie U-Bahn-Eingänge, als sei für uns alle hier der Aufenthalt nur Durchgangsstation.

10 Tarnungsfehler

Nebel über den Abflußgittern, Nässe in den Ästen, ein trügerischer Vorfrühlingsabend, der in einen ebenso trügerischen Morgen münden wird: erst dunkel und regnerisch, dann verhangen und klamm, später von einer klebrigen Feuchtigkeit, die bis in die Knochen dringt.

Ich treffe meine Vorbereitungen mit einer mürrischen Affinität zum sogenannten schlechten Wetter. Sobald die Patienten im Bett liegen, mache ich mich auf zu unserer Garagensiedlung, die sich am Rand des Schloßparks befindet und einmal wohl auch ausgewählten Bewohnern der nahegelegenen Ortschaft zur Verfügung gestanden hat. Jetzt nehmen die Ärzte und das Pflegepersonal alle Stellplätze in Anspruch. Ich öffne das Vorhängeschloß und löse den Riegel, lasse die Glühbirne an der Decke aufleuchten. Meine Garage ist geräumig genug für meinen Wagen und einen kleinen Bereich, den ich als Werkraum bezeichne. Der Werkzeugschrank klemmt, ich reiße die verzogene Schranktür auf und zerre aus einem der Fächer meine Regenhaut. Auf der Regenhaut hat eine Kiste mit Nägeln gestanden, die Haut ist zusammengefaltet und zusammengeklebt, ich ziehe die einzelnen Schichten vorsichtig auseinander, wie man ein Pflaster von einer noch nicht ganz verheilten Wunde ablöst, ich stecke die Faust in einen der Ärmel und boxe mich behutsam durch, bis sich die Ärmelseiten voneinander trennen. Meine Mutter hat die Regenhaut mehrfach wegwerfen wollen, sie sei mir zu eng, sie sei von unausprechlicher Farbe, sie klebe zusammen. Ich verbarg die Regenhaut über Jahre hinweg, da ihre Nachteile zugleich ihre Vorteile darstellen. Die Regenhaut ist nicht viel dicker als ein Müllsack, sie ist federleicht, und ihre Farbe ist so unbestimmt, daß man in ihr auf der Stelle verschwindet. Ich rücke den Arbeitsstuhl ein wenig von der Werkbank ab und drapiere die Haut über der Lehne. Als nächstes wische ich mit einem Lappen Staub und Schmutz vom Wagen. Ich benutze meine zerschlissenen Unterhemden, von denen ich mich noch nicht so recht trennen kann, ich befeuchte sie mit Seifenlauge, nach jedem Strich haftet ein neuer dunkler Streifen auf den weißen Baumwollrippen, ich schlage das Hemd um, wische mit der frischen Seite weiter, das Rot meines Opels tritt ungewöhnlich rot hervor. Aufgehende Sonne, Rotkäppchens Käppchen, weithin sichtbares Zielobjekt. In der unteren Schublade des Schranks lagern die Rollen mit der Folie. Ich hebe sie heraus, deponiere sie auf der Werkbank und suche nach dem angehängten Zettel mit der Nummer eins. Über der Werkbank hängt ein Plan, auf dem ich mein Auto naturgetreu abgezeichnet habe. Die Karosserie ist mit gestrichelten Linien in Segmente unterteilt, wie man es von Schweineabbildungen in Metzgereien kennt, auf denen Schinken, Eisbein, Kotelettstrang und Rückenspeck für den Kunden lokalisiert werden. Die Nummer eins entspricht auf meinem Plan der Kühlerhaube. Ich wickele ein erstes Stück der Folie ab, drücke sie auf den Lack und rolle sie Millimeter für Millimeter straff und gleichmäßig darüber.

Es kommt darauf an, sich dem Jagdobjekt anzugleichen. Mir ist es gelungen, Folie in der Bundeswehrtarnfarbe Basaltgrau stumpfmatt aufzutreiben, das Rot verschwindet darunter, mein Wagen verschmilzt mit dem naßdunklen Asphalt, mit dem Waldrand, mit den düsteren Kneipen, vor denen er hält. Basaltgrau ist die Unterwasser-Tarnfarbe der Bundesmarine, meine Folie entspricht diesem Ton nicht völlig, kommt ihm aber nahe, nahe genug, um an Tagen, die praktisch unter Wasser stattfinden, die verregnet und vernebelt und von Feuchtigkeit aufgequollen sind, wie unter einer Tarnkappe zu fahren. Flecktarnmuster bringen für einen normalen Pkw nichts, es geht darum, sich im Hintergrund aufzulösen, sich der Umgebung maximal anzupassen. Mit Flecktarnmuster fällt man in einem verregneten Prignitzdorf auf, mit Basaltgrau ist man ununterscheidbar von den eingedunkelten Mauern der Straßendörfer, den umgepflügten matschigen Feldern, den Müllcontainern auf Wendeplätzen.

Ich treffe die Wahl zwischen zwei Paaren Gummistiefeln, einem olivgrünen, einem gelben. Manchmal erweist sich Harmlosigkeit als die beste Tarnung, deswegen bin ich auch schon einmal in dem gelben Paar unterwegs gewesen, hatte mir aber zur Sicherheit ein paar Reste von der Folie mitgenommen, um zur Not das Gummistiefelgelb damit dämpfen zu können. So weit werde ich diesmal nicht gehen, nicht immer ist unterwegs genug Zeit, um Stiefelpaare dilettantisch zu bekleben, überhaupt trägt man Gummistiefel kaum noch in der Öffentlichkeit, das grüne Paar, entscheide ich, ist auffällig genug, also hinreichend harmlos, ich hole das grüne Paar unter der Werkbank vor und schiebe das gelbe näher an die Wand.

Dann schiebe ich auch das grüne Paar wieder zurück und greife nach meinen Wanderschuhen. Genaugenommen bin ich nur ein einziges Mal in Gummistiefeln gefahren. Ich hatte versucht, in ihnen eine nasse Böschung zu erklimmen, war mit den glatten Sohlen immer wieder abgerutscht und hatte mich an den Grashalmen festhalten müssen. Zuletzt war ich die Böschung auf Knien hinaufgekrochen, in Kniehöhe wuchsen lehmige Flecken auf meiner Hose, die Stiefel hatten sich als äußerst unpraktisch erwiesen. Dennoch neige ich immer wieder zu den Stiefeln, aus verspielter Sentimentalität, kindischer Nostalgie, einer Neigung zur Selbstdemontage; ich bin gern in Gummistiefeln.

Alberich, der Elfenkönig, manipulierte mit seiner Pelerine die Streuung des Lichts. Mein Wagen wird bereits von der Dämmerung verschluckt. In der Ortschaft gehen die Straßenlaternen an. Ich warte noch ein wenig damit, die Scheinwerfer anzuschalten, und fahre auf die Landstraße. Industriewiesen voller Badewannen, grobschlächtig hängende Granitwolken, wiederkäuende Riesenblüten: der Weg vom Ort in ein vielversprechendes Anderswo. Es gibt keine Richtung, kein Ziel, nur den Wunsch, sich in dieser Gegend zu entpositionieren. Nicht mehr als Einzelheit gelten müssen. Nie als Individuum. Weggeworfene Plüschhündchen am Straßenrand, Schwammtiere, die alle Stimmungen aufsaugen, das Überwertige und das Häßliche, das Hysterische und das Schöne. Auf dem Rücksitz liegt die Regenhaut, es nieselt leicht, der Scheibenwischer quietscht. Innenleben in Stereotypen. Boshafte Fertigteile, die die Einflugschneisen verstopfen. Meine Augen fühlen sich gerötet an, ich bin nervös.

Ich durchfahre finstere Ortschaften, in denen man früh zu Bett geht und in denen nach 22 Uhr auch die Straßenbeleuchtung erlischt. Noch schlafen die Leute nicht. Sie machen sich im Halbdunkeln an ihren Vorgärten zu schaffen, wankelmütige Bemühungen, ein Schaben und Kratzen ohne Resultat, ein Versuch, Energie abzuleiten, die unruhige unpersönliche Energie einer Vollmondnacht. Wir haben Neumond. Die Siedlungsdichte nimmt ab. Ich durchrausche menschenarme Gegenden und gelange in eine ganz unbesiedelte Region. Stillgelegte Truppenübungsplätze, immerruhende Seen und Wälder – im Sommer kommen einzelne Camper und Wasserwanderer, die sich dafür begeistern, daß innerhalb Deutschlands ein Gebiet existiert, in dem man sich wie in der endlosen Weite Finnlands fühlen darf, von allem Zivilisatorischen abgeschnitten, von Mücken geplagt. Im Winterhalbjahr hält sich hier niemand auf, nur des Nachts sind Motorengeräusche zu hören, die der Wind bis in die weit entfernten Dörfer trägt, Motorengeräusche, die ebensogut das Rauschen von Wind sein können.

Wahrnehmbar: Wachtürme im Wald, Bunker, aus denen ein unstetes Schimmern dringt, Irrlichter aus der Tiefe betonierter Nacht. Sekunden-, Minuten-, Stundenzeiger ticken grünlich über die Kronen der Kiefern hinweg, phosphoreszierende Ziffern von Uhrblättern drehen sich über dem Firmament, gehen auf, gehen unter. Die Militäranlagen verfallen, lassen Leuchtstreifen hervortreten, entbergen ihre Markierungen, ihre mit radiumhaltiger Farbe bestrichenen Schalter, die Hebel, die Steuerungsflächen, die immer erkennbar sein müssen, auch und gerade in lichtloser Nacht.

Am Tag vor Odilos Beerdigung bin ich von meinem Elternhaus aus noch einmal in die Eifel gefahren. Die Ausbeute wie immer. Relativ viele Aufnahmen von Fichten an einer scharfen Kurve. Manche Bilder hatte ich mit Blitz gemacht, auf ihnen blitzt ein Reflektor am Leitpfosten zurück. Greller Stern auf grauem Weg. Weitere Bilder von kahlen Buchen, die etwas verschwommen eine Landstraße verdecken. Eine Menge Bilder, auf denen man im Grunde nur den Straßenbelag sieht. Die weißen Leitlinien aus unterschiedlichen Winkeln, sehr abstrakt, mondrianhaft. Die Fahrbahn, die von einer Hügelkuppe geradewegs herabführt. Einmal mit der Schnauze eines Lasters, der im Begriff ist, hinter dieser Kuppe aufzutauchen. Sehr viele Schnappschüsse von Automobilen, die mit überhöhter Geschwindigkeit an der Häuserzeile eines rheinischen Straßendorfs vorüberfahren, eng aneinandergedrängte Häuser, teils Fachwerk, teils überputzt, teils verklinkert, davor immer an unterschiedlicher Stelle ein schwarzer Fleck.

Man fotografiert irgendwann einfach drauflos. Wenn man

lange wartet, sich umständlich vergewissert, daß man das richtige Motiv erwischt hat, wenn man erst sichergehen will, ist der Moment schon vorbei, bevor man überhaupt die Kamera gezückt hat. Wenn einem ein Karomuster entgegenrast, ist es zu spät, um zu reagieren. Man muß die Kamera im Anschlag halten, und der eine entscheidende Schuß erfolgt schließlich automatisch, unbewußt, selbstvergessen.

Ich besitze eine große Sammlung von Fotografien, auf denen überhaupt nichts zu sehen ist. Nichts Gegenständliches zumindest. Nichts Gegenständliches, sofern man die sogenannte Natur als ungegenständlich zu bezeichnen gewillt ist. Ich habe Unmengen von Fotos mit Waldstücken, Wegbiegungen, leeren Asphaltstraßen, Ausschnitte, die nicht malerisch sind, Ausschnitte der Welt, die wirken, als habe jemand versehentlich aus dem Handgelenk abgedrückt, oft verwackelt, oft unscharf, niemals aber mit einem sogenannten Objekt, sofern man gewillt ist, eine zufällig dastehende Notrufsäule, das Fundament eines Hochspannungsmastes oder ein Stück Stacheldrahtzaun mit wehendem Haar aus einer Ponymähne nicht als Objekt zu bezeichnen. In diesem Fall gibt es für mich nur ein Objekt, ein gültiges Objekt, und man darf davon ausgehen, daß sie sich noch nicht dazu haben hinreißen lassen, ihre Erlkönige als Wald, als Notrufsäule zu verkleiden.

Andererseits kann ich mir bei keinem dieser Fotos sicher sein, deshalb werfe ich sie nicht weg. Sie ähneln den Katalogabbildungen, mit denen für moderne Jagdkleidung geworben wird. Suchbilder, die scheinbar nur ein Waldstück oder einen Wegrand zeigen, reine sogenannte Naturidylle auf den ersten und auch noch auf den zweiten und dritten Blick. Erst auf der Abbildung daneben, die dasselbe Motiv zeigt, aber mit farbigen Kreisen markiert ist, erkennt man die Personen, die am Wegrand hocken, im Wald stehen, im Gras liegen, oft erstaunlich viele, es wimmelt von unerkannten Jägern auf diesen Bildern, Jäger, die man nur sieht, wenn man weiß, wo man hinsehen muß. Es ist ein wenig bedrückend und ein wenig bedrohlich, solcherart den eigenen Augen nicht trauen zu können, spricht allerdings für die Qualität der Tarnung. Wild, das in seinem Fluchtverhalten nach Augenschein geht, wird kaum Verdacht schöpfen, wenn nicht andere Faktoren hinzukommen, Gerüche, Geräusche; Faktoren, die das Foto nicht erfaßt. Dermaßen leicht zu täuschen, erwarte ich daher immer noch, erwarte ich grundsätzlich und hoffnungsfroh, auf einer meiner Aufnahmen womöglich doch noch einen Erlkönig zu sichten.

Ich habe unzählige weißlich verschwommene Aufnahmen gemacht, Bilder, auf denen nur Nebel ist. Speziell diese Nebelbilder lasse ich ein zweites Mal abziehen, in größerem Format. Ich tauche ein in das reglose Wabern und warte, ob ich nicht doch plötzlich etwas sehe, einen Kotflügel, einen Scheinwerfer, einen Umriß, ein Detail. Die Nebelbilder vereinen in sich den Zauber aller Möglichkeiten. Und nebenbei bemerkt, wäre Nebel für einen Erlkönig letztlich auch die angemessenste aller Umgebungen.

Ich bremse mitten im Wald und steuere mein getarntes Automobil in einen Forstweg, den Unbefugte nicht befahren dürfen. Das Risiko, hierbei entdeckt zu werden, ist nicht sehr hoch. Der Wagen ist so gut wie unsichtbar. Zudem betrachte ich mich um diese Tageszeit bereits als befugt. Ich parke neben der Fahrspur zwischen zwei Büschen, es regnet leicht. Ich nehme die Regenhaut vom Rücksitz und schließe den Opel ab. Eine Weile stehe ich einfach da, damit sich meine Augen an die Dunkelheit gewöhnen. Ich winde mich in die Regenhaut, sie liegt eng an, ich vermeide es, die Druckknöpfe aufeinanderzupressen, ich setze nur die Kapuze auf.

Vorfrühlingswald. Es riecht nach Bärlauch und nach Wildschweinen. Ich höre die Schweine unter den Eichen wühlen. Ich habe mich noch nicht bewegt, stehe reglos und lausche. Im Wind flattert meine Regenhaut und raschelt unnatürlich. Ich schließe über der Brust einen Druckknopf, mir bricht sofort der Schweiß aus. Pelle des Widerstands, Pelle der Subversion. Im Zweifelsfall würde man mich aus der Ferne für einen Müllsack halten, aufgehängt an einem niedrigen Zweig, etwas Verbotenes enthaltend, ein erlegtes Tier, dessen räudiges Fell aus einer schadhaften Stelle quillt.

Am Horizont bläht sich ein Duschvorhang über den aufgerissenen Flächen der Nacht.

Infrarotaugen, Röntgenaugen, Nachtsichtgeräte. Argusaugen. Sehen den Viertelschlaf der Tiere, die verborgenen Orte, an denen sie ruhen, ihr unvollständiges Einfalten der Außenwelt. Sehen Schwarzweißbilder von Bäumen; Bäume als Wolken. Bäume als böhmische Dörfer. Bäume befangen in einer gespenstischen Verehrung der Gegend, der Sonne auf ihrem tiefsten Stand, die sich dennoch, auch in der Mitte der Nacht, in uns einbrennt. Blaßblau emaillierte Kochtöpfe, die auf einem rotgeblümten Tischtuch dampfen, heiß, ohne Untersetzer, die das Tischtuch kreisrund bügeln an diesen Stellen, es dann braun versengen. Der Impfring am Oberarm meiner Mutter. Das Körpergefühl der Schuld, Kanister mit Öl, Benzin, Sirup, ein inneres Schwappen, dünnflüssig-flüchtig, zähflüssig-klebrig, ein Schwappen auf seinem Tiefpunkt, ohne Gelassenheit.

Ich halte mich an die Asphaltbahn, die immer noch schimmert, Streulicht zurückstrahlt, durch den schwarzen Waldblock eine Bresche schlägt. In diesem Block knackt und schnauft es, die Wildschweine zerwühlen Moospolster, galoppieren ins dichtere Holz, der Waldblock wogt unter einem beständigen Wind, und obwohl die Wolkendecke alle Geräusche dämpft, ist diese Nacht laut. Ich höre jeden Schritt der Schweine, ich rieche ihren Kot, ich rieche ihre schwartige, dichtbehaarte Haut, sie scheinen immer ein Stück vor mir zu trotten wie eine Schafherde vor ihrem Hirten, eine negative Schafherde, unsichtbar.

Den Wagen vernehme ich erst, als er schon da ist. Die Scheinwerfer kommen aufgeblendet auf mich zu, winzig erst, dann wachsen sie, dehnen sich zu einem Gleißen, das mir jede Sicht nimmt. Ich stolpere am Rand der Straße, das Asphaltband läßt sich nicht mehr unterscheiden vom Wald, die Dunkelheit ist jetzt vollkommen geworden, und ich laufe wie unter einem Bann auf das Gleißen zu, ein geblendetes Tier, dem das Licht die einzige Orientierung ist in einem schwarzen, raumlosen Raum, ich laufe mit plötzlicher Leichtigkeit, verantwortungslos euphorisch, hingerissen, fasziniert, auf ein Ziel zu, auf den Mittelpunkt der Nacht. Ich laufe mit blinden, aufgerissenen Augen zu den Lichtstrahlen eines mechanischen Monsters, von dem ich mir für Sekunden wünsche, daß es mich sieht. Katze, die sich, hypnotisiert, nicht weiterbewegt, Reh, das eine Geschwindigkeit falsch einschätzt – ich reiße mich zusammen, weiche zur Seite aus, die Nacht schluckt mich, und der Fahrer scheint mich nicht bemerkt zu haben, er verringert das Tempo nicht, die rotäugige Rückseite wird kleiner, grinst, verschwindet.

Trotz der Dunkelheit erkenne ich den Baum von weitem. Jemand hat Holzlatten an den Stamm genagelt, Trittstufen. Oben liegt ein Brett quer. Ich öffne den Druckknopf meines Regenschutzes, hole Atem, hangele mich hoch. Ein improvisierter Jagdsitz, im Sommer von Buschwerk verborgen. Ein gefälschter Jagdsitz, der wohl aus der Zeit militärischer Übungen stammen mag, denn so dicht an der Straße ist solch eine Einrichtung für die Jagd auf die Tiere des Waldes nicht zweckdienlich.

Ich erreiche das Brett und richte mich auf. Plötzlich kann ich die Fahrbahn vollständig überblicken. Sie ist leer.

Zufahrt zum Truppenübungsplatz. Hinterm Zaun Sanddünen, Wanderdünen, Tellerminen. Blindgänger der Übungsmanöver von Jahrzehnten verrosten in freier Natur, gelegentlich geht einer hoch, scheucht Kolonien von Zugvögeln auf, die hier Zwischenhalt einlegen. Seltene Brutvögel: der Ziegenmelker.

Die russische Armee ist abgezogen, ein bekannter Autohersteller nutzt das Areal als Testgelände. Wichtigste Regel: die provisorischen Fahrstrecken niemals verlassen.

Das Licht kriecht heran, begleitet von Motorenbrummen. Das Geräusch nähert sich, ich kann eine Silhouette erahnen, der Motor heult auf, ein Trabant.

Ansitzjagd: Ich sitze auf dem harten Brett und lehne mich an den Baumstamm. Noch bleibt das Laub in sich verschlossen, erst einzelne Knospen haben sich geöffnet und winzig gefältelte Blätter freigegeben, Blätter, die noch kaum Raum bilden. Ich spüre die Unebenheiten der Rinde im Rücken und bemühe mich, mit dem Baum zu verschmelzen, wie es dem Dichter Rilke einmal gelungen war. Er hatte es geschafft, auf die andere Seite der Natur zu geraten, ich aber werde abgelenkt. Mein Regenmantel hakt an der Rinde fest, ich reiße an ihm.

Ich schließe die Augen und höre den Wind, der Holz gegen Holz schlägt. Ich sehe ein Trauergerüst, erhaben, pompös, das Odilos Leben abschließen soll. Im Wind enthüllt sich unter dem Samt ein rohes Gestell, Wappen klappern gegen das Gestänge. Wind rüttelt an bemalter Leinwand, an den Ruhmesdarstellungen auf stuckiertem Karton, an den falschen Säulen, den Gipsputten, Wind verzerrt die Landschaft auf der Stoffbahn, der stetige Regen verdirbt die Farbe, läßt die Siegesengel herabtropfen. Die ausgesägten Helme, als Trompe-l'œil koloriert, mit Metallanmutung versehen, poltern über die Äste und enthüllen ihre Rückseite, Sperrholz, flach. Castrum doloris? Ich weine nicht.

Noch immer ist die Nacht lang. Die ersten Schläfer verlassen ihre Betten, fahren geschlossenen Auges zur Arbeit. Nudelsiebe, mit denen sie schürfen, Seihen, in denen sie Gold waschen an den Kloaken der Ortsausgänge. Ungleiche Paare: Lateinschüler und Bademeister. Lottoannahmestelle und Bäckerblau. Schiefe Bilder, geradegerückt. Ein gewaltiges Verlangen nach Glück, statt dessen Hunger, Fett und Geräuscharmut, statt dessen Bemühungen um ein ordentliches Frühstück für die Kinder, statt dessen ein Antimykotikum gegen die Fliegenpilze am Himmel. Hadern, zagen, zaudern, zweifeln – was aber wahr war, gilt nimmermehr. Und wenn doch. Was hülfe uns das.

11 Spiegelsaal

Die Gesichter treten weiß hervor, sie blinzeln erschreckt ins Grelle, Gesichter in einem durchleuchteten Wald. Harte Schattenbalken stauchen die Mienen zu schiefen Monden zusammen. Jedes Antlitz ist, neben der vollkommenen Überraschung, von einer vorherrschenden Emotion geprägt, Freude, Angst oder Zorn, Unsicherheit, es sind keine harmonischen Züge, man sieht Auffälligkeiten, Symptome.

Im Gang vor dem Spiegelsaal hängt eine Reihe Brustbilder, bei denen niemand mehr weiß, wer die Dargestellten sind. Vielleicht wußte man es nie. Sie sehen nicht aus wie höherrangige Persönlichkeiten, nicht wie Schloßbewohner, sie sind fahrig gemalt, etwas ungelenk, vielleicht Studien für Historienbilder. Studien des Gewöhnlichen, der breiten Masse? Ihre Schönheit ist unspezifisch, sie zeigen den Reiz des Unbekannten, das Gegenteil eines Porträts.

Auf dem Weg zum Therapieraum komme ich an diesen Gemälden vorbei, ich bin in Eile, sie schneiden mir Fratzen.

Viele Patienten, zumindest diejenigen, die schon eine Anstaltskarriere hinter sich haben, erleben unsere Klinik als Kurhotel. Wir verfolgen einen Ansatz relativer Offenheit, relativer Partnerschaftlichkeit, wir führen die Reformen aus, die in den sechziger Jahren beschlossen wurden, besser spät, heißt es, als nie.

Die Moskauer Psychiatrie, die Leningrader Psychiatrie. Die Berliner Psychiatrie, die Leipziger Psychiatrie. Die Leipziger Psychiatrie galt als fortschrittlich, die Berliner Psychiatrie als eisern. Leipzig setzte die Rodewischer Thesen um, verwirklichte Ansätze der Sozialpsychiatrie. Reformkurs, das hieß: offene Stationen, Clubabende. Entfernung der Fenstergitter, Integration der Patienten in ein soziales Netz, Wiedereingliederung in den Arbeitsprozeß. Eine Aufgabe ist wichtig, Arbeit stärkt das Selbstwertgefühl. Stützt das gekränkte, zerrüttete Ich.

Berlin internierte, sperrte weg. Zunächst gab es auch hier Reformen, schien es Reformen zu geben, die sich sofort in wieder zurückgenommene Reformen wandelten. Innerlichkeiten, die an den Äußerlichkeiten scheiterten. Innen Regulation der Körpergewalten durch Medikamentengabe. Revolution durch Sedativa. Gitterstäbe nach innen verlegt, ganz nach innen, ins Innerste. Außen verwunschene kleine Schlösser mit romantischen Parkanlagen, mit Blütenpracht und Blätterfall je nach Jahreszeit. Verwunschene kleine Schlösser, in denen die Menschen verschwanden.

Ähnliche Verhältnisse herrschten in der Sowjetunion. Die Leningrader Psychiatrie versuchte eine Öffnung, die Moskauer befürwortete Geschlossenheit. Geschlossenheit und Offenheit, relativ. Schulenstreit konnte man es unter den gegebenen Bedingungen nicht nennen, eher um einige weniger gut beaufsichtigte Gebiete in einem insgesamt besser beaufsichtigten Reich.

Wichtig war, daß die Patienten nicht auffielen, auch und vor allem die reformierten nicht. Am 1. Mai, auch am 7. Oktober, am 15. Januar, wenn die Paraden stattfanden, herrschte ein landesweites Ausgangsverbot. Psychiatrische Patienten, die es eigentlich in diesem Land nicht geben konnte, hatten aus dem offiziellen Straßenbild zu verschwinden. Von Menschen, die es eigentlich nicht gab, durfte eine Parade niemals gestört werden.

Verwahrpsychiatrie – Sozialpsychiatrie: eine Frage des Geldes. Wieviel Verrücktheit kann eine Gesellschaft sich leisten. Die Übergangslösungen sind immer die teuersten.

Immerhin – in diesem einen Bereich, dem sozialpsychiatrischen Ansatz, hinkte der Westen hinterher. Sperrte man sich schon allein deshalb dagegen, weil er im Osten funktionierte? Zu funktionieren schien? Und wenn die im Osten schon weiter waren – wollte man dann überhaupt ebenfalls dorthin?

Kurhotel – ich persönlich erlebe es nicht so. Seit meinem Eintritt in die Klinik als Facharzt für Psychiatrie und Psychotherapie, einem Eintritt, der ja erst wenige Monate zurückliegt, fühle ich mich durch den partnerschaftlichen Ansatz zunehmend irritiert. Es ist nicht üblich, hier den weißen Kittel zu tragen, ich habe damit wieder angefangen, wenn auch nur nachts. Dies hat damit zu tun, daß ich, wenn auch nur vorübergehend, für eine Übergangszeit, wie es hieß, auf dem Klinikgelände wohne. Die Übergangslösungen sind immer die teuersten. Mir fehlt der Abstand. Ich sehe die Patienten während meines gesamten Arbeitstages, es widerstrebt mir, die Mahlzeiten gemeinsam mit ihnen einzunehmen, ihnen auch dann zu begegnen, wenn für mich die sogenannte Freizeit beginnt.

Frau Dr. Z., meine Chefin, hat mir bei Tisch erzählt, daß sie früher den Eßbereich der Patienten vom Eßbereich der Ärzte mit einer roten Museumskordel abzutrennen pflegten. Patienten, die sich durch Wohlverhalten auszeichneten, durch Arbeitsfähigkeit und die Übernahme von Verantwortung, stiegen in der Hierarchie auf. Sie durften neue, also untergebene Patienten anleiten, die Unselbständigen betreuen, manche Angelegenheit der Hilflosern regeln, bekamen zu solchem Behuf den weißen Kittel, Quasipfleger. Zur Unterscheidung die rote Kordel im Raum.

Wie froh sie sei, so Frau Dr. Z., daß wir dergleichen nun nicht mehr nötig hätten.

Wir haben es, so dachte ich zu Frau Dr. Z. hin, nicht mehr nötig, weil wir die Unterschiede nun durch Körperhaltung,

Ausstrahlung, selbstbewußtes Auftreten demonstrieren. Natürliche Autorität: Solche Signale, die Vertrauen, aber auch Abstand schaffen, gehören jetzt zum Anforderungsprofil meines Berufs, während früher noch eine rote Kordel genügte.

Ich stelle fest: Verlust meiner professionellen Distanz. Verlust der leicht zynischen Kühle, mit der man sich vor dem Patienten schützt, und umgekehrt auch den Patienten vor sich. Ich bemerke: starkes Schwitzen vor allem an Händen und Füßen. Mich in den Details verlieren. Keine rasche Einordnung mehr treffen. Verkomplizieren. Verheerende Komplizenschaft.

Wir haben es hier vor allem mit Wendeopfern zu tun. Einige Patienten mit Westbiographie, vorwiegend aus Berlin, außerdem einzelne Berliner, die sofort nach der Wiedervereinigung ins Umland gezogen und dort verrückt geworden sind, wurden aus Kostengründen zu uns verlegt. Einige Langzeitpatienten mit posttraumatischen Belastungsstörungen, die noch von Stasispitzeln in den Gruppentherapierunden zu berichten wissen, sind zu uns gekommen. Den größeren Teil der Fälle aber machen die Wendeopfer aus. Sie leiden unter dem Zusammenbruch der Solidarität, unter der Gleichgültigkeit, dem Verpuffen von Sinn. Der Familienvater, bislang unauffällig und anspruchslos, der sich plötzlich seinen Jugendtraum erfüllen kann und alle Ersparnisse für eine Cessna ausgibt. Er ruiniert sich, die Ehe zerbricht. Der Republikflüchter, der immer nur rauswollte, den sie andauernd aufgriffen in Prag, in Budapest, der immer nur wegwollte und jetzt nicht weiß, wohin.

Viele Manien mit Kaufrausch. Viele Suizidversuche, weil eine ganze Welt verschwunden ist.

Jede klare und feste zwischenmenschliche Beziehung wirkt beruhigend und entspannend. So Bleuler in meinem alten psychiatrischen Lehrbuch. Mit Großmut, Geduld, Festigkeit und Feingefühl gibt der Arzt dem Menschen in Krise und Not die Möglichkeit, sich an ihn anzulehnen, sich seiner Stärke, seinem Schutze anzuvertrauen, so Bleuler, sinngemäß. Die Wendeopfer, scheint mir, schlagen diese Möglichkeit aus, sie betrachten mich als Okkupator, Invasor, als Bourgeois, sie geben mir die Schuld an ihrer Lage, sinngemäß.

Ich schließe das Therapiezimmer auf und werfe aus den Augenwinkeln einen Blick auf die Fratzen im Gang. Sie blicken zurück. Sie wenden sich ab, sie kichern, bewegte Schatten an der Höhlenwand. Erkenne dich selbst: Im Therapiezimmer sind die Wände in einem hellen Senfgelb gestrichen, keine Bilder. Lenin ist abgehängt, im Keller. Man hat ihn, für alle Fälle, nicht weggeworfen. Uns bleibt die Unähnlichkeit. Bleiche Gesichter starren in die Düsternis im Korridor, wo Patienten auf harten Stühlen warten, daß ihre Therapiestunde beginnt. Sie betrachten die Bildnisse von Fremden und suchen sich darin wiederzufinden, täglich aufs neue.

Zum therapeutischen Gespräch bin ich nicht verspätet, jedoch auch nicht so frühzeitig wie sonst. Ich lege gemeinhin Wert darauf, eine Weile vor dem Patienten im Therapiezimmer einzutreffen, es in Besitz zu nehmen, die Schreibtischutensilien zu ordnen, selbst dann, wenn es in Ordnungsbelangen kaum etwas zu tun gibt. Die Papiere liegen auf Kante, ich suche in den Schubladen nach einem Stift. Meine Stifte verschwinden von diesem Schreibtisch in erschreckender Anzahl, sie verschwinden im Raum des Unbewußten. Die Patienten in ihrer Erregung, in ihrer Unsicherheit neigen dazu, während ihrer Ausführungen nach einem lose daliegenden Stift zu greifen, sich an ihn zu klammern, sich sofort an ihn zu gewöhnen und ihn gegen Ende der Sitzung einzustecken. Ich habe den Patientenstuhl zunächst ein Stück vom Tisch abgerückt, es hat nichts genützt. Der Stuhl wandert wie von Geisterhand im Laufe der

Stunde immer näher zu mir heran, ich sitze hinter dem Tisch, der Patient dicht davor, mein Stift ist weg. Mit einem schweren Sessel dasselbe. Eine Couch wäre ein denkbarer Lösungsansatz, aber wir arbeiten nicht mit Couch, wir können keine langwierige Analyse leisten, und eine Analyse ist auch in den meisten unserer Fälle nicht angezeigt, sogar kontraindiziert.

Zu Anfang verschwand mein Füllhalter, nachdem ich ihn während des Gesprächs einmal kurz abgelegt hatte. Ich bin sofort dazu übergegangen, während der Stunden nur die billigsten Werbekugelschreiber zu benutzen. Eisern behalte ich meinen Kuli in der Hand, habe mir aber angewöhnt (Großmut, so Bleuler), einen zweiten als Tröstung oder Köder auszulegen, an dem der Patient sich festhalten kann. Derzeit verwende ich Stifte mit dem Aufdruck eines Urologen-Kongresses, Stifte, bei denen ich nicht weiß, wie ich an sie geraten bin, und die mir wegen ihres Aufdrucks peinlich sind.

Herr P. gibt mir die Hand, zieht sich den Patientenstuhl dicht an den Schreibtisch und steckt den Kugelschreiber in die Brusttasche, ein Aufräumreflex.

Dann spielt er mit seinem Brillenbügel. Er setzt die Brille ab, wenn er nachdenkt, er setzt sie wieder auf, wenn er glaubt, zu einem Ergebnis gekommen zu sein.

Herr P. spricht darüber, wie er nach der Wende seinen Job verlor. Die moderne Wohnung im Plattenbau, die Hellhörigkeit. Das Rauschen der Heizung, der Wasserrohre. Die Nachbarn genau im Bilde, wann er das Bad betrat, was er dort tat. Daß es ihm zu schwergefallen sei, den ganzen Tag über den Eindruck zu erwecken, er sei nicht zu Hause. Wie er Stunden um Stunden reglos in einem Sessel verbrachte, wie er um die Mittagszeit in die Küche schlich, ein trockenes Stück Brot aß (nicht den Kühlschrank öffnen), einen Schluck stilles Wasser aus einer Flasche mit Schraubverschluß trank (keine aufpop-

penden Korken, kein Bier, keine spritzenden Erfrischungsge-
tränke), wie er in eine Plastikschüssel urinierte, die er, um den
Schall zu dämpfen, mit Papiertaschentüchern ausgelegt hatte
(kein Wasser aufdrehen, keine Flüssigkeiten ins Rohrsystem
laufen lassen, nirgendwo). Wie das alles als Dauerzustand
nicht haltbar gewesen sei.

An diesem Punkt der Gespräche ist es nicht ratsam, den Patienten darauf hinzuweisen, daß Mitglieder der Nachbarschaft,
die imstande wären, von seinem Aufenthalt in den eigenen vier
Wänden während des hellen Tages Zeugnis abzulegen, sich ja
auch ihrerseits zu Hause aufhalten müßten. Ich kenne Herrn
P.s Einwände, sie lauten: Die Nachbarn betreuen kleine Kinder und sind deshalb mit Fug und Recht an ihrem Arbeitsplatz
nicht anwesend. Sie arbeiten im Schichtdienst und reagieren
tagsüber um so empfindlicher auf Störgeräusche. Sie halten
sich, indem sie ihn observieren, durchaus an ihrem angewiese-
nen Arbeitsplatz auf.

Herr P. trägt ein hellblaues Hemd und darüber eine offene
Strickjacke. Er setzt seine Brille auf und dreht am Strickjacken-
knopf, erwartungsvoll, aber ich nicke nur. Ich sage nichts.

In Stufe zwei habe er morgens zur gewohnten Zeit das Haus
mit der Aktentasche verlassen, sei mehrere Stunden mit der
U-Bahn gefahren, bis die Stadtbibliothek öffnete. Dort habe er
den Tag über gesessen und Bewerbungsschreiben formuliert.
Etwas Kaffee aus seiner mitgebrachten Thermoskanne getrun-
ken. Mittags die Stulle aus der Aktentasche zu sich genommen.
Circa zweimal die Toilette benutzt.

Mit dem Ablaufdatum seiner Dauerkarte für die öffentlichen Verkehrsbetriebe habe Stufe drei begonnen, er habe das
Haus verlassen, sei mehrere Stunden gewandert und es habe
mit diesen Wanderungen seine Verwahrlosung eingesetzt.

Die Tatsache, daß ihn einzelne seiner Nachbarn verfolgten,
hielt ihn von nun an davon ab, die Bibliothek aufzusuchen. Er

wollte keine Angriffsfläche bieten, wanderte im schnellsten Schritt, um sie abzuschütteln, zugleich unter größtmöglicher Vermeidung von auffälliger Hast. Manchmal gelang es ihm, sie zu verwirren, aber wenn er abends nach Hause kam, waren sie in seiner Wohnung gewesen, hatten sie seine Verfolgung und Beschattung von seiner eigenen Wohnung aus dirigiert.

Das Problem: Er habe die verstärkte Abnutzung seines Schuhwerks, die mit den Wanderungen unvermeidlich einhergegangen sei, nicht länger ertragen. Auch habe er die Okkupation seiner Wohnung nicht hinnehmen wollen. So sei er schließlich wieder zu Hause geblieben, habe reglos im Kleiderschrank verharrt und auf ihr Kommen gewartet.

Ich mache mir eine flüchtige Notiz. Tatsächlich ist, dank eines Hinweises aus der Nachbarschaft, am Ende der Psychiatrische Dienst erschienen und hat ihn mitgenommen. Herr P. war erleichtert, er ist geradezu zufrieden gewesen. Er hat sich, denke ich jetzt, in jeder Hinsicht bestätigt gefühlt.

Herr P. klappt die Bügel zusammen und steckt seine Brille ein.

An diesem Punkt der Gespräche ist unsere Therapiestunde um. Morgen werden wir die gleiche Unterhaltung wieder führen. Wir kommen nicht weiter.

Und wenn wir weiterkämen: Draußen ginge es wieder von vorn los. Herr P. wird in diesem Leben keine Anstellung mehr erhalten. Wir können ihm hier nicht helfen.

Das Waschbecken, mein Ort des Zorns. Nach jedem Patientengespräch rasch ein Gang zu den Sanitäranlagen, weil ich an den Händen schwitze. Ich lege die Nasenflügel an, minimiere die Atemtätigkeit, umsonst. Auch der kürzeste Aufenthalt in dieser Kloake mit ihren stinkenden Vorkriegstoiletten kann nur ein masochistischer Akt genannt werden. Immerhin Türen. Da ich unwillkürlich hektisch werde, entfleucht mir das

graue Seifenstück ins Becken, unter den keuchhustenden Wasserstrahl, in sein gefächertes unerfreuliches Spritzen. Graues
Seifenstück. Seife ist niemals grau, hier schon. Ich fische das
alterslose, vertrotzte, das hartnäckig widerstrebende Stück aus
dem Spucken und Geifern heraus, ein plasteglattes Produkt, in
keiner Weise zum Schäumen zu bringen.

Nichts von: elegischer Vergeblichkeit. Nichts von: wir
schwinden dahin wie die Sanftmütige, die Seife. Knochenharte
hundertjährige Schloßseife, deren Beharrungsvermögen alles
andere in dieser Anstalt übertrifft.

Ich wasche mir pro forma damit die Hände, der Schaum-
verzicht wird dadurch wettgemacht, daß es sich ohnehin um
eine mehr symbolische Geste handelt; ich sehe voraus, daß ich
sie im Laufe der Zeit zur bloßen Andeutung verfeinern werde.
Wenn der Patient die Tür hinter sich geschlossen hat, kurz ans
Fenster getreten, das Gesicht ins Licht gehalten, einmal kurz
die Hände gerieben, in Unschuld gebadet, der nächste bitte.

12 Die Ursachen – Fallgeschichten 1

Flüssigstrümpfe

Sie zog nach Einbruch der Dunkelheit, nur mit einem rosa Nachthemd und weißen Schuhen bekleidet, durch die Vorstadt und zündete Container an. Sie versteckte sich in einer Grünanlage, einem Hauseingang und sah zu, wie die Flammen aufstiegen, wie der Müll rauchte, wie das Gehäuse ausbrannte. Niemand kam, um zu löschen, es war spät, und wenn das Feuer in sich zusammensank, war das Geschehen kaum noch zu bemerken. Es roch nach verschmortem Plastik, aber das roch nur, wer sich jetzt in der Nähe aufhielt, draußen. Sie ging aus dem Gebüsch, das sie verborgen hatte, auf den Geruch zu und wühlte in der Asche. Bestrich sich die nackten Beine mit Ruß. Sie wischte über die Unterschenkel, fuhr hoch unters Nachthemd, hielt sich mit Rußfingern die Knie, rieb sich die Asche in die Haut. Dann wieder putzte sie mit einem Fetzen, den sie in der Faust verborgen gehalten hatte, über ihre weißen Schuhe, spuckte auf das Tuch, wienerte, polierte. Die Ascheflocken ließen sich entfernen, aber ein Glutrest hatte Brandflecken ins Oberleder gefressen, die sie nicht wegbekam. Als man sie aufgriff, sah sie schrecklich aus. Schlohweißes Haar, aschgraues Gesicht. Die Beine fast schwarz.

Die Anamnese verlief wenig ergiebig. Es war aus ihr kaum etwas herauszubekommen, sie wirkte verwirrt. Seit gut vierzig Jahren lebte sie in einer Genossenschaftswohnung in diesem Stadtviertel. Niemals war sie aufgefallen. Ihr Haushalt ordentlich geführt. Keine von denen, die ihre Schwerhörigkeit nicht einschätzen können und den Fernseher zu laut stellen, keine von denen, die mit dem Krückstock gegen die Heizungsrohre schlagen, um Hilfe zu fordern, keine von denen, die die eigene Wohnungstür nicht mehr finden und regelmäßig versuchen, durch die Nachbarstür hineinzukommen, als ließe sich ein widerspenstiger Schlüssel durch Geklingel und Geklopfe wieder passend machen.

Monika Kramme war still gewesen, hatte niemanden belästigt, auch jetzt sprach sie kaum. Als sie dann doch ein paar abgerissene Sätze von sich gab, war in der Hauptsache von ihrer Jugend die Rede. Nachkriegszeit. Man hatte nichts. Mäntel aus Militärdecken genäht, Kostüme aus geänderten Uniformteilen, Kleider aus Fallschirmseide. Die Materie noch einmal umgeschichtet, die Materie den Schlachtfeldern wieder entrissen. Was für den Krieg abgezweigt worden war und der Zivilbevölkerung fehlte, kehrte jetzt zurück, wurde dem Zivilisierungsprozeß erneut unterworfen, Scheinkleidung. Wie man Rezepte tauschte für Ersatznahrung, für Eichelkaffee, für Brennesselsuppe, Kartoffelkuchen, so kursierten Ideen für Ersatzbekleidung. Pseudohüte: eine Blechbüchse, mit Tuch und Haar kaschiert. Eine durchgerostete Schüssel mit Zeitungspapier überzogen, mit Wandfarbe bemalt, aus Papier eine Rose geformt. Flüssigstrümpfe: Als die ersten Perlonstrümpfe aufkamen, die sich die meisten Frauen nicht leisten konnten, entwickelte jemand die clevere Geschäftsidee einer Farbe zum Auftragen auf die Haut. Bräunlicher Anstrich für die Beine, der Perlon imitierte. Mit einer Verrenkung nach hinten zeichnete man sich die Naht, selten gelang sie gerade.

Dennoch galten Flüssigstrümpfe, so karnevalesk sie anmuteten, als glückverheißender Gegenstand, mit dem man sich Würde wiedergewann. Auch der Flüssigstrumpf war für Monika Kramme unerschwinglich gewesen. Sie durfte nicht tanzen gehen, man hatte ja nichts, hatte andere Sorgen.

Seither vierzig Jahre verstrichen. Unauffällige Jahre, Jahre, in denen sie nirgendwo Anstoß erregte. Diese Jahre, ausgleichend, milde und ereignislos, besaßen die Funktion eines unbefriedigenden Zwischenzustands. Es gab Vorher. Und jetzt gab es Nachher.

Demiurgenwahn

Es begann damit, daß er berühmte Bauwerke aus abgebrannten Streichhölzern nachkonstruierte. Er baute die Paulskirche, den Fernsehturm am Alexanderplatz, das Rote Rathaus, den Louvre, den Vatikan nach, und seine Frau war nicht unzufrieden damit, daß er einem Hobby nachging, denn ein anspruchsvolles Hobby hielt ihn davon ab, anderen Lastern zu frönen, so wie es ihr die Freundinnen klagten, deren Ehemänner fremdgingen, dem Suff verfielen, der Spielsucht oder der Völlerei. Beim Modellbau ist das wichtigste die Maßstabstreue. Er erfordert außerdem Sorgfalt, Geduld und Hingabe, und er bringt es mit sich, daß der Modellbauer ein gewisses Interesse an historischen, kunstgeschichtlichen und architektonischen Fragestellungen entwickelt, welches ihm oft nicht in die Wiege gelegt worden ist.

Friedhelm Gehrken erarbeitete seine Werke im Keller, und die vollendeten Objekte stellte er im Wohnzimmer neben dem Fernseher auf. Er trat einem Verein bei, in dem er lernte, Wasserflächen mit Hilfe von Spiegeln darzustellen, was ihm bei seinem Projekt *Versailles* zustatten kam, er tauschte sich mit den Mitgliedern über die besten Klebstoffe aus, und er profitierte von den dort praktizierten Methoden der einfachen Verkleinerung. Seine Frau konnte vor ihren Freundinnen damit auftrumpfen, daß man jetzt an Busreisen teilnahm, um die Originale zu sehen.

So hätte ihr Leben ruhig weiterlaufen können, die Rente reichte aus, das Haus war abbezahlt, die Kinder erwachsen. Doch dann starb überraschend seine Frau an Krebs. Friedhelm Gehrken wollte sich nicht aus der Bahn werfen lassen. Er buchte blind eine Bustour, sie führte ins Sauerland. Als er von dem Wochenende zurückkehrte, konnte er sich an die Bauwerke, die besichtigt worden waren, kaum noch erinnern. Fachwerkhäuser. Kleine Burgen und Schlösser. Im Sauerland gab es gar keine bedeutenden Bauten. Beeindruckt hatte ihn die Tropfsteinhöhle, in die die Gruppe geschlossen hineingegangen war, obwohl zunächst mehrere behauptet hatten, sie litten an Klaustrophobie. Friedhelm Gehrken erwarb am Ausgang zwei Postkarten und baute zu Hause die Höhle im Anschnitt nach, sie ähnelte einer Druse, nur eben aus Streichhölzern. In den Boden hatte er einige Spiegelscherben eingelassen, sie ahmten die Höhlenseen zu seiner vollen Zufriedenheit nach. Was fehlte, war der geheimnisvolle Glanz, den die Scheinwerfer auf das nasse Gestein gezaubert hatten. Nüchtern betrachtet, entsprach das sogar den natürlichen Gegebenheiten, denn Tropfstein wird matt und unansehnlich, sobald er an die Luft kommt. Dennoch setzte Gehrken seinen Ehrgeiz darein, Höhlenklima herzustellen. Glimmerpuder zu benutzen war in seinem Verein verpönt, er sah es ein, der Effekt war zu stark, war kitschig. Versuche mit echtem Wasser lösten den Klebstoff auf. Im Verein empfahl man ihm Klarlack, zur Not auch, etwas unangemessen für Holzarbeiten, eine dünne Klarsichtfolie, mit der er die Höhle auskleiden sollte. Allerdings war man im Verein der Meinung, eine Höhle nachzubauen widerspreche letztlich der Satzung, sie sei kein Gebäude und für Streichholzkonstruktionen demnach ungeeignet.

Er entschied sich für Klarsichtfolie, die er innen an die Wölbung klebte, sie lag dicht an, als wäre es Feuchtigkeit. Er stellte kleine Scheinwerfer auf, die markante Stalaktiten beleuchteten, und wünschte sich zum ersten Mal, selbst in einem der Objekte, die er gebaut hatte, wohnen zu können. In der Tropfsteinhöhle gab es neben dem See eine Mulde, in der er sich

schlafen legen würde. Ein Steinblock war annähernd tisch-
förmig. Er käme zurecht. Und er würde das unvergleichliche
Geräusch des Tropfens hören – für einen Moment zögerte er,
denn er erinnerte sich, daß er Folie benutzt hatte. Aber für das
Tropfgeräusch ließen sich Mittel und Wege finden. Es gelang
ihm, einen Zimmerspringbrunnen umzubauen und das Was-
serplätschern auf ein unregelmäßiges Tropfen zu reduzieren.
    Am Tag nachdem er die Höhle fertiggestellt hatte, versuchte
er zu schrumpfen, um sich dort einquartieren zu können. Er
kaufte eine kleine Plastikfigur, die ihn vorläufig ersetzte und
an seiner Statt in einem winzigen Schlafsack in der Mulde
übernachtete. Friedhelm Gehrken schränkte seine Nahrungs-
aufnahme ein. Er verkürzte durch eine spezielle Faltung sein
Bettuch, so daß er sich, während er schlief, sehr klein machen
mußte. Schon nach wenigen Tagen gab er das Schrumpfvor-
haben auf. Er beschloß, die Höhle zu vergrößern. Er wünschte
sich einen Höhlensee mit ausreichender Tiefe, um dort Feen-
krebse anzusiedeln. Das Schlafzimmer sollte ihn beherbergen,
mit allem Drumherum. Er ging morgens mit dem Hund und
machte sich dann an die Arbeit.
    Beängstigend bei der großen Version war das Fehlen von
geraden Kanten, von harmonischen Proportionen. Es fiel ihm
schwer, den richtigen Maßstab einzuhalten. Manchmal kam
ihm die Befürchtung, daß ihm das Projekt entglitt. Trotzig berichtete er von seinem Plan im Verein. Die anderen Mitglieder rieten ihm ab. Willst du nicht lieber eine Kontaktanzeige
aufgeben, bat man im Verein. Aber er wollte nicht. Er wollte
die Höhle. Bei einer größeren Höhle, hieß es dann, benötige
er anderes Material, keine Streichhölzer. Keine Streichhölzer
– das kam praktisch einem Vereinsausschluß gleich. Er fühlte
sich unverstanden und beharrte auf Streichhölzern. Über den
Kiosk an der Ecke bestellte er ein größeres Kontingent. Abends
zog er durch die Gaststätten und leerte die Aschenbecher. Er

rauchte auch selbst wieder mehr. Der Verein unterstützte ihn nicht länger. Prompt nannte er den Verein spießig, rückwärtsgewandt und banal, wahrer Kunst nicht aufgeschlossen. Morgens ging er mit dem Hund, wenn er zurückkam, roch es im ganzen Haus nach Kleber und Zigarettenrauch. Der Zimmerspringbrunnen tropfte. Die Ersatzfigur, die nachts in diesem Tropfen einschlief, war zu beneiden. Eines Morgens fand er sie mit abgerissenem Kopf.

Theorie des Ortes

Der Ort ist für denkende Menschen die reine Provokation. Zwar mag man mittels Landkarten und Wegweisern dem Impuls der Ortsbestimmung nachgeben wollen, zwar mag man sich in seinen Bemühungen dadurch bestätigt fühlen, daß man imstande ist, Treffpunkte zu vereinbaren und sich also in der Raumzeit auf Verabredung hin zu begegnen, dies darf aber nicht darüber hinwegtäuschen, daß der Ort selbst bloße Relation ist. Der auf der Landkarte markierte Punkt bewegt sich schlingernd durchs Weltall. Er verändert sich im Laufe der Zeit. Und selbst wenn sein jeweiliger Aufenthalt in Bezug zur Sonne berechenbar sein mag, bleibt die Verortung des Ichs an diesem Punkte fragwürdig. Wo bin ich, wenn ich mich an einen anderen Ort (vorzugsweise jenen der Kindheit) erinnere? Wo ist der Ort, an den ich mich zurückziehe, wenn ich schlafe? Der seelische Raum erweitert sich in den Nächten zum Kosmos, während das damit einhergehende persönliche Gefühl suggeriert, das Traumleben fände in einem wie auch immer gearteten Inneren statt, nämlich in mir. Die Eigenschaftslosigkeit und Unbeschreiblichkeit dieses intimsten Ortes enthalten sein utopisches Potential, seine Negationskraft, seine Größe, die darin besteht, Nicht-Ort zu sein: nicht festzulegen, gleichwohl ekstatisch, hypnotisch in seiner Rotation, Hohlraum und Form, bewußt-unbewußt. Der Ort ist immer die Mitte in einem Gewirr von Bezügen. Aber Freud täuscht sich, wenn er glaubt, das Ich könne, bei aller Macht des Un- und Vorbewußten, hier verortet werden. Das Ich im Zentrum der Ortlosigkeit ist so ungewiß wie der Ort Gottes.

Der Tod im Schrank

Olaf Brot wurde tagsüber von einem Pflegedienst betreut. Nach einer mißlungenen Hüftoperation war er nicht mehr gut zu Fuß, es mußte für ihn eingekauft, ein Mittagessen bestellt werden. Im übrigen hatte er sich eine gewisse Selbständigkeit bewahrt, vermochte sich Brote zu streichen, wusch und rasierte sich, er war kein schwerer Pflegefall. Die Auszubildende der Pflegestelle kam einmal täglich für fünf Minuten, riß den Küchenschrank auf und räumte die neuen Lebensmittel ein. Dabei bemerkte sie flüchtig die Damen, die an den Innenseiten der Türen klebten, sorgfältigst im Umriß aus Fernsehzeitschriften ausgeschnitten, leichtest bekleidet, aber nicht nackt. Sie schloß den Schrank verhältnismäßig behutsam, warf die Wohnungstür zu, hatte die Bilder schon wieder vergessen. Im übrigen war die Wohnung der Brots auf das konventionellste eingerichtet. Ein gerahmter Druck über dem Sofa, auf der Fensterbank ein paar Blumen aus Kunststoff, kein Überfluß. Er war verheiratet gewesen, im Schlafzimmer stand noch das Ehebett.

Früh, wenn der Kaffee durchlief, pflegte er den Schrank für eine Weile offen zu lassen und seine Damen zu betrachten. Sie ließen es zurückhaltend geschehen, verhielten sich freundlich. Sie standen ihm zur Verfügung. Eines Morgens jedoch starrten sie zurück. Sie starrten durch das transparente Klebeband hindurch auf ihn, ihr Blick war plastikhaft, sie blickten streng. Nur eine sah ihn nicht an, die Blondine, die ihm den Rücken zukehrte, einen gleißenden Rücken aus sehr heller Haut, die Schulterblätter traten wie Flügelansätze hervor, denn sie stützte, seitlich hingelagert, die Arme auf. Weil die anderen starrten, öffnete er den Schrank von nun an seltener. Aber er öffnete ihn doch. Sobald er sich stark genug fühlte, öffnete er ihn, hielt ihrem Blick stand, bis die häßlichen Plastikaugen erloschen. An einem Abend tat er so, als wolle er ein paar gespülte Tassen in den Hängeschrank räumen. Er klappte die Tür auf, die Damen fixierten ihn von oben herab. Es gelang ihm nicht, sie mit dem eigenen flammenden Blick in die Schranken zu weisen. Da er sie nicht niederzwang, flüchtete er sich zu der Blonden, dem Rücken. Die Blonde saß still, als ginge er sie nichts an. Dann, von unten her, verfaulte sie. Ihr Gesäß verfärbte sich, es wurde dunkler, bläulich und roh. Zitternd stieg die faulige Farbe den Rücken hoch, die Wirbel malten sich ab, das Haar ermattete, hing schlammig herunter. Schließlich drehte sie sich zu ihm um.

Er war in Panik geraten und hatte die Schlauchverlängerung an seinem Wasserkran, mit deren Hilfe er sonst die Teller abspülte, auf die Frauen gerichtet. Das Wasser ganz aufgedreht. Er hatte mehrere Stunden versucht, sie zu löschen, ihren Blick auszulöschen, bis jemand die Tür aufbrach, weil es bei den Nachbarn von der Decke tropfte.

Kreide fressen

Sie war, obschon selbst noch von jugendlicher Ausstrahlung, von ihrem Ehemann wegen einer Jüngeren verlassen worden und wandte sich dem Alkohol zu. Melinda Aberberg trank mäßig an den Abenden, am Wochenende mehr. Der Alkohol beeinträchtigte sie nicht in der Ausübung ihrer beruflichen Pflichten. Sie arbeitete als Lehrerin für Chemie und Biologie, keine großen Korrekturfächer, es gab Eindeutigkeit. Dennoch fielen ihr die Stunden, die sie in der Schule verbrachte, nicht leicht. Ob es am Alkoholkonsum lag und an den damit einhergehenden, wenn auch gut verborgenen Ausfallerscheinungen, ob der Ex-Mann und dessen beleidigendes Verhalten vor der Trennung eine Rolle spielten, ob es ganz andere, wahrere Gründe gab – jedenfalls stand es um ihr Selbstwertgefühl nicht zum besten, stand ihr die gesunde Selbstachtung nur mehr in einer Schwundstufe zur Verfügung. Die Schüler, die bekanntlich jeder Lehrperson unter die Haut sehen können, ließen es an Respekt fehlen. Sie fand nicht heraus, woran es lag. Kaum betrat sie einen Raum, fielen die Schüler über sie her. Lachten hämisch. Zerrissen sich das Maul. Dabei war sie als Pädagogin nicht unfähig. Konnte den Stoff gut vermitteln. Ihren Unterricht hielt sie nicht anbiedernd, aber auch nicht langweilig, letzteres war ja die große Gefahr bei Chemie. Im Gegenteil war sie imstande, Interesse zu wecken, für biologische Vorgänge, für molekulare Strukturen, wer konnte das schon. Sie erschien jeden Morgen gut gekleidet, aber sie provozierte nicht mit Eitelkeit. Melinda Aberberg war einmal gutaussehend gewesen, bevor die Zerrüttung begonnen hatte und ihr Gesicht vor der Zeit altern ließ. Sie empfand ihren Körper nicht als Problem. Und das wichtigste: Sie mochte die Schüler, ohne sich an sie zu klammern, sie verhielt sich zu ihnen fair, sie behandelte sie mit ausreichend distanzierter Freundlichkeit. Dennoch hatte jede Klasse schon nach der ersten Stunde im neuen Schuljahr die Achtung vor ihr verloren. Anfangs war es immer nur einer, der Klassenclown, der Rebell, der in den ersten zehn Minuten testete, wie weit er gehen konnte, dazwischenrief, herumalberte, dann zogen die anderen mit, ziemlich schnell war ein Zustand erreicht, der ernsthaften Unterricht unmöglich machte.

Sie betrat eine Klasse, schrieb etwas an die Tafel, drehte sich zu den Schülern um und wischte sich die Kreidehand an der Hosennaht ab. Kreideflecken auf eleganten dunklen Hosen: ein Fauxpas, den keine Klasse verzieh.

Sie sind da schmutzig, sagte der Rebell und zeigte mit ausgestrecktem Arm auf ihren Unterleib. Sie schürzte mit gespielter Empörung einmal kurz die Lippen, wandte sich wieder zur

Tafel. Für die Nöte pubertierender Jugendlicher brachte sie durchaus Verständnis auf. Sie wußte weit mehr über die Auswirkungen von Testosteron als diese, sie sah sich nicht persönlich angegriffen, versuchte es mit Lässigkeit und Toleranz.

Der Körper des Lehrers ist ein symbolischer Körper, er muß um jeden Preis intakt bleiben, sonst gerät das Gefüge der Klasse aus dem Gleichgewicht. In der hintersten Bank begann man zu tuscheln, kurz darauf Papierkügelchen zu werfen, bald auch das Papier zu kauen und gut bespeichelt durch die Röhrchen von Filzstiften nach vorn zu schießen. Manche blieben an der Lehrerhose haften. Sie wischte sie ohne Aufhebens weg, mit kreidiger Hand, machte alles noch schlimmer. Die Klasse bemühte sich fortan nach Kräften, alle Schuld an der Besudelung auf sich zu nehmen. Sie lud sich den Status eines Verursachers auf, weil dann die Scheußlichkeiten, der Dreck, die Peinlichkeit von außen, nicht von innen kamen, weil damit der Lehrerkörper gerettet war. Die Klasse schickte Spucke auf Papierträgern nach vorn, warf mit Apfelresten und Getränketüten, spritzte mit Wasserpistolen die Schulmilch an die Tafel.

Melinda Aberberg konnte nichts tun. Ihre Körpersprache verriet keine Schüchternheit, sie sprach gut und klar und mit angenehmer, nicht zu hoher Stimme, sie wußte nicht, was die Schüler witterten und wie. In den Pausen, wenn sie Aufsicht hatte, hielt sie sich an ihrer Kaffeetasse fest. Nach den Pausen fand man ihre Tassen im Gang oder draußen auf einer Bank, immer wieder ihre Tassen, zerstreut irgendwo abgestellt, mit einem Lippenstiftrand versehen, innen einem Kaffeering. Die Klassen fühlten sich provoziert. Ihre Angst nahm zu. Die Schüler versuchten, dieser Angst eine Grundlage zu verschaffen.

Sie hatte mit dem großen Lineal eine Tabelle an die Tafel gezeichnet. Dann schulterte sie locker, ein wenig übermütig, ein wenig selbstironisch, das Lineal und begann die Tabelle zu erklären. Der Rebell, der Klassenclown rasteten aus. Wogegen verteidigte sie sich? Welchen Anlaß konnte man jetzt bieten, welchen Angriff liefern, um rückwirkend solch eine Geste wiedergutzumachen? Sie redeten laut, lachten kreischend, das Lineal knallte vor ihnen auf den Tisch. Der Rebell packte das Holz, riß es zu sich, Melinda Aberberg ließ es nicht los. Der Klassenclown half ihm, die Lehrerin verlor das Gleichgewicht, lag hilflos am Boden, sie stürzten sich auf sie, die Lehrerin schrie. Der Rebell, von Entsetzen gepackt, hielt sich die Ohren zu, aber es hörte nicht auf, wütende Verzweiflung schüttelte ihn, und er fegte die Kreidestücke aus dem Behälter, stopfte sie in den rotbemalten Mund, aus dem der Schrei kam, stopfte zerbrochene Kreidestücke in den Lehrkörper, daß dieser endlich verstummte.

Gefahren des Realismus

Katja Wonderblom hatte an die aufgehende Sonne geglaubt und auf die Zukunft hingearbeitet. Sie war als Jockey in Hoppegarten geritten. Galopprennen, Sport, immer schneller ins Ziel. Jeder Sieg war nur ein Teilsieg, eine Etappe zum nächsten, und der endgültige Sieg lag in der Ferne des Morgen. Vielleicht würde eine andere erst diese bessere Zukunft erreichen, es machte ihr nichts aus, denn sie liebte den Umgang mit den Pferden. Er erfüllte sie mit Wärme und Sinnhaftigkeit, und sie war mit ihren Teilsiegen zufrieden.

Die Pferde waren gedopt, sie erreichten unerhörte Geschwindigkeiten, und wenn Katja Wonderblom ritt, verschmolz sie mit dem Pferdekörper und ging in dieser Geschwindigkeit auf. Dann stürzte ein Kollege im Training. Er prallte gegen die Bande und brach sich die Wirbelsäule. Vom Hals abwärts gelähmt. Nie wieder arbeiten. Er hatte das Pferd nicht im Griff, sagte der Trainer, das darf nicht passieren, unkonzentriert auf dem Pferderücken, seine eigene Schuld.

Von da an hatte sie Angst. Die Angst kam schleichend, sie

kam eine Woche nach dem Unfall, als hätte eine schwerfällige Instanz in ihr erst dann begriffen, was passiert war. Weil die Angst schleichend kam, fiel sie ihr zunächst kaum auf. Sie kam abgekoppelt von der Arbeit, überfiel sie nachts im Bett, überfiel sie in öffentlichen Verkehrsmitteln, die sich nur schleppend durch die Stadt bewegten. Katja war ein anderes Tempo gewohnt, sie störte sich an den drängenden Leuten, und sie hatte das Gefühl, keine Luft mehr zu bekommen. Im Stall bei den Pferden fiel die Beklemmung von ihr ab. Die Pferde raschelten mit Heu, kauten gemächlich, strömten ihren starken beruhigenden Pferdegeruch aus.

Erst als ein neuer Hengst eintraf, ein pechschwarzes Tier aus dem Bruderland Ungarn mit Namen Revisor, der sich in seiner neuen Box aufbäumte, nach allem schlug und um sich biß, weitete sich Katjas Unwohlsein aus. Sie ritt Revisor, und ihr Atem ging stockend. Das Pferd raste mit ihr über die Bahn, und ihr schien, daß sich die Luft mit unerhörtem Druck gegen sie preßte, ihr schien, daß diese herandrängende Luft zu fest war, um in ihre Lungen zu gelangen. Sie fürchtete zu ersticken, die Kontrolle über den Hengst begann ihr zu entgleiten, und der Trainer sah das.

Am nächsten Morgen gab er ihr einen Plastebecher, auf dessen Grund zwei Pillen lagen. Sie schluckte sie, wie sie gewohnt war, alles zu schlucken, die Anfeindungen neidischer Kollegen, die Rüffel des Trainers, auch Lob. Am Anfang hatte der Trainer sie ausgewählt, und es hatte ihr gefallen, in einer Welt der Gleichheit etwas Besonderes zu sein. Besonders leicht, besonders geschmeidig, besonders gut. Er hatte ihr eine große Zukunft prophezeit, ihr alles versprochen und im Gegenzug auch alles abgefordert. Sie bekam das beste Rennpferd, sie war euphorisch gewesen, aber ihren Status, die Beste zu sein, mußte sie jeden Tag aufs neue beweisen.

Es kam der Große Preis der DDR, es kam das Internationale

Meeting der Vollblutpferde sozialistischer Länder, es kam das Herbstderby. Die bunten Pillen in Katjas Becher vermehrten sich. Ihre Angstattacken nahmen zu. Morgens früh beim Training, wenn die Sonne aufging, war sie nicht mehr fähig, die frühere Magie zu erzeugen, sich dem Sog zu überlassen, die Zukunft im Blick. Der Rausch der schnellen Bewegung stellte sich nicht mehr ein, Revisor spürte das und wurde unsicher, langsamer. Man drohte ihr. Sie schluckte Pillen, aber die Wirkung der Pillen nahm ab. Revisor bekam einen anderen Reiter. Dies war der Moment, der sie aufgeben ließ.

Katja Wonderblom nahm einen Bürojob an. Nach wie vor mußte sie Beruhigungsmittel einnehmen, um das Haus verlassen zu können. Wenn sie reduzierte, bekam sie im Büro Anfälle von Atemnot und auf offener Straße eine Panik, die sie verhinderte, den Heimweg anzutreten. Sie stand mehrere Stunden auf einer Brücke, ans Geländer geklammert. Sie konnte keine Plätze überqueren. Sie konnte nicht mehr Bus fahren. Sie nähte sich ein Pony aus Plüsch.

13 Schlafversager

Ausgeleiert. Der für gewöhnlich lautlose Gummizug meiner Schlafanzughose dehnt sich mit einem unschönen Ratschen, einem gewissen Widerstand, und schnellt nicht mehr zurück. Ich habe bereits die Bettdecke zurückgeschlagen und das Kissen aufgeschüttelt, ich bin mit beiden Beinen in die seidene Hose gestiegen und habe sie am Bund in die Höhe gezogen. Das Gummi verhielt sich unnachgiebig, zwackte an den Oberschenkeln, dann gab es nach, zu sehr.

Mein zweiter Schlafanzug, der mit den Blockstreifen, ist in der Wäsche. Ich besitze nicht übertrieben viele Schlafanzüge, ich habe diese beiden, den lindgrünen mit den Blockstreifen und den dunkelgrauen mit den Nadelstreifen, die mich entsprechend meiner Stellung kleiden, auch wenn es niemand sieht. Vor dem Umzug in den Osten assistierte meine Mutter mir beim Packen und schärfte mir ein, mich in meinem Beruf immer angemessen anzuziehen, in jeder Lage, also auch nachts. Fügsam legte ich zwei elegante ausrangierte Pyjamas meines Vaters in den Koffer. Ich habe seine Figur geerbt, sie passen mir. Die anderen Schlafanzüge, die mit den Baumwollbündchen an den Gelenken, mit den Aufdrucken von Ziffern und Wappen imaginärer amerikanischer Schulmannschaften, sind in meinem Elternhaus verblieben. Sie waren bequemer, sie waren praktischer, weil dank der sportlichen Bündchen beim Wälzen im Bett nichts verrutscht.

Ich ziehe die Hose versuchsweise über die Hüfte und lasse los. Sie gleitet mit Nadelstreifeneleganz herab und sinkt auf meinen Füßen zusammen. Ich halte sie mit der einen Hand hoch, während ich mit der anderen auf dem Schreibtisch, im Koffer, in den Schubladen nach einem Werkzeug suche. Im Spiegelschrank über dem Waschbecken finde ich ein Nähset, das einige Nadeln und Garn in drei Farben enthält. Keine Schere. Mein Etui mit einer Feile, einer Pinzette und zwei vergoldeten Nagelscheren befindet sich noch in der Sporttasche bei den Eltern in einem Vorort von Köln. Ich verenge den Hosenbund mit einer Sicherheitsnadel vorläufig so, daß die Hose oben bleibt, werfe den Kittel über und trete auf den Korridor. Der Kühlschrank neben meiner Tür brummt sein gleichmäßiges Brummen, dann stockt er und setzt rumpelnd neu an. Ich öffne ihn nicht, er ist leer.

Nachts brennt auf dem Gelände sinnlos Licht. Im Patiententrakt wechselt ein erleuchtetes Fenster seinen Standort, es flammt hier oder dort auf, manchmal in kürzesten Abständen, wie ein Morsesignal. Ich weiß nicht, was sie dort nachts treiben. Im Haupthaus bleibt das Licht in der Eingangshalle an. Dieses Licht erfüllt keinen Zweck, nachts hält sich niemand dort auf, niemand wird dort empfangen, nur ich durchquere die Halle, wenn ich nicht schlafen kann. Das Licht soll Wärme, Anwesenheit und Freundlichkeit vermitteln, ein Nachtlicht, wie auch ich es früher in meinem Kinderzimmer hatte, nur in Übergröße, als benötigten die Patienten, um ihren vielfältigen Mangel auszugleichen, alles im Maximum.

Mich stört dieses Licht. Ich bin zu Sparsamkeit erzogen, es ist nicht einzusehen, warum eine Lampe die ganze Nacht hindurch den leeren Raum bescheint. An jedem Abend zuckt es in mir, hinunterzugehen und sie auszuschalten. Was sich des Nachts in dieses Licht wagt, ist dreist: Die Ratten haben sich daran gewöhnt, sie sind keineswegs mehr die, die im Dunkeln bleiben. Während es sich für mich nach wie vor ungehörig anfühlt, nachts die Tür zur Halle zu öffnen, die Ratten, als wären sie aus Gummi und unbegrenzt verformbar, hinter den Fußleisten verschwinden zu sehen, und nun meinerseits einen Raum zu durchschreiten, der hell erleuchtet ist für die Abwesenden.

Ich schleiche die rokokoleicht geschwungene Treppe hinab und verharre einen Moment blinzelnd in der Helligkeit. Ich spüre die Ratten mehr, als daß ich sie sehe. Sie hocken hinter den Fußleisten, ich habe sie huschen gespürt, bewegliche Schatten, ohne einen Körper, der sie wirft. Es könnten auch Mäuse sein, ich habe mich aber an die Vorstellung von Ratten gewöhnt. In einer Institution wie der unseren kommt das Thema der Mäuse zu häufig auf. Die Patienten vermeinen regelmäßig Mäuse zu sehen, sie sehen viel Ungeziefer, auch Käfer krabbeln in Scharen über die Wände, Fliegenschwärme dringen durch geschlossene Fenster ein, die Sichtung von Ungeziefer wird daher als typisches Symptom behandelt, auch wenn in diesen Räumlichkeiten kein Grund besteht, das Vorkommen von solcherlei Schädlingen prinzipiell anzuzweifeln. Allerdings beobachten die Patienten selten gemeine Hausmäuse. Sie sehen weiße Labormäuse, sie sehen grüne Mäuse, es wimmelt derzeit im Behandlungsraum und wohl auch im Kavaliershaus insbesondere von grünen Mäusen. Deshalb habe ich mich persönlich ganz auf Ratten festgelegt. Die Ausprägung mancher Halluzinationen verläuft in kollektiven Schüben, als Mode gewissermaßen. Es erstaunt mich immer noch, daß der Wahn, der gemeinhin für so kreativ gehalten wird, sich in Wirklichkeit auf sein eigenes Klischee reduziert: je gravierender die Störung, desto stereotyper die Ausprägung. Die Allmachtsphantasien ähneln einander zum Verwechseln, der religiöse Größenwahn findet seine übliche Form, die Betroffenen sind Christus oder Napoleon, auch die Dissoziationserscheinungen verlaufen regelhaft, wie es im Buche steht.

Dennoch. Wir müßten einen Kammerjäger kommen las-

sen. Aber ich möchte dieses Thema in Gegenwart von Frau
Dr. Z. während der Mäusemode nicht ansprechen. Und sie
selbst verläßt das Gebäude bei Einbruch der Dunkelheit, sie
hält sich nur in gut ausgeleuchteten Zimmern auf, sie sieht
ausschließlich das, was sie sehen möchte, sie würde über ein
unerwünschtes Tier im Haus einfach hinwegsehen, sie könnte
eine Ratte vermutlich gar nicht erkennen.

Tatsächlich sind die Ratten nach einer Schrecksekunde fort.
Das Licht in der Halle beleuchtet nichts. Durch die Fenster fällt
es wie fremde Fühlung nach draußen und wütet über den Büschen. Es herrscht ein Scheinherbst unter diesem Licht: Grell-
gelbe Blätter hocken den Eibenhecken auf und ziehen wilde
Fratzen. Ich presse das Gesicht an die kühle Scheibe, sehe aus
den Augenwinkeln meine blasse, schiefgezogene Haut. Ledrige
Gnomengesichter starren von draußen zurück.

Ich durchquere im hinteren Teil des Schlosses einige unge-
nutzte Räume. Die Bestuhlung eines Klassenzimmers, eiserne
Beine und Sitze aus Holz, türmt sich in einer Ecke übereinander. Als habe hier regelmäßig Unterricht oder doch zumindest
eine längere Belehrung stattgefunden. Ich schreite über moos-
grünen, kratzigen Bodenbelag, der den Eindruck einer allgemeinen und vollständigen Verfilzung macht. Und wir warten
nur darauf, daß sich dieses filzige Moos weiter ausbreitet, daß
es auch die anderen Räumlichkeiten, daß es uns alle gnädig
überzieht. Solch eine Vorstellung ist insofern nicht unbegrün-
det, als dieser Teil des Gebäudes nicht nur der Renovierung
harrt, sondern auch und vor allem der Dekontamination. Ein
längerer Aufenthalt in diesen Räumen ist der Gesundheit nicht
zuträglich, man hat in den sechziger Jahren die Schädlingsbe-
kämpfung übertrieben, alle Holzkonstruktionen mit einem
Mittel behandelt, das heutzutage als Zell- und Nervengift gilt.
Selbst die Bohlen unter den Teppichfliesen dünsten noch im-

mer Schadstoffe aus, erzeugen Kopfschmerz, Schwindel, Konzentrationsstörungen, rufen Übelkeit und Erbrechen hervor. Man muß eine Giftabschottung durchführen, die Deckenbalken maskieren, wenn man nicht alles herausreißen, abreißen will. Das Gebäude steht unter Denkmalschutz, die sachgerechte Entgiftung wird teuer. Es ist der Teil des Schlosses, den die Ratten meiden.

Unterhalb der verseuchten Räume befindet sich die Küche. Ich frage mich regelmäßig, ob es rechtens ist, diese Küche überhaupt zu benutzen. Ob die Kacheln an den Wänden, der wasserabweisende Anstrich diesen sensiblen Bereich tatsächlich ausreichend isolieren. Aber die Schadstoffmessung hat ergeben, dies sei der Fall. Andernfalls hätten wir hier gar nicht einziehen dürfen.

Ich suche in den riesigen Besteckschubladen nach einem Gemüsemesser. Eine Schublade, breit und tief, enthält nur Gabeln, die darunterliegende ist voll mit Suppenlöffeln, eine kleine, oberhalb, sammelt Schälmesser, Obstmesser, Messer zum Zwiebelschneiden. Ich nehme die Sicherheitsnadel von meiner Schlafanzughose ab, klemme sie zwischen die Lippen und beuge mich über meinen Hosenbund. Ich trenne ein Stück der Naht auf, so viel, daß ich das Gummiband erreichen kann. Mit der Sicherheitsnadel fische ich danach und ziehe es ein Stück heraus, ziehe es stramm und verknote die Schlaufe, die jetzt aus der Hose lappt, mit einem Aufziehknoten. Ich lasse die Sicherheitsnadel in die Kitteltasche gleiten. Das Gummi spannt am Bauch und verursacht mir ein flaues Gefühl. Ich weiß nicht, ob es der Magengegend in diesem Fall nützt, etwas zu essen, oder im Gegenteil. Neben der Küche liegen der Vorratsraum und der Kühlraum. Im Vorratsraum lagern Säcke mit Pulver für ein Orangengetränk, Säcke mit Kartoffelmehl und Erbsmehl, Gelatinekartons, Kisten mit Aufbackbrötchen.

Die Küchenvorräte sind nicht für Einzelpersonen gedacht. Man kann aus der Masse nichts herausnehmen, nicht einmal ein halbrohes Brötchen entwenden, keinen Teigling an Land ziehen, ohne eine Riesenpackung anbrechen zu müssen. Es fällt sofort auf. Jetzt entriegele ich die schwere Tür zum Kühlraum, mein Atem wird augenblicklich sichtbar, ich dampfe. Ich betrete den Raum nur mit einem Bein, das andere lasse ich vor der Schwelle stehen, damit die Tür nicht zufallen und mich einschließen kann. Hinten stapeln sich Pappkartons mit Cordon bleu, Kroketten und schockgefrosteten grünen Bohnen. In meiner Reichweite ein großer Beutel Reibekuchen; ich nehme ihn an mich, klemme ihn mir unter den Arm, so daß mein Kittel ihn bedeckt, und während ich die geschwungene Treppe wieder hinaufsteige, verliert meine Flanke jegliches Gefühl, wird die Innenseite meines Arms eiskalt. In meinem Schlafzimmer lege ich zwei tiefgefrorene Reibekuchen auf die Heizung. Mit dem restlichen Beutel gehe ich noch einmal auf den Flur. Der Kühlschrank stand irgendwo herum, und man hat ihn neben mein Zimmer geschafft, um mir das Gefühl zu geben, Privilegien zu genießen. Er besitzt kein Eisfach, ich werde die Reibekuchen ganz langsam in ihm auftauen lassen.

Ich lege mich ins Bett und sehe schon von weitem Bilder auf mich einstürmen. Seladongrün. Schleiflack. Textiltapeten. Bilder, die mir fremd sind, als träumten mir die Tagesreste anderer, Erinnerungen vielleicht der Patienten, der Mitarbeiter, die sich täglich in diesem Gebäude aufhalten. Als ergäbe sich aus der räumlichen Nähe automatisch eine menschliche Übereinstimmung, eine Durchlässigkeit. Brände: weil die Patienten am Abend in den Nachrichten den Brand einer Großfabrik verfolgten. Messer: weil eine Patientin beschrieben hat, wie sie sich ritzt. Gesichter: Eltern, die nicht die meinen sind. Ich lege mir die Decke über, und sie stürmen aus der Ferne heran, füllen den Raum, und mir wird das Atmen schwer. Natürlich weiß man Dinge aus der Vergangenheit anderer. Die eigene Vergangenheit stellt man sich ja auch nur vor. Modifiziert sie. Richtet sie neu aus. Kollektivträume. Träume, die mich heimsuchen, weil sich die Grenzen lockern, je mehr man sich mit dem anderen befaßt. Als müßte ich alles, was sich hier in diesen Mauern abgespielt hat, in mein persönliches Bewußtsein aufnehmen. Ich werde von den Traumbildern der anderen erdrückt, sie wollen mich verdrängen, und kurz bevor ich im Schlund eines schlechten Gewissens verschwinde, schrecke ich wieder auf.

Einmal kam ich in der Nacht aus der Eifel zurück und fuhr einen kleinen Umweg durch Odilos Straße. Ich hielt am Werkszaun an. Die Straßenlaternen einseitig abgeblendet, damit sie den Schlaf in der Häuserzeile nicht störten. Auf dem gemauerten Torpfosten vor seinem Haus brannte ebenfalls eine Laterne, auf antik gemacht, mit schmiedeeisernen Schnörkeln, gelbem Glas. Ich wollte für einen Moment unter seinem Fenster stehen und die undurchdringliche Schwärze der Scheibe betrachten. Ich wollte das Summen der Weck-Werke hören, die Strahler sehen, die das Gelände auf dieser Straßenseite die ganze Nacht mit einem Lichtzelt versahen. Noch bevor ich aussteigen konnte, öffnete sich die Haustür. Odilo trat auf den Bürgersteig, ließ das Gartentor offen, ging ein Stück unter den Laternen entlang, kam zurück und ging in die entgegengesetzte Richtung, eigenartig ungerührt, ja selbstbewußt ging er auf und ab und dennoch wie planlos. Er reckte keineswegs theatralisch die Arme vor, er sah aus, als habe er sich nur eben mechanisch eine Jacke übergeworfen, um zu vorgerückter Stunde eine geringfügige Besorgung zu machen. Mal eben zum Zigarettenautomaten, mal eben noch mit dem Hund. Doch er rauchte nicht, und er haßte Hunde. Man richtet sich im Bett auf. Es beginnt mit einigen unverständlichen Sätzen, dem Nesteln an der Bettdecke.

Man steht auf, öffnet Schränke und Türen. Man pflegt Formen der Genauigkeit. Aufwachgewohnheiten, die sich verselbständigen. Seine Augen hielt er aufgerissen. Er sah mich nicht. Nur ich habe ihn gesehen. Er war Schlafwandler. Ich nehme an, daß ich der einzige bin, der davon wußte. Um diese Zeit war in seinem Vorort niemand wach. Auch seine Mutter schlief, niemand sonst hat ihn bemerkt. Er wußte wohl selbst nichts davon. Schlafwandler können sich an ihr Wandeln nicht erinnern. Und ich habe ihm nicht davon erzählt.

Odilo konnte gegen Ende seines Lebens immer weniger schlafen. In den letzten Wochen schlief er womöglich gar nicht mehr. Als sei seine Schlaflosigkeit auf mich übergegangen: Seit ich im Schloßgebäude nächtige, schlafe ich schlecht.

Meine neue Wohnung stammt aus Zeiten des praktizierten Sozialismus, es ist eine Kommunalwohnung, ein Relikt, das doch mit größter Selbstverständlichkeit behandelt wird. Nach dem Vorbild der Zimmerreihe einer Amalienwohnung, des Schlafzimmers eines Hohenzollernprinzen inmitten einer Flucht von Durchgangszimmern, hat man die Räumlichkeiten im Schloß in größere und kleinere Wohnungen aufgeteilt.

Zwischen den einzelnen Wohnbereichen gibt es nur ungesicherte Grenzen. Ein Kollege hat ein Bücherregal als Raumteiler aufgestellt, ein anderer mit einem Tischchen, auf dem sich Gegenstände seiner Landsmannschaft befinden, im Durchgang den Beginn seines Reviers markiert. In dieser Unabgeschlossenheit hat sich das Ehepaar aus Ungarn eine Dekoration aus ungarischem Weihnachtsschmuck gebaut, so, wie man in einem Treppenhaus eine Topfpflanze aufstellt.

Es scheint durchaus Räume zu geben, die nur mir zur Verfügung stehen. Etwas zweifelhafte Räume, die nach außen hin offen sind, auf eine Balustrade führen, auf einen Balkon. Doch, es gibt Räume, die außer mir niemand betritt, eine Nische an der Kellertreppe, ein fensterloses, höhlenartiges WC. Unklar bleibt allerdings, wie weit meine Wohneinheit reicht. Ich möchte keinesfalls in die Privatsphäre der anderen dringen, in die Bereiche der Familien, die ihre Kinder immerhin soweit im Griff haben, daß sie die angestammte Sphäre nicht verlassen. Ich sehe es durch die Regale hindurch, über die hüfthohe Anrichte hinweg, wie diese Kinder versunken in ihren Wohnzimmern spielen und gar nicht daran denken, über die Anrichte zu mir herüberzuklettern. Es würde sogar genügen, um die Anrichte herumzugehen, um den Bezirk zu betreten, den ich als den meinigen ansehe. Im Schlafzimmer hängt eine Plane von der Decke. Sie hängt so, daß sie meinen schmalen Streifen von dem größeren Raumteil abtrennt, in dem sich das Ehebett des Nachbarn befindet. Die Plane ist nicht ordentlich befestigt, sie hängt schief, so daß ich das nachbarliche Schlafzimmer gut einsehen kann. Der Nachbar winkt mir vom Bett aus zu. Sein kräftiger Oberarm winkt, sein Bierbauch. Ich hebe grüßend die Hand und erröte. Mit seinem Winken hat der Nachbar Widersprüchlichstes klargemacht:

1. Er lädt mich ein, mich meines Teils des Schlafzimmers als rechtmäßiger Verfüger zu bedienen.

2. Er ist durchaus nicht gewillt, die Plane so aufzuhängen, daß sich mein Teil dieses Zimmers etwas vergrößert. Wie sie jetzt hängt, bleibt mir ein schmaler Korridor, in den exakt mein Bett paßt, und zwar so, daß das Kopfende das Fenster verdeckt und ich über das Fußende hineinsteigen muß. Er kann es, das sehe ich ein, nicht anders regeln, denn er muß das Ehebett in diesem Schlafzimmer unterbringen.

3. Er ist außerdem nicht bereit, die Plane geradezurücken und mir die Sicht zu versperren. Er hat keine Zeit. Dafür nimmt er in Kauf, daß ich seinen Schlafzimmeraktivitäten beiwohne, weil er mich ohnehin übervorteilt hat.

In meinem Part befinden sich neben der Plane noch einzelne gediegene Wände, Wandbestandteile mit halb abgerissenen muffigen Rosentapeten, feuchte, gewölbeartige Wände, deren Massivität auf mich anheimelnd wirkt. Der Schimmel läßt sich, denke ich, entfernen, der mintgrüne Anstrich erneuern. Die Wohnungen haben ansonsten den Charakter eines Möbelkaufhauses, ja sie sind ganz wie ein Möbelkaufhaus konzipiert, mit Nischen, Buchten, Fluren, nur daß es sich nicht um Abteilungen mit ausschließlich Schlafzimmern, dann ausschließlich Kücheneinrichtungen usw. handelt, sondern um ganze Modellwohnungen, die Möbel vor einer Scheinwand plaziert, vor einem an Latten befestigten Poster, vor einem Vorhang. Es herrscht die Orientierungslosigkeit, die auch in einem Möbelkaufhaus herrscht, dieselben Bücherattrappen, dieselben bunten Teppiche. Mich stört, daß sich, wie in einem Möbelkaufhaus, immer wieder einzelne versprengte Besucher zu mir verirren, Besucher, die hektisch suchen, ohne daß sie zu sagen wüßten, was.

Ich ziehe eine Cordhose über die Schlafanzughose, ziehe einen Pullover über das Oberteil und setze mich an den Schreibtisch. Ich habe ein Notizheft begonnen, in dem ich versuche, mir über Odilo klarzuwerden. Ein Unterfangen, das von vornherein zum Scheitern verurteilt ist, denn je mehr ich versuche, mich zu erinnern, desto mehr nimmt die Dunkelheit zu.

Ich schreibe meine Aufzeichnungen auf kariertes Papier. Jetzt beginne ich damit, einzelne Kästchen zu umranden, ich zeichne Schraffuren hinein, male die Ecken aus, kästchengewordener Überdruß. Es hilft mir zu nichts.

Motive, die in der Anstalt gemalt werden: ausgestaltete Geldscheine, Erscheinungen in der Einlegesohle, sexuelle Phantasien mit zerstückelten Körpern; Kritzeleien wie am Telefon, wenn die Vernunft abgelenkt ist. Und daneben immer das Verlangen, brav gewesen zu sein. Zwanghaftes Musterlegen, Kästchenfüllen, Ergotherapie.

Wenn ich aufblicke, sehe ich mich eingefaßt in schwarzes Fensterglas. Wie alt wir bereits geworden sind. Jahre, Jahrzehnte, die wir in uns einkapseln, Zeit, die sich um uns verdichtet, mit jeder Nacht mehr; ein Gedächtnis aus Kohle, Graphit, in dem wir feststecken, wir, lebende Fossilien, deren Dichte mit dem Druck der Jahre zunimmt: Nachtgedanken, Diamanten, eine Bewegung des Gedenkens, die alles durchstrahlt.

Der Schlafanzug ist notdürftig repariert. Ich habe einen Mückenstich am Handgelenk, Vorahnung von Sommern, die die Einheit der Zeit und des Ortes wiederherstellen, ich reibe den Mückenstich am Hosenstoff, bis er schmerzt.

Ich esse zwei angewärmte, rohe Reibekuchen direkt von der Heizung. Wasche mir Hände und Gesicht, lege Pullover, Cordhose ab, lege mich hin. Stopfe die Bettdecke fest, bis sie mich wie ein Schlafsack lückenlos einhüllt. Kugelform einnehmen. Kugelförmiger Schlaf. Ich presse mein Gesicht ins Kissen und sauge aus dem Rest Bettwärme, der sich noch gehalten hat, alle Zärtlichkeit.

14 Erlkönigjäger

Neuerdings zeichne ich Gartenparterres. Ich entwerfe sie in den Nächten, in denen ich nicht schlafen kann, um Frau Dr. Z., so die Gelegenheit naht, einen ausgereiften Vorschlag zur Parkgestaltung unterbreiten zu können. Das Karopapier meines Notizheftes dient mir als Raster. Ich markiere großzügig einige Quadrate, lege schwungvoll Kreise hinein, die sich überschneiden, überlagere sie mit einer Ellipse und spare die meisten der Schnittmengen aus. Ich zeichne eine Terrassenanlage, ich versuche, etwas einzukreisen, Schlingen zu legen, ich werfe Arabesken aus und operiere mit Blattwerkornamenten, um diesem Etwas eine Struktur zu verleihen.

Auch in der Verfassung ohnmächtiger Müdigkeit bringe ich herrliche Anlagen zustande, da diese Art der Zeichnung keiner kreativen, sondern der zwanghaft-unkritischen Methode folgt. Ich plage mich nicht mit automatischen Kritzeleien, die das Unbewußte sprechen lassen, sondern stelle geometrisch exakte Pläne her, ganz dem Bewußtsein verschrieben.

Ich verstärke mechanisch einige ausgewählte Linien, achte auf die Symmetrie, erhalte ganz und gar befriedigende Ergebnisse. Die künftigen Rabatten, von Buchsbaum eingefaßt, lassen sich nur von den höheren Stockwerken unseres Schlosses ganz überblicken. Ich füge Spiralen ein, fächere Parzellen kleinteilig auf, lasse kleine Kreise offen, in die ich Buchsbaumkugeln setze. Ich stelle mir die Schritte von Frau Dr. Z. auf den Kieswegen vor, stelle mir vor, wie sie sich in den Behandlungspausen im geheimen Garten ergeht, wie ihre Hand die harte Hecke streift.

Meine Kreise zeichne ich in Ermangelung eines Zirkels mit Hilfe eines Wasserglases. Ich ziehe Kreise gleicher Größe über das unbestimmte Papier, Broderieparterre, denke ich, Bandelwerk, denke ich, La Folie, die Verrücktheit, das Lustschlößchen, und, denke ich, majestätische Gärten lassen sich aus reiner Logik herstellen, wie Zirkelschlüsse. Mein Kugelschreiber fährt über die Karos, umfährt einen Punkt, mit dem ich mich durchaus identifizieren könnte, ich ziehe die Achse nach, an der sich die Felder spiegeln, Weltachse, denke ich, die die Allee wäre, welche genau auf den Eingang führt. Mein Stift zieht immer noch Kringel, er kreist hypothetisch, kreist um mich, kreist mich ein, es wird deutlich, daß ich aus diesem Schloß nicht mehr wegkommen kann.

Ich gehe in der Mittagspause zu Fuß ins Dorf, um Gummiband zu kaufen. Gummilitze, wie unsere Mutter sagt. Unter normalen Umständen wäre ich zu meiner Schwester gefahren und hätte mir von ihr ein neues Gummiband in meine Schlafanzughose einziehen lassen. Dies erscheint mir in der gegenwärtigen Situation nicht möglich.

Der Weg ins Dorf ist ein öder. Man geht die Landstraße entlang. Kein Bürgersteig. Frau Dr. Z. läßt sich morgens vom Zivi mit dem Dienstwagen abholen und abends wieder nach Hause fahren. Ich nehme den Umweg durch den Wald, am See entlang. Dabei laufe ich auch nicht Gefahr, den Patienten oder dem Klinikpersonal zu begegnen. Den Wald betritt niemand außer mir.

Nie war ich der Typ für Wohngemeinschaften. Damit jetzt anzufangen, wenn auch gezwungenermaßen, ist ein Fehler. Zumindest eine Wohnung im Dorf, wie Frau Dr. Z. sie hat, würde mir Erleichterung verschaffen, wenn natürlich auch das Dorf von Patienten wimmelt, denn diejenigen, die Ausgang haben, gehen zuverlässig ins Dorf. Das Dorf wird zweimal am

Tag vom Überlandbus angefahren, und zwar morgens und abends jeweils um sechs. Sonst ist hier nichts.

Wohnen im Dorf – man könnte sich im Haus verschanzen, hinter hohen Hecken im Garten sitzen, seine Einkäufe abends erledigen, wenn die Patienten zurück sein müssen. In dieser Art hält es Frau Dr. Z. Sie läßt einkaufen, und sie geht nur selten aus dem Haus.

Ich hingegen gehe sehr weit und sehr viel, es befriedigt mich, einen maximalen Abstand zu den Patienten zu erzeugen, durch reine Muskeltätigkeit, durch Eigenleistung. Und in einer Institution, die einen Teil ihrer Fenster vergittert hat, in der die Macht darin besteht, über ein Schlüsselbund zu verfügen, erleichtert es mich, mir zu beweisen, daß ich theoretisch immer noch gehen kann, wann und wohin ich will. Freier Wille: Die Patienten lustwandeln im Kurhotel – ich habe Ausgang aus dem Narrenschloß, und ich muß zu festgesetzter Zeit, zu Arbeitsbeginn, zurück sein.

Um in dieser Institution eine Wohngemeinschaft durchzustehen, bedarf es einer Persönlichkeit, die weniger empfindsam ist; ich bin für diese Stellung ungeeignet, aber mangels Alternativen meinerseits versuche ich den Eindruck zu erwecken, der richtige Mann am richtigen Ort und mit allem zufrieden zu sein. Und mangels Alternativen ihrerseits, das sind Personalengpässe, mindere Bezahlung, Probleme mit der Unterbringung der Angestellten, gibt meine Chefin vor, daß mir das vollkommen gelänge.

Weil ich beleibt bin, findet sie mich gemütlich, und sie assoziiert damit vor allem eine Gemütsruhe, die mir leider nicht zu eigen ist.

Man fragt sich ja seitens der Ärzteschaft immer, wie wirkt sich das soziale Umfeld auf die Bildung der Persönlichkeit aus. Ich kann dazu nur sagen, daß die lebenslange Zuschreibung

von Gemütsruhe seitens des sozialen Umfelds keinerlei Aus-
wirkung auf meine Persönlichkeit hatte. Ich müßte längst vor
lauter Gemütsruhe petrifiziert sein, ein Fels in der Brandung.
Und aufgrund des Augenscheins, also meines Körperumfangs,
glaubt das Umfeld, solches sei der Fall, leugnet das Umfeld
meine Empfindlichkeit.

Wir saßen im Kreis in der Gruppentherapie. Herr V. berichtete
weitschweifig von seiner Problematik. Die übrigen Teilnehmer,
die inzwischen gelernt haben, daß und wie man aufeinander
eingeht, fanden verständnisvollste Worte. Herr V. fühlte sich
ermutigt, sein Lamento hielt an. Ich saß mit allen anderen im
Kreis, nicht herausgehoben, wie es die Regel ist. Gleichbe-
rechtigung, Selbsterfahrung, Feedback der Gruppe. An einem
gewissen Punkt der Unterhaltung erhob ich mich und verließ
den Raum. Ich verließ das Klinikgelände und ging an den See.
    Als ich mehrere Stunden später zurückkehrte, war niemand
irritiert. Frau Dr. Z. hatte von meinem Verhalten bereits erfahren. Sie sprach mich beim Abendessen darauf an und sah
ihren Reformprozeß mit modernsten Methoden fortgeführt.
Fels in der Brandung, gelungene Intervention. Den Patienten
Vertrauen schenken und sie sich selbst überlassen. Der richtige
Zeitpunkt, Fingerspitzengefühl. Meine Chefin gesteht mir alle
Freiheiten zu. Sie hält große Stücke auf mich.

Ein kalter, klarer Tag. Der See ist bereits eisfrei. Die Buchen
noch kahl, am Boden erstes Grün. Am See führt ein Trampelpfad entlang, über holpriges Wurzelwerk, über matschiges
Laub. Es riecht streng am See, ich habe das Bedürfnis, diesem
Geruch auszuweichen, kann aber die Quelle nicht ausmachen.
Da trete ich auf etwas Weiches. Es gibt auf eine seltsame Weise
nach, macht ein schmatzendes Geräusch, ich nehme entsetzt
den Fuß zurück und ziehe instinktiv die Jacke enger um mich.

Sie liegen am Ufer und stinken bestialisch. Erfrorene Aale und Karpfen, Rotaugen, Zander. Sie riechen nach verdorbenem Fisch. Ich versuche, nicht zu atmen, ich gehe schneller und bedauere jetzt doch, auf die Gummistiefel verzichtet zu haben.

Die Fische liegen grau im alten Laub und haben jeden Glanz verloren. Ihre Augen starren stumpf ins Nichts, ihre Mäuler sind halb aufgesperrt, die Zähne der Raubfische stecken quer in der Landschaft, sie sind unbesänftigt.

Ich umrunde den See, ich beeile mich und achte sorgfältig darauf, wohin ich die Füße setze. Ein entmachteter Hecht liegt quer über dem Pfad, beinah hätte ich ihn übersehen, weil er so stumpf entfärbt ist wie ein Stück Buchenast. Noch einmal, jetzt mit vollem Bewußtsein, trete ich vorsichtig auf einen Fisch. Ich stelle den Fuß auf den Hecht und federe leicht ab, prüfe die Konsistenz. Auch dieser Fisch liegt nicht in Totenstarre, er gibt weich nach. Es ist dieselbe Nachgiebigkeit, die ich auch an mir empfinde, eine Weichheit, die mich zur Durchsetzung unfähig macht.

Auf diesem Weg habe ich sonst nach Erlkönigen ausgespäht. Jetzt überall tote Fische. Die Erlkönigstellen mit toten Fischen gleichsam verstopft.

Die Abwesenheit des Erlkönigs ist eine grundsätzliche. Er hat keinen Ort. Aber er hinterläßt besonders bedeutungslose Stellen, zutiefst unauffällige, flüchtigste Stellen, in denen sich seine Abwesenheit sammelt, in denen er sich verbirgt. Diese Stellen sind von einer gesteigerten Durchschnittlichkeit betroffen, nichts an ihnen ist hervorgehoben, sie lösen sich auf in äußerster Normalität. Kein Vibrieren der Luft, kein Flimmern, kein plötzlicher Windstoß, es geht, pathetisch ausgedrückt, um einen Ort ohne Eigenschaft. Es muß sich selbstredend um sehr subtile Orte handeln, leere Stellen, die ernst zu nehmen sind, potente Stellen, Orte der Intimität. Leere Stellen des Erlkönigs.

Jagd nach diesen Leerstellen. Die Welt an sich ist zu voll. Vor allem mit den Problematiken der Leute.

Es ist ganz still am See. Mittagszeit. Ich bin in der Mittagspause unterwegs, ich verzichte auf das Mittagessen, ich kann mir später auf der Heizung Reibekuchen auftauen. Rohe Reibekuchen mit Rübenkraut. Besser als nichts. Die Sonne bricht durch, macht den See unkenntlich vor Glanz. Es riecht nach totem Fisch, nichts rührt sich, nur etwas huscht einen Stamm hinauf, ein Eichhörnchen, rothaarig wie ich.

Kahle feingliedrige Zweige. Ein gewisses Licht. Verhangen. Nachmittäglich. Schon im Schwinden begriffen. Zwischen den Zweigen die Leere. Es gibt eine vielversprechende, eine pulsierende Leere, eine mit der Hoffnung auf kommende Fülle gesättigte Leere, bei der man nur darauf wartet, daß sich etwas verändert, in dieser Leere etwas erscheint, und sei es nur ein neuer Gedanke, eine feine Empfindung, etwa von Zuversicht. Und es gibt eine rauhe, wie entrückende Leere, eine Leere, die wie ein reißender Wind dazu verleiten will, ihr zu folgen, ihr in eine beliebige Richtung nachzuziehen, eine beunruhigende, beängstigende Leere, die suggeriert, daß man dort, wo man sich befindet, etwas Entscheidendes verpaßt.

Die majestätische Leere kommt triumphal daher, sie schüchtert ein mit ihrer Größe und Gewalt, man möchte sich vor ihr ducken, sie ist demonstrativ, nicht einladend. Sie breitet sich aus, sie drängt weg, Beispiel: der repräsentative Platz, auf dem mit Vorliebe Militärparaden abgenommen werden.

Die prickelnde Leere findet sich hier und da wie ein kleiner Springbrunnen. Etwas ist ausgelassen worden, daraus resultiert Erleichterung. Die prickelnde Leere macht Freude.

Die verführerische Leere stellt eine Behauptung auf, daß da etwas sei. Das ist der Normalfall der Dinglichkeit.

Die diabolische Leere erzeugt ein Erinnerungsbild im Bewußtsein, dem in der sogenannten Wirklichkeit nichts entspricht. Sie manifestiert zugleich die Überzeugung, daß diesem Bild aber etwas entsprechen müßte, und addiert so ohne weiteres Verlustgefühle, Sehnsucht, Gier, Neid und die anderen Todsünden.

Die abgewandte Leere ist jene, um die der Betrachter werben muß. Sie erscheint gleichsam beleidigt, in sich zurückgezogen, man erkennt sie kaum, weil zuviel anderes da ist, was Beachtung fordert. Beispiel: Auf einem überfüllten Marktplatz konzentriere man sich auf die Rückseiten der Bretterbuden und die dort abgestellten, für den Moment ganz nutzlosen Gefährte.

Das alles ist nicht die Leere, um die es geht. Mit diesen Leereformen, Leerformeln täuscht der Erlkönig über seine wahre Abwesenheit hinweg.

Als Faustregel gilt: Sobald die Leere zu einer Handlung animiert, ist es nicht die gesuchte. Das Entscheidende ist, daß die äußere, die als äußerlich gedachte Leere ins sogenannte Innere übergeht, daß das Denken zum Stillstand kommt.

Odilo hatte sich zu einem Spezialisten der brillanten Leere entwickelt. Er konnte das Funkeln vorausfühlen, mit dem sich Neuigkeiten ankündigen. Er wollte immer ein Schimmern, ein Vibrieren wahrgenommen haben, wo am Ende nichts war. Er wollte nicht einsehen, daß es um Schimmern auch keinesfalls ging, eher um Nichtschimmern. Vielleicht projizierte er auch nur, vielleicht provozierte er mich.

Leere nervte ihn. Er war vom Wunder der Erscheinung fasziniert, von den Möglichkeiten des Materiellen, und ihn interessierte an der Leere allenfalls die Potenz.

Und oft, wenn ich auf ihn wartete, schien mir der Ort, an dem er auftauchen würde, von dieser brillanten, schmeichelnden, zärtlich-frühreifen Leere erfüllt.

Die Hälfte des Himmels hat sich in Windeseile weiß zugezogen, in der anderen treiben einzelne abgerissene Fetzen, preußische Wolkenfetzen von widerlicher Unentschlossenheit.

Die Leute im Dorf begegnen mir grußlos. Gardinen schwingen hinter angestaubten Seidenorchideen leicht hin und her. Eine Frau überquert die Straße mit einem Topf im Arm, zieht Soßengeruch hinter sich her, einen Hauch von Babypuder.

Ich sehe durch ein aufgerissenes Fenster in die Gaststätte. Frühlingsluft strömt hinein, Kneipendunst schlägt heraus. Ich sehe, wie Bierschaum im Glas hochsteigt. Rautenpullover und Nikotinentzug. Kuhwärme und ein kariertes Tischtuch voller Ketchupflecken. Ich schäme mich ein wenig dafür, daß dies jetzt mein Leben ist.

Ich komme am Haus der Chefin vorbei. Liegengelassenes Laub drängt sich in den Ecken der Eingangsstufen und am Zaun, Fehler beim Rasenmähen im Herbst machen sich jetzt durch kahle Stellen bemerkbar. Dort, wo das Gras nicht gründlich weggeharkt wurde, ist es unter der Schneedecke verfault. Der Restrasen gelb. Noch ist die Zeit der Vergilbung. Noch blüht nichts.

Im Garten von Frau Dr. Z. verbrennt ein Mann im Unterhemd einen Haufen Baumpilze. Sie haften noch an einem Stück Totholz, Pilze wie gut verpacktes, dick in Zeitung geschnürtes Geschirr. Sie wollen kein Feuer fangen, bis der Mann eine Blechbüchse Benzin darüberleert.

Gerne würde ich ein paar Worte mit dem Mann wechseln, auch wenn ich nicht weiß, wer er ist. Frau Dr. Z. ist nicht verheiratet, jedenfalls trägt sie keinen Ring. Ihr Gärtner? Ich drücke mich auffordernd am Zaun herum. Der Mann nimmt keine Notiz von mir.

Ein Stück weit die Hauptstraße entlang, die hier Dorfstraße heißt, folge ich einem Kind, das ein entsetzlich lärmendes Spielzeug an einer Schnur hinter sich herzieht. Das Kind ist damit befaßt, auf dem ungleichmäßigen Grund des Gehwegs nicht zu stolpern. Hinter ihm wackelt eine gelbe Ente mit dem Kopf und hebt bei jeder Umdrehung der Räder unter Gequake die Flügel an. Ich möchte das Kind nicht überholen. Es kommt mir vor, auch wenn das psychologisch falsch ist, als würde ich das Kind dadurch herabsetzen. Ich überhole es trotzdem, weil mir die Ente zu laut ist. Das Kind, ins Gehen versunken, scheint mich nicht zu bemerken.

Schatzkarte des Dorfes: In jeder Himmelsrichtung sind im Moment andere Wolkenformen zu sehen. Die Zimmer vollgestopft mit Porzellanblasen und Terrarienlampen. Korridore ausgelegt mit Fertigfellen, Feldarbeit. An vielen Fenstern ist schwarzrotgold geflaggt. Pelzkappen, Pelzpodeste. In den Gärten künstliche Hügel aus Ziegelschutt und zerbrochenen Untertassen. Weitere Außenanlagen durchsetzt mit unaufgeklärten Zonen, Störfeldern, muffigem Licht aus dem Keller. Vorräume, in denen der Schatten wartet. Schattenvorrat in den Speisekammern. Sammlungen von Tannenspitzen aus aller Herren Länder, Beweise der Reisefreiheit. Jahrmarktsgesichter schweben über Spülschwämmen, im Kleiderschrank lagern Bausätze für Blümchenkittel, Seifenlauge rinnt auf dem Bürgersteig über Löwenzahnglanz.

Über die Treppe zum Kramladen hat jemand Milch gekippt. Die Milch muß gerade erst ausgeschüttet worden sein, sie tropft noch von Stufe zu Stufe. Sauer riechende Milch, in der rötliche Katzenhaare schwimmen. Ich halte mich am rostigen Geländer und balanciere an der Milch vorbei. Im Laden ertönt eine Glocke. Niemand bedient. Im Hinterraum kann ich einen

Kühlschrank und eine einzelne Kochplatte erkennen. Nochmals öffne und schließe ich schüchtern die Tür, dann hänge ich mich an die Klinke und bimmele anhaltend.

Nein, sagt man mir barsch, Gummilitze gebe es nicht.

Einkochringe ja, normale Haushaltsgummiringe auch. Warum ich nicht die nähme.

Die Geschichte konzentriert sich wie immer in den Dingen, in den holzhaltigen Einwickelpapieren mit ihren Kartoffeldruckmustern, in der Starkstromleitung, die über Putz auf der Wand liegt, in der ärmellosen Strickjacke, die sich die Verkäuferin unterm Kinn zusammenhält.

Nein, bellt sie, Rübenkraut kenne man hier nicht.

Ich senke ergeben den Kopf, kaufe ein Stück Toilettenseife und ein Glas Apfelmus.

15 Mischwesen

Ohne Aufsehen zu erregen betrete ich am Nachmittag den Ge-
räteschuppen und pflücke von den sechs Hochstämmchen, die
hier in ihren Kübeln überwintern, die reifen Pomeranzen ab.
Der Hausmeister trägt die Pflanzen im Herbst hier hinein und
nennt das Gebäude dann Orangerie; sobald es frostfrei bleibt,
kommen die Bäume wieder nach draußen, neben die Stufen
der Eingangstreppe. Bei Übernahme des Schlosses hat man
sie vorgefunden. Sie sind schon alt und weisen eine gewisse
Resistenz gegen jedwedes Übel auf, aber im Winter vegetieren
sie vor sich hin. Die Früchte erfüllen dann ihre Zierfunktion
nicht, fallen zwischen Harken und Hacken und bleiben liegen.
Sie schmecken sauer und bitter, niemand legt Wert auf sie. Ich
stecke sie in einen Jutebeutel, auch die, die schon auf dem Boden schrumpeln, nehme ich mit.

Auf dem Weg zu meiner Garage begegne ich Frau Dr. Z.
Sie mustert mich, kritisch, wie mir scheint, und ich schlenkere
betont unbefangen den prallgefüllten Beutel an meinem Handgelenk. Nicke ihr zu, gehe weiter: mein freier Nachmittag. Frau
Dr. Z. nickt ebenfalls, gnädig, wie mir scheint. Wünscht mir
einen schönen Abend.

Ich positioniere den Sack auf dem Rücksitz. Dort ruht schon
mein Schlafanzug, liegt ordentlich gefaltet, nur das zur Schlaufe geknotete Gummiband lugt hervor.

Auf der Fahrt stelle ich mir vor, wie ich meiner Schwester
nicht ohne Grazie den Jutesack überreiche.

Auf der Rückfahrt steht mir noch immer vor Augen, wie der Sack vor der Wohnungstür meiner Schwester auf die Fußmatte plumpst. Ich war mit dem Fahrstuhl in den 10. Stock gefahren, während der Fahrt hatte ich den Sack auf dem Rist meines linken Fußes balanciert, damit er nicht mit dem Boden in Berührung kam, aber auf der Fußmatte, die sozusagen schon zur Familie gehörte, setzte ich ihn ab.

Meine Schwester bewohnt eine Zweiraumwohnung im Plattenbau. Neuerdings gilt es unter kreativen Personen als schick, sich in einer dieser schmucklosen Normwohnungen der östlichen Stadtteile einzuquartieren und die Schmucklosigkeit als Konzept der eigenen Inneneinrichtung beizubehalten. Mila hatte einigen Aufwand betrieben, um die Wohnung so zu möblieren, wie es von den Architekten gedacht gewesen war, nämlich praktisch, platzsparend und schlicht. Auf dem Trödelmarkt hatte sie leichte Schalensessel und ein stelzbeiniges Sofa aus der volkseigenen Möbelindustrie der DDR erworben, sie besaß keine schweren, bodennahen Schränke, sondern nur Regale und eine fahrbare Kleiderstange, eine schlanke Anrichte auf hohen Füßen, einen grazilen Tisch mit einem höhenverstellbaren Kippstuhl, und das Nonplusultra war ein Bett, das sie morgens an der Wand hochklappte und hinter einer glatten Platte verschwinden ließ, bevor sie mit der U-Bahn in ihr Modeatelier in der Innenstadt fuhr.

Vom Fenster im Treppenhaus hatte man anfangs, als Mila gerade eingezogen war, noch die Leninfigur auf dem Platz sehen können. Mittlerweile war das Denkmal abgerissen. Draußen rauschte der Verkehr. Bürgerliche Dämmerung: Es war noch gerade hell genug zum Zeitunglesen. Ich las die Aufschrift am Fahrstuhl, Tragkraft 600 kg oder 8 Personen, nicht im Brandfall benutzen. Ich las die Aufschrift des Feuerlöschers, nur im Brandfall benutzen. Kofferraumdeckel knallten zu, die Laternen gingen an, ganz unten schob jemand einen übervollen Einkaufswagen vorbei. Auf den Scheiben der Kaufhalle, auf den Reihen der Drahtwagen lag ein warmer Schein. Als er erloschen war, schien mir die Luft vom sternigen Funkeln zerknickter Bierdosen erfüllt. Ich lief darin ein wenig auf und ab, wie man unter dem Rasensprenger oder durch einen Lamettavorhang läuft, voller Erwartung.

Nautische Dämmerung: Man erkennt Sterne bis zur 3. Größenklasse.

Ich schaltete die Treppenhausbeleuchtung ein und sah in der Fensterscheibe nur noch mich.

Ich wandte mir den Rücken zu und schritt den hallenden Treppenflur ab. Dann kam ich mir entgegen, ich war, das sah ich mir an, enttäuscht. Den Mund spitzte ich ein wenig beleidigt, meine Schultern hingen nach vorn, die ewig an mir kritisierte Haltung, die Haltung unverrichteter Dinge, ergebnisloser Bemühungen. Dazu das schlechtsitzende Jackett. Die roten Haare. Die leichenblasse, leicht teigige Haut: Ich gab, das ließ sich nicht schönreden, eine mitleiderregende, zumindest läppische Figur ab, allerdings irritierte der undurchdringliche Gesichtsausdruck, eine gewisse Sturheit im Voranschreiten, eine durch nichts gerechtfertigte Unangefochtenheit. Man konnte mich ohne weiteres für einen der Hausbewohner, man konnte mich ohne weiteres für einen meiner Patienten halten.

Nach dem dritten Klingeln hörte ich durch die papierdünne Tür, wie meine Schwester ein Kleidungsstück vom Bügel zerrte. Ich kannte ihre Gewohnheiten, sie zog sich mehrmals am Tag um, ich konnte mir ausrechnen, daß es nicht mehr lange dauern würde; trotzdem war ich schon leicht ungehalten, als sie mir die Tür öffnete, mir einen Kuß gab, als ich meiner Schwester nicht ohne Grazie den Jutesack überreichte.

Mila entnahm prüfend eine Frucht und legte sie auf der Öffnung ihrer einzigen, schnörkellosen, feingestreiften Blumenvase ab.

Sie trug ein selbstgeschneidertes Reformkleid, eine Mischung aus Kutte und Kittel, sie kultivierte damit ein mir unverständliches, anachronistisches Freiheitsgefühl. Ein Teil des Freiheitsgefühls beruhte darauf, daß sie für diese Bekleidung kein Geld ausgab.

Meine Schwester hatte es sich zur Aufgabe gemacht, alle Kleider aus dem Familienbesitz an sich zu nehmen, die niemand mehr haben wollte. Seit Jahren trug sie die alten Kleider von Tante Sidonia auf. Manches änderte sie sich, wenn es ihr zu formlos erschien. Dort, wo der wogende Busen unserer Tante sack- und beulenartige Oberteile erfordert hatte, nähte sie Biesen ein. Aus einigen Gewändern, die bis übers Knie reichten, schneiderte sie Minikleider, oder sie verlängerte einen Rock mit Volants bis zum Boden. Sie setzte Partien ganz anderer, edlerer Materialien ein, die den in Beige gehaltenen Synthetikstoffen ihre Rentnerhaftigkeit nahmen. Und umgekehrt sorgten, so ihre Theorie, die Tantenkleider für eine Umwertung der Werte und machten pathetische Stoffe überhaupt wieder tragbar; Kleider, die bis dahin aussahen wie Wolldecken oder Tischdecken, nahmen dem Brokat das Fürstliche, dem Samt die Schwere, dem Taft seinen übertriebenen Glanz. In einer Gruppe Gleichaltriger war sie von unauffälliger Auffälligkeit, gekleidet nach der Mode eines verflossenen Jahrhunderts, halb russische Gräfin, halb Trümmerfrau.

In den Entwürfen für ihre Kollektion zeichneten sich ähnliche Verfahren ab. Mila hatte dafür Preise bekommen. Sie nannte sich Modeschöpferin.

Ich zog den Schlafanzug unter meinem Arm hervor und drapierte ihn über einem Stuhl. Dann setzte ich mich, die harten Knöpfe im Rücken.

Auf ihrer Fensterbank standen Gläser mit Brokkoliköpfen, die sie wie einen Schnittblumenstrauß zum Blühen gebracht hatte. Ich versenkte mich andächtig in die kleinen gelben Blüten. Sie spiegelten sich in der dunklen Fensterscheibe und vermischten sich mit den Lichtern der Stadt.

Meine Schwester legte mir die Hand in den Nacken, zwang mich, mich ein wenig vorzubeugen, und zerrte den Schlafanzug wieder von der Lehne.

Erst die Arbeit.

Sie führte mich in ihr Nähzimmer und plazierte mich neben dem Zuschneidetisch.

Sie zerschnitt das mürbe Gummiband. Zog ein neues ein, ließ es lose hängen, an einer Seite baumelte der Pappträger, und ich mußte in die Schlafanzughose steigen, damit Mila die richtige Länge abmessen konnte. Ihre schmalen, abgekauten Nägel fingerten vor meinem Bauch und berührten mein Unterhemd. Sie hielt die Enden probeweise über Kreuz – Stramm genug? –, und ich schämte mich ein wenig meiner Würstchenhaftigkeit. Sie zupfte Stecknadeln vom Kissen an ihrem Handgelenk und markierte das Maß, sie schnitt das Gummiband ab, und das Ratschen der alten Schere schmerzte.

Ich schlüpfte aus der schlackernden Haut. Ein Luftzug traf kalt meine Beine. Sie ging mit dem Hosenstoff zur Nähmaschine.

Ich stand noch einen Moment vor dem Ganzkörperspiegel, umringt von Hutschachteln und Schuhkartons, in denen meine Schwester Stoffreste, Garne und Reißverschlüsse aufbewahrte, sah mir etwas hilflos beim Stehen zu. In meinem Rücken richtete die Schneiderpuppe, geschmückt mit einer Federboa, den blinden Blick auf mich. An die Wand hatte Mila ein Schnittmuster gepinnt, die Karte eines geheimnisvollen Landes, auf der sich rote und schwarze Linien umeinanderschlangen, auf der sich Gestricheltes und Gepunktetes kreuzte. Ich konzentrierte mich auf die morsende kurz-kurz-lang-Linie, wollte ihre Bögen verfolgen, bis das Papier raschelte und einen Ärmel ausspuckte, sich das Vorderteil eines Kleides aus der Perforation herauslöste.

Ich war im Begriff, wieder in meine Hose zu steigen, als sich das rote Haar an meinen Schenkeln aufstellte. Milas Katze stürzte herein, sie war aufgebracht. Ich hatte vorausschauend zwei Stunden zuvor eine Katzenallergietablette eingenommen, die Anwesenheit des Tieres durfte mein Befinden daher keinesfalls beeinträchtigen. Ganz im Gegenteil schien aber mein Besuch die Katze zu stören, sie sprang auf mich zu, bremste dann ab, kam mit steifen Schritten näher, machte einen Bukkel und sträubte ihre Haarpracht, so daß ihr kleiner Körper doppelte Größe erreichte. Sie baute sich vor mir auf und ließ ein dumpfes Knurren hören, lauter, als ich es angemessen fand, zumal die Katze mich seit ihrer Kindheit kannte. Sicher stand es mit unserem Verhältnis nicht zum Besten. Aufgrund meiner Allergie hatte ich das Tier gemieden, während die Katze ihrerseits stets Gefallen daran fand, mir klagend um die Beine zu streichen. Dennoch hatte ich mir heute nichts vorzuwerfen. Ich mutmaßte, daß mein Erscheinungsbild sie provozierte.

Ich stand in Unterhosen, die Katze jedoch ging voll bekleidet. Sie trug ein dunkelblaues Zorro-Cape.

Die Katze war daran gewöhnt, daß sie zu bestimmten Anlässen angezogen wurde. Ihre Vorgängerin hatte ich im Verlauf unserer Kindheit regelmäßig in Puppenkleidern und Karnevalskostümen gesehen. In abgemilderter Form setzte Mila diese Verkleidungsaktionen mit dem Folgetier fort. Sie probierte Stoffe, die sie zu verarbeiten plante, zunächst an der Katze aus. Etwas konsterniert, war diese zunächst immer versucht, den Stoff abzuschütteln, sie kratzte sich ausgiebig, vergaß dann die Sache. Manchmal spielte sie mit einem Flattergewand wie junge Kätzchen mit ihrem Schwanz. Test auf Reißfestigkeit, nannte Mila das, Bewegungsstudie, nannte sie es, sie wollte sehen, wie ein Stoff fiel, wie er anlag, wie er Falten warf, wenn der Körper in Aktion trat.

Jetzt knurrte die Katze, zerrte am Cape, knurrte mich an und versuchte den Umhang abzuzerren, sie schlug Krallen und Zähne hinein, strangulierte sich dabei, ließ es wieder bleiben.

Meine Schwester bügelte meine Schlafanzughose. Ihre Katze wälzte sich auf dem Boden, giftsprühend, Krallen zeigend, Mähne schüttelnd.

Im Grunde hatte ich mich vor diesem Tag gefürchtet. Ich hatte befürchtet, daß meine Schwester sich in einer Aufwallung von Schmerz das Haar ausreißen, sich verzweifelt die Kleider vom Leib fetzen könnte. Aber nur die Katze regte sich auf, sie wandelte wütend in ihrem Erdenkleid und fletschte die Zähne. Ich sei schuld, sagte mir die Katze, ich sei an allem schuld.

Man sagt, daß Tiere die Gefühle ihrer Halter übernehmen können, daß beispielsweise ein Hund, als Waffe verwendet, den Zorn seines Herrchens agiert, oder daß ein Kaninchen, apathisch und abgemagert, den unterdrückten Kummer seines Besitzers in Handlung umsetzt.

Beruhige dich, Rächercat, sagte ich streng zu der Katze, die in die Durchreiche sprang und sich dort auf die Lauer legte.

Mila rieb mit der Küchenreibe hauchdünne Streifen Pomeranzenschale ab. Das fleischlose Fleisch trat weiß unter der äußeren Haut hervor wie eine Polsterfüllung. Mila dekorierte mit den Zesten die Sahnehaube auf unseren Cappuccinos.

Die Katze fauchte, als ich mich an den Klapptisch in der Küche setzte. Sie lag sphingenhaft in der Wand zum Wohnzimmer, ihre vergißmeinnichtblauen Augen registrierten jeden Schluck, den ich nahm. Der Umhang hatte sich gelockert, er fiel ihr seitlich über die Flanke und gab das verhaltene Muskelspiel als Lichtspiel wieder. Der Stoff besaß, soviel konnte auch ich erkennen, einen guten Bewegungskoeffizienten, reichen Faltenwurf.

Ich zupfte an der Schleife, nahm der Katze das Cape ab.

Habe ich mich zu wenig um ihn gekümmert?

Du mischst dich zu sehr ein, sagte meine Schwester böse.

Mila schob mir eine Ansichtskarte über den Tisch, Motiv Blumentrost. Wir müßten, verlangte sie, unserer Tante zum Geburtstag gratulieren. Sie habe die Karte besorgt, ich solle den Text verfassen, sie würde unterzeichnen. Ich lehnte es ab zu schreiben und führte meine unleserliche Arzthandschrift ins Feld, erklärte mich aber bereit, ihr den Text zu diktieren.

Bevor ich diktierte, machte ich ihr Vorwürfe. Daß sie mich nie in meiner Abgeschiedenheit besuche. Daß ich an ihrem Leben keinen Anteil hätte und sie an meinem Leben keinen Anteil nähme. Daß sie an Tante Sidonia denke, niemals an mich.

Mila biß in die bereits zerkaute Filzstiftkappe, und als sie dann schrieb, kalligraphierte sie nicht wie gewöhnlich, sondern erschreckte mich durch eine fahrige, eckige, unausgeglichene Schrift, die ich in einem Gutachten als besorgniserregend bewertet hätte.

Sie räumte ihre Tasse weg und begann, die Pomeranzen abzuwaschen.

Meine Schwester kochte, wenn es ihr schlechtging, Marmelade ein. Ich saß gerne dabei, sah zu, wie Zucker in warme Flüssigkeit rieselte, die Lösung aufkochte, eindickte, Blasen warf. Mila hatte die Arbeitswut unseres Vaters geerbt, sie kam nie zur Ruhe, während ich meinesteils Sitzen und Zuhören getrost als Arbeit bezeichnen konnte. Mila kochte nicht gern, im Grunde haßte sie es. Jetzt schüttete sie die Pomeranzen in die Spüle, ließ sie nachlässig aufprallen, und es machte nicht den Eindruck, als habe sie vor, heute noch Schalen in feine

Streifen zu schneiden, Fruchtfleisch zu filetieren, Saft auszupressen.

Odilo habe sich geweigert, ihre Wohnung zu betreten, er habe sich geweigert, auf Lenin zu blicken. Später habe er sich geweigert, auf den abgebauten Lenin, die Leninlücke zu blicken. Er hörte die Waschmaschine des Nachbarn, hörte Türen im Treppenhaus schlagen, er hatte sich ein einziges Mal, und auch da nur eine gute Stunde, in der Wohnung aufgehalten und war dann mit ihr in ein Restaurant gefahren. Wenn er in Berlin war, trafen sie sich in ihrem Atelier.

Ich stellte mich zu ihr, klemmte den Rand meines großkarierten Taschentuchs in den Hosenbund, schnitt ein paar Früchte auf und preßte jedem von uns ein Glas Pomeranzensaft aus.
Ich teilte meiner Schwester mit, daß ich auf sie wütend sei. Ich teilte ihr mit, daß ich mich hintergangen fühlte. Ich erklärte, daß mich ihr Verhalten zu bohrendem Grübeln, absurden Mutmaßungen und grundlosem Schuldgefühl treibe. Ich teilte ihr all dies mit, indem ich das Messer laut aufprallen ließ, indem ich mit unnötig hohem Kraftaufwand preßte, ich steigerte mich in einen gewissen Furor hinein, aber meine Schwester reagierte nicht darauf. Ich stellte ihr mit besonderem Nachdruck ein Glas hin. Die Säure zog mir den Hals zusammen. Mila weigerte sich zu trinken.
Sie hantierte lustlos mit dem Obst, sortierte die Früchte, legte die verschrumpelten zur Seite, baute sie zu Pyramiden auf.
Ich wurde hektisch. Sie machte mich mit ihrer Verbissenheit nervös, ihre Überaktivität sprang auf mich über, beinah hätte ich mich am Messer verletzt. Ich schlenderte mit meinem Glas nach nebenan, unterhielt mich durch die Durchreiche mit ihr.

Ich stellte gewissenhaft Fragen zu A und O, Anfang und Ende, die meine Schwester unbeantwortet ließ. Sie redete vor sich hin, ausweichend, irreführend. Kritisierte, daß er wenig Zeit für sie gehabt hatte. Die Arbeit sei ihm wichtiger gewesen. Arbeit, fand sie, werde vorgeschützt, um Kontakt zu vermeiden.

Die Katze störte. Mir schien, daß ich nur die Hälfte mitbekam, weil mir die Katze in der Durchreiche die Sicht versperrte. Ich griff einen Farbstift vom Tisch, rollte ihn in die Zimmerecke, und die Katze sprang von ihrem Podest und fing ihn ein, legte sich mit ihm auf den Rücken, biß in die Kappe und zerkratzte ihn mit allen vier Pfoten zugleich.

Eifersucht, sagte meine Schwester, Zufälle, sagte sie, planlos, sagte sie, instabil. Er habe niemals von mir gesprochen, behauptete sie, wie er ohnehin nicht geschwätzig gewesen sei; allerdings unberechenbar, so daß sie sich auf eine Verabredung niemals habe verlassen können; allerdings von einer eskalierenden Überempfindlichkeit, so daß er Kontakte mehr und mehr mied; allerdings mit einem Ignoranzpotential begabt, dem sie nichts entgegenzusetzen gewußt habe als eine immer mechanischere Innigkeit.

Dann sah ich durch den Rahmen der Durchreiche zu, wie Mila eine Frucht vielfach anritzte und Kaffeebohnen in die Schnitte steckte, rundherum Kaffeebohnen, dazu eine einzige Gewürznelke. Die Hand mit der Pomeranze senkte sich in ein Einmachglas, Schnaps strömte von oben ein, die Hand indes zog sich zurück, verschloß den Deckel. Die gespickte Kugel drehte sich ehrfurchtgebietend in der Flüssigkeit, führte embryonale Bewegungen aus, bis sie die richtige Position erreicht, die Schwere nach unten gerichtet hatte. Mehrere Monate mußte die Orange so schweben oder schwimmen, mehrere Monate durfte man sie betrachten und verehren, dann konnte man den Likör abseihen und in Flaschen füllen.

Gemeinsames Theoretisieren: Er habe seinem verstorbenen Vater näherkommen wollen; er habe sich von uns, die wir in den Osten gezogen sind, verlassen gefühlt; er habe eine kapitalistische, also unerfüllbare Sehnsucht gepflegt; seine Utopie sei mit der Wende kollabiert; er habe dem Druck nicht mehr standgehalten; er habe das Gefühl gehabt, seine Mutter zu betrügen; seine Begabung am Lauf der Welt scheitern sehen.

An den Wohnzimmerwänden hingen Zeichnungen von Formsteinen aus Beton. Es war derselbe Sichtbeton, der auch draußen den Wohnblock schmückte. Wenn ich zu Mila ging, kam ich auf dem Weg vom Parkplatz an einer freistehenden Wand aus diesen plastisch-dekorativen Struktursteinen vorbei, ein stilisiertes Wellenornament, das, unterschiedlich zusammengesetzt, wirbelnde Räder oder futuristische Wolkenhimmel ergab. Mila hatte sich auf die eine Grundform beschränkt und verschiedene Anordnungen ausprobiert, hatte alle Elemente gleich ausgerichtet, Serien mit der gelegentlichen Abweichung einer halben Drehung konstruiert, auch völlige Willkür walten lassen und wild kombiniert, wenngleich unter Beibehaltung der Lückenlosigkeit.

Sie war fasziniert von der Kunst am Bau, speziell von den Wand- und Giebelelementen und den durchbrochenen Verbindungsschürzen. Sie interessierte sich dafür, mit welchen Mitteln ein billiger Baukörper kostengünstig verhüllt worden war.

Auf ihrem Arbeitstisch lagen einige eigene Entwürfe ausgebreitet. Sie zeichnete ihre Modelle in die Länge gezogen, elegant, gotisch. Sie ähnelten ihr in Figur und Habitus und waren in teils strenge, teils mächtig sich aufstauende Kostüme gehüllt.

174

Die humanoiden Gestalten trugen die Köpfe von Blaumeisen, Mardern und Hirschkühen. Seit meine Schwester im Kindergarten unsere Familie mit Tiergesichtern gezeichnet hatte, pflegte sie die Ikonographie der Heraldik, der Evangelistendarstellung (geflügelte Löwen, Stiere und Adler), des Comicstrip. Ich erinnerte mich an eine Serie aus ihrer Studienzeit, auf der ein gutgekleideter Geier mit einer vornehm zurechtgemachten Perserkatze kämpfte. Hier und da schaltete sich ein Braunbär ein, trat ein Wiesel vor. Mehrere Mischwesen hatten zwei Köpfe. Man erkannte einige Kung-Fu-Stellungen, einige herrisch aus den Stoffbahnen vorgereckte Handkanten; die Körper blieben sorgsam von flatternden Falten umhüllt.

Immer traten ihre Modelle animalisch auf, auf Modenschauen ließ sie sie Masken umbinden, was für spektakuläre Effekte sorgte. Sie wollte die Kraft betonen, die ein von ihr kreiertes Kleidungsstück ausstrahlte. Ich persönlich war der Meinung, die Köpfe lenkten vom Kleidungsstück ab. Aber die Öffentlichkeit schien diese Meinung nicht zu teilen, und der Erfolg gab ihr recht.

Jetzt lag eine Reihe von Skizzen vor mir, auf denen ein zunächst nur mit wenigen Strichen angedeutetes Modell einer Anreicherung und Verwandlung unterlag. Es wurde körperlicher, ihm wurde Stoff angetan, weite Ärmel hingen bei dieser Kollektion flügelhaft von den Schultern herab, hierfür würde man viel Material verbrauchen, während die Taille schmal blieb, hoch, breit gegürtet. Lockere Striche überlagerten sich, wurden wolkig und dichter, ließen ein weites Gewand entstehen, aus dem ein Kopf ragte, der immer schwanenhafter wurde, eine zum S gebogene Linie erst, dann ein Singschwan, dann ein Höckerschwan.

Meine Schwester hatte diese Zeichnungen mit Spruchbändern versehen, die den Modellkleidern jeweils ein Motto gaben. *Dominium generosa recusat* – Die Stolze verweigert sich dem Herrn. *Fluctuat nec mergitur* – Sie mag schwanken, aber sie geht nicht unter. *Cor ad cor loquitur* – Das Herz spricht zum Herzen. *Omnia vincit Amor* – Alles besiegt die Liebe.

Ich hatte immer vermieden, aus solchen Darstellungen meine Schlüsse zu ziehen. Ich hatte immer vermieden, meine Schwester zu analysieren. Jetzt aber sah ich mich praktisch gezwungen, diese Modezeichnungen als Psychotest zu betrachten.

Beim Tierzeichnungstest handelt es sich um ein projektives Verfahren, dessen Ergebnisse in höchstem Maße zweifelhaft sind. Die Zeichnungen sind nicht objektiv, sie sind nicht vergleichbar, und eine Deutung ist nicht zuverlässig. Aber sie besitzen einen tiefenpsychologischen Charme, der allen anderen Testverfahren mangelt, sie regen die Phantasie an, führen zu größerer Einfühlung in den Probanden und, größter Kunstfehler, sie verfestigen vage Vorstellungen zur Realität schwarz auf weiß.

Unser Leben besteht aus Gerüchten, die wir über uns selbst erzählen, aus Andeutungen und Berichten anderer, aus Versuchen, die vielen Möglichkeiten, die wir für uns vorgesehen haben, wenigstens das eine Mal in eine unhintergehbare Handlung zu verwandeln. Wir hören ein ständiges Raunen, ein Einflüstern, das uns trösten möchte, uns Vorgänge vorspiegelt, uns glauben macht, es gäbe die Vergangenheit und die Zukunft, ein unaufhörliches Flüstern, das sagt, wer wir sind.

Auf der Rückfahrt steht der Sack neben mir auf dem Beifahrersitz. Mila wollte ihn nicht.

Meine Schwester hat die Pomeranzen gewaschen, abgetrocknet und mir wieder mitgegeben. Ich schleppe den Sack über den Hof, ich schleiche ins Gartenhaus, schütte die Früchte um die Kübel der Zitrusbäumchen, und als ich die Tür schließe und verschwinde, herrscht Nacht.

III Memoria

16 Gewittertiere

Wo der Blick nicht hindringt, füllt sich das Dunkel mit Vorstellungen. Nachts erinnere ich mich an Anfänge. Die Bilder kommen, sobald es dunkel wird und ich mich anschicke zu schlafen. Es ist wie ein Zwang. Sie bedrängen mich, halten mich wach. Ich erinnere mich an Odilos Zeit mit meiner Schwester, und was mich erstaunt, ist das Gefühl der Evidenz.

Mila und Odilo: Ich sehe sie vor mir, als wäre ich dabeigewesen. Was, frage ich mich nachts in meiner Funktion als Seelenkundler, suche ich damit zu bezwecken? Sind es Maßnahmen, den Zeitverlauf zurückzudrehen, indem ich versuche, meinen Freund heraufzubeschwören, ihn in meine Gegenwart zurückzuholen? Möchte ich eine Verbindung herstellen, eine Verbundenheit bekräftigen, mich an seine Stelle begeben? Ich war nicht dabei, ich kann und darf mich nicht erinnern, aber ich, der ausgeschlossene Dritte, erinnere mich doch. Tertium non datur? Ich erinnere mich an alles ganz genau. Aus Trotz.

Ein neu renovierter Badeort an der deutschen Ostseeküste. Blendende, unter dem frischen Anstrich nahezu unsichtbare Bäderarchitektur. An der Farbwand schnörkelten Balkone, rankten Türmchen. Anfang Juli, Azorenhoch.

Lange windstille Tage. Eine steile Strahlenpyramide stülpte sich über Strandgras und Schenkel, bleichte und rötete, bräunte und schwärzte, brannte sich ein. Einzelne Haufenwolken schickten Schattenfelder nach unten, die sich rasch, wie flüchtende Riesenschafe, über die überbordenden Bäuche bewegten und sekundenweise Kühlung brachten. Die Welt waberte unter der strengen Sonne. Es gab zu viel zu sehen. Man sah es nie ganz. Figuren auf Bauchhöhe durchgeschnitten und, Kopf nach oben, auf die Spiegelfläche gesetzt. Die andere Hälfte, die mit den Beinen, stak dort, wo die Jugend Kopfsprung übte, am Ende der Mole. Sand voller Flitter. Städte hatten einige Viertel verloren, neue bekommen. Ganze Ortschaften waren übertüncht, die Dächer neu eingedeckt. Der ehemalige Grenzstreifen belebte sich, Wildtiere querten ihn, wanderten ihn entlang, grüner Korridor.

Fromme Badende aus Polen schraken vor der ostdeutschen Freikörperkultur zurück. Sie vollführten turnerische Verrenkungen, um beim Umziehen am Strand stets ein Handtuch so in Position zu halten, daß es ihre Blöße bedeckte. Sie vermieden es überhaupt, sich unter freiem Himmel umzuziehen, lieber blieben sie in nasser Badekleidung hinter ihrem Windschutz. Die polnischen Familien schienen zartere, langbeinigere Kinder zu bekommen, die Eltern hingegen nach der ersten oder zweiten Geburt schneller zu verfetten und die Form zu verlieren. In der Pubertät trafen die Extreme aufeinander, die halbwüchsigen, gazellenhaften Mädchen trugen enorme, wie kaum noch zum übrigen Körper gehörige Brüste vor sich her; vielleicht war es besser, daß sie alle bekleidet blieben.

Stammgäste aus dem Osten Deutschlands, die regelmäßig diesen Strand besucht hatten, ärgerten sich über den plötzlichen Andrang von auswärts, darüber, daß es nicht mehr ihr Strand war. Sie ärgerten sich über die ausbrechende Schamhaftigkeit, die das, was bis dahin als natürlich gegolten hatte, in etwas Anrüchiges, ja Obszönes verwandelte. Als alle nackt gewesen waren, hatte es keine Probleme gegeben, aber seit hochgeschlossene Katholiken anzügliche Blicke aus den Augenwinkeln warfen, seitdem sie Grad und Anlaß ihrer Erschütterung regelmäßig überprüften, indem sie empört durch die Lücken im Windschutz spähten, seither fühlte man sich von Voyeuren umgeben und konnte ein leichtes Unwohlsein kaum noch leugnen.

Die Urlauber aus dem Westen zeigten sich verunsichert, wie sie sich zwischen diesen Fronten einzuordnen hatten. Anziehen oder ausziehen? Nahtlose Bräune oder doch eine Kontrollfläche, an der sich vergleichen ließ, wie prächtig die übrige Haut gedunkelt war? Meist fanden sie zu einem Kompromiß, der in diesem Umfeld eine ausreichende Lockerheit demonstrierte und zugleich von den heimischen Gewohnheiten nicht abwich. Sie wechselten die Kleider ohne großes Handtuchtheater, sie ließen für ein paar Sekunden ihren Körper frei, trennten sich von den nassen Badesachen so selbstverständlich wie ein Tier im Fellwechsel, zogen ebenso selbstverständlich etwas Trockenes über. Niemand war genötigt, irritierende Organe zu betrachten. Für den einen Moment konnten andere die Augen niederschlagen, sich abwenden, es war keine Zumutung. Wer aber sehen wollte, was zu sehen war – bitteschön, man hatte nichts zu verbergen, man fühlte sich von fremden Blicken nicht belästigt, es ging schließlich zu schnell vorbei.

Die Touristen am Strand spielten Sex. Schaufelten sich heißen Sand auf die Knie, suchten Bernstein und verloren sich in den Schlieren der golden gestauchten Zeit, hoben kalkige Muschelschalen auf und fuhren mit dem Zeigefinger sacht über die rosigen Innenseiten. Sie sammelten glänzende Steine ein, die nach dem Trocknen sofort stumpf wurden, fahle Erinnerungen an Steine. Sie ließen Wasser durch die Finger gleiten, Tang. Sie saßen, nasse Sande in Händen, am Wellensaum und ließen sich überspülen, wieder und wieder.

Meine Schwester und ihr Liebhaber waren noch nicht im Wasser gewesen. Odilo, zum Kongreß angereist, hatte keine Zeit gefunden, auch keine Lust verspürt, zu schwimmen. Er blieb zugeknöpft, blieb vollständig bekleidet, und er blieb dabei, auch seine neue Beziehung auf hochgeschlossene Weise zu führen, selbst wenn ihn während langweiliger Reden, in flittrigen Sekunden ein gutgelaunter Sportsgeist animieren mochte, sich in seine Badehose zu werfen, weit hinaus zu kraulen, einen athletischen Oberkörper vorzuführen, den man im Alltag nicht zur Kenntnis nahm. Er hätte gar nichts dagegen gehabt, einem griechisch interpretierten Körperkult zu huldigen. Allein: Ihn machten die vielen Leute ungeduldig.

Mila traf am Vormittag aus Berlin ein, ein kurzes Wochenende, vergleichsweise unaufwendig, er war in der Nähe, sie hörte seinen Vortrag, er lud sie ein, über Nacht zu bleiben, damit es sich lohnte für sie, die so gern am Meer war. Sie hatte lange gezögert. Der Vortrag interessierte sie nicht. Das Verhältnis zu Odilo war ungeklärt.

Mila hatte ihm zugehört; sie war nach draußen gegangen, als der nächste Redner das Podium betrat.

Die Schwäne senkten ihre angeschmutzten Hälse in den Teich auf dem Institutsgelände. Sie gründelten, paddelten ziellos, dann wieder putzten sie ihr gleißendes Gefieder, es warf das steile Mittagslicht zurück. Sie fetteten die Federn eine nach der andern ein, trugen einen wachsähnlichen Stoff auf, an dem das Wasser abperlte. Am Hals blieb ein Grauschleier, fehlte die Glätte.

Die Hitze umschloß sie wie ein Gummikleid, hinderte ausgreifende Bewegungen, hielt den Körper in Schach. Zwangsjackenmittag: Mila ging sehr langsam am Institut entlang, am Rand von erhitztem Getreide, mit kleinen, schleppenden

Schritten entlang der überhängenden Ähren, Grannen streiften ihre bloßen Unterschenkel, hafteten mit winzigen Widerhaken für eine Sekunde an der Haut. Die in der Sommerhitze heller werdenden Felder. Felder durchsetzt mit Kornblumen, blond und himmelblau. Bleiche Blütenbäder, überbelichtete Tage, die, während sie noch stattfanden, bereits zu Erinnerungen wurden. Als sähen sie miteinander ein altes Album mit den Sommerfrischefotos anderer, längst verblichener Personen an, Menschen in Badekostümen der Jahrhundertwende, Menschen mit langen Gewändern, die sich unter Schirmen aufhielten, Fotos, deren Motiv sich beim Betrachten weiter zu verflüchtigen schien. Sie wußte, daß sie später immer wieder darauf zurückkommen würde, daß sich für sie der Gang der Ereignisse zu einem größeren Teil um diese Tage rankte, ein paar bedeutungsvolle Punkte, und das übrige Leben ein verschlungenes Ornament darum herum. Es lief auf nichts hinaus. Es führte zu nichts. Es fühlte sich nicht einmal besonders gut an. Trotzdem schien sich hier etwas zu zentrieren, schien sie sich einem Zustand anzunähern, der Intensität versprach, eine Intensität, auf die sie lange gewartet hatte, ein Geheimnis, in dem sie sich aufhalten wollte, als käme sie nach einer Zeit des Halbschlafs endlich zu sich.

Sie setzte sich auf eine Bank unter Parkbäume, atmete den flirrenden Schatten. Die Schwäne glitten automatenhaft auf den Funken, die die Wasseroberfläche versprühte, es knisterte in ihrer Nähe. Man sah sie nur schlecht, der Tag, zu heiß und zu hell, verdeckte sie mit seinem Licht. Ein paar Wasserhühner zuckten hektisch durch den Glast. Mila kramte in der Handtasche nach ihrer Sonnenbrille. Die Schwäne hoben die Köpfe, merkten auf, einer von ihnen manövrierte sich ungelenk das Ufer hinauf. Sie fand den Watschelgang nicht putzig. Der Schwan warf sich plump nach rechts und nach links, er näherte sich ohne Geschmeidigkeit, walzte, reine Willenskraft, über den Weg auf sie zu. Die Sonne ruckte ein Stück weiter, ergoß sich über die Bank, die gerade noch im Schatten gestanden hatte, legte mit ihrem Licht alles in Fesseln. Mila bewegte sich nicht, als der Schwan den Hals reckte, die Schwingen entfaltete, böse zischte.

Engelhaft gleißende Schwingen, blendendes Weiß. Trudelnder Flaum und vollkommene Kreise. Flügel und Schwert. Die Sonne durchstieß die folgenden Schichten: Sphäre der himmlischen Gerechtigkeit, Sphäre der Weisheit und Anbetung, Sphäre der gefiederten Chöre, die aus 24 Buchstaben eine Welt erschaffen. Sie durchdrang die Sphäre der blauen Himmelsfarbe, illusionistisch auch diese, doch nicht weniger wahr.

Sie hielt ihm die offene Handtasche hin. Der Schwan betrachtete mit schiefgelegtem Kopf den blanken Schnappverschluß, dessen Hälften jetzt auseinanderklafften, dann tauchte er den Schnabel ein, fischte zwischen Lippenstift und Schlüsseln nach etwas Eßbarem, fand nur ein raschelndes Taschentuchpäckchen mit einem letzten Zellstoffrechteck, es schien ihm annehmbar oder gefiel ihm sogar. Der Schwan nahm das Päckchen mit ans Ufer, ließ sich damit zu Wasser, befeuchtete es, wie er sonst Brotstücke eintunkte, sie beschnäbelte, bis sie ihm genehm, bis sie mundgerecht waren. Ein zweiter Schwan paddelte heran, zerrte an der Hülle, der andere zerrte sie zu sich zurück. Dann verloren beide das Interesse, das nachtblaue Plastikstück trieb in der Entengrütze und blitzte, verfing sich im Uferbewuchs.

Die Teilnehmer strömten aus dem Institut, verloren sich im Gelände. Odilo stand in einer Gruppe, in der man noch weiter diskutierte. Er war kaum zu sehen, die meisten anderen überragten ihn. Kein imposanter Mann, keiner, nach dem sich

die Frauen umdrehten. Aber wenn man ihn sprechen gehört
hatte, blieb man gefangen von seiner Ausdruckskraft, von seiner unablässigen Bemühung, ein hohes Niveau zu verkörpern.
Er kämpfte darum, es fiel ihm nicht leicht. Den meisten, die
ihn umringten, glaubte sie anzusehen, daß ihnen eine gewisse
Bildung, eine gewisse Weltläufigkeit, eine gewisse Geschmeidigkeit in die Wiege gelegt worden war. Sie bedurften keiner
besonderen Brillanz, sie genügten stets den Ansprüchen, sie
verfolgten keine Ziele, an denen sie hätten scheitern können.

Schließlich hatte sich die Gruppe aufgelöst, bis auf zwei Kollegen, mit denen sie essen gingen. Odilo war wesentlich jünger
als die meisten anderen Teilnehmer, es flackerte um ihn. Mila
wäre gern mit ihm allein gewesen. Die Kollegen, bullige, gön-
nerhafte Patriarchen, langweilten sie.
    Meine Schwester. Sie nahm die Dinge nie fest in die Hand.
Sie hielt alles locker, auch nicht zu locker, nicht nachlässig,
nie fürchtete man, daß ihr etwas herabfallen würde, vielmehr
schien es so, als würden die Dinge, die sie zu halten wünschte,
für einen Moment von selbst an ihr haften. Nie sah man ihre
Knöchel weiß hervortreten, nie knickte sie die Gelenke ab, sie
drückte beim Schreiben den Zeigefinger nicht durch wie ich,
sondern wölbte ihn sanft. Sie besaß, im Gegensatz zu mir, der
ich für alles übertrieben viel Kraft aufwende, ein Gefühl für
das richtige Maß. Sie brauchte nicht mehr Energie, als eine
Bewegung erforderte. Das machte ihre Anmut aus, ihre Kör-
perintelligenz. Und hier, am Strand, wenn die Hüllen gefallen
wären, hätte ein unbeteiligter Beobachter sehen können, wie
sie sich dadurch von den meisten anderen, den verkrampften,
verspannten, unbeholfenen Badenden unterschied.
    Mit ihm am Tisch, in Gegenwart der Kollegen, deren Un-
terhaltung sie nicht folgen wollte, verhielt sie sich ungeschickt,
schien ihr alles zu entgleiten. Sie kam sich zu klein vor, um der

Aufmerksamkeit der anderen wert zu sein, im selben Augenblick zu groß, als belästige sie alle anderen am Tisch mit ihrer Anwesenheit, mit ihrem Geruch, ihrer Form, ihrem Fleisch.

Wie eigenständige Wesen zerknüllten ihre Hände die Serviette, preßten und rollten sie auf dem Tischtuch, nervöse Welpen, die unablässig etwas zerkauten. Sie hatte sie nicht unter Kontrolle, pflückte Stücke aus dem Zellstoff, rieb sie zwischen den Fingern zu Kügelchen. Sie schloß die Faust um die Fetzen und drückte sie zu einem Ball zusammen, sie rieb sich die Hände mechanisch mit der hartgedrehten Serviettenkugel ab.

Weit hinten aufgetürmte Wolken. Pracht der Cumulonimbusse, die sich über mehrere Kilometer in die Luft erhoben, Stockwerk um Stockwerk. Die Schwüle. Das Weiß und die Würde. Die drückende Übermacht dieser Wolken spiegelte sich in Odilos Gesicht.

Mila sah in seinen Augen den verwaschenen Horizont, sah die Ungewißheit, ob man sich drinnen oder draußen aufhalten sollte: In den Innenräumen stand noch die heiße Luft, während es draußen schon kühler wurde. Draußen aber flogen die Insekten tiefer. Und bald würde es zu regnen beginnen.

Schwarz flirrende Wolken standen plötzlich auf der Promenade, Schwärme von Gewitterfliegen. Sie schwebten im Auftrieb der Luft, standen ein paar Meter über dem Boden, sie ließen sich nieder, wo ihre Insektenaugen vielversprechende Farben erspähten, die Illusion von Blütenmeeren, hellen Untergrund.

Fransenflügler im Ausmaß einer Plage, schwarze Punkte nur, winzige Würmchen, die sich auf den T-Shirts, den Hemdsärmeln krümmten. Sie klammerten sich an sommerliche Kleidungsstücke, die unter ihnen dunkel wurden, besetzten weiße und hellgelbe Flächen, die weiße Plastikbestuhlung vor den Eisbuden, die weißen Schriftzüge auf den roten Sonnenschirmen, sie saßen auf Milas rapsgelbem Kleid. Sinnlos, sie verscheuchen zu wollen, nutzlos, ihnen mit wedelnden Handbewegungen zu kommen, es gab keine Abwehrmaßnahmen. Man schritt durch sie hindurch, ging in einer Begleitwolke von Tierchen, atmete sie ein.

Sie wunderte sich, daß es den anderen Passanten nichts ausmachte, mit wimmelnden Hemden, schwarzverhängten Wänsten weiterzugehen. Waren sie arglos oder abgestumpft, mit Gleichmut begabt, mit Ignoranz? Auch Odilo schien es nicht zu kümmern, daß sie sich auf ihm niederließen, am Stoff seiner hellen Hosen klebten, er ging einfach weiter, als wisse er genau, daß sich der ganze Spuk in kürzester Zeit wieder auflösen müßte. Aber die Fliegen lösten sich nicht auf.

Ein Schwan watschelte auf der Promenade, auch er war in eine Wolke geraten, die ihn umschwärmt hatte, die ihm fest anklebte. Er reckte leicht den Hals vor, alle paar Meter schüttelte er sich. Wenn dies einen Effekt hatte, wenn die Tierchen sich hoben, so war dies nicht sichtbar. Sie senkten sich gleich wieder auf sein Weiß, oder sie blieben einfach haften. Der Schwan setzte seinen Weg fort, schaukelte seinen Leib durch die Urlauber, geschwärzter Schwanenleib, gänzlich von Fliegen bedeckt, wie ein Kadaver.

Mila blieb mitten auf der Promenade stehen, während andere Flanierende an ihr vorbeidrängten, ungerührt, als sei gar nichts vorgefallen. Sie aber sah sich außerstande, mit der Bürde dieser Fliegen weiterzugehen. Für Milas Empfinden hätte es ein lautloses Bild sein müssen, die Urlauber schweigend, der Schlag der Wellen gedämpft. Aber der Lärm war nicht verstummt, Kinder kreischten am Strand, Badende ließen sich nicht abhalten, auch wenn sich die Würmchen auf ihre ungebräunte Haut setzten, auf die Stellen, wo sich der weiße Schatten eines Tops auf dem Oberkörper abzeichnete. Die Urlauber rückten von ihren Strandgewohnheiten nicht ab, sie traten ans Wasser, wuschen die Gewitterfliegen weg, gingen schwimmen wie immer, und erst wenn sie das Wasser verließen, kamen die Schwärme erneut.

Odilo wedelte halbherzig ein paar Insekten fort. Die Schleier wichen aus und schlossen sich hinter seiner Hand wieder zusammen, als wäre nichts geschehen. Es irritierte ihn, daß ihm die Situation, auf die er lange hingearbeitet hatte, durch unvorhersehbare Umstände entglitt. Er zog sein Stofftaschentuch hervor und begann, damit über ihr Kleid zu wischen, er zerdrückte die Tierchen, erzielte nichts als einen schmierigen Film. Er erreichte damit, daß sie weiterging, die Arme angewidert zu beiden Seiten gestreckt, wie eine Seiltänzerin, balancierend auf Fliegen.

Die Gewittertierchen, beruhigte er sie, würden mit dem Ausbruch des Gewitters verschwunden sein. Sie solle sich jetzt ein anderes Kleid anziehen, ein dunkleres, und dann würden sie auf der Hotelterrasse etwas trinken, würden zusehen, wie sich die Wolken ballten.

17 Glanzapparate

Odilo stand im gerippten Unterhemd am Waschbecken. Er stand in Unterhemd und Unterhose und wusch sich unter den Achseln. Er ließ den Unterarm hängen, die Hand wie abwinkend, hob den Ellbogen hoch, flatterte. Er hantierte in einem Bad, das nach seinem Dafürhalten zu klein war, selbst für das Bad eines billigen Hotels. Er hatte nichts anderes mehr bekommen, es war Hauptsaison. Solide, aber geschmacklos eingerichtet. Elende hellblaue Kacheln, um zu demonstrieren, daß in diesem Raum Wasser lief, ein schwarzer Toilettendeckel, der dafür verantwortlich sein mochte, daß es wie in den Bädern der siebziger Jahre roch, eine Badewanne ohne Duschvorhang, die sich als Dusche nicht benutzen ließ, ohne den Raum unter Wasser zu setzen. Die Kacheln beengten ihn, er war nervös, hätte Mila lieber etwas anderes geboten. Etwas Großzügigeres, etwas Schönes. Statt dessen sah er sich gezwungen, in einer Räumlichkeit zu hampeln, die einer Behinderung gleichkam, die ihn in seinen Absichten nicht unterstützte. Waschlappen. Er hatte seit Jahrzehnten keinen Waschlappen mehr benutzt. Jetzt aber sollte es schnell gehen, er fand nicht die Zeit, in einer Wanne ohne Vorhang zu brausen und dann stundenlang den Boden aufzuwischen. Morgen früh würde dieser Waschlappen steifgetrocknet am Haken hängen, schon jetzt war es ihm peinlich. Der moderne Mensch duschte. Die Badezimmertür stand sperrangelweit auf, Odilo hatte sich zu rigoroser Offenheit entschlossen. Zur Vertraulichkeit eines Kindes. Sie sollte, durfte alles von ihm sehen. Er wollte Ernst machen. Schwächen zeigen. Anders ließ sich eine Beziehung gar nicht ertragen. Oder ließ sich nur auf diese Weise, indem er sich gab, als sei er allein, ihre Anwesenheit für diesen Moment vergessen? Odilo beugte sich vor und ließ Wasser über seine Arme laufen. Er legte sich ein Handtuch um die Schultern, hielt es an den Zipfeln straff, kam beflügelt ins Zimmer.

Weiße Unterwäsche, Altherrenpantoffeln, schlappender Gang. Sie konzentrierte sich darauf, wie der Trikotstoff näher kam, sich am Fenster grau verschattete, dicht vor ihren Augen pulsierte. Ein treuherziger Stoff, feingegliedert in einzelne Rippen, die sich dem Körper anschmiegten, ihn linierten. Einzelne Tropfen von den Wasseraktivitäten auf der Brust, eine Farbnuance dunkler, bebend.

Die Wolken rissen für einen Moment auf, ein Schlaglicht glitt ins Zimmer, das Unterhemd blendete sie. Sie schloß die Augen, spürte nur, wie der Strahl rasch verschwand, das Zimmer fremd und kühler zurückließ. Dunkelgrau und rauhhäutig wie die Füße, die Beine des Schwans. Sie sah ihn vor sich, seine Imponierhaltung: den Hals stark zurückgebogen, den Schnabel gesenkt, die Schwingen gelüftet.

Das Hotelhandtuch flog in den Sessel. Ein kleineres Stoffstück segelte hinterher. Weitere Sturzflüge im Zimmer, Unruhe. Schwimmfüße paddelten unter Wasser, ruderten durch Entengrütze, schleimige Grünalgen. Blasenkolonien stiegen auf, das Teichwasser perlte.

Gummikalte Hände legten sich auf ihren Bauch, tasteten über die Hüften, wanderten die Schenkel entlang. Schwimmhäute, dachte sie, die sich der Rundung anpassen. Die feucht ankleben, schwanenschwer lasten. Mila verhärtete sich. Häßliche Flossen watschelten über ihre ausgestreckten Beine, sie strich versuchsweise über die gespannten Häute, die sich von ihrem Körper nicht lösen wollten, griff nach den Knöcheln, zog sie noch weiter zu sich heran, wand sich unter ihnen weg.

Odilo stopfte das Kissen zurecht. Pumpende Leiber, von Federn umhüllt; ihr schien, daß aus dem Kissen Federkiele ragten, ein billiges Kissen mit Federn minderer Qualität. Die Spitzen stachen durch den Bezug, piksten sie in den Nacken, kratzten in ihrer Armbeuge, kitzelten. Ein Oberbett, vollgestopft mit hibbeligem Federvieh, drängte an sie heran, plusterte sich auf. Konturfedern spreizten sich, verlorene Flaumfedern flogen.

Sie hielt den langen Hals des Schwans, ließ ihn durch die Hand gleiten, ein seidenweicher Hals, der sich aufzulösen schien in Flaum. Flaum, der über ihre Wange strich, ihr ins Ohr flüsterte. Dann der Schnabel zwischen ihren Lippen, ein harter Schnabel, der sich in ihrem Mund aufsperrte, ihre Kiefer auseinanderzwang. Sie leckte über geriffelte Zahnreihen der Entenvögel; gleichmäßige Lamellen wie ein Waschbrett, eine Wasseroberfläche, von einer Zungenberührung in feinste Wellen geworfen und sofort erstarrt.

Wind stieß durch das gekippte Fenster, schob Odilos Papiere vom Tisch. Sie hörte sie über die Platte rutschen, über den Teppichboden schaben. Steigende, fallende Kurven. Die Blätter segelten aufs Bett, erhoben sich nochmals, schwebten durchs Zimmer. Papierflieger, Papiergefieder. Lose Steuerfedern. Deckfedern. Schwungfedern.

Eisengefieder quietschte. Sie bildete sich ein, die Sprungfedern durch die Matratze hindurch zu spüren, zu Wirbeln gebogene Drähte, Wirbel, die dem Körper Auftrieb verliehen. Wirbel, verhärtet, in denen sich die Natur bewegte. Strudelndes Wasser. Kreiselnde Luftmassen. Trudelnde Daunen.

Vage Federfinger strichen durch die Luft, vornehm verlängerte Finger, die nichts bewegen, nichts greifen konnten. Sie streiften ihr Haar, umhüllten ihre Schultern. Fittiche umgaben sie, schwangen sich auf.

Ein Abend, an den sie sich nicht erinnern wollte. Herunter-
gekommene Schwäne paddelten zwischen Plastikflaschen,
bettelten majestätisch um Brot. Sie trug eine Pudelmütze und
Fausthandschuhe, sie reichte noch nicht über das Geländer
zum Fluß. Sie brach, vom dicken Handschuh beeinträchtigt,
Stücke von den Graubrotschnitten ab, warf sie durch das Gitter
ins Wasser, ein Schwan reckte den Hals nach ihr.

Sie wußte nicht, ob sie ihn mochte.

Kofferraumdeckel knallten zu, Scheinwerfer fraßen sich
hinter ihr vorüber. Ein Abend, der nicht ausbrach, der immer
Schwelle blieb, immer kurz davor. Sie hielt sich am Geländer
fest, das Brot schwamm zwischen Abfällen, sie warf die Tüte
hinterher, die weiß gebläht auf dem Wasser aufsetzte, der die
Schwäne folgten.

Schwäne, ihr dünkelhaftes Betreten von Grünanlagen. Sie hatten über Reisen gesprochen, über den Wunsch, eine undeut-
liche Sehnsucht in Bewegung zu verwandeln. Lauter zugvo-
gelhafte Bestrebungen, flüsterten sie sich zu, die doch darauf
hinausliefen, daß man gemeinsam voreinander floh. Der Wille
zur Handlung war da. Sie kannten sich kaum.

Mißvergnügt überflügelte Parkhäuser. Mauserzüge. Rastlo-
ser Flug. Erregtes Wasser unterhalb. Das Gehetzte ihrer Beziehung. Das Getriebene. Reisen: Sie reisten sofort.

Daß jede Reise einer vergeblichen Sehnsucht nach innerem
Leuchten stattgab. Die mechanische Erzeugung einer Bilder-
folge, deren Zusammenhang sich im nachhinein als zwingend
erwies. Ein Lichtbildervortrag, an dem doch das wichtigste die
Lücken zwischen den einzelnen Dias waren, langes Warten an
unwirtlichen Haltestellen, die Absturzkante vor dem Schlaf in
unbekannten Räumen, der Atem fremder Passagiere im Sitz
nebenan. Die Erfahrungen im nachhinein unbenennbar, wei-

ßes Rauschen, das sich sofort verflüchtigte, nachdem es für einen flackernden Moment gelungen war, mit gleichmäßigem Flügelschlag wie ein Dynamo Lichtenergie zu erzeugen, ein Glosen aus dem Körperinneren. Man schien immer heller zu werden, während es draußen immer dunkler wurde. Beides erfüllte sie mit Angst.

Odilo knipste das Licht an und aus. Die Nachttischlampe schien ihm ins Gesicht, er rückte sie hin und her. Die Deckenleuchte wiederum war zu schummrig, so schummrig, daß man erst recht das Bedürfnis verspürte, ein Licht anzuschalten, diese Leuchte deprimierte ihn, das ganze Zimmer tat ihm nicht gut. Er löschte die Nachttischlampe, löschte die Deckenlampe. Es blieben die Neonröhren im Bad, bei offener Tür. Er sammelte seine Papiere ein, die über den Boden verstreut lagen, sortierte sie, brachte sie auf Kante.

Draußen kam Wind auf, er war ihm zu laut. Er verriegelte das Fenster, sofort wurde es stickig im Raum.

Er zog sich sein Unterhemd wieder an. Er fühlte sich seiner gewohnten Umgebung entkleidet. Sonst gaben ihm die Schränke, die Zimmerwände Halt. In diesem Hotelzimmer stand alles im Weg. Er stieß sich am Bett. Lief gegen den Sessel. Stolperte über Koffer: Er rannte gegen all das an. Ungeschickt. Seines Körpers nicht mächtig. Das Zimmer zu klein, die Welt widerspenstig, zu hart für ihn.

Er legte sich wieder hin, nahm Milas Hand. Mit der anderen hielt er sich am Bettpfosten fest.

Durchaus klammerte er sich an Dinge, aber sobald er sie brauchte, verloren die Dinge ihre Substanz. Sie entglitten ihm, korrodierten, verfaulten, versprödeten. Er fand nicht die Kraft, der rasenden Materialermüdung etwas entgegenzusetzen, ihr zumindest mit Skepsis zu begegnen.

Ein helles Rechteck malte jetzt ein Waschbecken an die Wand. Er stand noch einmal auf, löschte es aus. Fand das Bett wieder, und erst jetzt verschmolzen die Wände mit dem Dunkel des Raums. In Gedanken versuchte er die Anlage des Zimmers nachzuvollziehen, strich er mit beiden Händen über die häßlichen Tapeten, tastete die Sperrholzschränke ab, nicht als wäre er blind, eher als suchte er ein Pferd zu beruhigen, das sich störrisch weigerte weiterzugehen, den Kopf aufgeworfen, die Nüstern gebläht, mit bebenden Flanken.

Es wunderte ihn kaum, daß das Zimmer verschwand, jetzt, da Mila bei ihm lag. Man konnte, Spruch seiner Mutter, nicht alles haben. Hätte er gern alles gehabt?

Er lag neben der Frau, neben der er hatte liegen wollen, er kam sich aufgeweicht, ausgesetzt vor. Wie die Kuppe des Cremestrangs, den er vorhin aus der Tube gedrückt hatte und der, als er losließ, wieder zurückgesaugt wurde. Ihm blieb ein zerkautes Dunkel, in dem es schwerfiel, ein Gefühl überdauern zu lassen. Entweder – oder, Spruch seiner Mutter. Was er fühlte, war Eifersucht, Eifersucht auf sich selbst. Konnte man das eine gelungene erste Nacht nennen?

Mila war eingeschlafen, und er betrachtete die Haarsträhnen, die ihr tentakelglatt über die Wange fielen, von ihrem Atemhauch nicht bewegt. Er war enttäuscht, daß sie schlief, verlegen, weil sie schlief, er schämte sich, daß er enttäuscht war. Normalerweise wäre er jetzt aufgestanden, hätte sich an den Schreibtisch gesetzt und die Arbeit dazu genutzt, seine Festigkeit wiederzugewinnen, sich abzulenken. Er hätte zu Beginn mit unterschiedlich harten Bleistiften auf einen Fetzen Karton, auf ein Stück Obsttüte gepocht, um sich in Form, in Stimmung zu bringen. Statt dessen rückte er dichter an sie heran. Es konnte nicht gutgehen mit ihnen. Er mußte die Hände ins Kissen krallen, um sie nicht aufzuwecken.

Sie hatten nachmittags lange auf dem Bett gelegen und zugesehen, wie die Bäume erst dunkelgrün, dann schwarz und flach wurden, Schattenrisse, die plötzlich, wenn es blitzte, wieder Volumen erhielten, die bei jedem Blitz nach vorn gerissen wurden, mit Abertausenden grellumrandeten Blättern wogten, um sofort darauf wieder zurückzufallen, in die Fläche, in die Dunkelheit.

18 Rückenfiguren

Ich sehe Odilo vor mir, von hinten, wie er am Meer steht, immer sehe ich ihn von hinten, als hätte ich mich stets hinter ihm anstellen müssen, selbst für einen Blick aufs Meer hinter ihm anstellen, er trägt einen teuren Anzug, gute Schuhe, völlig falsch gekleidet für den Strand.

Ich sehe die Szenerie mit seinen Augen, graues Meer, das ihn aufsaugt, Unorte eines grauen Strandes, Leere eines Windes, gegen den ihn nichts schützt, keine Gebäude, kein vernünftiges Kleidungsstück; er wappnete sich nicht, das war seine Methode, alles Bedrängende seiner Umgebung zu leugnen.

Ihn immer nur von hinten zu sehen erzeugte in mir gewöhnlich den leichten Unmut, der damit einhergeht, von etwas Wesentlichem ausgeschlossen zu sein. Sein Egoismus, selbst in der Landschaftsbetrachtung. Nie standen wir zusammen und blickten über ein Feld, über ein Gewässer, er richtete es so ein, daß ich hinter ihm stand, er drehte sich weg, wandte sich einem anderen Objekt zu. Sonnenuntergang an der Kiesgrube: Wir standen nebeneinander am Ufer, vor uns die rote Sonne, und es hätte ein gemeinsames Erlebnis sein können, doch er wandte sich ab, studierte das Licht auf den Zweigen, die ins Wasser hingen, vielleicht sah er auch etwas ganz anderes, das ich nicht erkennen konnte. Den ganzen Tag über hatte ich unwillkürlich darauf gewartet, etwas mit ihm gemein zu haben, während er mir das Gefühl gab, auch während der gemeinsam verbrachten Zeit nicht wirklich anwesend, jedenfalls nicht bei mir zu sein. Ich blickte auf seinen Rücken, und auf einmal bekam ich Angst, daß er sich doch umdrehte, daß er sich plötzlich umdrehte und sein wahres Gesicht zeigte.

Er interessierte sich nicht für die Aussicht ins Weite, er wollte die Empfindung, ausgesetzt zu sein, nur ungern vor sich selbst zugeben; eine winzige Figur auf einem Plateau vor dem ungleich größeren Meer, solch einem Gedanken konnte er nichts abgewinnen. Er bevorzugte innere Postkarten, das Wissen, irgendwo gewesen zu sein und einen Ort damit einzukassieren.

Ihn immer nur von hinten zu sehen in diesen Momenten, die er in einer angestrengten Einsamkeit verbrachte: Die manchmal nur winzige Bewegung des Sich-Abwendens verhinderte, daß ich auch nur einmal sehen konnte, was in ihm vorging. Er verbarg sein Mienenspiel, er wollte in bestimmten Situationen, und sei es nur für Augenblicke, allein sein. So kann ich nur erahnen, nur notdürftig rekonstruieren, mit welchen Methoden er die peinliche Leere, von der er sich bedroht fühlte, zu bekämpfen suchte. Er floh sie nicht, im Gegenteil, manchmal schien es mir, daß er solche Momente, in denen er vom Eindruck der eigenen Nichtigkeit überwältigt zu werden drohte, geradezu mit Besessenheit herbeiführte. Dann aber ging es darum, die Leere eines solchen Moments zu besiegen, indem er sie in sich hineinnahm, beherrschte, auffraß.

Sie waren lange am Strand gewandert. Die Sonne hatte schräge Strahlen geworfen und lange Schatten vor ihnen laufen lassen. Sie füllte die Mulden im Sand mit einem stumpfen nichtigen Dunkel, sie vergoß dort, wo der Sand aufgeworfen lag, ihre blendende Pracht. Strandläufer, braungefleckte rasche Federkugeln, rannten in albernem Trickfilmtempo über den Sand, dort, wo der Wellensaum anbrandete, und balgten sich um ein Stück Fisch.

Mila hatte dem flimmernden Reiz, der narkotischen Schönheit des Tages nicht trauen wollen. Die Nähe, die sich zu Odilo einstellte, einfach dadurch, daß sie Zeit miteinander verbrachten, konnte jederzeit wieder schwinden.

Mila hielt sich an einem Schild fest, das den Hundestrand auswies, schüttete sich zum hundertsten Mal den Sand aus dem Schuh.

Der Sand war an diesem Strandabschnitt grob, ein schwärzlicher Kies, der drückte. Normalen Badesand hätte sie ertragen, es sogar genossen, daß sich die Schuhe damit anfüllten, sie mit dem Untergrund verbanden, als ginge sie barfuß, sie wünschte sich pudrigen Vogelsand in ihre Schuhe. Schwarzen Kies litt sie nicht, sie hatte immer wieder ihren Gang unterbrechen müssen, an Gegenständen, Balken, Wellenbrechern Halt gesucht, glitschig-poröse Felsen berührt. Odilo lief, wie schamhaft, ein paar Schritte voraus, als wolle er ihr die Peinlichkeit ersparen, bei einer intimen Verrichtung ihr Zeuge zu sein.

Meine Schwester in dieser altmodischen Aufmachung. Mit cremefarbenen Spangenschuhen, einem beigegrauen Mantel, wollweißem Schultertuch. Meine Schwester in Eierschale, Chamois, Salböl, ganz Beschwichtigung, ganz Trost und Watte, meine Schwester ganz Leichtigkeit und Sommerfrische, allerdings Sommerfrische in einem baltischen Badeort, fünfzig Jahre zurück.

Sie knöpfte ihren Mantel zu, zog das Tuch straff.

Das Wasser hatte sich entfernt, war zurückgekommen.

Nachmittags zogen unerwartet Wolken auf, verdüsterten sich, Schauer fegten plötzlich über den Strand, und sie stellten sich an der Seebrücke unter, den Rücken gegen den Wind gewandt.

Sie blickten den Strand entlang, den uferlosen, endlosen Sandstreifen, über den sich der Regen senkte, nicht sanft wie ein Vorhang, sondern mit einer aggressiven Schnelligkeit, die die Sicht immer mehr verwischte und alles, was weiter entfernt war, verschwinden ließ. Die Stimmung war umgeschlagen, der Herbst kam, und mit ihm die Auflösung der Oberflächen, denen sie sich bis hierher anvertraut hatten.

Als der Regen nachließ, betraten sie die Brücke. Nasse Holzbohlen federten unter ihrem Gewicht, Möwen kreisten mit fordernden Rufen vor einem farblosen Himmel, ließen sich auf dem Geländer nieder, warteten auf eine Gabe, aber Mila hatte nichts. Sie suchte in ihrer Handtasche und fand zwei Pfefferminzbonbons. Odilo kaute seins hastig und achtlos, ihres war an der Außenseite weich geworden, sie wußte nicht, wie lange sie es schon in der Tasche mit sich herumgetragen hatte, es war alt, aber immer noch süß und scharf.

Die Seebrücke hörte kurz vor dem Ende auf. Dort, wo sie sich zur Aussichtsplattform verbreiterte, wo seitlich mit Eisenstangen der Zugang zur Taucherglocke markiert war, mit der man im Sommer, wenn Kirmesstimmung herrschte und die schreienden Schriftzüge vor der Kapsel, die jetzt seltsam anmuteten, zu ihrem Recht kamen, ein paar Meter bis auf den Grund fahren konnte, dort, wo mit dem Brückenkopf ein Ziel erreicht worden wäre, der weiteste Weg hinaus, hatte man die Planken entfernt, und sie sahen nicht aufs Meer, sondern durch die Stahlträger und Betonteile hindurch auf bräunliches Wasser, in dem einzelne dicke Tropfen versanken.

Odilo hob sofort den Kopf und versuchte, sich auf den verwaschenen Horizont zu konzentrieren, etwas zog ihn zu diesem Horizont, und er wäre gern noch die paar Schritte bis zum Ende der Brücke gegangen, um ihm so nah wie möglich zu kommen, oder wenigstens, da das ein geographischer Fehlschluß war, einer Anziehungskraft so weit wie möglich zu folgen, und es kränkte ihn, daß eine unvollständige Brücke solche Ausschweifung verhinderte. Er wandte sich ab und wollte gehen.

Mila hielt seine Hand fest und blickte weiter in den trüben Abgrund, auf den Furor der braunen Wogen, den die Touristen im Sommer mit der Taucherglocke durchstießen, um in die Tiefe zu fahren. Sie wünschte sich für einen Moment, noch einmal im Sommer wiederzukommen und es auch zu tun. Einfach hinunterzufahren, weit nach unten, irgendwo hinzukommen, wo man die Oberflächen hinter sich gelassen hatte.

Odilo zog sie weg. Sie rutschte jetzt auf dem glitschigen Holz, Odilo legte ihr den Arm um die Taille, und Mila versteifte sich.

Theorie des Schönen
Etwas Schönes, das in der Ferne aufscheint, immer in der Ferne, zu dem hin man sich werfen möchte und das sich doch, je näher man heranzutreten meint, desto weiter entzieht. Als erzeuge der Sehvorgang bereits einen festgelegten Abstand, der nicht zu überbrücken ist. Als würfe der Blick die Dinge aus uns heraus und mache sie mit ihrem Erscheinen zugleich unerreichbar: Luftschlösser, Hirngespinste, Traumgebilde, die wir normalerweise in uns tragen, in der inneren Dunkelheit, und die wir mit einem beiläufigen *Es werde Licht* aus uns herauszustellen gewohnt sind, ohne den Vorgang selbst überhaupt zu bemerken. Wir bemerken allenfalls das Verlangen, mit dem wir dieses Lichtbild wieder zurückholen wollen; beharren aber auf der Distanz, die nun einmal eingetreten ist und die sich weiterhin zeigt und ihr Recht behauptet, eine Distanz, hergestellt, um vergessen zu lassen, daß wir selbst diejenigen sind, die sich mit selbsterzeugten Illusionen täuschen.

Sie gingen weiter den Strand entlang, in den unbrauchbaren Spuren der Vorgänger. Hin und wieder bemerkten sie andere Paare, nur wenige bei dieser Witterung, von denen sie sich fundamental zu unterscheiden meinten. Von weitem nahmen sie die Erbärmlichkeit der anderen wahr, ihre Hinfälligkeit in den wetterfesten Anoraks, die Begrenztheit der Vorsorgemaßnahmen. Sie behaupteten demgegenüber im Besitz der größeren Würde zu sein. Hüllten sich in ihre Isolation zu zweit; beschäftigt mit dem Versuch, ein eingebildetes Leuchten nach außen dringen zu lassen.

Lange Wege am Strand. Das Bodenlose, in dem diese beiden Figuren den festen Punkt bildeten, die ruhende Mitte, von der alles ausging; Ordnung und Unordnung.

Lange Wege am Strand. Angespülte Abfälle, Plastikflaschen und Kanister, glattgewaschenes Holz. Ein babyblauer Perlonpullover, in Sand und Tang gewiegt. Muschelschalen, die unter ihren Tritten zerknackten.

Sie hielten inne, wo sie das Ufer übersät mit Kugeln fanden, Kugeln aus einer heuartigen Masse; Mila stieß sie mit der Schuhspitze an; sie waren leicht. Abgerissenes Seegras, dem Roß des Okeanos zum Fraß vorgeworfen, von der gleichmäßigen Peristaltik der Wellen zu Bällen gerollt, kleine Tischtennisbälle und größere Tennisbälle, perfekt gerundete Pferdeäpfel der See.

Mila hob einen von ihnen auf. Sie roch daran, drückte das Heu ein wenig zusammen, präsentierte den Meeresapfel auf langen Fingern. Odilo kam näher und schlug ihr wie spielerisch unter die Hand. Er lachte; ein Siebenjähriger auf dem Schulhof, der sich etwas traut. Der Heuball fiel herunter zu den anderen seiner Kolonie, blieb dort ununterscheidbar liegen.

Adriatisches Meer. Er murmelte es vor sich hin, Adria.

Sie gingen in der Dämmerung auf die Mole hinaus. Ein ruhiger Abend, nur der langsame, wiegende Rhythmus der See. Der dunkle Grund saugte alle Farben ein. Das flaschengrüne, onyxgrüne Wasser verschattete sich zusehends, wurde hämatitgrau, metallen, düster, ölig. Unter ihnen das matte Schwappen, Klatschen, die ruhige Unruhe einer unpersönlichen, in Wellen geschüttelten Fläche.

Vor ihnen die Weite, ein berückender Schlund, in den hinein der Blick sich auflöste. Salzwasser, das über die Felsen leckte, unstete Gischt, ein bläuliches Grau, das sich bei genauem Hinsehen mit dem Untergrund vermischte. Schäume, in denen die tiefhängende Wolkenschicht versickerte. Sie standen ruhig da, ungesichert im Formlosen, auf einem Felsvorsprung, dessen Schründe dieselbe zerklüftete Oberfläche aufwiesen wie das neblig bewegte Meer, wie die zerfetzte Wolkendecke, drei Schichten wie die Aufteilung eines klassischen Landschaftsgemäldes, ungestalte Materie, die Oben und Unten vertauschte, in der sich die Richtung verlor.

Es begann wieder zu regnen. Das Meer schluckte die Tropfen auf, ein wirkungsloser, vielleicht auch ursacheloser, ewiger Regen.

Im schmutzigen Grau begann es auf einmal zu schimmern, schwach, wie ein Widerschein. Sie vermeinte ein indirektes Licht zu sehen, von einer verborgenen Quelle auf die Oberfläche des Wassers geworfen, aber es kam von unten. Lichtgespinste unter Wasser, ein unwirkliches Licht, als sähe sie ihre Augenlider von innen. Sie sah ein Licht ohne überzeugende Ursache, ohne klare Herkunft, ein kühles Glühen ohne Mittelpunkt.
	Aber sie hatte die Augen weit offen.

Odilo hielt sich mit offenen oder geschlossenen Augen nicht auf. Er war entzückt. Beugte sich vor, so weit er es vermochte, ohne ins Rutschen zu kommen.

Quallenplage, hatte es geheißen, und er war mit ihr ans Mittelmeer gefahren.

Pelagia noctiluca, die Leuchtqualle europäischer Meere, vermag bei Erschütterung ein Licht zu erzeugen, dessen Farbe gemeinhin als grünlich wahrgenommen wird. Gelegentlich erscheint es auch fahlrosa, ein optischer Effekt, da die Qualle purpurfarben gesprenkelt ist. Pelagia noctiluca, die Meergeborene, Nachtleuchtende. Periodische Massenvorkommen dieser Qualle haben Strandsperrungen zur Folge, die Meduse verfügt über Nesselzellen, die dem Badenden gefährlich werden können. Jetzt waren die meisten Badegäste fort. Leuchtqualle, medusa luminosa, meduza świecąca, loistomeduusa, lichtende kwal. Odilo interessierte sich für ihre lampenhafte, gläserne Ruhe.

Für die Wissenschaft ist die pazifische Leuchtqualle Aequorea victoria von Bedeutung. Sie enthält Aequorin, das ein blaues Licht aussendet. Das blaue Licht faszinierte Odilo am meisten. Gern hätte er mit Mila eine Zeit am Pazifik verbracht. Zwar konnte er sich Exemplare von Aequorea victoria ins Labor bestellen; sie, wenn er denn wollte, durch ein feinmaschiges Sieb pressen, wie es brachial die Entdecker des Aequorins in Amerika zu tun pflegten; morgens fingen sie die Quallen lebend aus dem Meer, den Tag über verbrachten sie damit, sie zu zerkleinern, um dann festzustellen, daß die Gallertmasse noch nach dem Tode der Tiere im Waschbecken blaues Licht produzierte.

Aber es ging ihm nicht darum, die Tiere in ihre Einzelteile zu zerlegen.

Odilo empfand es als persönlichen Erfolg, die Quallen in

ihrer angestammten Umgebung leuchten zu sehen, auch wenn es weiter zu nichts führte, im Grunde genommen sogar vollkommen sinnlos war.

Es nieselte unerbittlich, und sie verfolgten die Wege der Tropfen, die auf die gespannte Haut der See fielen, in den Wasserkörper hineinsanken. Die Quallen trieben dicht unter der Oberfläche. Durch die Berührung gereizt, reagierten sie mit diesem seltsam ortlosen Schimmern. Ließen das Meer von innen leuchten; flache Wand- und Deckenleuchten, Irrlichter unter Wasser; Lichterscheinung, die bei Erregung zunimmt.

Sie rückten näher zusammen, der Stoff ihrer Kleider rieb aneinander, Mila wollte sich vorstellen, selbst eines dieser Tiere zu sein. Wie es sich anfühlte, von den Strömungen mitgezogen zu werden. Ein Sich-schleifen-Lassen, eine den Winden und Gezeiten ausgesetzte Lässigkeit.

Ihr kaltes Feuer, ihre ausnehmende Eleganz, wenn sie sich in ihrem Element befanden. Ihre Berührungsverführung. Ihr kaltes Brennen. Wäßrige, kalte Glut.

Und später, wenn es sie an den Strand spülte, die Brandung sie umdrehte und zu Haufen zusammenschob, ihre Unansehnlichkeit – das matschig Verflüssigte eines Spätwintertages. Die angetauten Schneereste am Straßenrand, schmutzige Eiskrusten, glasig, zerstampft. Eine schreckenerregende Masse, die rasend schnell dahinschwindet. Zwischenzustände. Nicht mehr ganz von dieser Welt. Jedes Kind versucht, sie anzufassen, herausgefordert von ihrer weichen Uneindeutigkeit. Mila entsann sich noch des Mädchenwunsches, mit dem Gummistiefel in sie hineinzutreten. Eine Berührung zornig zu übertreiben, bis sie in eine fremde Sphäre reicht, bis sie etwas zu erreichen scheint, was sonst unantastbar ist.

Es war beinah windstill. Die Stille. Meine Schwester war von dieser Stille umgeben. Sie war ohne Kopf.

Odilo beobachtete nebenbei, wie ihre Kleidung, ihr Mantel, ihr Schal nach und nach durchweicht wurden, wie erst glitzernde Tröpfchen auf den feinen Flusen schwebten, wie dann eine Verfärbung ins Dunklere stattfand, eine plötzliche Verschiebung in einen anderen Zustand.

Er ahnte nicht das Brennen, das sich in Mila hineinfraß, das sie bis dahin zu vermeiden gewußt hatte, mit langen Handschuhen, mit dem Willen zu erotischer Erkenntnis, einer inneren Distanz.

Sie sahen auf das unermeßliche Meer hinaus, das sie erschauern machte, wie der Regen die Quallen erschauern ließ. Aber sie, die Menschen, leuchteten nicht auf, im Gegenteil schien es ihnen, daß ihnen der Mut sank, daß sie erloschen.

Sie erwachte in der Nacht und fand Odilo nicht neben sich. Sie fand sich noch halb in den Fetzen eines Traums, der an eine lange zurückliegende Fahrt mit einem Ausflugsschiff anknüpfte. Damals, im Urlaub an der Küste, hatten wir unsere Eltern bedrängt, mit diesem Schiff fahren zu dürfen. Das Schiff besitze einen Glasboden, hieß es, und die Betreibergesellschaft warb mit einer Fotomontage, *Geheimnisse des Meeresgrundes*, auf der eine wundersame Unterwasserwelt zu sehen war, üppige Seeanemonen und Korallen, buntgestreifte Fische, Seesterne und langhaarige Nixen, wobei wir letztere als Reklame abtaten, den Rest aber durchaus erwarteten. Das Schiff legte ab, wir stürmten ins Untergeschoß, das allerdings gewöhnlich wirkte, keineswegs gläsern, und eine Bar enthielt. Schließlich entdeckten wir, umringt von einem Geländer, eine Scheibe im Boden, ein kleines Rechteck bloß, vielleicht von der Länge eines Hütehundes, und durch dieses Rechteck sahen wir den Meeresboden. Sand. Flacher, in leichte Wellen geschobener Sand, Sand und einzelne Steine. Ein paar weiße Muschelschalen in dieser Sandfläche, viel weniger als am Strand, grauer Sand, über dem ein paar Luftblasen trudelten, dann ein zerfetzter, halb eingegrabener Turnschuh, dann wieder bloß Sand. Der Sand entfernte sich, je weiter wir hinausfuhren, er sank immer weiter nach unten, schließlich sahen wir nur noch das Wasser, sonst nichts.

19 Gedächtnispaläste

Die Kronenqualle schwebt unter der Decke des Bibliotheks-
saales, sie erhellt das Dunkel mit dem unwirklichen Licht eines Tiefseetieres, das dazu gemacht ist, dem Druck mehrerer
Tonnen Wasser standzuhalten. Diesen Tonnen seine gallertige
Weichheit, seine Angreifbarkeit, seine Beeindruckbarkeit entgegenzusetzen. Ein Tier, das sich wenig bewegt, das der Kälte
und Finsternis mit seiner passiven Aggressivität trotzt, dessen
Lebensvorgänge in Zeitlupe verlaufen, das selbst den Verlauf
der Zeit zu verlangsamen scheint. Diese Lähmung aller Lebensvorgänge hat längst auch uns erfaßt, die wir uns noch ein
paar Meter tiefer aufhalten, mit aufgeschlagenen Büchern um
ranzige Sessel schlurfen, in dieser Atmosphäre eines immensen
Druckes, der in unserem Falle ein psychischer ist. Ich sage *uns,*
als wäre ich unterschiedslos mitbetroffen und geneigt, wie alle
anderen ebenso die Last der Historie auf mich zu nehmen und
mich mit dieser Last besonders vorsichtig zu bewegen: ohne
Schlamm aufzuwühlen, ohne Widerstand. Man befindet sich
in einer Art Schockstarre, und die Kunst besteht darin, sich
zu bewegen, als bewege man sich nicht. Wir befinden uns in
einem Raum der Handlungslosigkeit. Alle Handlungen haben
stattgefunden, viele hätten besser nicht stattgefunden, in diesem Raum bleibt nichts mehr zu tun. Nichts, als sich anzupassen. Manchmal kommt es mir so vor, als bestünde unsere Aufgabe darin, den sich rasend beschleunigenden Veränderungen
durch unsere apathische Langsamkeit etwas entgegenzusetzen:
Hier kann uns nur noch wenig geschehen. Der Druck jener
Außenwelt, jener Geschichte wäre zugleich das, was uns birgt.

Der Buchbestand in der Bibliothek ist vernachlässigenswert. Dennoch halten sich die Patienten tagsüber gern hier auf. Die meisten Werke stammen noch aus DDR-Zeiten. *Wie der Stahl gehärtet wurde, Urania-Kompendium Technik*, solche Sachen. Die Patienten verbeißen sich in diese Lektüren mit einer Art von Erkenntniswut, als könnten sie darin über ihr Schicksal Aufklärung erhalten. Die Saaldecke ist außerordentlich düster. Ausgestaltet mit Muschelornamenten, wie man sie in Seebädern den Touristen auf Spanschachteln verkauft, gibt diese Decke das schattige, kühle Gefühl einer Grotte. Über Jahrhunderte haben hier Kerzen gebrannt, Kaminfeuer gelodert, der Ruß von Jahrhunderten ist an die Decke gestiegen und hat sich dort festgesetzt. Die Muschelschalen mit ihren feinen Rillen, die Kalkgehäuse der Wasserschnecken sind schwer zu reinigen, die Decke blieb schwarz.

Ein Ofenschirm ist noch vorhanden. Im Sommer steht er vor der Kaminöffnung und schirmt den Heizkörper, den man am Platz der Feuerstelle installiert hat, vor empfindlichen Blikken ab. Im Winter, wenn die Heizung läuft, wird er abgerückt, und die Patienten benutzen ihn als spanische Wand. Sie bauen ihn zwischen zwei Sesseln auf, um sich eine Lesekabine oder eine Kreuzworträtselkabine zu schaffen, ein Stück Privatheit im Aufenthaltsraum.

Ab und zu fällt eine Muschel auf ein Buch. Ein Schneckengehäuse löst sich aus dem Gips und sinkt zu Boden. Am Grund geht die Strömung kaum merklich. Oben ist sie stärker, sie wiegt den Leuchter im Sog der vergehenden Zeit, in der Strömung der Baltischen See. Frisches Haff, Skagerrak, Winde Kareliens – der Leuchter bleibt von der Hitze und Kälte vergangener Jahre durchdrungen, vom Jetzigen, Unveränderten träge umspült.

Gewohnheiten, die immer gleich sind. Der alte Schloßherr durch die Räume schlurfend, mit immer reduzierteren Bewegungen, dann hängt er unter den Ahnenporträts, nur noch leicht schaukelnd, wenn jemand das Bild anstößt. Auf langen Tafeln erscheinen Speisen und verschwinden, sie tauchen in Wellen auf, treiben einen Moment auf der Oberfläche und versinken in der Tiefe. Aus dem Rokokokochbuch: Graue Erbsen, Leipziger Lerchen, Hirschterrine in Cognac. Karamelisierter Rehrücken in Bordeauxwein-Gewürzsauce. Dreierlei Essen von einem Fisch. Wildschweinterrine mit Steinpilzen. Ein Schaugericht: Schwanenpastete im schneeweißen Federkleid. Weitere Schaugerichte: Embleme aus gefärbtem Zuckerwerk. Man bewundert den kunstvollen Bau, alles aus Zucker. Man ißt nicht von diesem Zuckerwerk, denn die Farbenpracht verdankt sich giftigen Pigmenten. Das Schweinfurter Grün enthält Arsen, das Neapelgelb Blei, mit dem Kobaltblau äße man Kobalt, im zinnoberroten Zucker das Quecksilber mit. Man verzehrt statt dessen Geleefrüchte, kandierte Früchte, nimmt von der Pfirsichpyramide. Trinkt Schokolade mit Ambra, Zimt und Jasmin.

Seidenraupen fressen draußen, in der neuen Plantage, die Blätter der Maulbeerbäume. Die Bevölkerung pachtet Parzellen für Kohl, für Erdäpfel, Mohn, gelbe Rüben und Hanf.

Tapetenmotten fressen den Leim, der die Seidentapeten an den Wänden hält. Sie fressen Löcher in die Seide, fressen den Ziervögeln mit den geschweiften Schwanzfedern Löcher ins Gefieder.

Bilder werden ausgetauscht, die Spiegel erblinden, Muscheln fallen ab, die Möbel verlieren ihren Glanz. 1945 sind Häuser, Ställe und Betriebe zerstört, die Felder vermint. Nach der Enteignung lagert die LPG die Erträge im Schloß. Der Kronleuchter sieht auf einen Getreidespeicher hinab, dann auf eine Düngemittellagerstätte im Schmuck des märkischen Spätbarocks. Was gegessen wird im Laufe der neuen Zeit, braucht Platz.

Die Schlösser der neuen Bundesländer dürfen als Gedächtnispaläste nach dem Vorbild antiker Memorierkunst gelten. Die Technik des Erinnerns einer Rede beruht darauf, daß man seine ausgearbeiteten Argumente in verschiedenen Zimmern eines imaginären Anwesens abgelegt hat, hinter der Bodenvase im Eingangsbereich, auf dem Vertiko, unter der Supraporte. Diese Argumente können beim Durchwandern des Palastes wieder eingesammelt werden. Man durchschreitet die Räumlichkeiten in der naheliegenden Abfolge und greift schön der Reihe nach auf, was vorzutragen ist. Entsprechend positioniert man seine Einleitung an der Pforte, die Darlegung der Thematik im Treppenhaus, im Empfangszimmer: Argument eins.

Das Argument für die mystische Jagd entdecken wir im Jagdzimmer wieder. Jemand hat es dort vergessen, es gehört nicht uns, zumindest ist es nicht von uns erdacht. Ein elektrifizierter Deckenleuchter aus Geweihteilen illuminiert die herrschaftlichen Parkbäume, die innen noch einmal an die Wand gemalt sind, als fände die Jagd direkt im Schloß statt, von einem Saal in den nächsten. Ein Keiler, sehr borstig dargestellt, flüchtet zwischen die Stämme, regelmäßige Stämme, die die Verhaktheit des Leuchters durch Ruhe und Ordnung ausgleichen.

Draußen kauen Pferde auf ihrem Gebiß. Sie werfen den Kopf auf, das Zaumzeug klirrt. Rufe der Stallburschen, Hufgetrappel, Geschichte Preußens als Klangkunst und Zorn. Draußen das mit dem Kronleuchter konkurrierende Licht.

Es bleiben Hirschteppiche, auf denen drei Hirsche an die Möglichkeit königlicher Haltung erinnern, und wer das Jagdzimmer betritt, richtet sich auf, hebt den Kopf, strafft die Brust.

Das Gegenargument drängt sich uns im Kaminzimmer auf.

Räudige Tapeten in Dauerbrunft. Verschlungene Ornamente ahmen ineinander verkeilte Geweihe nach und verleihen dem ganzen Raum etwas Ausgestopftes; halb als säße man in einem ausgestopften Tier, halb als sei man selber ausgestopft im Verein mit den Sesseln und der Schrankwand, den ausgestopften Topfpflanzen, einem Tisch, dessen Platte sich mittels einer Kurbel in die Höhe schrauben läßt. Das Personal hat hier Aufenthalt genommen, stellt nachmittags Kaffeetassen auf und dreht die Kurbel, läßt die Platte steigen.

Spiegelsaal: Argumente für Welterschaffungsprojekte. Uniformteile, die in den Spiegeln auftauchen, feierlich und goldbesetzt. Orden und Tressen auf Menschenhälften, auf abgeschnittenen Körpern bewegen sich durch einen silbrigen Raum. Der Ort muß, damit es spannend bleibt, unbetretbar sein. Muß uns hinhalten mit seiner immer gleichen Äußerlichkeit, seiner unberührbaren Tiefe, deren Vorzüge wir nicht akzeptieren wollen. Ein Ort von erhöhter Brisanz. Kein Ort, eine Fläche. Die dann Falten wirft, Gegenstände entfaltet, abwegige Rationalisierungen nachvollzieht, den barocken Falten des Denkens folgt. Wir driften vorsichtig in eine Richtung, verräumlichte Stoffbahnen, fort ins Unendliche. Vorhänge werden auf- und zugezogen. Tischtücher ausgebreitet, beschmutzt, gewaschen, zusammengelegt und in den Schrank geräumt. Kleiderstoffe häufen sich auf den Stühlen, hängen seitlich von den Sitzen herab, legen sich als Hussen über das Möbelstück. Servietten behalten die eingebügelten Knicke.

Patientenfragmente erscheinen während der Mahlzeiten, ein um das Stuhlbein geklammerter Schenkel, eine Hand, die immer dieselbe Bewegung ausführt, Puzzleteile. Spiegelsaal der Seele: Darauf beruhen die Störungsbilder der Patienten, auf dem Trumpf eines inneren Abgrunds, Triumph des Traums.

Regeln der Gegenwart: Im Alter von 22 bis 28 Jahren findet nach den Erkenntnissen der Entwicklungspsychologie die Integration in die Gesellschaft statt. Dies geschieht durch Partnerwahl und die Aufnahme einer Berufstätigkeit.

Ich bin jetzt 32 Jahre alt. Meine Integration in die Gesellschaft kann durch die Aufnahme einer Berufstätigkeit als erfolgt gelten, allerdings steht die Partnerwahl noch aus. Muß deshalb, frage ich mich, mein Verhältnis zu den Patienten als eine Ersatzliebe gelten? Als eine verzweifelte, düstere, deutlich herabgedimmte Liebe, die nach allen Regeln der Entwicklungspsychologie letztlich ungültig ist? Kann meine Situation im Schloß, frage ich mich außerdem, als normaler Lebenslauf gelten, da es ohne die Wende niemals dazu gekommen wäre? Die Wende hat stattgefunden. Orte haben sich verschoben, Biographien sind gebrochen. Jetzt ist es unsere Aufgabe, diese Einrichtung nach den Maßstäben der bundesdeutschen Psychiatrie neu aufzubauen.

Irrenarzt, war es meinem Vater herausgerutscht. Ein unpassendes Wort, der Erregung des Augenblicks geschuldet, aber es war ausgesprochen, und dabei blieb es. Warum tust du uns das an, hatte er gefragt, warum nicht wenigstens dies oder das, etwas Anständiges.

Irrenarzt, hatte mein Vater in einem unbeherrschten Moment am Frühstückstisch gesagt, Irrenarzt in einer Schloßruine!

Mit meiner Berufswahl bin ich aus der Familie ausgeschert. Arzt hätten sie ohne weiteres gelten gelassen, aber mit Irrenarzt überschritt ich zweifellos eine Grenze ins Ungehörige, Liederliche und Verruchte. In unserer Familie galt die Furcht vor Übertragung. Wer mit problembeladenen Personen Umgang pflegte, zog diese Probleme unweigerlich auch auf sich selbst, und in dieser Logik konnte die vielbeschworene christliche

Nächstenliebe nur darin bestehen, durch Materialspenden die Probleme aus der Welt und für sich selbst Abstand zu schaffen. Leute, die nicht zurechtkamen, packten nach Ansicht der Familie das Leben falsch an, sie gaben sich nicht hinreichend Mühe und beharrten auf einer fragwürdigen Unangepaßtheit, es waren Leute, deren Problem darauf zurückzuführen war, daß sie sich an der entscheidenden Stelle den gesellschaftlichen Pflichten verweigerten. Neben dieser Ansteckungsangst, die einen sozialen Beruf im Grunde indiskutabel machte, bestand ein ausgesprochener Widerwillen gegen Fragen der Seelenkunde. Psychologie durfte es nach Ansicht der Familie nicht geben, psychische Krankheiten wurden nicht gelten gelassen. Im Zweifelsfall helfe Arbeit, zweitens Heirat, drittens das Gebet. Alles andere ein egoistisches Querschießen, ein sich Hineinsteigern ins Negative, eine Mischung aus Faulheit, Grübeln, Wirklichkeitsferne, selbstbezogen, verantwortungslos. Meiner Mutter gefiel nicht, daß in jeder psychologischen Studie die Schuld bei der Mutter gesucht wurde, meinem Vater gefiel nicht, daß man seine Zeit damit verschwendete, Innenschau zu betreiben, während es in der äußeren Welt genug anzupacken gab.

Und wenn ich mich unbedingt durchsetzen müsse: dann doch wenigstens eine Stelle in der Nähe, nicht im Osten.

Unsere Großeltern, die aus dem Osten stammten, waren im Räderwerk des Krieges zermahlen worden. Isidor Janich, mein Großvater, war von Beruf Hilfslehrer in der Volksschule. Er wohnte nicht wie der Hauptlehrer im Schulhaus, sondern betrieb am Rande der Ansiedlung noch eine kleine Landwirtschaft. Er hielt eine Kuh, besaß einen Acker, auch eine Wiese, auf der sein Sohn Johannes die Gänse hütete. Sidonia, Isidors Tochter, hielt sich vom Bäuerlichen, so sie konnte, fern. Sie neigte, hieß es, der höheren Bildung zu.

Isidor betreute zu dieser Zeit nicht nur seine Schule, sondern unterrichtete im täglichen Wechsel auch im Nachbarort, wo längst kein Lehrer mehr war. Vielleicht wollte er die Schüler nicht im Stich lassen. Vielleicht konnte er es auch einfach nicht glauben. Er bereitete sich zu spät auf die Flucht vor. Soldaten erschlugen Isidor Janich im eigenen Haus. Seine Frau Katharina und Tochter Sidonia nahmen sie mit. Johannes überließ man sich selbst. Er zerrte eine Decke unter die Küchenbank und verbrachte dort die Nacht, das Gesicht zur Unterseite der Sitzfläche gerichtet. Katharina wurde am nächsten Tag im Graben aufgefunden. Sidonia ließ man am Leben.

Die Kinder begruben ihre Eltern, so gut sie es konnten, im Garten. Sie zogen ins Schulgebäude, hausten mit den anderen Überlebenden aus der Nachbarschaft im Klassenzimmer. Nach zwei Wochen kehrten sie in ihr Elternhaus zurück. Die Gänse waren in ihrem Schuppen verbrannt, die Kuh verschleppt. Zwei alte Frauen hatten sich in das Haus geflüchtet und im Kartoffelkeller verbarrikadiert. Mit diesen beiden Frauen lebten sie über ein Jahr. Sidonia las nichts mehr, sie pflückte Huflattich und Sauerampfer, kochte Brennesseln. Johannes ging betteln. Schließlich wurden die Geschwister ausgewiesen, zu Verwandten ins zerbombte Köln geschickt.

Theorie der Zeit
Was vergeht? Die Zeit? Wer vergeht? Die Zeit existiert nicht. Wir stellen sie her, indem wir versuchen, uns zu erinnern. Indem wir einen Duft aufnehmen, einen Klang, eine vage Empfindung, und daraus eine Vergangenheit konstruieren, die stattgefunden haben könnte, stattgefunden hat, und jetzt nur mehr eine Atmosphäre ist, die uns durchdringt.

Wir leben in der Illusion von Sonnenauf- und Sonnenuntergang. Zwar haben wir Anhaltspunkte, daß es sich anders verhält, daß die Planeten um die Sonne kreisen, aber im Alltag bleiben wir dabei: Es wird Tag, wir erwachen, die Sonne geht auf.

Nun kreist die Sonne auf ihrer scheinbaren Bahn und bestimmt uns die Stunden. Wir beobachten ihre großen Bögen, Ornamentik des Raums, die den Nebel vertreibt.

Von nun an gilt: Nichts wiederholt sich. Der lineare, der zielfixierte, nicht umkehrbare Zynismus der Zeit macht Dinge mit uns, die wir nicht wollten. Zeugt Vorher und Nachher. Schickt uns das Licht längst erloschener Sterne. Richtet die Sehnsucht auf die Zukunft aus. Es heißt, die Zeit heilt alle Wunden, aber das Gegenteil ist der Fall.

Wir erfinden die Zeit, und dann läßt sie uns sterben.

Argumente der gräflichen Schlafgemächer: Insgesamt hat sich der Raum seit der sogenannten Wende wieder ausgedehnt. Die Grenzen, auch die psychischen, öffnen sich, der Zeit, auch der seelischen, wird eine größere Tiefe zugestanden, die Erinnerung tritt nicht mehr auf der Stelle. Man darf von einem Traum in den anderen gleiten, Erinnerung und Erfindung ohne schlechtes Gewissen vermischen; das Gegenwärtige nimmt zu, die Leere nimmt ab.

Unbegründete und auch scheinbar begründete Ängste werden durch das Freundliche, Helle, Nette der Inneneinrichtung, also durch lichte Möblierung und pastellene Raumgestaltung, kompensiert, beschwichtigt oder im Keim erstickt. Wir sind noch nicht soweit.

Statt dessen ist jeder Winkel im Schloß ausgemalt, mit düsteren Bildern verhängt, mit majestätischen Tapeten zugekleistert. Überall Götter und Putten, überall Schwere und Stuck. Nur hier und da, wo der Putz fehlt, sind Teile der Geschichte herausgebrochen, ist die Erinnerung verwischt vor Wut.

Nebel im Schloß. Die Küche füllt sich schon morgens mit Schwaden. Das Deckengemälde, das eine rosige Wolkenschicht darstellt, schwebt über dem Dampf und ist angegriffen von ständiger Feuchtigkeit. Dicke Engelchen blicken durch Schleier herab, darunter erwärmt sich der Konvektomat, in den die Küchenhilfen Bleche mit tiefgefrorenen Kroketten und tiefgefrorenem Cordon bleu schieben, darunter schneiden sie Gemüse und verrücken die Töpfe, darunter das Wischen und Spülen, das Hantieren der Putzfrauen mit den Schrubbern, ihre gebeugten Rücken, ihre unentwegten Reinigungsversuche gegen den nie sich vermindernden Dunst.

Argumente der Korridore: Ich träume, daß ich mit dem Patientenfernseher vor der Brust durch die Gänge laufe. Aus apotropäischen Gründen habe ich mir das Gerät vor die Brust geschnürt, mit dem Bildschirm nach außen. Wir sind hier im Grunde mit Dämonenabwehr befaßt.

Argumente des Kellers: Die neuen Bundesländer bringen ein zusätzliches Unbewußtes in das kollektive Unbewußte ein, mit dem niemand gerechnet hat und das niemand zu handhaben versteht.

Der betonierte Innenhof, unter dem noch das alte Kopfsteinpflaster liegt: Noch vor wenigen Monaten ging gelegentlich eine Erschütterung durch die verwitterten Statuen, die von den Detonationen auf dem Truppenübungsplatz stammte. Jetzt passiert nichts mehr, es ist die Stille nach dem Schuß. In der Mark Brandenburg findet die 50. Bombenentschärfung nach der Wende statt.

Ich drehe weißbekittelt meine Runde. Die Last der Historie drückt auf die Räume. Im Raum reagiert man mit Schlaf; einem Schlaf, der übergeht in den hundertjährigen Schlaf der Mauern, der verwachsenen Hecken, der Eiben im Park.

Et ipsi tamquam lapides vivi, und auch ihr, als die lebendigen Steine, *superaedificamini domus spiritalis*, bauet euch zum geistlichen Hause, *offerre spiritales hostias*, zu opfern geistliche Opfer, *acceptabiles Deo*, die Gott angenehm sind.

Die Schlafenden. Im Lazarett. Der schlafende Graf in seinem Rahmen. In den Schlafkammern das schlafende Getreide. Ruhendes Laborgerät. Eine Röhrenlampe bescheint gestreifte Liegen mit leicht erhöhtem Kopfteil. Die schlafenden Patienten: ihre Finger in die Bettdecke gekrallt, ans Kissen geklammert, Finger, die im Schlaf an die eigene Wange greifen wie an eine Brust, Finger, in denen nachts die Effekte der Tage nachzucken, einer Gegenwart, dürftig zusammengemischt aus Überraschung und Überdruß.

Deponentes igitur omnem malitiam et omnem dolum, so leget nun ab alle Bosheit und allen Betrug, *et simulationes*, und Heuchelei, *et invidias*, Neid, und alles Afterreden, *et omnes detractiones*.

Die Schlafenden. Ihre Erschöpfung, die als warme Luft hinauf ins Weltall steigt. Die Schlafenden. Ihre ängstliche, bittstellerische, zusammengezurrte Körperhaltung, ihre Dauerbetäubung, ihr Tiefseegefühl.

Die Schlafenden: sind nicht schuldfähig, wie die Kinder.

Und immer noch geschieht es mir, daß ich in meinem alten Kinderzimmer aufwache, daß unten meine Eltern am Frühstückstisch sitzen, nichts sich verändert hat.

Quasi modo geniti infantes, halleluja, wie die gerade geborenen Kinder, *rationabile, sine dolo lac concupiscite*, seid begierig nach der Milch der Vernunft und der Lauterkeit, Halleluja, und erinnert euch an die neue Geburt, die wir durch Wasser und

Geist erfahren, durch den ewigen Wellenschlag der Wahrheit, durch die frei wehende, brausende, dahinstürmende Güte, die sprühende Gischt des Schönen.

20 Sonnenstein

Beim Sonnenstein handelt es sich um einen Kalkspat mit der besonderen Eigenschaft der Doppelbrechung, die es den Wikingern ermöglichte, auch bei bedecktem Himmel nach dem Sonnenstand zu navigieren. Der Sonnenstein hat nahezu rechteckige Form, er ist klar wie Bergkristall, in seinem Prisma bricht sich das Licht in zwei Bahnen. Wird der Stein so gedreht, daß die beiden Bahnen in ihrer Helligkeit übereinstimmen, zeigt er in Richtung der hinter Wolken verborgenen Sonne.

Es war ein Tag Anfang Juni 1946, drei Wochen vor seinem Namenstag, als Johannes Janich, sechs Jahre alt, an der Hand seiner Schwester die Heimat verließ. Er stand mit Sidonia vor der Gastwirtschaft im Dorf und trug einen kleinen Rucksack auf dem Rücken, darin ein Unterhemd, ein Hemd, ein Paar Strümpfe, ein Stofftaschentuch. Ein Pferdewagen fuhr vor, sie bestiegen die Ladefläche und wurden zum zehn Kilometer entfernten Bahnhof gefahren. Erwachsene liefen die Strecke zu Fuß. Die Geschwister reisten unbegleitet.

Mit anderen Ausgewiesenen pferchte man sie in Viehwaggons, sie ratterten drei Tage quer durchs Land, und was bisher ein Ort, *die Heimat*, gewesen war, löste sich im wirren Umherfahren, Rangieren, Abkoppeln, Ankoppeln auf.

Durch die Ritzen im Waggon spähte Johannes hinaus auf die Felder, die rot überflammt waren von Mohn. Ein feuriges Rot wie das kommunistische Rot, das sich jetzt über diesen Landstrich legte und vor dem sie flohen, ein Rot wie das Kardinalsrot, dem sie in den Westen nachzogen, das katholische Klatschmohnrot des gnädigen Vergessens.

Durch die Ritzen im Waggon pfiff der Wind. Johannes, vom Hunger geschwächt, erkältete sich sofort. Er saß auf dem Boden, lehnte die Wange an sein zerknülltes Taschentuch, hielt sich an der Hand seiner Schwester fest.

Ritzen im Waggon, die hell und wieder dunkel wurden, Tage und Nächte. Tag um Tag flohen Bahnschwellen unter ihnen weg, die winzigen Maßeinheiten eines Zeitstrahls, zu schnell vorüber, als daß sie zu einer deutlichen Vorstellung hätten werden können. Tag um Tag blieb die Landschaft zurück, fielen Landschaftsbilder in eins; drei Tage, die den Kindern wie drei Wochen schienen, drei Wochen wie ein Block, der sich plötzlich zu einer Anhöhe aufwarf, zu einem Hochplateau über der Stadt. Auf der Felsterrasse, die zum Fluß Elbe steil abfiel, thronte Schloß Sonnenstein.

Beim architektonischen Komplex Sonnenstein handelte es sich um die Gebäude der ehemaligen Heil- und Pflegeanstalt. Zu Seiten der Festung lagen Villen in Parkanlagen verstreut, durch die ehemals weißbekittelte Pfleger zogen, Schwestern in hochgeschlossenem schwarzen Ornat, mit dem Schürzenlatz über der Brust, der reinweißen Schleife im Rücken, der Haube im straff gescheitelten Haar. Schwestern, die zügigen Schritts ihren Aufgaben nachkamen, weiße Flecken, die zwischen Bäumen und Buschwerk auftauchten, dann verschluckt wurden vom Schatten, vom Licht. Weiße Flecken, vom Rhododendron aufgesogen, vom Rasen wieder ausgespien, sie unterhielten das progressivste Institut im ganzen Land. Patienten in Anstaltskleidung hackten gruppenweise verwilderte Beete. Sie zogen Furchen in den Ackergrund, führten Malerarbeiten in den Zimmern aus, sie flochten Körbe, halfen in der Küche: Die Anstalt Sonnenstein verschrieb sich der Humanität. Man sah von

Zwangsmaßnahmen wie der Isolierung in Käfigen weitgehend ab, führte Beschäftigungstherapie ein, man nutzte das Badewesen zu Heilzwecken. Sturzbad. Kaltbad. Kopfbad. Unruhigen Patienten, die in anderen Einrichtungen fixiert worden wären, bereitete man ein Dauerbad mit Körpertemperatur. Die Kranken wurden so lange gebadet, bis ausreichende Beruhigung, bis Schlaf eintrat.

Als bekanntester Patient der Anstalt darf wohl der Senatspräsident Schreber gelten. Im Hinblick auf seine geistige Verfassung und in Anbetracht seiner Herkunft aus der gehobenen Klasse traktierte man ihn nicht mit Gartenarbeit. Er beschäftigte sich selbst, frönte dem Klavierspiel, zog sich meistenteils in seine Räume zurück.

Schreber glaubte sich durch seine Nervenenden mit Gott verbunden und war im Begriff, sich mittels einer durch seine Nervenbahnen gesendeten Kraft in ein Weib zu verwandeln. Da seine eigene Frau sich nach einer Reihe von Fehlgeburten als untauglich erwiesen hatte, die Nachkommenschaft der Familie zu sichern, sah Schreber sich gezwungen, diese Aufgabe selbst zu übernehmen, sich von Gottes Strahlen befruchten zu lassen und der Welt ein neues Menschengeschlecht zu schenken. Ein solches Geschlecht zu gewährleisten, hielt er für um so nötiger, als er die Realität der bis dahin vorhandenen Welt und die Echtheit der Menschen, mit denen er umging, in Zweifel zog. Sah er sich doch umgeben von schlecht ausgedachten Männern, nämlich seinen Ärzten, seinen Wärtern, dem Pflegepersonal.

Schreber betrieb eine Art negativen Sonnenkult. Er sah sich von der Sonne, die Gott vorgelagert war und mit menschlicher Stimme zu ihm sprach, sowohl auserwählt als auch verfolgt. Es war ihm ein Anliegen, vor dem Sonnenschein, der in sein Zimmer drang, unauffällig auszuweichen. Er begab sich an die jeweils verschattete Wand, aber die Sonne änderte ihren Lauf, kam von unmöglicher Seite, stürzte sich noch in der dunkelsten Ecke auf ihn.

Schreber wurde trotz modernster Methoden nicht geheilt. Sein Wahnsystem existierte parallel zu den angenehmen Umgangsformen, den guten Manieren, dem brillanten Verstand des Senatspräsidenten, und schließlich wurde dieser als geschäftsfähig entlassen, das Projekt des neuen Menschen vorläufig verschoben, einer ungewissen Zukunft anvertraut.

Beim architektonischen Komplex Sonnenstein handelte es sich um die Gebäude der ehemaligen Vernichtungsanstalt, die ihre Arbeit zu dem Zeitpunkt aufnahm, da die Heilanstalt geschlossen wurde.

In den Räumen des Paralytikerhauses richtete der Direktor erste Gaskammern ein. Patienten, deren Krankheit einen chronischen Verlauf nahm, wurden aus der aufgelösten Heilanstalt nicht entlassen, sondern direkt den Gaskammern zugeführt. Dort starben in den Jahren 1940 und 1941 etwa 15 000 Menschen. Geisteskranke und Behinderte, mißgebildete und mongoloide Kinder, auch Soldaten, die aufgrund ihres Kriegseinsatzes an einem Nervenleiden erkrankten, konnten ihres Lebens nicht mehr sicher sein.

Sowohl der Direktor als auch das Prinzip der Vergasung wanderten nach zwei Jahren in die Konzentrationslager ab. Während man erste KZ-Häftlinge zunächst auf dem Sonnenstein ermordet hatte, wurden die Gaskammern, die hier erprobt worden waren, in großem Stil dann andernorts nachgebaut.

Der Leiter des Sonnensteins führte später im Konzentrationslager Auschwitz medizinische Experimente durch. Er sterilisierte Frauen und Männer mit Röntgenstrahlen, doch die Versuche mißlangen. Die Behandelten erlitten schwere Ver-

brennungen, die Organe entzündeten sich, viele starben qual-
voll an den Folgen. Strahlen, von denen sich Schreber noch
befruchtet wähnte, erwiesen sich nicht als geeignetes Mittel für
Unfruchtbarkeit.

Es gibt Orte, an denen sich nur Unglückliche einfinden. Orte,
an denen sich das Unglück festgesetzt hat, Orte, die es auf alle
übertragen, die sich dort aufhalten.

Der architektonische Komplex Sonnenstein diente nach
dem Ende der Krankenmorde als Reichsverwaltungsschule und Reservelazarett. Wenn wir davon ausgehen, daß auch
die Zöglinge der Reichsverwaltungsschule unter psychischen
Deformationen litten, wenn wir bereit sind, auch diese Deformationen als Verwundungen zu betrachten, so kann zusam-
menfassend gesagt werden, daß der Sonnenstein immer ein
Ort der Versehrten war. Ein Ort, an dem sich das Grauen jener
Gesellschaft kristallisierte.

Beim architektonischen Komplex Sonnenstein handelte es sich
um Gebäude, die die Rote Armee als Truppenunterkunft genutzt und nach ihrer Befreiungsarbeit weitgehend zerstört hatte. War es ihnen mit dieser Zerstörung gelungen, den Fluch aus
den Mauern zu vertreiben?

Elektrische Leitungen waren gekappt, Lampen von der Wand
gerissen, Möbel verfeuert. Türen fehlten, Wasserrohre waren
gebrochen. Hunderte Fensterscheiben mußten neu eingezogen
werden, die Heizung erneuert, die Sanitäranlagen wiederhergestellt.

Hierher kamen Johannes und Sidonia Janich als Kriegswai-
sen. Vom Übernahmepunkt am Bahnhof brachte man sie hierher, ins Auffanglager.

Beim architektonischen Komplex Sonnenstein handelte es sich jetzt um eine Durchgangsstation für die Vertriebenen, eine Sammelstelle für menschliches Strandgut, um einen Umschlagspunkt für Umsiedler.

Am Bahnhofsvorplatz hatte man provisorische Toilettenanlagen errichtet und schon dort eine erste Desinfektion vorgenommen. Die Neuankömmlinge erhielten ein Stück Brot vom Roten Kreuz, das sie sofort aßen. Dann bewegte sich die Menschenmenge den Berg hinauf zu den Unterkünften: großzügige und solide Nebengebäude des Schlosses, vor denen es einstmals gepflegte Rasenflächen gegeben haben mußte, Rasenflächen, die jetzt von den durchreisenden Massen so zertrampelt waren, daß kein Halm mehr wuchs. Nur juniheller Staub, der sich auf die Schuhe legte, sofern man noch Schuhe besaß.

Die Geschwister wurden in eine düstere Halle im Erdgeschoß geführt. Obwohl es Sommer war, herrschte in dieser Halle eine höhlenhafte Kälte. Sie wurden aufgefordert, ihre Kleider abzulegen, sich splitternackt auf ein Brett zu stellen. Jemand sprühte ihre Haare mit einer weißlichen Flüssigkeit ein, hieß sie so lange stehenzubleiben, bis die Masse eingetrocknet war. Sie standen barfuß auf dem Brett, krümmten die Zehen. Dunkel atmende Statuen, die nicht wagten, sich zu rühren. Magere Kinder mit vorstehendem Brustkorb, die zitternd mit den Wänden verschmolzen. Vorpubertäre Kinder mit schneeweißem Haar.

Dann führte man sie in die Waschräume, ließ sie sich waschen. Auf dem Umsiedlerpaß wurde der Name Janich, Johannes eingetragen und auf der Gesundheitsbescheinigung die erste Entlausung vermerkt. Er wurde gegen Typhus und Paratyphus geimpft. Er bekam eine Essenskarte für die 27. Kalenderwoche, in der schon zweimal *Essen* durchgestrichen war, weil man am Tag seiner Ankunft den Dienstag schrieb, und er bekam einen Schlafplatz. Damit begann die zweiwöchige Quarantäne.

Er stand unter freiem Himmel in der Schlange an der Essensausgabe, eine Frau überstempelte auf seiner Essenskarte das maschinengetippte Wort *Essen*, sie machte es mit violetter Stempelfarbe unkenntlich. Eine andere füllte ihm mit triefender Kelle einen Napf voll Haferschleim. Er nahm den Suppennapf entgegen und balancierte ihn zu den Tischen. Er blickte in die trübe Flüssigkeit, Spreu vor verhangenem Himmel, er blickte noch einmal hinein, eine Suppe, in der die Sonne schwamm. Wieder und wieder holte er Suppe, wäßrig und mehlig, wie vorverdaut. Mal trieben Spelzen in ihr, mal schwarzes Geäst aus dem Park, meist aber, wie ein blendendes Spiegelei, das Zentralgestirn.

Sidonia war in der Lagerküche beschäftigt, sie half beim Kartoffelschälen. Hier und da gelang es ihr, heimlich ein paar Kartoffeln, ein zusätzliches Stück Brot für ihren Bruder abzuzweigen. Aber dem Bruder ging es nicht gut, er aß nichts mehr.

Johannes erkrankte schwer. Er hatte sich eine Lungenentzündung zugezogen und kam ins Lazarett. Er wurde isoliert; seine Schwester durfte nicht mehr zu ihm. Sein Zustand verschlechterte sich. Er delirierte.

Sein wiederkehrender Alptraum, in welchem er auf Strümpfen einen düsteren Keller durchquert: Der Boden ist naß, voller Schmutz und Pfützen, und seine Strümpfe saugen das Wasser auf und werden dunkler, in den Füßen zieht die Kälte hoch, die aus den zerbrochenen Fliesen steigt, und ihm kommt es vor, als vermische sich sein Körper auf diese Weise mit der heruntergekommenen Materie, er wird Wasser, er wird Fliese, er wird Schutt.

Einflüsse des Schlosses: Im Wachzustand war die Ausstrahlung dieses Ortes noch stärker zu spüren. Die Etappen der Geschichte stiegen aus dem Gemäuer, drangen in ihn ein. Er war empfindlich geworden. Strahlen tasteten ihn ab, griffen ihn an, ihre Berührung schmerzte.

Man hatte ihn von seinem Strohsack im Gemeinschafts-schlafsaal geholt und in ein Gitterbett gelegt. Wenn er wach war, fuhren seine Hände unruhig herum, pflückte er Flusen von seiner Wolldecke ab. Am späten Vormittag erreichte die Sonne sein Bett und zerschnitt die Wolldecke in einen hellen und einen dunkleren Teil. Er fürchtete, daß auch er durchge-schnitten würde, daß er sich wie ein Regenwurm verdoppeln müßte.

Mittags sah er zwei Sonnen auf einmal am Himmel stehen und wußte nicht, welche die echte war. Abends verschwanden die Sonnen eine nach der andern im Schacht. Johannes schlief inmitten von Zeitstrahlen, schlief wie Schreber den Strah-lenschlaf, die Sonne des Sonnensteins kam von allen Seiten. Tagsüber sah er die Menschen, die ihn versorgten, von einer Strahlenkrone umspielt.

Ein endloser, ein auf einen Punkt zusammengeschnurrter Som-mer, der für Johannes darin bestand, durch sein Fenster hinaus auf die Sonne zu starren, die Sonne: ein haariges Spinnentier, das über den Himmel kroch.

Ein heimatloser, ein unheimlicher Sommer, der für Sidonia darin bestand, Kartoffeln zu schälen und aus den Fenstern der Schloßküche hinab auf den Fluß zu blicken, auf die Elbe kurz vor Dresden, die Elbe ein Stück hinter Böhmen, auf den Fluß zu blicken, zuzusehen, wie die Zeit verstrich.

Als die Kinder verlegt wurden, *frei von ansteckenden Krankhei-ten, verpflegt bis einschließlich, dreimal entlaust,* war Johannes Janich nicht marschfähig. Sidonia befand sich bereits am Sam-melpunkt, die Essenskarten waren durchgehend abgestempelt, die Quarantänebescheinigungen vollständig ausgefüllt. Die andern drängelten, kramten in ihrem dürftigen Gepäck, nur ihr Bruder Johannes fehlte. Ihr wurde klar, daß er verlorengehen würde, wenn sie ihn allein ließ. Sie löste sich aus der Formation, rannte zurück.

Wir wissen, daß Johannes Janich nach einem kurzen Sommer weitertransportiert wurde, noch immer fiebernd, auf einem offenen Lastwagen liegend, wissen, daß Sidonia ihn in letzter Minute von der Krankenstation holte, ihn anzog und mitnahm in die Baracken des nächsten Lagers, wo der restliche Sommer verrann und der Herbst zerrieselte, *Name, geboren, bisheriger Wohnort*, wo der Herbst zerfiel in Ausweise und Kleiderlisten, *1 Paar Schuhe, 1 Anzug, 1 Paar Handschuhe, 1 Hemd*, wo der Herbst verging, bis sie kurz vor Weihnachten das Rheinland erreichten.

Johannes Janich wuchs bei entfernten Verwandten auf, er wurde Berufsschullehrer mit den Fächern Technik und Mathematik, er heiratete Hiltrud Wagner, eine rheinische Frohnatur von praktischer, zupackender Frömmigkeit, die er Trudchen nannte, er baute sich ein Haus im Vorgebirge, legte einen Garten mit Obstbäumen und Gemüsebeeten an, er besuchte jedes Wochenende seine Schwester, die als Haushälterin eines geistlichen Herrn in Köln lebte, er zeugte zwei Kinder, Mila und mich.

Auch der Name meiner Schwester hängt mit dem Sonnenstein zusammen. Schwester Mila, so hieß die Krankenschwester, der unser Vater seine Genesung, also sein Leben verdankt. Sie nahm ihn auf dem Höhepunkt seiner Krankheit in ihre Privatwohnung auf. Zog die Vorhänge zu. Wachte über ihn in den Nächten, in denen er fieberte, wischte ihm den Schweiß ab, flößte ihm Tee ein, machte ihm Wadenwickel. Blieb bei ihm in der entscheidenden Nacht, die er überstehen mußte. Blieb bei ihm, als er mit dem Tod rang, den er in dieser, der schlimmsten Nacht, dank ihrer Hilfe, Pflege und Fürsorge schließlich besiegte. Sie kam aus dem Sudetenland: Mila, die Liebe. Mit dieser Namensgebung setzte sich unser Vater über den katholischen Heiligenkalender hinweg. Sonst hätte meine Schwester, wie ich, einen altmodischeren Namen tragen müssen, Elisabeth, oder Barbara, oder, passend zu Altfried, vielleicht Friederike.

Meiner Schwester ist mit diesem Namen eine geheime Sehnsucht nach Osteuropa in die Wiege gelegt worden, eine Neigung, die ich nicht teile.

Ich kann dem Osten Europas nichts abgewinnen. Aber ich konkurriere mit Mila um den Sonnenstein. Durch ihre Namensbindung ist sie natürlich im Vorteil. Jedoch legt meine gegenwärtige Position als Arzt einer Heilanstalt, und diese ausgerechnet in einem Schloß im Osten, die Vermutung nahe, daß auch ich an Schloß Sonnenstein anknüpfen möchte. Ich schließe daran an, nahtlos an diese Jahre an im Guten wie im Bösen, ich bemühe mich um Heilung, selbstverständlich kommt sie zu spät, Heilung im nachhinein, besser als nichts, aber das Geschehene ist nicht ungeschehen zu machen, ich schließe an Schloß Sonnenstein an und versage, ich kann nichts mehr tun. Ich sitze im Schloß, lade mir Tag um Tag Tatenlosigkeit auf, sitze untätig herum, ich bilde mir ein, ich nehme Schuld auf mich.

21 Weiße Maulbeeren

Es waren lose hingeworfene Wiesen, an denen sich keine Erinnerung festmachen ließ. Es war ein leerer Marktplatz, kaum Menschen, kaum Fahrzeuge, es war die Maßlosigkeit eines verwachsenen Grundstücks, das überall hätte sein können und unser Gefühl von Heimatlosigkeit verstärkte. Es war ein Sehnsuchtsort, ein Ort, der von vornherein unerreichbar blieb.

Die Peinlichkeiten der Reise nach Polen begannen bereits vor der Abfahrt. Wir saßen schon im Bus, Mila am Fenster, neben ihr Tante Sidonia, ich auf dem Platz auf der anderen Seite des Gangs. Unser sperriges Bündel ragte über mir aus dem Gepäcknetz. In diesem Bündel aus einem alten geblümten Vorhang hatte Tante Sidonia notdürftig das Kreuz verstaut, das sie am Ziel unserer Reise im Garten fremder Leute aufzustellen gedachte. Ich zog die Arme an mich und drückte die Knie zusammen, um meinen Sitznachbarn, einen zarten älteren Herrn mit wuchtigem Schnurrbart, nicht einzuengen.

Der Reiseleiter trat ans Mikrofon, durch den Bus schepperten Begrüßungsworte, dann forderte er uns auf, unsere Pässe hervorzuholen, die er einsammeln und an der Grenze gebündelt vorlegen wollte. Tante Sidonia kramte stumm in ihrer Tasche. Mila schlug vor, Sidonias Koffer zu öffnen, der sich zuunterst im Gepäckraum befand, weil wir, beflissen, überpünktlich, bei den ersten gewesen waren, die sich eingefunden hatten. Tante Sidonia schüttelte den Kopf und suchte sinnlos weiter. Sie zog den abgegriffenen Brustbeutel unter ihrer Bluse hervor, den niemand hätte zu Gesicht bekommen dürfen, sie betastete verstohlen ihren Bauch unterhalb des Rockbundes, wo sie sich als eiserne Reserve einige Geldscheine in die Wäsche eingenäht hatte, der Paß war nicht da.

Die Reise nach Polen begann damit, daß ich durch das morgendlich gestaute Köln raste. Ich joggte zur Straßenbahn, fuhr drei Stationen zu Tante Sidonias Wohnung, hetzte die Treppen hoch, zog alle Schubladen auf, fand den Paß schließlich auf dem Wohnzimmertisch neben einem Brotkanten, den Tante Sidonia über Nacht mit einem Küchentuch bedeckt hatte. Ich griff den Paß und auch das Brot, zwang mich, wieder sorgfältig abzuschließen, erreichte schweißgebadet den Bus. Die Reisegruppe gab offenbar schon seit geraumer Zeit ihrem Unmut Ausdruck, worauf warten wir eigentlich, da kommt er ja endlich, der Fette ist zu spät, viel zu spät, rücksichtslos, wir sind auch alle früh aufgestanden, aber er sieht ja schon aus wie eine Extrawurst. Tante Sidonia saß mit versteinerter Miene am Fenster, ihr Kinn zitterte, meine Schwester hielt ihre Hand.

Unser Vater hatte sich geweigert, an dieser Reise teilzunehmen. Es hat uns ein für allemal gereicht, sagte er kategorisch, niemals wieder wollen wir dorthin, und mit diesem Wir verwirrte er uns, denn wie selbstverständlich bezog er Tante Sidonia in seine Aussagen mit ein, obgleich es diese gewesen war, die den Wunsch zu der Reise geäußert hatte. Und da sie auf diesem Wunsch beharrte, blieb es an Mila und mir hängen, sie zu begleiten.

Unsere Tante hatte die Reise von langer Hand vorbereitet. Sie hatte mit den Reisebussen der vergangenen Jahre Kundschafter vorausgesandt, die Kontakte knüpften und im Ort die alte Frau Clara auffanden, die nach dem Krieg dortgeblieben war und übersetzen konnte. Unsere Tante hatte mit Hilfe von Claras Sprachkenntnissen Briefe gewechselt, sie hatte regelmäßig Pakete mit Hilfsgütern in jenes Haus geschickt, das ehemals ihres gewesen war. Sie schickte nie Geld, sie schickte stets

Sachwerte. Einmal hatte man von ihr sogar eine Waschmaschine erbeten und postwendend erhalten. Geld konnten fremde Leute zu einfach verpulvern. Bei Gegenständen glaubte sie die Kontrolle darüber zu behalten, daß sie mit dem, was sie sich selbst vom Mund absparte, Nutzen brachte. Den Briefen entnahm sie, daß man ihr dankbar war; daß man sie schätzte und liebte, sie einlud zu kommen.

Liebe Frau Justyna,
wir kommen am Donnerstag, 4. August mit dem Kreuz. Wir möchten es im Garten aufstellen, dort, wo sich das Grab befindet. Es wäre gut, wenn Ihr Mann an diesem Tag zugegen wäre und uns helfen könnte.

Liebe Frau Sidonia,
wir können Ihnen ein schönes Kreuz schmieden lassen, mit Eisenrosen und geschwungenen Blättern. Warum wollen Sie es so weit transportieren. Es ist hier billiger als in Deutschland.

Liebe Frau Justyna,
lassen Sie das bitte mit dem Kreuz. Eisen kommt nicht in Frage. Das rostet doch sofort. Wir benötigen etwas Haltbares, und es soll auch nicht verschnörkelt sein, sondern schlicht, wir brauchen keinen überflüssigen Zierat. Ich habe in Köln ein Kreuz anfertigen lassen, es ist aus Lindenholz. Wir bringen es mit. Wichtig ist, daß es an der richtigen Stelle plaziert werden kann.

Liebe Frau Sidonia,
wo befindet sich die richtige Stelle? Unser Garten ist groß. Der Rasen wächst hoch, alles verwildert. Wir besitzen keine Mähmaschine, wir müssen mit der Sense mähen. Es ist zuviel Arbeit. Aber wenn Sie kommen, bereiten wir die Wiese vor, wenn Sie kommen, wird alles schön sein.

Liebe Frau Justyna,

machen Sie sich bitte keine Umstände. Sie brauchen für uns nichts vorzubereiten. Wir trinken keinen Kaffee (meine Nichte wird davon nervös), wir mögen keinen Kuchen (mein Neffe ist gegen alles allergisch), und wir wollen auch nicht lange bleiben. Es wäre aber angenehm, wenn wir das Haus besichtigen könnten, die Zimmer, den Dachboden, den Anbau und natürlich den Garten.

Das Busunternehmen, das meine Tante gewählt hatte, führte regelmäßig Heimwehreisen nach Schlesien durch. Der Bus steuerte touristisch markante Punkte an, in den größeren Orten wurde übernachtet, und wer wollte, konnte von dort aus sein Heimatdorf, seine Kleinstadt aufsuchen.

Wir machen alles mit, hatte Tante Sidonia verkündet, was Mila mit einem verzerrten Grinsen quittierte, und folgsam machten wir alles mit, wir besichtigten Städte und Naturdenkmäler, trotteten durch Kirchen und Museen, während sich einzelne Mitglieder der Gruppe jeweils absetzten und ihre persönlichen Interessen verfolgten, Unruhe auslösten, Eifersucht. Aber schließlich war die Reihe an uns.

Das private Taxi, das von der Reiseleitung für uns organisiert worden war, hatte uns bis zur Hauptstraße gebracht. Der Fahrer würde uns hier in einigen Stunden auch wieder abholen.

Ich trug das Bündel mit dem Kreuz über der Schulter, außerdem klemmte mir der Karton mit dem Waffeleisen unter dem Arm, das wir in einem kleinen Elektrogeschäft neben unserem Hotel am Marktplatz erworben hatten, weil Justyna sich ein Waffeleisen wünschte. Ich schwitzte stark. Wir gingen sehr langsam, der Weg zog sich hin. Wir folgten im Gänsemarsch der alten Clara, die in Schlappen über den schmalen Bürgersteig schlich. Mila trug in Sidonias Einkaufsbeutel Schokoladentafeln, die während der Fahrt auf dem Sitz in der Sonne gelegen hatten. Sie sind alle angeschmolzen, flüsterte Mila mir zu. Sie hätten sich verformt. Es sei ihr unangenehm, sie zu überreichen, ich möge es tun. Tante Sidonia trug in der Handtasche einen Gummihammer, weil sie sich nicht sicher war, ob Karol, der Mann von Justyna, einen solchen besaß.

Justyna erwartete uns am Zaun. Drei kleine Kinder hingen an ihr und rannten ins Haus, als wir uns näherten. Sie trug eine Schürze über einer Trainingshose, ihr blondes Haar war zu einem Pferdeschwanz zusammengebunden, sie schob mit dem Fuß zwei triefnasige Kätzchen zur Seite, die auf den warmen Steinen des Gartenwegs spielten. Justyna machte sich, kaum daß wir drinnen Platz genommen hatten, in der Küche zu schaffen, trug Gebäckteller herein, rückte eine Warmhaltekanne zurecht. Tante Sidonia hatte sich nur pro forma hingesetzt, sprang sofort wieder auf und schnüffelte durch das Zimmer. Unser Kachelofen, rief sie enthusiastisch. Unsere Tapete! Nichts hat sich verändert!

Meine Schwester nippte am Kaffee, wand sich, als ich begann, die Schokoladentafeln an die Kinder zu verteilen, und flüchtete in den Garten. Ich überreichte das Waffeleisen, ich sprach dem Schmalzgebäck zu.

Justyna führte unsere Tante durch das Haus. Sie erörterte, wie ihre Eltern nach dem Krieg aus Ostpolen, das an Rußland gefallen war, vertrieben und hierhin umgesiedelt worden waren, sich in diesem Haus aber nie heimisch gefühlt, nie etwas erneuert, im Grunde nichts angerührt hatten, weil sie immer in der Erwartung gelebt hätten, eines Tages wieder wegzumüssen. Ihr selbst fehlten, sagte sie, die Mittel, substantiell etwas am Haus zu tun.

Sidonia nickte verständnisvoll, und ich fragte mich, ob sie so weit gehen würde, Justyna Wandfarbe zu schicken, ob sie es verantworten wollte, daß Justyna die Tapete, die ihr eigener,

Sidonias Vater aufgeklebt hatte, schließlich abriß oder überstrich.

Ich mußte das Plumpsklo im Anbau aufsuchen und war überrascht, daß es dort ausschließlich nach warmem Fichtenholz roch. Neben ein Bündel aus zurechtgeschnittenen Zeitungsblättern hatte Justyna eine neue graue steifpapierene Klopapierrolle gestellt, die ich nicht anzubrechen wagte. Ich streute eine Schaufel Sägemehl in die Öffnung, zufrieden, daß ich den Vorgang bewältigte, aber ohne daß er etwas in mir auslöste, was Wehmut hätte sein können, ohne daß er mir auch nur im geringsten bekannt vorkam. Kein früheres Leben, keine subkutane Weitergabe von elterlichen Erinnerungen, nicht einmal ein Wiedererkennen aus Fernsehen und Film.

Meine Erinnerungen an diese Reise sind zu großen Teilen dürftig. In der Therapie unterscheiden wir zwischen dürftigen und üppigen Erinnerungen. Den üppigen wird der Vorzug gegeben. Der Patient ist angehalten, eine Erinnerung möglichst detailfreudig auszustaffieren, sie sich sinnlich zu vergegenwärtigen, um sich diesen verlorenen Teil seines Lebens mit der ganzen gesammelten Großartigkeit seiner Einbildungskraft wieder anzueignen. Eine dürftige Erinnerung kaschiert Verdrängtes. Niemals, so die Theorie, ist das Leben so dürftig wie im nachhinein oft dargestellt. Und eine üppige Erinnerung ist dazu dienlich, aus einem als dürftig empfundenen Leben im nachhinein einen Erfolg zu machen.

Ich für meinen Teil habe hingegen die dürftige Erinnerung schätzen gelernt. Mag ihr therapeutischer Effekt gering sein, sie beläßt das Vergangene im Bereich der Möglichkeiten, legt sich nicht fest.

Ich hatte mir vorgestellt, es gäbe im Garten eine umzäunte Stelle. Ein Rechteck, etwa von der Größe zweier Personen, die nebeneinander liegen, von einem verschnörkelten Gitter eingefaßt, mit Tigerlilien oder Hortensien bepflanzt. Diese Umzäunung war nicht vorhanden, dennoch erinnere ich mich im nachhinein mit Vorliebe an sie, auch an die Tigerlilien, die es nicht gab.

Hinter dem Schuppen, hatte unser Vater gesagt, um den Schuppen herum, und dann seht ihr schon die Stelle.

Neben dem Schuppen, hatte unsere Tante behauptet, einfach dicht am Schuppen, man kann es gar nicht verfehlen, allerdings ist nichts Besonderes zu sehen.

Zunächst waren uns die widersprüchlichen Angaben keineswegs fragwürdig vorgekommen. Ich trug in der Brusttasche den Lageplan, den Tante Sidonia zur Vorbereitung mit violettem Filzstift aufgezeichnet und in Kopie an Justyna geschickt hatte, außerdem das einzige Foto des Anwesens, das sie aus den Kriegswirren gerettet hatte und an dem bisher weniger der Schuppen von Interesse gewesen war als vielmehr die Familie, die vor dem Haus für das Foto posiert. In der Mitte die Großeltern in Korbsesseln, dahinter die Eltern, links das Kindermädchen, rechts der Hund Balthasar, vorne die beiden Kinder in hellen Kittelkleidern. Als älteste Tochter eines Lehrers blickt Tante Sidonia streng, altklug und etwas mürrisch, sie hat diesen Gesichtsausdruck bis heute beibehalten und ihre gouvernantenhafte Art nie abgelegt, hält auf dem Foto aber beschützend die Hand über das Kleinkind mit dem Spitzenkragen, das gerade erst stehen kann und mit unserem Vater keine Ähnlichkeit aufweist. Von dem Schuppen ist nicht viel zu erkennen, weil die Familie alles verdeckt. Ein Stück Wiese, ein Stück Zaun, ein Stück Nachbarsgarten. Ganz am Rand, schon jenseits des Zauns, etwas unscharf Pflanzliches, von dem Tante Sidonia stets, nachdem sie andächtig die Namen aller abgebildeten Personen sowie des Hundes heruntergeleiert hatte, behauptete, das sei der Maulbeerbaum von Sosenpichlers.

Während das Haus, in dem unsere Großeltern gelebt hatten, nahezu unverändert geblieben war, war der Schuppen nicht mehr vorhanden. Die Wiese stand hoch, Brombeergestrüpp bildete unbetretbare Inseln, Brennesseln wuchsen am Haus. Auf der Wiese war alles abgetragen und überwuchert. Kein Brett, kein einziger Ziegel mehr.

Ich wickelte das Kreuz aus dem Vorhang, zeigte es Clara vor, die es mit kritischem Finger berührte. Justyna lief nach einem Spaten. Ihr Mann war nicht aufgetaucht. Sidonia bahnte sich einen Weg durch das Gras.

Wir irrten eine Weile durch den Garten. Der Lageplan erwies sich als nutzlos. Die Entfernungen waren falsch nachempfunden, die eine Seite des Grundstücks schien nur halb so lang zu sein, wie Tante Sidonia angegeben hatte, auf der anderen ging der Zaun dafür doppelt so weit. Es blieb unklar, ob sich das Grab eher gegen das eine oder das andere Ende des Zauns hin befand, ob es diesseits oder jenseits des Schuppens gelegen hatte und auf welcher Höhe überhaupt.

Sie selbst war sich jetzt, vor Ort, nicht mehr sicher. Ihre Absicht war gewesen, das Kreuz im Schutz der Schuppenwand aufzustellen. Nun sah ich an ihren abgehackten Bewegungen, wie sie allmählich in Panik geriet.

Warum nicht hier am Zaun, schlug Clara vor, und Sidonia bedachte sie mit einem wütenden Blick. Man würde den Kreuzstab von weitem für eine Zaunlatte halten.

Ewentualnie tutaj, empfahl Justyna, hier habe es früher eine leichte Kuhle gegeben, die sie später mit Ziegelschutt aufgefüllt hätten, dort sei ehemals vielleicht etwas abgesackt.

Mitten auf der Wiese, befand Sidonia entgeistert. Hier spielen doch Kinder!

Am Zaun trat meine Schwester auf weißliche Früchte, die sich im Staub krümmten, und hob den Kopf zu einigen Maulbeeren, die noch an den Zweigen hingen. Verstohlen pflückten wir ein paar ab. Sie lagen in meiner Hand wie fettgefressene Maden und schmeckten süß und fade. Chinesisch, fand Mila. Es waren die ersten Maulbeeren, die wir je aßen.

Der Maulbeerbaum stand noch, dem Nachbarhaus fehlte das Dach. Meine Schwester trödelte unter den Maulbeerzweigen, ich verlor mich im Gestrüpp. Ließ den Blick über die jungen Pappeln schweifen, die sich aus den Büschen erhoben, glitt an dornigen Ranken entlang, hielt inne an einem verschatteten Stück des Gartens, wo der Zaun schief hing und teilweise ganz umgefallen war. Dahinter nur die Leere der Landschaft.

Hinter dem Grundstück bog ein Wirtschaftsweg ins Feld. Meine Schwester spazierte diesen Weg entlang, pflückte Blumen, als ginge sie das alles nichts an. Ich ärgerte mich über dieses ungerührte Blumenpflücken, und ich hoffte, daß sie nicht auch noch beginnen würde, Kränze zu winden. Sie schlenderte demonstrativ gelassen zurück, den Blumenstrauß im Arm, wippenden Rockes, sie scharrte mit dem Absatz zwischen den Brennesseln und förderte einen Kronkorken zutage. Der ist nicht von uns, sagte ich wütend, und meine Schwester ließ den Strauß nachlässig, als würfe sie ihn weg, zwischen die Brennesseln fallen, und ich ärgerte mich noch mehr, daß sie nicht einmal imstande war, ihn dort ordentlich niederzulegen.

Die anderen hatten sich inzwischen auf eine Stelle direkt an der Hauswand geeinigt.

Man sieht es gut, bemerkte Sidonia zufrieden, und hier stört es nicht.

Ich überließ Justyna den geblümten Vorhang und übernahm den Spaten, ich benutzte den Gummihammer, ich häufte einen kleinen Erdhügel um den Balken aus Lindenholz.

Sobald das Kreuz installiert war, drängte unsere Tante zum Aufbruch.

Sie bat Clara, uns zur Kirche sowie zur Schule zu führen.

An diese Wege konnte sie selbst sich plötzlich nicht mehr erinnern. Clara sprach über ihr Fußleiden, das sie hinderte, Schuhe zu tragen. Sie könne laufen, aber nur in Pantoffeln. Unsere Tante antwortete ihr unkonzentriert. Sie rekapitulierte, wer in den Häusern, an denen wir vorbeikamen, gewohnt hatte, sie teilte uns eine Reihe von Namen mit, die Mila und mir nichts sagten.

Die Schule war kürzlich mit einem postgelben Anstrich versehen worden und besaß keinerlei Charme. Es konnte eine beliebige Schule sein. Ob mein Großvater hier ein- und ausgegangen war, ließ mich erschreckend kalt. Der Anstrich war scheußlich, und ich wußte, daß er auch Tante Sidonia nicht gefiel. Lieber wäre mir gewesen, wir hätten die Schule gar nicht erst aufgesucht.

Da ist doch nichts, sagte meine Schwester am Abend in der Gaststätte, wo wir inmitten der Reisegruppe aufgerollte Pfannkuchen mit Pilzfüllung aßen, da ist doch nichts mehr. Oder dort ist nie etwas gewesen. Man könne genausogut bei uns den Bahndamm betrachten, da fehle nur der Maulbeerbaum, aber ansonsten sehe man doch keinen Unterschied.

Wir hatten uns aus diesen Bildern neu zusammensetzen wollen; mit den Bildern eines alten Hauses, eines Gartens, einer Familienumgebung die Vision einer Zukunft grundlegen, hatten eine Vergangenheit herstellen wollen, die uns dabei hätte helfen können, Ziele zu verfolgen; statt dessen erloschen die Vorstellungen, die wir uns bereits gemacht hatten, sie wurden überdeckt von einer endlos langen Busfahrt, wir fuhren über Landstraßen mit einsamen Tankstellen, Straßen mit Floristenständen am Rand, die aus einem Eimer voll Feld- und Gartenblumen bestanden, wir parkten auf geschotterten Brachflächen, wir sahen Störche, Porzellanköpfe an den Strommasten, Schwalben, aber stets nur durch eine schmierige Scheibe, und wenn wir ausstiegen, verschwanden die Scheiben nicht. Der Himmel blieb bedeckt, die Luft blieb faules Blumenwasser, unser Handeln blieb dem anderen jeweils verdächtig.

Ich stieg aus dem Reisebus und sah ein ganzes Stück vor mir meine Schwester gehen. Meine Schwester ging wie eine große Staubflocke, die sich äußerst gemessen bewegt, damit sie die Fülle nicht verliert, das luftig Aufgebauschte, das mottengrau Elegante.

Sie trödelte vor sich hin, trödelte den holprigen Bürgersteig entlang, aber bevor ich sie eingeholt hatte, zwängte sie sich in ein Gebäude, das etwas zurück lag und mit einem rudimentären Bauzaun gesichert war.

Mila betrat durch ein schlecht vernageltes, bodentiefes Fenster einen ausgeschlachteten Lebensmittelladen. Ich sah sie in den Laden einsteigen, eilte hinter ihr her, aber die Lücke war etwas eng für mich, und so wartete ich vor der Öffnung, stand möglichst unauffällig neben den schiefen Brettern stramm, ohne den Innenraum aus den Augen zu lassen. Der Linoleumbelag, überall aufgerissen, zackte hoch wie eine zerfetzte Wiese. Die Klappe des Kachelofens hing nur noch an einer Angel. Leitungen senkten sich, Stalaktiten, aus dem Deckengebälk. Die komplette Einrichtung war ausgeräumt, aber weit oben an den Wänden klebten noch animierende Bilder von früher, auf Servierplatten fotografierte Vorspeisen, aufgeschnittene Bratenscheiben, eine Backform mit Kuchenzutaten. Ein stilisierter Schneekristall auf eisblauem Grund bildete einen Teller für Tiefkühlgemüse, schön dekorierte Eiersalate ruhten in goldgerandeten Schalen; Serviervorschläge für Waren, die man womöglich nicht immer im Geschäft vorrätig hatte und deren generelles Vorkommen sich so beweisen ließ. Diese Nicht-Reklamen zogen unter der Decke einen Fries, immer wieder unterbrochen von lustigen Figuren, einem Bäcker, einer Köchin, die die Arme in die Seite stemmte. Eiskristalle, auf Plastikfolien gedruckt, vervielfältigten sich zu einem Kachelmuster, einem abwaschbaren Tapetenstück. Mila trat über knirschende Putzbrösel, löste eine solche Frostflocke ab, versenkte sie in ihrer Tasche.

Ich räusperte mich, meine Schwester fuhr herum, bleich, und als sie mich sah, verzog sie den Mund.

Wir machen uns hier unmöglich, sagte ich trotzdem, ich sagte es nur vor mich hin, ich murmelte es in mich hinein, und Mila schoß auf ihrem Rückweg Stücke von dem Bodengeröll über die Zackenwiese, sie schoß ohne Spannkraft, doch das Rumpeln und Rutschen übertönte mich.

Ist Labilität eigentlich ein Vorzug? fragte ich mich laut, fragte ich sie, aber Mila kletterte nur stumm auf die Straße zurück.

Am nächsten Tag begleitete ich Tante Sidonia inmitten der anderen Heimwehtouristen auf die Schneekoppe, während meine Schwester auf dem Hotelbalkon saß, der auf den Marktplatz ging, eine polnische Modezeitschrift durchblätterte, sich die Nägel mit polnischem Nagellack bestrich.

Als wir zurückkamen, saß sie immer noch im eisernen Korb des Balkongitters, neben sich ein Glas, das zu einem Drittel mit Kaffeesatz gefüllt war, und sie war dabei, einen Kleiderbügel aus dem Hotelzimmer zu umhäkeln. Die Bügel im Kleiderschrank waren aus Holz, auf einzelnen stand noch der Name einer Schneiderei aus der Vorkriegszeit. Sie häkelte Ringel, sie häkelte eckige Blüten. Draußen stand die Landschaft in ihrer vollen Pracht.

Ich rückte mir einen Stuhl heran, beobachtete, wie der Faden zwischen ihren Fingern weiterlief. Meine Schwester lauschte auf die Satzfetzen vom Nachbarbalkon.

Und nun, sagte sie dann, und während sie mit dem gepolsterten Bügel auf mein Knie klopfte, nahm sie den strengen, leicht mürrischen Ausdruck Tante Sidonias an, und nun, fühlen wir uns zu Hause?

Ich schilderte ihr die Aussicht vom höchsten Punkt des Riesengebirges, ich stellte kämpferisch die These auf, daß sie den Höhepunkt der Reise verpaßt hatte.

Meine Schwester interessierte sich nicht für die Aussicht. Patzig rührte sie ihren Kaffeesatz um.

Meine schreckliche Schwester war schon wieder mit sich beschäftigt. Sie war mit etwas ganz anderem beschäftigt, denke ich jetzt, ich wußte damals nicht, womit.

22 Wasserspeier

Ich bilde mir ein, daß meine Schwester den Eindruck zurück-
behielt, etwas versäumt zu haben, und daß sich dieses Gefühl
mit der Zeit verstärkte.

Ein Gefühl von verpaßten Anschlüssen, etwas Drückendes,
die dumpfe Ahnung, nicht zu genügen, der Drang, etwas erneuern, wiederherstellen, wiederholen zu müssen, nur was?
Was trieb meine Schwester um, was hätte sie veranlassen können, noch einmal in diese Gegend zu fahren, diesmal mit ihm?

Duszniki-Zdrój. Es hatte getaut, taute, würde weitertauen. Der
ganze Ort lag in Rost und Schwefel. Schnee suppte auf den Wegen, die Eiszapfen an den Dachrinnen tropften, und während
vorher der Schnee alles ausgefüllt hatte, breitete sich jetzt eine
Leere aus, die man nur als abgewandt bezeichnen konnte, eine
Leere, die allem den Rücken kehrte, die keine Erwartungen
schürte, eine Leere ohne Versprechen, ohne Potential. Ein kalter Wind blies aus Skandinavien, er erweckte keine Ahnungen,
es war ein Wind, der das, was er berührte, abstumpfte.

Sie gingen langsam und angespannt über den aufgeweichten
Pfad im Kurpark, den Körper gegen den Wind versteift. Mila
hielt den Mantelaufschlag über der Brust zusammen. Sie hatte
den Pelzkragen aufgestellt und hob unnatürlich die Füße bei
jedem Schritt, als könne sie so ihre Wildlederschuhe vor dem
Schmutz schützen. Odilo ging achtlos, fast verächtlich gegen
seine Umgebung. Er trug helle, allzu helle Hosen, deren Rückseite bis zu den Kniekehlen von Schlammspritzern gesprenkelt
war. Er bemerkte es nicht, auch Mila sah es nicht, sie ging bei

ihm eingehakt, in einer erzwungenen Langsamkeit, als wolle sie mit diesem Schlendertempo die Illusion eines Sommertags erzeugen. Über dem Ort hing der Geruch von qualmender Holzkohle und einem Linsengericht, als werde in allen Küchen ausnahmslos dieses eine starkschmeckende Gericht zubereitet. Etwas schlecht Gelüftetes, über das Odilo die Nase rümpfte, zeichnete diesen Ort aus, etwas Feuchtes und Stickiges, obgleich man sich im Freien befand, es war ein Ort, an dem sich die Gerüche über Jahre und Jahrzehnte hielten, an dem die frische Luft seit Jahrhunderten nicht ausgetauscht schien.

Diese Luft hatte 1826 schon Frédéric Chopin geatmet, als er noch Fryderyk hieß, sich hier mit Mutter und Schwester zur Kur aufhielt und sein erstes Konzert außerhalb der Grenzen von Polen gab, ein Wohltätigkeitskonzert, Mendelssohn hatte sie geatmet, und jetzt atmete Mila sie, Komponistenatem vermischt mit den Dünsten von Linsensuppe und rostigem Rohr.

In der Dämmerung betraten sie den Kurpavillon. Sie waren die einzigen Gäste. Der Pavillon lag in einem trüben gelben Licht wie von Heizkissen und Rheumadecken, das sie schlafwandlerisch durchschritten. In der Trinkhalle saß eine Frau mit Krankenschwesterhaube hinter einer Schulbank und verkaufte daumengroße Plastikbecher. Mila reichte ihr eine Fünfzigermünze und erhielt zwei Becherchen. Sie standen damit eine Weile unschlüssig vor dem Brunnen. Das arsenhaltige Wasser floß stoßweise aus einem dünnen Röhrchen, es wehte sie etwas Fauliges von diesem Brunnen an. Sie hielten ihre Becher in den Strahl.

Odilo wäre lieber nach Karlsbad gefahren, nach Marienbad, Goethes wegen. Mila wollte hierher, Chopins wegen. Anfang des 20. Jahrhunderts gehörte der Ort zu den bedeutendsten Herzheilbädern Europas. Dann war er aus der Mode gekommen. Und jetzt, im Winter, blieben die Kurgäste ohnehin aus.

Odilo fühlte sich unwohl in dieser Umgebung der Mineral-
moore und des Glimmerschiefers, der Gefäßkrankheiten und
Frauenleiden. Er glaubte alle Unpäßlichkeiten auf sich zu ziehen. Zog die Schultern hoch, wenn sie in die Nähe anderer Leute gerieten, zuckte überempfindlich mit dem rechten Lid, fürchtete sich vor Bazillen, vor Dummheit, vor Unbequemlichkeit.
Er ertrug den Geruch nicht: die Kohleöfen und die süßlichen Zweitakterabgase, die deftigen Essensgerüche; dazu der
metallische Geruch des Schnees, das frisch gesägte Holz, der
übelkeiterregende Geruch des Stahlsprudels.

Sie waren allein in der frühen Winterdunkelheit, die kaschiert
wurde vom Schwefellicht, sie fühlten sich vielmehr allein, denn
die Becherverkäuferin saß mit einem Strickzeug hinter ihrem
Tisch und gab sich abwesend. Aus der Tiefe des Kurparks näherte sich eine Wolke aus Lärm und Geschrei. Eine Gruppe
Grundschulkinder wurde im Restlicht, das in den Park fiel,
sichtbar, sie tauchten paarweise auf, einander an den Händen
haltend, und sie wurden schlagartig ruhig, als sie die Schwelle
zum Brunnenraum überschritten, als beträten sie, vorweg die
Lehrerin im strammen Ausflugsschritt, ein Kirchenschiff.
Die Becherverkäuferin legte ihr Strickzeug zur Seite. Einzelne Kinder kosteten vom Arsenwasser; es schmeckte ihnen
nicht, und sie zogen eigene, süßere Getränke aus ihren bunten
Rucksäcken. Sie kauten Kaugummi und saure Schnüre, verloren bald die Ehrfurcht, sprachen lauter, sprachen ihr kindli-
ches Polnisch mit einem Zuckerhauch.

Odilo beobachtete die Kinder mit Mißtrauen. Sie waren dick
eingepackt in Pudelmützen, in Schals, in wattierte Jacken, die
ihre Bewegungen ein wenig roboterhaft machten. Ein Mädchen
hatte mit klebrigen Fingern versehentlich seine Hand gestreift,
als es sich einen Weg bahnte zum Brunnen, dort versuchte, in

der hohlen Hand den Wasserstrahl aufzufangen. Odilo war zurückgezuckt, dann von Mila sanft zur Seite gezogen worden, bis die Kinder sich wieder zerstreut hatten.

Odilo spielte nervös mit dem Becher, rollte ihn zwischen den Handflächen, ließ die Wände im Zangengriff gegeneinander federn. Mit einem Knacken zerdrückte er das Gefäß. Wasser tropfte von seinem Handgelenk auf den Boden, vergeudetes Heilwasser, das sich mit den schmutzigen Fußabdrücken der Gäste, mit Schneematsch vermischte; das nun erneut eingespeist würde in den langen Prozeß des Sinterns.

Er ließ die Plastiktrümmer in den Brunnen fallen, wo sie stockend bis zum Abfluß trudelten, dort immer wieder aufzuckten, zur Rotation ansetzten, aber eine Drehung um die eigene Achse nicht schafften.

Odilo steckte die nasse Hand in die Hosentasche, die andere legte er um Milas Schulter, sie traten Arm in Arm zurück in den Wind.

Draußen beständiges Tropfen. Es tropfte von den Dachrinnen und Ästen, von Bänken und Papierkörben. Die Eiszapfen lösten sich auf, es tropfte von gestrickten Pulswärmern, Capes und Schals, die ganze Atmosphäre aus Topflappen- und Lehnstuhlgemütlichkeit tropfte auf die Holzstöße hinter den Häusern, während in den Pflanzen bereits die Säfte stiegen. Gegenläufige Nässe: Odilo gefiel es hier nicht. Er hatte sich lange geweigert, den Osten Europas zur Kenntnis zu nehmen. Sich schließlich eingelassen auf Chopin. Mit so viel Wasser hatte er nicht gerechnet.

Sein Schädel pochte. Jedes einzelne Tropfgeräusch fiel hämmernd in seinen Kopf, hallte wider, und während es beim Aufprall kurz und heftig klopfte, verursachte der Nachhall einen langgezogenen Schmerz.

Er klammerte sich an Milas Arm und stolperte über aufgeweichte, schlecht beleuchtete Wege. Zu den Seiten Schneehügel, achtlos aufgehäuft und unter harschen Krusten vollgesogen mit Wasser. Die Parkwiesen voller weißer Flecken. Unbekannte Gebiete auf altem Kartenmaterial, aus der Zeit gefallenes Gelände. Hic sunt leones.

Er starrte auf den Boden, auf den blinden Schneespiegel, der ihm zu hell war, den Kopfschmerz verstärkte. Er mußte sich zurückziehen, die Reizüberflutung eindämmen.

Ihm schien, daß sich alles beschleunigte, die Erde immer schneller rotierte, Tag und Nacht ein unmäßiges Flackern, die Jahreszeiten fiebrige Schauer auf seiner Haut.

Getilgte Bilder des Winters, aufgefressenes Gelände. Aus der löwenköpfigen Leere rieselte das Wasser, der ganze Ort ein Löwenmaul, das Wasser spie.

Eine Woche zuvor hatte er noch bei Nieselregen auf der Domplatte innegehalten, sehr weit oben an den gotischen Streben die langgestreckten Schweinemänner mehr geahnt als gesehen, die geifernden Hundsdrachen mit angelegten Flügeln, die spiralhornigen Ziegenböcke mit Nixenschwänzen, und er hatte sich sofort selbst als Mischwesen gefühlt, aus fragwürdigen Hälften oder Vierteln zusammengesetzt. Der feine Regen fiel ihm ins Gesicht, die Chimären hockten hoch oben am Dom, das Maul über der Stadt geöffnet, unbewegt, stumm. Der Regen vom Domdach lief nicht mehr durch ihre Kehle, er rann im Verborgenen herab, in verdeckten Rinnen, daß er den Besuchern nicht vor die Füße plätscherte, nicht in dicken Strahlen aus großer Höhe auf dem Platz zerspritzte, dem Besucher nicht von unten in die Kleider fuhr. Nicht mehr sollte das Dämonische abgehalten werden vom Gotteshaus, sondern vom unbedarften Passanten, der an das Dämonische nicht mehr glaubte, nur noch an Lästiges, Unbequemes.

Von den Wasserspeiern wurde einstmals erwartet, daß sie die Bewegung des Regens bündelten. Mit ihrer Häßlichkeit leiteten sie Blitze ab, mit ihrer Monstrosität dirigierten sie den Donner, schickten die Wolkenungetüme auf andere Wege abseits der Stadt – und war nicht der Kölner Dom sogar aus Bombenhageln unversehrt hervorgegangen, ihretwegen?

Heutzutage ging nur noch Wind über sie hinweg, der Verlauf des Wetters wurde von ihnen nicht länger reguliert, heutzutage gab es die Vorhersagen, die Strömungsbilder im Fernsehen, die allerdings nur vorgriffen, nicht eingriffen. Odilo glaubte dennoch daran, mit der Vorhersage über das Wetter verfügen zu können, und plötzlich hatte er sich auf die Tage mit Mila gefreut, zu hoffen gewagt, daß ihn die Körperkonfusion dann für eine Weile verließe, weil Mila ihn in eine Art Natürlichkeit hineinzuziehen, sein grundsätzliches Unwohlsein zu lindern vermochte.

Aber jetzt umfloß es seine Schuhe in Rinnsalen, als habe er selbst das ganze Wasser hohlmäulig ausgespuckt.

Am nächsten Tag ging er nicht aus, schützte Migräne vor. Mila schloß sorgsam die Perlknöpfe ihrer wollweißen Strickweste, zog den Mantel an, nahm die cremefarbene Handtasche über den Arm.

Mila ging durch die schneeverwischten Stellen im Park zum Brunnenhaus. Ging durch die weißgefleckte Landkarte, Arbeit an der Quelle zu leisten, ein vages Schuldgefühl dadurch abzubauen. Sie flüsterte die polnische Bezeichnung vor sich hin – pijalnia –, schreckte ein Taubenpaar auf, das auf nacktem Ast döste, dann mit synchronen Wendungen der Köpfe sein Gefieder putzte. Sie fühlte sich immer beschädigter, je näher sie kam. Trinkkur. Erinnerungskur.

Sie verspürte eine seltsame Begierde diesem Ort gegenüber, sie verspürte ein Bedürfnis, sich ihm anzuvertrauen, die Last seiner Geschichte zu schultern. Sie ging hoheitlich in ihren Altfrauenkleidern, als verkörperte sie eine Vergangenheit, die sich außer ihr niemand zurückwünschte.

Müde Attraktionen der brachliegenden Tourismusindustrie. Eine dumpf riechende Kirche, bestehend aus Wachsflekken, schmelzenden Kerzen, verformten Votivgaben aus Wachs. Eingefaßte und überdachte Rinnsale. Wandelhallen, bevölkert von Kindergruppen aus einer mißlungenen, schneelosen Winterfreizeit.

Auf den Straßen alte Leute, die bereits begannen, ihre Rückseite zu vernachlässigen. Ein Mann, dem das Taschentuch aus der zerbeulten Hosentasche hing. Eine Frau, vorne gut gekämmt, die Haare am Hinterkopf nicht frisiert. Mila ging hinter ihr her, sah direkt auf die kahle Stelle in den schütteren Dauerwellen, die noch flachgelegen waren von der Nacht.

Sie hatte sich erhofft, die Musik Chopins schwebe lautlos in den Straßen, wenigstens eine Ahnung, ein Hauch. Aber es gelang ihr nicht, sich auf Chopin zu konzentrieren, nicht einmal, sich sein *Regentropfen-Prélude* in Erinnerung zu rufen.

Statt dessen Löwenchöre: Hic sunt leones. Die Schneehaufen am Wegrand waren nur unwesentlich geschrumpft, überall rann und rieselte es, Gesang der Löwen, Gähnen und Brüllen der Löwen, Knurren und Schnurren, ihre unaufhörlichen Katzengeräusche, ihre großangelegte Katzensprache, die sich im Tropfen und Rauschen fortsetzte; eine Warnung, nicht zu nahe zu treten. Nicht versehentlich in diese Auflösung zu geraten, die sich überall ausbreitete, sich heimlich in den Dingen fortsetzte, in den Schaukeln und Turnstangen auf dem Spielplatz, die ihre Konsistenz nur vortäuschten. In der Rutsche aus verblichenen Kunststoffteilen. Dem alten Kletterglobus aus Me-

tallstangen in den Primärfarben. Dem vergessenen Gurken-
eimer im Sand. Niemand spielte hier. Alles war naß.

Es taute draußen. Taute demonstrativ. Der kalte Krieg war
vorbei. Es gab einen Reiseboom in die Landstriche in Europas
Osten, in denen man die verlorenen Zeiten wiederzufinden
hoffte. Dieser Kurort lag ganz in der Nähe des Ortes, in dem
ihr Vater geboren war. Hier war Tante Sidonia aufgewachsen,
hier hatte das Großelternpaar gelebt, das aus der Familienbi-
lanz hatte herausgerechnet werden müssen.

Mila hatte sich vorgestellt, in dieser Gegend etwas zu finden, eine Stimmung, einen Anblick, Gründe vielleicht für ihr
ständiges Unbehagen, das der neugewonnene Frieden nur
neuerlich in sie einfließen ließ. Es durchsickerte Generation
um Generation: ein unscharfes Schuldgefühl, eine nagende
Unruhe, die sich auf nichts zurückführen ließ. Jetzt war sie an
der Reihe, Erinnerungen zu bergen und zu tilgen, mit den Versehrungen zurechtzukommen. Aber ihr war ja nichts geschehen. Niemand hatte ihr jemals ein Haar gekrümmt, und es war
unredlich, sich beeinträchtigt zu fühlen.

Sie wanderte durch zerfließende Wege zur Papiermühle, zur
Sommerrodelbahn. Ging am Nachmittag durch Rinnsale und
Sturzbäche zu ihrer Unterkunft zurück, stopfte Zeitungspapier
in die Schuhe, hängte die Strümpfe über die Heizung, stellte
sich unter die glühendheiße Dusche, bis sie krebsrot angelau-
fen war.

Nachts schien es ihr, als fahre sie fort, im Dunkeln zu tappen,
im Trüben zu fischen, sie sah Wasserspeier vor sich, die das
Wetter von damals erbrachen, sie sah ein unruhiges Glitzern,
aber es gelang ihr nicht, dieses Geglitzer zu einem Bild zusam-
menzufügen.

Sie ließ die Hand über den Rand des Bettgestells hängen, hielt in der Faust einen von Odilos Schnürsenkeln, hielt daran wie ein Kleinkind auch im Schlaf noch fest. Er zog sein anderes Paar Schuhe an und ging leise hinaus.

Er ertrug es nicht, neben ihr zu liegen, wenn sie schlief. Sie schien sich ihm dann entzogen zu haben, sie war weit entfernt, seinem Einfluß nicht zugänglich.

In der ersten Nacht hatte er sie mehrmals geweckt. Er sagte nicht, daß es ihn verrückt machte, wenn sie ihn allein ließ, schlafend. Er legte sich dicht zu ihr, er hatte sie wachgeküßt, und er küßte sie kurz darauf wieder wach.

Er schlief nicht mehr, während meine Schwester immer mehr schlief, als müsse sie ihre Energie aus höheren Sphären ziehen. Tagsüber ging sie umher wie in Trance. Er weckte sie nicht mehr so oft, er durchquerte nachts den Park, marschierte zum dunklen Brunnenhaus, hielt im kalten Himmel nach Sternschnuppen Ausschau.

Als er zurückkehrte, betrachtete er lange, wie sie sich in die Decken eingerollt hatte, streichelte ihre Strickjacke, die über der Stuhllehne hing, ließ die Perlknöpfe durch die Finger gleiten.

Im Halbschlaf beobachtete sie, wie er sich leise auszog, sich neben sie legte. Sie beobachtete ihn mit geschlossenen Augen, lauschte auf jedes kleinste Geräusch, beobachtete ihn mit dem ganzen Körper, horchte mit der Haut. Sie wartete darauf, daß er sie mit schüchternen Berührungen zu wecken suchte.

Danach versuchte er, als erster einzuschlafen. Sie mußte ihm versprechen, wach zu bleiben; solange wach zu bleiben, bis sie hörte, daß sein Atem gleichmäßiger ging.

Er schlief ein, und sie drehte sich zur Seite.

Kurz darauf, es schien ihr kurz, sie war gerade erst weggedämmert, küßte er sie wieder wach. Seine Augen weit aufgerissen und starr, er sah sie und sah sie nicht. Seine Bewegungen routiniert, und doch auf eine erschreckende Art ungelenk. Er griff nach ihr und griff daneben, tastete nicht im Dunkeln, tastete nicht wie blind, sondern griff ganz selbstverständlich nach ihr, griff neben sie und knetete die Bettdecke. Erst wollte sie seine Hand nehmen und an die richtige Stelle führen, aber dann kam sie ihm entgegen, rückte dorthin, wo er seltsam mechanisch weiterknetete, als sei sein Körper nicht imstande, einen einmal begonnenen Bewegungsablauf zu stoppen.

Erst als er sich wegdrehte, begriff sie, daß er schlief. Noch immer schlief, daß er die ganze Zeit geschlafen hatte, aufgerissenen Auges.

Sie sprach ihn am Morgen nicht darauf an, nicht beim Frühstück in der Gaststube mit Schlesischen Würsten und hohen Blechkuchenwürfeln, nicht während sie den Mantel anzog, den Hut aufsetzte, sich das Haar an den Schläfen zurechtstrich zum Gang durch den Ort, zum Jungbrunnen, wie sie es scherzhaft nannten; sie bat ihn nicht, mitzukommen.

IV Splendor

Ruhekissen

Niemand hat begriffen, wie es ihm gelang, die Schwangerschaften vollständig zu übersehen. Sie war nicht gertenschlank, von daher konnte ein weiter Pullover einiges kaschieren. Daß die Nachbarn keine besonderen Veränderungen bemerkten, läßt sich erklären oder zumindest ertragen. Den Eltern und Schwiegereltern, zu denen regelmäßiger Kontakt bestand, die sie am Wochenende besuchte, mit denen sie täglich telefonierte, hätte etwas auffallen müssen. Selbst wenn sie keine Notwendigkeit sahen, den sehr veränderlichen Körperumfang ihrer Tochter oder Schwiegertochter zu kommentieren, wenn sie es vorzogen, an Diäten und gescheiterte Diäten, an ein immerwährendes Diätprogramm und den Jo-Jo-Effekt zu glauben, gibt es doch in einer solchen Situation auch etwas, was über den Augenschein hinausgeht, einen psychischen Ausnahmezustand, einen weiteren, wenn auch ungeborenen, Menschen im Wohnzimmer, dessen Anwesenheit man verdrängt. Doch auch diejenigen Personen, mit denen sie auf engstem Raum in einer kleinen Mietwohnung zusammenlebte, die beiden pubertierenden Söhne, der Kindsvater, wollen nichts gesehen und auch nichts gespürt haben, kein verändertes Verhalten, kein morgendliches Erbrechen im Bad, kein stumpfer werdendes Haar, kein verbessertes Hautbild. Von pubertierenden Söhnen wird man eine solche Aufmerksamkeit nicht unbedingt erwarten, sie sind in diesem Alter mit sich selbst beschäftigt. Oliver Weichhals jedoch, der Erzeuger dieser Söhne, versetzte durch seine Fähigkeit, die eigene Frau aus seinem Bewußtsein auszublenden, auch die Fachwelt in Erstaunen. Zu seiner Entschuldigung wird angeführt, er sei berufsbedingt die meiste Zeit abwesend gewesen. Allerdings hielt er sich, von der meisten Zeit einmal abgesehen, die übrige Zeit in der gemeinsamen Mietwohnung auf. Er betrat nach einigen durchgehenden Arbeitstagen, an denen er auswärts übernachtete, die heimatliche Wohnung, die beengt war, dünnwandig, eine pappwandige Wohnung, die dazu zwang, innere Wände hochzuziehen als Ersatz, die ihre Bewohner zu akustischer Abstumpfung nötigte, ihr Revierverhalten irritierte. Er kam in der Dämmerung nach Hause, den Schlüssel kämpferisch vorgestreckt, er stieß ihn ins Schloß, markierte die Garderobe mit seinem Mantel, besetzte die Couch, scheuchte die Söhne vom Fernseher weg in ihr Zimmer. Die Söhne pubertierten in einem winzigen Zimmer mit Etagenbett. Jeder besaß eine Schreibtischhälfte, eine Schrankhälfte, die Lage war erträglich, weil sie sich, wie ihr Vater, die meiste Zeit außer Haus aufhielten. Sportbedingt pflegten sie eine überwiegende Abwesenheit, aber wenn sie, wie jetzt, in der Wohnung waren, wurde Oliver Weichhals sofort nervös. Sein Adamsapfel schnellte vor, er zog die Schultern hoch, ballte die Faust in der Tasche. Seine Ehefrau hantierte in der Küche. Ein Gemüsemesser tackte auf das Plastikbrett, Salatbesteck stieß an die Glasschale, die Dunstabzugshaube heulte. Die Kochgeräusche verschmolzen mit dem Fernsehton, und er blendete alles zusammen aus, horchte darauf, was die Söhne im Pubertätszimmer trieben. Seine Hand hatte sich geöffnet und spielte mit den Kordelfransen, die grüngolden am Couchrand herunterhingen, die aalglatt durch die Finger rannen, eingedreht wie weiche Korkenzieher.

Beim Abendessen trank seine Frau zuviel, er sah weg, sah die voluminösen Vasen an, die auf allen Schränken hockten wie Fetische. Sah auf die sehnigen Hände seiner Söhne, die mit dem Besteck vor ihren Fußballtrikots hantierten, sah schnell auf die Vasen zurück. Er haßte die Vasen, weil seine Frau sie aufgestellt hatte, ohne mit ihm Rücksprache zu halten. Sie besetzten die ganze Wohnung, setzten ihn stillschweigend ins Unrecht. Dabei hatte er sich durchaus nichts vorzuwerfen. Er ertrug die Trunksucht seiner Frau. Er ließ sich nicht anmerken, daß seine Söhne ihn nervten. Ein einziges Mal hatte er, außer sich vor Wut, ihnen die Teller unterm Besteck weggerissen, aber am nächsten Tag aßen sie wieder, als wäre nichts geschehen. Es war ja auch nichts geschehen. Er hatte den Eindruck, daß sein Leben unverändert voranlief, unangenehme Arbeit, unerfreuliches Familienleben, aber er hielt durch, blieb anständig, kam zurecht.

Nach dem Essen hing seine Frau mit glasigen Augen im Stuhl. Die Söhne weigerten sich, den Tisch abzuräumen. Er trug die Teller in die Küche und stellte sie in die Spülmaschine. Er wusch die Töpfe ab, die sich seit der letzten Woche angesammelt hatten, er wischte die Arbeitsflächen, putzte den klebrigen Boden.

Seine Idee der Folgenlosigkeit. Er sorgte für Ordnung, aber er brauchte der Ordnung nur kurz den Rücken zu kehren, sofort war die Unordnung wieder da. Mit ungehöriger Opulenz quoll fauliges Obst aus der Küche, die Wohnung stank nach dem Schweiß Pubertierender, neue Vasen tauchten auf, diesmal im Bad. Er konnte nichts tun. Die Konflikte mußten als solche verweigert werden. Er beharrte strikt auf der Normalität, er weigerte sich, etwas anderes als die Normalität für möglich, ja für denkbar zu halten, das war der einzige Einfluß, den er geltend machen konnte, eine Idee also, eine Denkfigur.

Als die Söhne im Bett lagen, drohte er der Frau wie immer damit, sie zu verlassen, und sie, wie immer, flehte ihn an, um der Kinder willen, um ihretwillen bei ihr zu bleiben. Sie sprach nicht mehr deutlich, sie hatte sich auf seinem Sofa breitgemacht, die Troddeln schaukelten in ihren Kniekehlen, im Pubertätszimmer knarrten die Sprungfedern, er stellte den Fernseher lauter, immer lauter, bis die Nachbarin von unten an die Decke klopfte.

Oliver Weichhals schlief nebenan im Schlafzimmer den Schlaf des Gerechten, während seine Frau im Bad das Kind zur Welt brachte, genauso, wie sie nach den beiden ersten Geburten im Krankenhaus jedes weitere Kind alleine im Badezimmer zur Welt gebracht hatte, es abnabelte, erdrosselte, ertränkte, mit einem Kissen erstickte. Er bemerkte nichts vom Blut, das jede Geburt mit sich bringt, wollte nichts wissen vom Alkohol, den sie zu sich nahm, um zu funktionieren, ohne etwas zu fühlen, um das Blut wegzuwischen ohne Spuren, die Babyleichen in Plastiksäcke zu wickeln und in der Gefriertruhe zu bestatten, Schlagzeile: Mutter aus Eis.

Am nächsten Morgen lag seine Frau verkatert im Bett. Er weckte mürrisch die Söhne, machte ihnen Frühstück, verließ gemeinsam mit ihnen das Haus.

Theorie der Handlung
Bei einer Handlung gilt das Ursache-Wirkungsprinzip. Jemand tut etwas, und das hat Folgen. Sichtbare Folgen, aus eindeutigem Grund. Handlung ist nichts Emotionales, Handlung ist immer etwas Materielles. Etwas muß zutage treten, ein Messer, ein Schimpfwort, ein Geldbetrag, andernfalls bleibt man im Bereich der Spekulation. Ängste, Emotionen, Wünsche, die eine Person einer anderen zuschiebt, Einfühlung und Manipulation, Verführung und Blendung gelten nicht als Tatbestand.

Der Skandal besteht darin, daß die Grenzen der Person verletzlich sind. Daß sie nicht fest sind. Daß der Einfluß von Körper zu Körper weit über die sichtbaren Grenzen hinausgeht. Daß sich Emotionen übertragen können wie die Dämonen, die ausgetrieben wurden und in die Schweine fuhren. Schuld besteht darin, ihnen Raum zu geben, ihnen einen Angriffspunkt zu bieten. Sie einfahren zu lassen. Umgekehrt wird ein Konflikt aus dem Bewußtsein ausgeklammert, damit dieses Bewußtsein seine Contenance nicht verliert. Der Konflikt wird eingekapselt, heimlich verschoben, und er landet beim nächsten, der auf seine Weise versuchen muß, ihn zu leugnen, ihn ungeschehen zu machen.

Oftmals ist es am Ende das schwächste Glied, das handelt, um den unsichtbaren Vorgängen, die jahrelang abliefen, Sichtbarkeit zu verleihen. Eine Maßnahme, um nicht verrückt zu werden. Aber es ist zu spät, an diesem Punkt ist man schon verrückt.

Für diese Menschen sind alle Handlungen nur ein Traum. Ihr Leben verläuft so, daß sie sich nicht gestatten können, es ernst zu nehmen. Es gibt keine Realität für sie. Die Dinge müssen folgenlos bleiben, sonst sind sie nicht auszuhalten. Mit jeder Tat setzen sie das Kausalgefüge, den Zusammenhang von Ursache und Wirkung außer Kraft. Weil sie überzeugt sind, daß es ihn nicht geben darf. Diese Menschen können nicht schuldig werden. Selbst die höchste Instanz, das Gesetz, erkennt an, daß sie nicht schuldfähig sind.

Doppelgängergeschenke

Paul Pall saß auf dem Bett und umklammerte den Karton mit der Kaffeemaschine. XXYZ, hatte er seiner Freundin Anja eingeschärft, auf jeden Fall dieses Modell. Er musterte den Karton noch einmal scharf, studierte zum zigsten Mal den Aufdruck, XXYZ, es stimmte. Nun hing alles davon ab, daß Anja von seinen Vorgaben nicht abwich.

Eine Kaffeemaschine zu Weihnachten. Was wünschst du dir, hatte Anja gefragt, und er verschluckte, was er sich wünschte: zwei Kaffeemaschinen. Sie kannten einander noch nicht lange, sie kannte ihn nicht gut, und so sagte er zögernd: eine Kaffeemaschine.

Seither stand er wieder Ängste aus, wie er sie über längere Zeit zu vermeiden gewußt hatte. Sein Atem ging schneller, er schwitzte unter den Armen und im Schritt, er spürte, wie die Farbe aus seinem Gesicht wich und zugleich eine fliegende Hitze rote Flecken malte. Eine Kaffeemaschine, eine einzelne. Was, wenn sie nicht die richtige fand. Nun, er würde die, die er auf dem Schoß hielt, umtauschen können. Dennoch die verheerende Frist bis dahin, die Unruhe, die Zerrissenheit.

Er strich über die faserige Kante des Kartons, er streichelte die verkleinerte Abbildung der Maschine, legte seine heiße Wange an die glatte Pappe, die sanft kühlte wie eine Wasserfläche. Wunderbare Kaffeemaschinenvermehrung – das war es, was er sich jetzt wünschte, dringend wünschte. Andernfalls würde er die ganze Nacht nicht schlafen können.

Er kaufte sich alle Gegenstände zweifach. Mindestens zweifach, manchmal dreifach, und bei Unterwäsche und T-Shirts war das Minimum: vier Exemplare desselben. Vier Exemplare von Dingen, die schnell verschlissen. Er mochte Socken im Vorratspack, und mit Angeboten wie *zwei Pullover zum Preis von einem* war man ganz auf seiner Linie, aber entscheidend blieben doch die größeren Anschaffungen. Wenn ein Elektrogerät kaputtging, und damit mußte man jederzeit rechnen, hatte er ein identisches Ersatzgerät im Keller. Das unbrauchbar gewordene Gerät kaufte er nach, falls es noch zu haben war, aber mit dem Ersatzgerät konnte er sofort operieren, den Toast toasten, die Wäsche bügeln, der Tagesablauf war nicht beeinträchtigt.

Er stand vom Bett auf, schob die Kaffeemaschine in ihrem Karton in die Plastiktüte des Elektrogeschäftes zurück und trug sie in den Keller. Er deponierte sie auf der Gefriertruhe und nahm eine von zwei länglichen Verpackungen aus dem Regal, die puristisch pappbraun waren; nur an einem Ende klebte ein kleines Papier mit roten chinesischen Schriftzeichen.

Im Wohnzimmer öffnete er den Deckel und zog vorsichtig die grüne, äußerst grüne Wucht heraus.

Lange hatte er überlegt, ob er einen Baum aufstellen sollte. Zwei Tannenbäume im Zimmer waren für Anja wohl kaum akzeptabel. Ganz ohne Baum fehlte die Feierlichkeit. Er hatte sich schließlich für die beiden ausklappbaren Plastiktannen entschieden, von denen die eine im Keller ausharren konnte, ohne zu nadeln.

Er wand Lichterketten um die Zweige und hängte Kugeln auf. Er deckte im Wohnzimmer den Tisch: zwei Messer, zwei Gabeln für jeden, Vorspeise, Hauptspeise, für jeden zwei Gläser. Er begann, sich ein wenig zu lockern.

Es hatte damit angefangen, daß ihm die Lieblingshose zerriß. Seine Mutter hatte diese Hose weggeworfen, und er war wochenlang durch alle Geschäfte geirrt, um die Hose, diese Marke, diese Größe, diesen Schnitt, diese Farbe, noch einmal zu finden, aber er hatte eine solche Hose niemals mehr auftreiben können. Von der nächsten Hose, auch wenn er nicht wissen konnte, ob sie in den Rang einer Lieblingshose aufsteigen würde, kaufte er sicherheitshalber gleich zwei. Man ersparte sich viel Rennerei, man ersparte sich viele Enttäuschungen, denn wenn es einmal vorkam, daß man mit einem Produkt wirklich zufrieden war, konnte man davon ausgehen, daß es wie von Geisterhand nach kürzester Zeit aus allen Läden verschwunden sein würde. Auch Bücher – man verlieh eines und sah es nie wieder.

Er hatte zweimal das Geschenk für Anja gekauft, eine Kette mit einem Sternzeichenanhänger. Sie hatte sich eine Kette gewünscht, und er war zweimal im Abstand von einigen Tagen in das Juweliergeschäft gegangen, um nicht den Eindruck zu erwecken, mehrere Frauen einfallslos mit derselben Sache zu beglücken. Eine Schmuckschatulle würde er überreichen, die andere in seinem Schreibtisch aufbewahren für den Fall, daß sie die Kette verlegte oder verlor. Solange nichts passierte, brauchte sie vom Vorhandensein der zweiten nichts zu wissen, um so mehr würde sie sich freuen, wenn der verlorene Schmuck so mühelos wieder auftauchte. Im Hinblick auf dieses Geschenk war er vollkommen ruhig. Sie war Skorpion, und er hatte einen hübschen Anhänger mit einem zierlichen und zugleich machtvollen Skorpion gefunden.

Seine Freundin kam pünktlich. Sie begannen mit dem Essen. Nach dem Essen würde es die Bescherung geben, so war es ausgemacht. Anja hatte die Tüte mit seinem Geschenk im Korridor abgestellt, er ging mehrfach daran vorbei, während er die Speisen auftrug und immer noch etwas aus der Küche holte, Streichhölzer, Korkenzieher, den Ausgießer für den Wein. Die Größe des Kartons stimmte, das erkannte er erleichtert trotz der Umhüllung. Der Karton besaß ein besonderes Format, sie mußte das richtige Gerät genommen haben. Im Keller wartete der Zwilling. Er entspannte sich.

Als er die Dessertteller abräumte, brachte Anja das Paket aus dem Korridor. Erst die Bescherung, dann der Kaffee, verlangte sie augenzwinkernd. Ihm wurde plötzlich wieder heiß. Mit zitternden Händen überreichte er die pompös verpackte Schatulle. Schleifen und Flitter und ein goldener Aufkleber des Juweliers, Anja riß alles einfach ab und klappte das Gehäuse auf. So etwas habe ich schon, sagte sie.

Die Schönheit des Staubs

Er wollte Schriftsteller werden. Nach einem Studium der Betriebswirtschaftslehre, zu dem ihn seine Eltern gezwungen hatten, erlaubte ihm eine Erbschaft, seine Zeit tatsächlich zu großen Teilen mit der Schriftstellerei zu verbringen. Kasimir Krautstock ging spazieren, bedachte seine Bücher. Sein Plan war, ein weltumspannendes Epos zu liefern, einen Liebes- und Historienroman, ein Lebenswerk. Es sollten ungefähr zehn

Teile werden, die in verschiedenen Ländern spielten; Länder, in die es die Liebenden verschlagen hatte, da sie sich aufgrund politischer und familiärer Verwicklungen auf der Flucht befanden. Der Plan bestand formal darin, die Weltgeschichte, wie sie sich ihm seit der Antike darstellte, in ein System zu bringen, das mit den Himmelssphären und den Frequenzen der Sphärenmusik korrespondierte: ein Roman, der alles einschloß, ein Roman, bildlich gesprochen, in Kugelform.

Er ging spazieren und arbeitete den Plan aus. Zu Beginn hatte er eine Zeichnung angefertigt, die die Länder der Weltkarte an bestimmten Punkten mit den Schalen der Himmelskuppel verband. Jetzt ging es darum, die Einzelheiten authentisch darzustellen. Er studierte alte Kulturen, lernte abgelegene Sprachen, beschäftigte sich mit Musiktheorie. *Korrespondenzen* würde sein vielbändiges Werk heißen, oder auch *Harmonie der Sphären*, wobei er sich nicht sicher war, ob am Ende nicht *Disharmonien* passender wäre.

Von vornherein war das Projekt zum Scheitern verurteilt. Er glaubte sich in den weltlichen Dingen nur ungenügend auszukennen. Er ahnte, daß die Anlage des Ganzen falsch war, nicht schlecht, aber falsch. Deshalb fing er nicht an. Er schrieb nicht, er bereitete sich vor.

Abgelegene Sprachen zu erlernen fiel ihm leicht. Er wunderte sich, wie leicht es ihm fiel. Er schrieb Leserbriefe an Verlage, um sie auf Fehler in ihren Drucksachen aufmerksam zu machen. Das Wörterbuch des Malaiischen, die finnische Grammatik, die Lesetexte in einem Lehrbuch afrikanischer Dialekte hatte er stirnrunzelnd korrigiert und den Verlagen die richtigen Versionen mitgeteilt. Davon sprach er auf den Partys, zu denen man ihn einlud, weil auch er rauschende Feste zu veranstalten wußte. Aber am Wörterbuch des Malaiischen waren die wenigsten interessiert. Insgesamt war er kein sonderlich gern gesehener Gast. Er besaß die Kraft des Zugriffs, und zwar gerade auf die Punkte, die man in einer Konversation höflicherweise vermied. Er fragte die Gastgeberin nach ihrem Haarfärbemittel, den Gastgeber nach seinem unehelichen Kind. Auf dem Fest seiner eigenen Eltern berichtete er den Anwesenden von den Bestrafungen, die er als Kind erfahren hatte, auf dem Geburtstag des Bruders erklärte er den Gästen, daß er mit dem Bruder im Streit lag, weil er zuviel Geld im Bordell durchbrachte und die gemeinsame Firma vernachlässigte.

Bei der Abendeinladung eines Geschäftspartners, den er bis dahin noch nie gesehen hatte, weil sein Bruder sich um solcherlei Angelegenheiten kümmerte, legte er den Plan seines Lebenswerks dar. Er referierte ausführlich über den Klang einzelner Himmelsschalen; die Zuhörer wandten sich ab und holten Getränke. Allein gelassen, wandelte er gedankenverloren durch die Räume. Der Geschäftspartner trat auf ihn zu, leitete ihn zu der Gruppe, in der sich auch sein Bruder unterhielt. Kasimir Krautstock riet dem Geschäftspartner, auch einmal unter den Schränken zu fegen. Die Gruppe erstarrte. Der Geschäftspartner sei niemand, der den Staub zu würdigen verstehe. Das könne er, Kasimir, einfach so voraussagen. Dann aber solle man sich bemühen, den Staub gründlicher zu entfernen. Niemandem fiel dazu etwas ein. Er meine das sowohl symbolisch als auch konkret, erläuterte Kasimir, bevor er vor einem alten Möbelstück auf die Knie ging und die Arme lang in den Spalt zwischen den Schrankfüßen streckte. Sammelbewegungen. Völlig verschmutzte Ärmel eines teuren Anzugs. Hände voll Staub. Staub in filigranen Strängen, in lose zusammenhängenden Segmenten, wie Körper feinbehaarter Raupen. Staub mit borstigem Haar durchsetzt, Staub voller Krümel und Spinnenbeine. Staub von stumpfem Grau, von unendlicher Weichheit, Kasimir hielt ihn zärtlich an seine Wange. Darum werde es gehen in seinem Roman. Die irdischen Kopien himmlischer Systeme. Verschlungene Fäden. Schönheit des Staubs.

Blumenmumien

Der Goldhamster rannte über den Weg und versteckte sich hinter einem Büschel Löwenzahn. Dort saß er zitternd, äugend.

Später Herbst. Nachts schon die ersten Fröste. Schlechte Zeit für ein Jungtier, draußen.

Kurt Koch hob ihn auf und steckte ihn in seine höhlige Anoraktasche, zog den Reißverschluß zu. Zwei Schritte weiter wuselten Hamster am Rand der Wiese und versuchten, in mehrere Richtungen zugleich zu fliehen. Kurt Koch zählte drei Junge sowie ein älteres Tier, wohl die Mutter. Sie wirkten verstört. Gerade erst ausgesetzt. Hatten sich noch nicht weit voneinander entfernt. Kurt Koch fing sie ein. Sein Mitleid war überwältigend. War nicht auch er selbst erst kürzlich ausgesetzt, von seinem Freund vor die Tür gesetzt worden? Er erinnerte sich an den letzten Kuß auf dem Bahnsteig. Zwei kleine graue Männer in Anoraks, schon älter, nicht begütert, die aneinander Halt suchten. Er hatte den anderen umfaßt, war von ihm über den Kopf gestreichelt worden, und Kurt, noch ein Stückchen kleiner als der Reisende, hatte sich auf die Zehenspitzen stellen müssen, um ihn zu küssen.

Als sein Freund zurückkkam, hatte der plötzlich eine Frau, und es war aus. Ihm blieb nur ein Blumenstrauß, apricotfarbene Rosen mit Schleierkraut, den er im Oktober zum Geburtstag bekommen hatte. Über Kopf aufgehängt, sorgsam getrocknet und wieder in die Vase gestellt, stand der Strauß auf dem Wohnzimmertisch und staubte ein.

Es schnürte ihm die Brust, aber er wollte nicht wieder heulen, nicht mitten im Park. Er sammelte die Hamster in seine Jackentasche und nahm sie mit nach Hause. Sie konnten vorläufig im ausgedienten Aquarium wohnen.

Er hatte das Aquarium mit Sägespänen und Holzwolle befüllt, in die sich die Hamster eingruben. Er konnte sie durch die Glaswand schlafen sehen: eingerollt, mit winzigen rosa

Pfoten, zuckenden Näschen, hauchdünnen Lidern, ein niedlicher, ein zerbrechlicher Schlaf.

Das erwachsene Weibchen war schon wieder trächtig. Als der Wurf kam, schien es ihm besser, die älteren, schon halbwüchsigen Jungen von der Mutter zu trennen. Er kaufte ihnen einen Hamsterkäfig mit Laufrad. Manchmal stand er nachts auf und sah ihnen zu, wie sie darin liefen. Es rührte ihn, daß sie sich vergeblich Mühe gaben, liefen und liefen ohne Ziel. Sie erreichten nichts, und er empfand Sympathie für sie, er fühlte sich ihnen nahe, fast hätte er gedacht: verwandt.

Die Hamster vermehrten sich unerwartet schnell. Nach drei Wochen trugen bereits die Jungen, die er im Park gefunden hatte, nach drei weiteren Wochen die Kleinen, die im Aquarium geboren waren. Er kaufte einen größeren Käfig, aber bald benötigte er mehr Behälter, so daß er zu improvisieren versuchte. Holzkisten oder Pappkartons kamen nicht in Frage, die Tiere fraßen sich durch. Putzeimer kamen in Frage, große Einmachkessel, stabile Plastikkisten mit hohem Rand. Er stellte bereit, was sein bescheidener Haushalt hergab. Versorgte die Hamster mit Futter. Wechselte die Einstreu, wenn auch seltener als zu Beginn. Dann gelang es dem ersten Tier zu entweichen.

Von Anfang an hatten die Hamster, die nicht im Laufrad liefen, unablässig Versuche unternommen, die Wände hochzugehen. Schon im Aquarium waren sie mit Anlauf gegen das Glas gesprungen, hatten zwei Schritte in die Höhe gemacht, um dann abzurutschen und wieder unruhig mit den anderen zu wimmeln. Sie rannten und sprangen die ganze Nacht, und er bedeckte das Aquarium vorsorglich mit einem Kuchengitter, beschwerte dieses mit einem Topf.

Jetzt hatte es einer von ihnen, Kurt Koch wußte nicht wie, geschafft, sich hochzukatapultieren und die Wand des Putzeimers zu überwinden. Er hatte sich unter die Spüle geflüchtet und sich dort, hinter dem Vorhang, zwischen den Putzmitteln versteckt, ein Gewohnheitstier, dachte Kurt lächelnd. Es gelang ihm nicht, ihn wieder einzufangen, und er setzte ihm in zwei Untertellern trockene Maiskörner und Wasser hin.

Der freilaufende Hamster nagte alles an. Kurt Koch stellte seine Schuhe hoch. Rollte den Teppich ein und brachte ihn in den Keller. Hängte den Staubsauber in einer gewissen Höhe auf. Mit den eckigen Plastikkästen baute er eine Mauer um seinen Wohnzimmerschrank. An seinen Zimmerpflanzen hing er nicht. Sie waren, las er nach, nicht giftig. Sie verschwanden über Nacht.

Nach drei Monaten fand er das Muttertier aus dem Park tot im Käfig. Er fühlte sich schuldig, wußte aber nicht, was er falsch gemacht hatte. Er wußte nicht, wie alt Hamster werden. Er wußte nicht, wohin mit dem Kadaver. Meinte, etwas vom Abdecker gehört zu haben, dem so ein Haustier nach Beendigung des Lebens abzugeben war. Tote Haustiere nur beim Tierarzt entsorgen, raunte es in ihm, niemals in den Hausmüll, auch nicht einfach irgendwo eingraben, Tierfriedhof allenfalls, raunte es, aber auch das würde Gebühren kosten. Er legte das tote Weibchen auf Holzwolle in einen Schuhkarton und stellte ihn vorläufig irgendwo ab. Er war froh, wenn es ihm gelang, in Zukunft das Futter für die immer noch wachsende Schar zu bezahlen. Dreihundert Hamster versorgte er inzwischen. Er bewohnte zwei Zimmer. In jedem Raum, auch in der Küche und im Bad, Dutzende Hamster. Nachts lag er oft wach, weil die Tiere in ihren Behältern tobten. Sie rasten und kletterten. Beschäftigten sich unentwegt mit Flucht. Bissen um sich und fauchten. Bissen einander tot. Die, die entkamen, fraßen sich durch die Fußleisten und schliefen tagsüber in verborgenen Hohlräumen des Gemäuers. Nachts nahmen sie Futtergaben entgegen, verschwanden wieder im Abseits, vermehrten sich dort.

Aus der Wohnung von Kurt Koch begann es zu riechen. Er

hatte die Kontrolle über die Population, ihre Kopulationen und Ausscheidungen verloren; der Linoleumboden in der Küche war mit einer dicken Schicht Sägespänen bedeckt. Darin eingegraben lebende und tote Tiere, verlassene Nester, gefüllt mit Spelzen und reiskorngroßem Kot. Die feuchten Stellen trockneten nicht mehr.

Kurt tat noch immer sein Bestes. Er gab sich Mühe, die Versorgung zu gewährleisten, aber er sah nachts nicht mehr gerne, wie sie im Rad liefen, er war erschöpft.

Die Nachbarn bemerkten lange nicht, daß die ersten Goldhamster die Wohnungsgrenzen überwunden hatten. Das nächtliche Rascheln, die Fraß- und Kotspuren führten sie auf Mäuse zurück, Ärgernis genug. Aber eines Morgens fand Frau Schulze einen Hamster in der Mausefalle.

Als das Tierschutzamt kam, war er ehrlich gekränkt. Er hatte sich eingeschränkt. Hatte getan, was er konnte. Nun wurde ihm bedeutet, er habe auf ganzer Linie versagt.

Einstreupackungen stapelten sich die Wand hoch. An vielen Stellen war die Plastikhülle aufgebissen, die Streu rieselte heraus. Hamster hatten sich Gänge in den Turm gegraben.

Die Wohnung wurde geräumt. Man nahm alle Hamster mit. Schaufelte die Streu weg, riß das zerfetzte Linoleum heraus. Für die Tiere, die sich in den Wänden versteckt hielten, engagierte der Vermieter einen Kammerjäger. Die Möbelböden vollgesogen mit Urin: Auch die Möbel mußten entsorgt werden. Mit den Möbeln verschwand auch der Trockenstrauß. Oben auf dem Wohnzimmerschrank, wo die Hamster nicht hinreichten, hatte er sich gehalten, gänzlich eingestaubt, verschrumpelt und hart. Ein Mitarbeiter vom Amt hob ihn herunter, zog auf dem Weg zu den Müllsäcken schwebende Spinnenfäden hinter sich her.

Die Wolkenformel

Mechthild Pech beschäftigte sich seit frühester Jugend damit, das Phänomen der Wolke in seiner materiellen Dimension zu erfassen. Nachdem sie schon im Kinderwagen den Blick stets in die Höhe gerichtet hatte, dem Flug der flauschigen und majestätischen Gebilde mit besonderer Zuneigung folgend und begeistert speichelnd, wenn Gewitter aufzog, legte sie bald ein imaginäres Raster über den Himmel, das ihr eine Antwort auf folgende Frage ermöglichen sollte: Welches Volumen muß eine Wolke aufweisen, um eine bestimmte Literzahl abzuregnen? Ihr ganzer Ehrgeiz lag darin, Geschwindigkeit, Größe und Wassergehalt unserer flüchtigen Gefährten zu berechnen, um mit Hilfe dieser Angaben die Niederschlagsmengen exakt vorherzusagen.

Mechthild Pech war seit frühester Jugend zu intelligent für ihre Umgebung und erregte schon im Kindergarten den Neid ihrer gleichaltrigen Artgenossen. Die Kinder hänselten sie, schlossen sie von gemeinsamen Spielen aus, weil sie bei Spielen, die zu gewinnen waren, immer gewann, sie nahmen ihr die Malstifte weg und bewarfen sie im Sandkasten mit Sand. Mechthild Pech war schon bald intelligent genug, ihre Mitschüler nichts mehr merken zu lassen. Sie absolvierte die Schulzeit äußerst unauffällig. Sie wandte sich den passenden Jungen zu, sie lief Marathon, sie verfolgte die Eishockeyturniere. Je älter sie wurde, desto mehr trug ihr Äußeres dazu bei, daß sie gut zurechtkam. Mechthild Pech aus Mecklenburg, dunkelhaarig, drahtig, besaß das strenge Gesicht einer musisch und gärtnerisch interessierten Hausfrau, und niemand hätte ihr ein mathematisches Vermögen zugetraut, das über die vergleichende Addition der Posten auf ihrem Einkaufsbon hinausging.

Sie unternahm lange Wanderungen in Windrichtung und richtete ihr Augenmerk darauf, die eigene Schrittgeschwindigkeit mit dem Tempo der schön dahinziehenden Wolken abzugleichen. Unter dem Deckmantel der Unauffälligkeit studierte sie Meteorologie und Geophysik, und es gelang ihr noch im Studium, die diffusen Konturen, die gleichsam eingedellten Volumina, die unterschiedliche Dichte der Wolkengebilde auf eine Formel zu bringen.

Doch man glaubte ihr nicht. Mechthild Pech hatte geforscht ohne Auftrag. Dies galt, bedeutete man ihr, als Spionage. In diesem Land herrschte eine festgelegte Großwetterlage. Hier dominierte der strahlend blaue Himmel der Paraden: Es gab keine Wolken.

Mechthild Pech entdeckte die Wolkenformel und verbrachte den darauffolgenden Lebensabschnitt in den psychiatrischen Anstalten der DDR, wo sie, wie beabsichtigt, den Verstand verlor. Zuerst veränderte sich ihre Haarfarbe über Nacht von schwarz zu blond. Dann entglitt ihr die Herrschaft über ihre Sprechwerkzeuge, sie artikulierte sich nur mehr wie mit geschwollener Zunge. Solange sie sich widersetzte, die Medikamente nicht einnahm, die Pfleger schlug, behandelte man sie in der Isolierzelle. Dort verblieb sie mehrere Monate und berechnete trotzig die Volumina aller Gespenster, die durch die Wände traten. Sobald sie wieder ein Zimmer mit Fenster bewohnte, saß sie im Stupor an der Scheibe und glaubte, sie könne gefälschte Wolken von echten klar unterscheiden. Später ließ sie sich, schon gebrochen, Jahr um Jahr mit Korbflechten beschäftigen, worüber sie ihre Geistesgaben gänzlich einbüßte.

24 Die Arbeit an Gott

Ich bin davon erwacht, daß Küchengerüche in mein Schlafzimmer ziehen. Sie ziehen auf unerfindlichen Wegen aus der
Schloßküche im Keller nach oben, ziehen durch die Ritze unter
der Tür, es riecht penetrant nach Zwiebeln und Fett. Rührei zum
Frühstück: Ich habe nichts gegen Rührei. Aber ich liege noch im
Bett, und die Gerüche, scheint mir, kommen zu früh. Sie füllen
das Zimmer an und drängen. Ich hingegen weigere mich, schon
aufzustehen, nur weil das Küchenpersonal verfrüht beginnt,
verfrüht Signale sendet und dann gezwungen ist, stundenlang
die Eierspeise warmzuhalten. Was passiert mit meinem eigenen
Geruch, vermischt er sich, verflüchtigt er sich, wird der Körper-
geruch vom Rührei hinausgedrängt, wird er, fatal, von diesem
ersetzt? Von Anfang an konnte ich mich des Eindrucks nicht er-
wehren, daß es sich bei unserem Schloß um ein geruchsstarkes
Gebäude handelt. Ich kann, sage ich mir, noch froh sein, daß es
die Küchengerüche sind, die sich in meinem Zimmer sammeln,
nicht die Patientengerüche oder die Toilettengerüche.

Mir ist die Vorstellung unangenehm, daß mein Bettgeruch
seinerseits das Zimmer verläßt und sich in irgendeiner Ecke
des Gebäudes anstaut, dort eine unerhörte Konzentration erreicht und womöglich andere Personen nötigt, sich damit zu
konfrontieren, falls sie ausgerechnet diese Ecke des Gebäudes
aufsuchen müssen. Frau Dr. Z., beispielsweise, hat in ihrer
Funktion als Chefin an den ausgefallensten Stellen innerhalb
dieser Mauern zu tun. Gut möglich, daß sie das Gefühl be-
schleicht, ich sei in der Nähe oder, schlimmer, sie befände sich
quasi in meiner Mitte.

Auf der nächsten Sitzung könnte ich mich mit dem Vorschlag hervortun, eine Dunstabzugshaube anzuschaffen. Doch ist dafür kein Geld da, und es würde nichts ändern.

Seit ich im Schloß wohne, habe ich die prekäre Position inne, mich, ohne etwas dazu zu tun, von meinem Bett aus zu verbreiten, ja ich werde von diesen speziellen Räumlichkeiten, den eigentümlichen Luftwegen, den Durchzügen und dem Übermaß an Ritzen in eine sonnenkönighafte Lage gebracht: einerseits von meinem Zimmer unverhältnismäßig auszustrahlen, andererseits die eigenen Körperfunktionen praktisch öffentlich auszuüben, also abgeschottet, aber ohne Privatsphäre, gravitätisch, aber nur im Bett, während die eigentliche Macht von meinen Ersatzgestalten ausgeht.

Vorgestern habe ich ein Porträtfoto von mir an die Tür des Behandlungszimmers geklebt. Damit greife ich die unsägliche Sitte auf, die Frau Dr. Z. eingeführt hat: Im Foyer hängen selbstgemalte Bilder der Patienten, es sollen Selbstporträts sein, die dazu dienen, den Besuchern einen ersten Eindruck von den Bewohnern zu verschaffen. Dieser Eindruck kann aufgrund der Qualität der Zeichnungen nur ein haarsträubender sein, aber es gehört zum verspielten Ansatz von Frau Dr. Z., keine normalen Lichtbilder, sondern sogenannte kreative Werke des Selbstausdrucks zu verwenden. Findet ein Besucher zu uns hinaus, muß ihn dieses Foyer voller drachenartiger Gestalten, zerstückelter Körper und fies grinsender Grimassen auf jeden Fall abschrecken. Damit ist es Frau Dr. Z. gelungen, die Figur des dämonischen Türhüters, auf den die Bauherren bei unserem Schloß, einem Lust- und Jagdschloß, verzichtet haben, auf eine besonders abstoßende Weise wieder einzuführen. Indem ich ein eigenes Foto an meine Tür geklebt habe, protestiere ich gegen diesen Unfug, passe mich aber den Erwartungen von Frau Dr. Z. in maßvollem Umfang auch an. Mein Foto ist sehr scharf, ich lächele darauf freundlich und einladend. Durch das breite Lächeln sehe ich buddhahaft aus, rundgesichtig, genaugenommen auch etwas kindlich und naiv, aber die Patienten ziehen, wie ich beobachten konnte, vor dem Behandlungszimmer den Kopf ein, ziehen die Schultern hoch, blicken verschämt und betont unauffällig zur Tür, um sich sofort wieder abzuwenden. Gestern sah ich, wie Frau Dr. Z., die dort selten zu tun hat, durch den Gang huschte, fahrig nach dem Rechten sah. Sie erkannte mein Bild, zuckte zusammen, ihre stolze Körperhaltung brach ein, es dauerte einen Moment, bis sie sich wieder fing. Ich selbst befand mich am anderen Ende des Gangs, ich war im Begriff gewesen, ihr entgegenzukommen, aber dann zog ich es vor, über eine andere Etage auszuweichen.

Unsere Ergotherapeutin Petra, eine robuste, rotgesichtige Person, die täglich mit dem einzigen Bus hierher und abends wieder zurück pendelt, sprach mich beim Mittagessen an und lobte das Foto. Es sei so zugewandt, meinte sie, vermittle Trost. Allen Ernstes sagte sie Trost. Sie gehe jetzt öfter durch diesen Korridor, fügte sie hinzu, denn das Foto richte sie auf, es gebe ihr Halt. Ich bemühte mich, gewichtig zu nicken, ich verzog keine Miene.

Beim Nachtisch. Frau Dr. Z. deutete an, ihr gefalle mein Foto, weil es nicht privat wirke. Es sei sehr stilisiert, zwar scheinbar persönlich und damit vertrauenerweckend, in Wirklichkeit aber gerade aus diesem Grund unpersönlich, sie finde es, meiner Position entsprechend, ausreichend neutral. Es komme, gab sie mir zu verstehen, auf das allerneutralste Aussehen an, sie wünsche sich die neutrale Pracht einer Wand, an der die Patienten sich aufrichten. Ich habe nur allzugut verstanden, was sie damit meint: Sofern meine Funktion eine symbolische ist, bin ich austauschbar, durch jeden Beliebigen leicht zu ersetzen.

Der pikante Geruch hat atemberaubende Dichte erreicht. Er aktiviert den Speichelfluß, aber bedauerlicherweise ist noch längst nicht Frühstückszeit. Zwischen den Scheiben meines Doppelfensters habe ich, eiserne Ration, ein halbes Glas Apfelmus deponiert. Es paßt zu Reibekuchen, im Fenster bleibt es frisch und hält sich einige Tage. Ich könnte es auch im Korridor in den Kühlschrank stellen. Aber wenn ich nachts aufwache und mich mit einem Löffel Apfelmus beruhigen, stärken, wieder einschläfern möchte, brauche ich mein Zimmer nicht zu verlassen. Das Glas, bauchig inmitten von Glas, schillert wie eine polierte Fruchtschale und kann die Rundheit, Vollkommenheit, Autonomie des Apfels mehr als zufriedenstellend ersetzen.

Nachteil der Fensterverwahrung: Man sieht es von draußen. Ein angebrochenes Schraubdeckelglas mit graugrünem Mus. Vorteil: Man sieht es von draußen. Apfelmus, golden schimmerndes Kleinod. Handlich steht es im Fenster, ein weitreichendes, ein reichsapfelhaftes Signal.

Da innerhalb der hierarchischen Struktur unserer Anstalt die vornehmste Übung darin besteht, auch ohne weißen Kittel, rein mittels Haltung die Autorität zu wahren, erliege ich allein aufgrund der Tatsache, daß mitten im Schloß mein Bett steht, einer reputationszerstörenden Peinlichkeit. Die Autorität liegt nicht. Sie liegt niemals. Wer liegt, ist tot. Nicht einmal Christus am Kreuz liegt, er liegt auch nicht im Grab, folgerichtig. Das Grab ist leer. Einzige Ausnahme: ägyptische Gottheiten. Diese werden liegend abgebildet, insofern sie zwar tot sind, aber dieser Tod als relativ aufgefaßt wird, als kurze Passage, gewissermaßen als Initiation. Die liegenden Gottheiten werden behandelt, gesalbt, sie wechseln damit auf der Stelle vom Gottheiten- zum Patientenstatus. Auffällig auch das Möbel, auf dem sie sich in diesem Zustand befinden. Heutzutage würde man es als Seziertisch bezeichnen, oder auch, ohne weiteres, als Couch.

Dieses Couchgefühl, hier, ausgestreckt im Herzen des Schlosses, im Unort des Bettes, zwingt mich zur Verschärfung meiner ärztlichen Fähigkeiten. Hier ist mir auferlegt, einen Mittelpunkt zu bilden. Frau Dr. Z. hält dies für das A und O der ärztlichen Kunst: einen Mittelpunkt bilden, an dem die Patienten sich ausrichten können.

Als Chefin führt sie dieses Kunststück immer wieder mit unerhörter Selbstsicherheit vor. Die Patienten hängen, einen gewissen Mindestabstand vorausgesetzt, in Trauben an ihr, weichen ihr nicht von den Fersen. Sie hat keine Zeit für sie, läßt sich auf kein Gespräch ein, aber die meisten finden bereits in ihrem Anblick Zärtlichkeit, Erleichterung und Rat.

Ich muß davon ausgehen, daß dergleichen auch von mir erwartet wird. Nicht alle Aufgaben im Schloß werden ausgesprochen. Vieles setzt Frau Dr. Z. stillschweigend voraus. Alles, was mit Format zu tun hat, mit Charakter. Mit Fähigkeiten wie Takt und Einfühlungsvermögen, die schwer zu messen, schwer zu bewerten, schwer zu überprüfen sind.

Mir persönlich ist das Mittelpunktbilden nicht immer angenehm. Oft wäre es mir lieber, eine etwas randständigere Position zu bekleiden. Allein die Patienten beharren darauf, sich an mir zu orientieren, mein Tun und Lassen nachzuahmen, die Räumlichkeiten, in denen ich mich bewege, mit Vorliebe ebenfalls aufzusuchen.

Ein eigenwilliger Wunsch nach Nähe führt so manchen ausdrücklich in die Richtung meines Schlafzimmers. Gestern erst, als ich mich in der Mittagspause für einige Zeit zurückziehen wollte, stand Herr P. neben dem Kühlschrank im Korridor, die Hand an der Brille studierte er das Logogramm, als ließe sich anhand der Kühlschrankmarke Entscheidendes auch über mich erfahren. Bei meinem Kühlwunder handelt es sich um den Haushaltskühlschrank Kristall 63 aus dem VEB Deutsche Kühl- und Kraftmaschinen Scharfenstein, ein Modell mit futuristisch gerundeten Ecken, über die Herr P. gleich anerkennend strich. Als er meiner gewahr wurde, nickte er befriedigt, wich aber nicht von der Stelle. Ich schlüpfte in mein Zimmer, quetschte mich genaugenommen durch einen allzu schmalen Türspalt, um Herrn P. keinen Einblick zu ermöglichen, schloß die Tür ein wenig zu schnell, ein wenig zu laut.

Es gibt, soweit ich weiß, keine Regel, die es den Patienten untersagt, sich tagsüber in den Fluren des Schlosses aufzuhalten. Sie drücken sich, selbst wenn sie keine Therapiestunde haben, immer wieder vor meinem Büro herum, mischen sich unter die Wartenden. Aber besonders mein Schlafzimmer zieht sie an. Sie sonnen sich dort vor der Tür im Glanz meiner Abwesenheit. Tagsüber nehmen sie meine nächtliche Präsenz vorweg, was dazu führt, daß ich mich des Nachts von ihnen behelligt fühle. Ich weiß, sie träumen von mir. Ich träume von ihnen. Das Schloß kreist um mich.

Ich wälze mich auf den Rücken, ziehe die Bettdecke noch einmal bis zum Kinn. Der Morgen dämmert heran. An meinen Plafond ist ein Himmel gemalt, blaßblau mit goldenem Sternendekor, der seine besten Zeiten hinter sich hat. Unter dem schimmeligen Blau zeigt sich wie aufkommende Bewölkung der Putz, die Sterne versinken in Schäbigkeit. Doch stammen sie aus einer Periode, in welcher man davon ausging, das selbstverständliche Zentrum Europas zu sein. Und während Europa längst in gleichberechtigte Staaten auseinanderfällt, in mäßig gefärbte Einzelsterne, die um ein leeres Zentrum kreisen, während der geographische Mittelpunkt Europas nach unterschiedlichen Berechnungen entweder in Polen, Hessen, Litauen oder Tschechien liegt, also einem Wanderpokal gleichkommt, halte ich es für eine meiner Aufgaben, diesen Himmel zu beruhigen, zu hypnotisieren, mich zu ihm in Bezug zu setzen, für diesen Himmel ein Zentrum zu sein. Es geht darum, sich auf einen Punkt zusammenzuziehen, sich zusammenzunehmen und gleichzeitig locker zu lassen, sich auszudehnen und alle Ausdehnung zu überstrahlen. Es geht darum, zugleich allen Raum einzunehmen und keinen. Ich bemühe mich nach Kräften, einen Mittelpunkt zu manifestieren, einen einzigen Punkt aus beliebigen gleichgültigen Punkten hervorzuheben, ihn zu einem besonderen zu machen, zu mir.

Ich suche mir einen der schäbigen Sterne aus. Ich vertiefe mich in seine Farbigkeit, in das alte Gold, das mit den Jahren einen rotzgrünen Ton angenommen hat. Ich möchte mich mit diesem Gold identifizieren, Voraussetzung für alles Weitere, es fällt mir schwer.

Du, meine Seele, versuchst den festen Punkt in dir zu finden, das Zentrum stubenhockerischer Geheimniskrämerei, doch da ist nur die gloriose Weite des Himmels, in welcher die weißen Gewohnheiten, grauen Gewohnheiten wandern. Uns fehlen die züngelnden Strahlen, die als Akte der Willkür von unserm Haupt ausgehen. Uns bleiben Gedanken unklarer Zuordnung, wahllose Gedanken, die gewöhnlich von einem zum andern driften, sich einnisten, rasch wieder fortfliegen.

Und du, meine Seele, ein Ort ohne Maß, jener Stern, der sich in seinem eigenen Glanz verliert, ein himmlischer Körper, in dessen Glanz sich die Welt wieder auflöst.

Die Sterne sind durch ein gemaltes Gitterwerk verbunden, welches eine ausschweifende Räumlichkeit andeutet, Sphären. Dort erhebt sich die geistige Schöpfung, hierarchisch angeordnete Chöre, wie ich sie im Religionsunterricht auswendig lernen mußte; Gott am nächsten die Seraphim, brennend vor Liebe, ihre sechs Flügel von Augen bedeckt, dann die Cherubim, angefüllt mit Weisheit; sie besitzen vier Flügel und vier Angesichter, eines nach jeder Seite, und in ihrem Gefolge drehen sich vier Räder ineinander, die sich ebenfalls zu allen Seiten wenden und alles zu sehen vermögen. Throne und Herrschaften, Mächte, Gewalten, Fürstentümer. Die Bezeichnung Fürstentümer schien mir immer etwas maniert, fehlübersetzt, warum nicht einfach Fürsten. Ganz hinten oder unten, jedenfalls in größter Entfernung, was auch geistig oder seelisch, ganz unräumlich gemeint sein kann, lobpreisen Erzengel und Engel, sie alle von schäbigen Sternen verdeckt; Sterne, die ich mich bemühe, im Geiste lodern zu lassen, sie zu befeuern, zu bewegen, sie gänzlich auf- und schließlich am Firmament untergehen zu lassen. Verantwortung: Mir obliegt es, den gesamten Apparat in Gang zu halten. Doch du, meine Seele, und ich, wir können nur versuchen, den Anschein zu wahren, können bloß vorgeben, den Mittelpunkt zu bilden in ruckweise, unwillkürlich vergehender Zeit, in jenem problematischen Raum, der jeder Stelle die Last aufzwingt, Drahtzieher des Universums zu sein.

Die Ohnmacht des Himmels, mit Posamenten behängt. Und wieder beginnend die harte Arbeit am Weltlichen, trauriger Traum vom Tage, enthaltend Frau Dr. Z. und Herrn P., enthaltend meine Schwester Mila und Herrn Leonberger, Odilo. Der Morgen ist da.

Draußen Nebel, in dem blaß die Parkbäume schweben. Nebel draußen heißt, es wird auch drinnen alles eingenebelt sein, die Patienten den ganzen Tag über wie in Watte, undeutlich zu sehen, schlecht verständlich, unter der Watte verkorkst. Draußen Flügelschläge, das Schwanenpaar landet im Teich, reckt die Hälse über das gilbe Gras an der Uferböschung, wartet stoisch auf die ersten Pfleger, die ersten Patienten, die die Lust ankommt, mit ein paar Brotstücken in der Tasche um den Teich zu wandeln. Das Füttern der Schwäne ist strengstens verboten. Wohl handelt es sich hier meiner Ansicht nach um eine läßliche Regel, immerhin aber um eine Regel, die Frau Dr. Z. persönlich aufgestellt hat. Ich gebe vor, nicht zu bemerken, daß sich niemand daran hält. Die Patienten zweigen bei den Mahlzeiten systematisch Brotscheiben ab. Frau X. geht so weit, in ihrer Handtasche eigens eine Plastiktüte mitzuführen, um die Tasche vor Krümeln zu schützen, wenn sie morgens die Kanten, die sie nicht mag, und die Rinden, die sie sich abschneidet, vom Teller mit einem Schwung in ihren Schoß schaufelt, wo schon die Tasche ihr Maul aufreißt. Ich werde Frau Dr. Z. nicht in den Rücken fallen, aber ich halte die Schwanentherapie für sinnvoll. Die Patienten üben sich in Fürsorge, in Beschwichtigung, sie wollen die Schwäne auf jeden Fall über den Winter bringen, wie sie sie schon bequem über den Sommer gebracht haben, wollen sie an sich binden, wollen im Frühjahr flaumige graue Schwanenküken sehen, kurz und gut, sie setzen hohe Erwartungen in ihre Krümelwürfe, und sobald die Schwäne dazu ansetzen, ein paar Bröckchen aus dem Wasser zu fischen, schlagen sie auch schon freudig die Hände zusammen und sehen ihre Erwartungen erfüllt.

Auf dem Weg zum Frühstück nehme ich einen Seitengang. Es ist mir lieber, wenn ich den Patienten, den Pflegern, den Kollegen nicht bereits auf nüchternen Magen begegne. Nach dem Essen können sie kommen, vorher halte ich mich für angreifbar. Aber an der Treppe, wo sonst kein Mensch entlangläuft, holt mich jemand ein.

Sie gehen so krumm, sagt die Stimme der Kindsmörderin, und sie hat recht, ich lasse die Schultern hängen, zur Krise gekrümmt.

Seit der Beerdigung ist mir etwas entglitten, und ich gehe leicht vorgebeugt, den Blick zu Boden gerichtet, als suchte ich etwas, einen kleinen Gegenstand, den ich verloren habe, aber ich erinnere mich nicht genau, was es ist.

Sie gehen so krumm, lieber Altfried, sagt die Kindsmörderin, und ich blicke auf, um sie zu begrüßen, aber ich kann sie nicht sehen. Ich sehe ihre Schuhe, die vor mir den Gang entlangschlurfen, weiße Turnschuhe, die sie immer trägt, aber merkwürdigerweise nur ihre Schuhe. Dort, wo sich der restliche Körper hätte befinden müssen, scheint mir ein helles Tuch zu hängen, etwas Undurchdringliches, das mit dem grellen Neonlicht im Treppenhaus verschmilzt.

Etwas Blasses, entsetzlich Langweiliges, zutiefst Unauffälliges umgibt sie oder vielmehr steht vernichtend über ihren Schuhen, ich bringe es nicht fertig, genauer hinzusehen. Ich erinnere mich statt dessen an die letzte Therapiestunde, sie hatte zu den weißen Turnschuhen eine enge Jeans und einen rosa Pullover mit V-Ausschnitt getragen, die Füße ordentlich nebeneinandergestellt, die Knie geschlossen, eine Musterschülerinnenhaltung eingenommen, die Hände gefaltet. Auch da war es mir nur mit Mühe gelungen, ihr Äußeres überhaupt zur Kenntnis zu nehmen. Eine Aura von Verhuschtheit und Graumäusigkeit umgab sie, man interessierte sich nicht für sie, es kostete Kraft, ihr zuzuhören, und was sie sagte, schrieb ich automatisch auf, ich hörte es kaum und vergaß es sofort.

Ich betrachte die weißen Turnschuhe, die zaghaft die Treppenstufen nehmen, und bin nicht sonderlich überrascht. Sie besitzt gleich mir die Fähigkeit, die Energie aus ihrem Körper in einem ungewöhnlichen Ausmaß herauszunehmen oder einzukapseln, die Energie, die ein normaler Mensch ausstrahlt, so sehr zu dämpfen, daß sie sich praktisch ausblenden kann. Es schockiert mich keineswegs, denn eine solche dramatische Selbstverleugnung ist aus der Logik ihres Falls heraus verständlich, und es schockiert mich doch, denn wenn sie schon in der Lage ist, sich so sehr zurückzunehmen, daß sie nur noch aus Treppenhauswand besteht, warum kann sie das dann nicht bis auf die Schuhe ausdehnen? Die Sache mit den Schuhen ist eine fragwürdige Symptombildung, aufmerksamkeitsheischend, plakativ, sexualisiert, ebensogut hätte sie es so einrichten können, daß man nur ihre Vagina sieht. Die Sache mit den Schuhen alarmiert mich, ich folge den Schuhen die Treppe hinab.

Es gibt unauffällige Menschen, die leicht übergangen werden, es gibt Ereignisse, an die sich kein Zeuge erinnert, es gibt Ladengeschäfte, die man partout nicht bemerkt, auch wenn man täglich an ihnen vorbei muß. In unserer Straße hatten wir lange ein solches Geschäft gehabt, einen Uhren- und Juwelierladen. Weder meine Schwester noch ich haben ihn je bemerkt. Manchmal wiesen uns Mitschüler darauf hin, aber wenn wir auf unserem Schulweg daran vorbeigingen, war die Stelle, an der er sich befinden mußte, wie ein graues Loch. Einmal sollte ich die Armbanduhr unserer Mutter zur Reparatur dort abgeben, ich lief immer wieder die Straße hinauf und hinab, bis ich schließlich den Eingang fand, es war das erste Mal, daß ich den Laden wahrnahm, aber danach gab es dort wieder nur diese Farblosigkeit, von der man den Blick unwillkürlich wegwandte. Manchmal hatte ich mir vorgenommen, speziell darauf zu achten, wenn ich das Haus verließ, aber an jener Stelle war ich jedesmal von anderen Eindrücken, wichtigeren Gedanken abgelenkt. Es lag an diesem Laden, seinen Betreibern: Er strahlte nichts aus. Bei solchen Fertigkeiten, wie zum Beispiel Kundschaft anziehen, handelt es sich stets um eine Art unbewußte Magie, die wir alle tagtäglich ausüben. Jedes Managertraining hat zum Ziel, diese Magie bewußt zu machen, sie zu verstärken und damit zu arbeiten. Erfolgreiche Manager können ihre Ausstrahlung, wenn es darauf ankommt, vervielfachen. Andere haben, bewußt oder unbewußt, gelernt zu implodieren, sich so zusammenzuziehen, daß sie unbemerkbar sind. Die Kindsmörderin hat diese Eigenschaft für sich ausgenutzt, oder sie hat, wer will das sagen, darunter gelitten.

Mir fehlt die Kraft, den Blick zu heben, dorthin, wo ihr Gesicht wäre. Was würde man dort sehen? Sie hat ihr Neugeborenes im Eisschrank tiefgefroren, ich weiß, ihr Gesicht ist glatt, als wäre nichts geschehen.

Ich halte mich am Treppengeländer fest und zwinge mich, sie anzusprechen. Ich wünsche ihr mit lauter Stimme einen guten Morgen, sie zuckt zusammen, enthüllt eine senfgelbe Bluse, einen felsgrauen Rock, fleischfarbene Perlonstrümpfe, sie wendet sich zu mir um, ihre Augen stehen vor, wie bei einer Flunder, die sich mit winzigen Flossenbewegungen in den Sand eingegraben hat, die sich nicht durch die geringste Regung, nur durch die Elektrizität, die von ihr ausgeht, verrät.

25 Irrgärten

Ich saß in der unruhigen Luft vor dem Parkplatz der Raststätte und wartete auf ihn. Odilo war mir im Wald aus den Augen gekommen, wir hatten uns verloren, und nach einer ganzen Weile des Rufens und Suchens war ich zum Parkplatz zurückgekehrt. Das Lärmen im Wald hatte der Jagdaktion sofort jegliche Unauffälligkeit genommen: sinnlos, an diesem Tag weitere Bemühungen anzustrengen. Ohnehin hielt ich den Tag nicht für ideal, im Grunde hielt ich ihn für ungeeignet, ein Spätsommertag, klar und warm, aber Odilo hatte auf dem Ausflug bestanden, er wollte nicht vom Wetter abhängig sein.

Der weiße Plastikstuhl, auf dem ich mich niedergelassen hatte, ratschte unangenehm über den Vorplatz der Imbißstube, er knarrte bedrohlich, sobald ich mich bewegte, ich bewegte mich also nicht. Nur die Arme wagte ich zu rühren; ich zersäbelte, stocksteif bis zum Hals, einen von drei Reibekuchen in millimeterkleine Schnitzel. Trennwände aus Bastmatten schotteten die Gastronomiefläche seitlich ab. Zum Parkplatz hin beschränkte lediglich ein Rundholzriegel auf Kniehöhe den Durchgang. Ich trank eine bittere Limonade und atmete ungesunden Tankstellengeruch. Tiefflieger donnerten über den Wald und zerschnitten das heuchlerische Blau des Himmels, ein Blau, das federnd auf dem warmen Asphalt auflag, sich mit den Düften von Harz und Benzin vermischte. Sie donnerten über den Wald, dessen Eingang hinter der Tankstelle lag, ein stinkender Trampelpfad, von zerknüllten Papiertaschentüchern gesäumt.

Warum auch hatten wir ausgerechnet hier starten müssen. Streßdurchzitterte Auffahrten. Neuankömmlinge warfen rücksichtslos Wagentüren zu. Lastwagenfahrer schwangen sich in ihre hochgelegene Kabine, auf den wippenden Straßenthron. Sie zogen königlich Schlieren über den Parkplatz und setzten ihre elefantösen Wege fort.

Ich kaute mechanisch auf winzigen Kartoffel- und Zwiebelstückchen, kaute daran schon seit geraumer Zeit, als mich von hinten die Bedienung ansprach. Ob mit dem Essen etwas nicht in Ordnung sei. Es mir nicht schmecke.

Ich versicherte ihr, das Essen sei tadellos. Ob sie zufällig meinen Freund gesehen habe. Ich beschrieb ihr Odilo, hilflos, wie man jemanden beschreibt, der keine besonderen Merkmale aufweist und auf dessen Kleiderwahl an diesem Tag man nicht geachtet hat.

Was hatte er an? – Er hatte halt irgend etwas an. Eine Hose. Eine leichte Jacke. – Das treffe praktisch auf jeden ihrer Gäste zu. Jeder Gast an diesem Tag komme in Hose und leichter Jacke herangerauscht, schlinge etwas in sich hinein und steige wieder ins Auto. – Ich betonte, daß es genau um diesen Punkt gehe. Mein Freund sei ohne Auto hier. Er sei mit mir mitgefahren. Und ich nähme ihn auch wieder mit zurück.

Demonstrativ klimperte ich mit meinem Schlüssel. Die Dame versicherte mir, mein Freund sei nicht hier gewesen.

Essen Sie das noch?

Ja, sagte ich. Meine Stimme klang bärbeißig.

Ich ließ den Teller stehen und lief über den Platz zurück in den Wald. Nach ein paar Metern hatte ich die Taschentuchhäufchen hinter mir gelassen. Ich ging bis zur großen Wegkreuzung vor und setzte dort, obgleich es nicht kalt war, meine Kapuze auf. Trockene Tannennadeln rieselten mir in den Nacken, ich setzte die Kapuze wieder ab und versuchte, Kopf zum Weg gesenkt, die Nadeln aus dem Hemd zu schütteln.

Der eine Weg führte ins Tal, der andere zu einem Wander-parkplatz. Ich schlug den Weg zum Wanderparkplatz ein, sah aber schon von weitem, daß dort ein Bauwagen stand. Dürf-tigkeit dieses Bauwagens. Die Kanten mit rotweißem Warn-anstrich versehen, hinter halbgeschlossenen Fensterläden eine Gardine, der Schornstein ein langstieliger Pilz, der aus den mausgrau gestrichenen Brettern wuchs. Mobiles Zimmer, in dem, wie es hieß, blutjunge Prostituierte gewöhnlich die Freier empfingen.

Hier zeigte sich wieder das Dichtbesiedelte des Rheinlands. Kein Punkt, an dem nicht ununterbrochen Wandergrup-pen, Außendienstmitarbeiter, Warentransporte querten, kein Punkt, an dem man mit sich und dem Wald allein sein konnte, an dem nicht fortwährend Leute Gebiete besetzten, an dem die sogenannte Waldeinsamkeit auch nur in Ansätzen vorhanden gewesen wäre.

Ich gab die Suche auf, ich kehrte um.

Sorgen. Leere. Luftflimmern. Ein warmer Abend, wie aus der Zeit gefallen.

Abendrot brach durch den Wald. Rotdornrot, ein verflie-gendes, unwirkliches Rot vermischte sich mit dem Weißdorn-weiß des Tageslichts. Der Tag schwand. Odilo nicht aufzufin-den. Ich dachte an ihn aus weiter Ferne, wie wenn man sich an einen Traum erinnert, zu erinnern sucht, von dem nur noch ein Gefühlsrest, kein Bild mehr da ist. Odilo ein blinder Fleck, eine Unschärfe in meinem Leben.

Was wollte ich von ihm?

Er verhielt sich nicht wie ein Freund. Er war nicht verläß-lich. Und, gewissermaßen, nicht handhabbar.

Odilo war der ortloseste Mensch, den ich kannte. Eigentlich wußte niemand, was er den ganzen Tag tat. Seine Mutter konn-te gelegentlich bestätigen, daß er sich in seinem Arbeitszimmer aufhielt. Ich rief an: Ja, hieß es, er sei zu Hause, er arbeite, er sei nicht zu sprechen. Nein, hieß es, er sei im Labor. Nein, hieß es, er sei verreist, da und da, sie wisse nicht genau, wann er zurückkehre, eigentlich auch nicht genau, wo er hatte hinfahren wollen, ein Vortrag, ein Symposion, eine Konferenz, er sei erwachsen, schulde ihr keine Rechenschaft.

Ein Mensch des alten Jahrhunderts, spießig, ordentlich, diszipliniert. Morgens saß er vor Sonnenaufgang am Schreibtisch, er benutzte ausgewählte Bleistifte und Füllfedern, obgleich seine Arbeit ihn mit modernster Computertechnologie konfrontierte, er hing an altmodischen Gepflogenheiten wie dem Fünfuhrtee, er verabscheute das Fernsehen und die kommunistische Partei. Ein Mensch des alten Jahrhunderts, dem dieses Jahrhundert wegbrach.

Er pflegte ein Leben in Zurückgezogenheit. Er machte sich rar. Wenn man ihn traf, vermauerte er sich in ein Gedankensystem, an dem man keinen Anteil hatte. Wenn man ihn traf, befand er sich in Gedanken anderswo. Eigentlich wußte man nie, wo er wirklich war.

Es wurde schon dunkel. Gleichgültige Rücklichter. Das Meer aus Lack und Chrom. Darin die Lichtwellen. Spiegelungen. Der Widerschein, in Kurven geführt.

Noch einmal auf diesen Parkplatz geschmuggelt der lange Atem ländlicher Sommerabende, wenn die Wetterlage eine Amphitheater-Akustik hervorbringt, als kämen die Geräusche, das Zwitschern und Zirpen, aus weiter Ferne und doch aus dem eigenen Innern. Ich irrte zwischen den tabernakelhaft verschlossenen Wagen umher, zwischen den Blenderbergen aus Alaskablau und Balticblau, aus Baikal metallic und Persischblau, Pasadenablau, Labradorblau, glitt durch Polarweiß und Polizeiweiß und Candyweiß, Alpinweiß und Firnweiß, durch ernste Tönungen von Nachtschwarz, Traumschwarz,

Cosmosschwarz. Diamantschwarz. Lackierungen in Lachssilber, Rauchsilber, Nepalsilber; Titansilber oder Tizianrot, oder Postrot und Imperialrot, die eleganten Nuancen von Perlgrau und Atlasgrau, Ascotgrau, Wolframgrau. Fahrzeuge in Stratusgrau bedeckten als tiefe Bewölkung die Fläche, sie erinnerten, Memoryrot, an das wissende Ich, sie bedienten, Manilagrün, eine Sehnsucht nach Flucht.

Ich irrte durch ihre luxuriöse Größe und Farbstrahlung, ihre geheimnislose, alles verdeckende Gleichförmigkeit, irrte durch ihre abstoßende, penetrante Schönheit.

Ich interessierte mich nicht für Automobile. Ihre Heckspoiler und Spitzkühler, ihre Leistung, ihre Geschwindigkeit ließen mich gleichgültig. Ich interessierte mich ein wenig für ihre Lichtkanten und Abrißkanten, für die Charakterlinie, die das Fahrzeug modelliert, für die Dachlinie, die es in seiner Höhe, und die Gürtellinie, die es in seiner Bodenhaftung definiert, ich verfolgte gerne die Fensteröffnungslinie, an der der Materialwechsel von Blech zu Glas erfolgt, und die Kammlinie, die Wannenlinie, die Stromlinie. Ich mochte die Bombierung, die Wölbung, mit der sich ein Blech über das Nichts spannt, und mir gefielen Kühlerfiguren. Grundsätzlich aber interessierte ich mich für abwesende, für unauffindbare Automobile, ich interessierte mich hauptsächlich für ihre Abwesenheit.

Auch Odilo interessierten sie nicht die Spur. Er kaufte sich in seinen letzten Jahren Neuwagen, er glaubte es seinem Status oder seiner Mutter schuldig zu sein, aber die Modelle begeisterten ihn nicht. Wir waren Dilettanten.

Ich trat an den Parkplatzrand, dicht ans Gebüsch. Aus dem Gebüsch stiegen leuchtende Punkte, Glühwürmchen, die ich gerne berührt hätte. Ich versuchte, eins mit der Hand zu haschen, aber es gelang mir nicht, es zu fangen.

Ich setzte mich ins Auto und konzentrierte mich auf die

eckigen Ziffern meiner Digitaluhr. Die Balken sprangen um und um und formierten sich zu immer neuen Zahlwerten, zu einem Schlag-auf-Schlag, zum Gang der Dinge.

Ich stellte einen Fuß auf den anderen, saß in armseliger Verlegenheit wie als Junge, wenn die kleinen Mädchen, Freundinnen meiner Schwester, mich nicht mitspielen ließen.

Ich war beleidigt, und ich war gern beleidigt. Ich suhlte mich in diesem Beleidigtsein.

Ich wollte gar nicht, daß er wieder auftauchte, ich wollte ihn nicht entschuldigen, wollte mit böser Lust, daß er mir übel mitspielte, mich ausnutzte und überging. Je länger ich auf ihn wartete, desto strahlender wurde meine moralische Überlegenheit.

Sorgen? Ich glaubte nicht, daß ihm etwas passiert war, nicht einmal, daß er sich verirrt hatte. Er war vielleicht abgelenkt worden. Es störte ihn nicht, mich warten zu lassen.

Peinigend allenfalls: durch dieses Beleidigtsein eine Verbindung mühsam aufrechtzuerhalten, die von seiner Seite aus nicht existierte. Das Unverbindliche unserer Beziehung erinnerte mich an den Hall auf Klinikgängen, an die leeren Flure mit ihren Linoleumböden und der sachlichen Beleuchtung. Odilo versetzte mich, und es gab mir einen Vorgeschmack, wovon?

Ich schaltete den Verkehrsfunk ein und lauschte dem Reden von Unfallstellen, Umleitungen, Krankenwagen und Stau, lauschte dem Knarzen und Knistern in einer Stimme, die davon unberührt blieb.

Fast wünschte ich, daß ihm etwas passiert wäre, damit nicht alles auf die Mißachtung meiner Person hinausliefe, aber dann wünschte ich wieder, es sei ihm nichts passiert, und zwar nicht, damit ihm eben nichts passiert war, sondern damit ich ihn ins Unrecht setzen konnte und mich, beleidigt, ins Recht.

Auf einmal war ich überzeugt, daß er bereits seit einer gewissen Zeit alleine Erlkönige jagte. Daß er regelmäßig in den Wald fuhr. Ohne mich zu fragen, ohne mich einzuladen.

Daß er es vor mir verheimlichte, um mich zu übertreffen.

Odilo gelang es letztendlich besser, sich unauffällig zu bewegen. Ich, mit einer gewissen Leibesfülle begabt, produzierte hier und da Geräusche, trat im Wald auf ächzende Ästchen und ließ Zweige hinter mir peitschend zurückschnellen. Odilo trat kaum in Erscheinung. Dennoch dachte ich, daß sein Erfolg gering sein mußte, da er den falschen Spuren folgte. Er ließ sich hinreißen von einem windigen Huschen, dem Schwanken eines Busches, vom Licht, das sich veränderte, zu Schatten wurde, Schatten, der über einen umgestürzten Baumstamm glitt. All das nahm er als Fingerzeig. Blütenstaub, im Rinnstein zu gelben Striemen geweht. Staub überhaupt. Baustellenstaub, Schuttladungen am Waldrand. Schallschutzbüsche.

Draußen ging der Tag zu Ende, Stille senkte sich herab, Wind kam auf.

Ich klopfte im Kampf gegen das knackende Radio den Walkürenritt auf das Armaturenbrett und wartete, daß sich aus der Weite des Parkplatzes eine Gestalt formte.

Stellte mir vor, wie er durch die anbrechende Nacht ging, von der Gruppe, also von mir, abgesondert. Ich spürte ihm nach. Ich jagte ihn in Gedanken, er vermischte sich mit allem Abwesenden, mit der Formlosigkeit, mit dem Wind. Ich jagte ihn, wollte ihm Fallen stellen. Geräuschlose Fallen. Fotofallen. Tellereisen und Schlingen. Fallgruben, mit Zweigen getarnt.

Mystische Jagd: Der Erzengel Gabriel, allegorischer Jäger, treibt mit seinen Hunden das Einhorn auf die Jungfrau Maria zu. Pausbäckige Putten führen das Rudel an langen Leinen, lassen ein Spruchband flattern, auf dem sich der Schriftzug *Ave Maria* enthüllt.

Maria neigt sich sanft dem Tier zu, sie zieht es durch körperlose Berührung, durch ihren Liebreiz an sich. Das Einhorn, das Christus symbolisiert, ergibt sich dem Treiben der Jäger, schreitet vertrauensvoll auf Maria zu und legt seinen Kopf auf ihr Knie.

Die mystische Jagd kreist um den Schoß der Jungfrau. Als Verkündigungsszene geht sie auf den heidnischen Mythos um ein wildes Tier zurück, das mit einem einzelnen Horn bewehrt ist und nur von einer Jungfrau gezähmt werden kann.

Meine Schwester pflegte, dachte ich damals, denke ich jetzt, die Methode der Ansitzjagd. Die Hortus-conclusus-Methode, die Geschlossener-Garten-Methode, die Diesseits-der-Hecken-hocken-Methode, es war die Methode des einfachen Wartens.

Meine Schwester, in sich ruhend, nach allen Seiten ausstrahlend, allzeit bereit, geflügelte Botschafter zu empfangen, ungewisse Tiere bei sich aufzunehmen, solange diese sich mit ihrer Katze vertrugen, meiner Schwester gelang es zu warten, ohne zu wissen, worauf.

Ich stellte mir vor, wie der Bauwagen zuschnappte, wie die schiefe Tür aufknarrte und hinter ihm wieder ins Schloß fiel. Draußen nur Wind, groß und formlos, fortschreitend in die beginnende Nacht; draußen Wind, sein Gewicht beugt das Gras, seine spurlosen Tritte folgen den Fährten der Einbildungskraft.

Ich schrak zusammen, als es an die Scheibe klopfte. Odilo hatte sich unbemerkt genähert, obgleich ich den Parkplatz bewachte.

Er öffnete die Beifahrertür und stieg ein, als wäre nichts gewesen. Als hätte er ganz im Sinne der gemeinsamen Aktion gehandelt, indem er sich bis zum Einbruch der Dunkelheit im Wald aufhielt, zur Not eben ohne mich, als hätte er Geduld bewiesen, zur Not eben ohne mich, die Aktion, auch wenn sie nicht ganz nach Plan verlief, aus reiner Größe nicht abgebrochen, als hätte er mir mit seinem Verhalten einen Gefallen getan.

Um ihn diese Aura von Chrom, Zementwerk, Nebelfrustration. Rehe auf freiem Feld, an den Rändern unscharf. Das Aufheulen von Motoren inmitten schwarzer Wälder. Sägen und durchdrehende Räder. Polierte Früchte im Gras. Die stillen Senken, wo auch am Nachmittag noch Rauhreif liegt.

Er öffnete die Beifahrertür und stieg ein.

Um ihn ein Hauch von Puder, Schweiß und billigem Parfüm.

Wir können, sagte er und schnallte sich an.

26 Leuchtmäuse

Hochmütige Kittel hingen am Haken, ignorante Kittel, die mich nicht zur Kenntnis nahmen, Kittel, die unangenehm rochen, als seien sie im Regen naß geworden, die nach nasser Ratte rochen, nach fremden, bissigen Haustieren. Kittel, die mir nicht gehörten, die mir nicht gefielen und die mir nicht paßten.

Ich besuchte Odilo im Institut. Der Pförtner hatte mich mit Instruktionen versehen und zu einer Treppe im hinteren Flügel geschickt, die ich erklomm. Auf dem ersten Absatz reckte eine medizinische Personenwaage ihren langen mechanischen Hals. Daneben präsentierte ein Abfallkorb seinen Müllbeutel, ließ sich von den Knitterfalten überlappen.

Schilder leiteten mich durch nüchterne Gänge, Schilder, auf denen es hieß: *hier entlang, dritte Tür rechts, Treppe hoch.* Auf den Schildern zeigten Pfeile in Richtungen, die zu den Textanweisungen nicht paßten. Pfeile, die sich wie Uhrzeiger unbemerkt weiterdrehten, die längst nach unten wiesen, während die Anleitung den Besucher ins obere Stockwerk steigen ließ? Als habe nur die selbstvergessene Treppe es nicht mitbekommen, daß sie sich neuerdings im Keller befand?

Labyrinthische Gänge, ich das Versuchstier. Während ich eine weitere Treppe hinaufstieg, überlegte ich, daß Odilo diesen Besuch sehr wohl als Verhaltenstest konzipiert haben konnte. War ich imstande, ausreichend rättische Intelligenz aufzubringen, um seinen Arbeitsplatz zu finden?

Ich stieß auf einen Fahrstuhl und stieg ein, ich war bereits wütend. In der nächsten Etage wehte eine junge Assistentin herein, wir fuhren ins oberste Stockwerk, und sie geleitete mich bis vor Odilos Tür.

Niemand reagierte auf mein Klopfen. Ich pochte probehalber an eine der Röhren, die unter der Decke verliefen, und erzeugte einen metallischen Klang. Odilo kam aus der Tiefe des Gangs.

Ob ich gut hergefunden hätte? Es war eine Testfrage.

Ich, sagte ich, sei den Hinweisen gefolgt.

Er schloß die Tür auf, wir traten ein, und er ließ sein wichtigtuerisches Schlüsselbund, an dem eine größere Schlüsselmenge hing, achtlos auf den Schreibtisch fallen, wo es sich zu einem dicken Metallstern auffächerte. Hätte es sich nicht um moderne Sicherheitsschlüssel gehandelt, wäre es durchaus dem vergleichbar gewesen, über welches ich im Schloß verfügte.

Die Maus war jung und winzig und paßte in eine Säuglingshand. Odilo nahm sie mit raschem Griff aus dem Behältnis. In seiner Pranke wirkte sie verloren. Mäuse kommen nackt und blind zur Welt. Dieser hier war bereits ein Hauch von Fell gewachsen, nachteilig, so erklärte Odilo, für die Vorführung, denn die Maus leuchte zwar, ihr Haarkleid jedoch nicht. So daß die Behaarung das Leuchten des Leibes leider verdecke. Bei einem Jungtier, dessen Behaarung noch weniger ausgeprägt sei, könne man wohl noch einen Schimmer erhaschen, deshalb habe er ein Exemplar des jüngsten Wurfes ausgewählt, konzentrieren aber müsse man sich bei dieser Begutachtung auf die unbehaarten Partien der Maus, welche wären: die Füße, die Ohren, der Schwanz.

Ich lehnte an einem weißen Laborschrank. Als ich bemerkte, daß ich lehnte, rückte ich erschrocken ein Stück ab.

Der Raum war weiß eingerichtet und ohne Tageslicht. An der Decke brannten Leuchtstoffröhren, über weißen Tischen drückten Hängeschränke, hinter Schiebefenstern reihten sich Glasflaschen mit unterschiedlichen Flüssigkeiten. Ich wollte vermeiden, den Schrank durch mein Körpergewicht in Schwingung zu versetzen, ich wollte nichts Gläsernes zum Vibrieren bringen, ich hielt mich ordentlich aufrecht und beugte mich interessiert vor.

Über dem Labortisch schaltete Odilo das ultraviolette Licht an, er verlangte, daß ich mich auf die Stelle, an der sich die Maus befand, konzentrieren solle, da ich diese Stelle im Dunkeln nur mit Mühe wiederfinden würde.

Die Maus bewegte sich suchend in seiner Hand, sie suchte mit zuckender Schnauze nach ihrem Nest, ihrer Mutter, ihren Geschwistern, vielleicht suchte sie die Futterquelle, vielleicht war es auch nur ihre natürliche Bewegungsart, ihre Art, sich der Welt zu nähern, Ausdruck ihrer Lebendigkeit.

Ganz ruhig, Kleiner, sagte Odilo, er sagte es in einem zärtlichen Ton, den ich noch nie zuvor von ihm gehört hatte, und während ich noch spürte, wie seine tiefe, rauhe, beschwörende Stimme in meinen Körper drang, während ich mich beim Klang dieser Stimme am liebsten wieder angelehnt, mich in ihre dunklen Wellen gelegt hätte, durchschoß mich der Gedanke, daß diese Maus, die Vorführmaus, vermutlich Grund zur Unruhe hatte.

Odilo hatte sie in der Mäusezucht separiert. In einem kleinen Transportkäfig war sie in diese Kammer gebracht worden. Sie hatte sich in die Sägespäne gewühlt, es gelang ihr nicht, sich zu verstecken.

Die Mäusezucht durfte ich nicht betreten. Dies liege nicht daran, daß der Forschungsgegenstand so geheim sei, betonte Odilo. Man werde von mir nicht annehmen, ich sei ein Wissenschaftsspion. Daß der bloße Anblick einer Maus, selbst wenn sie glühbirnengleich den Raum erhellte, mich noch nicht in die Geheimnisse der Gentechnik einführte, sei auch dem Institut klar. Der Besucher, erfuhr ich, bringt Keime in die Mäusezucht ein, an denen der gesamte Bestand zugrunde gehen kann. Die empfindlichen Labortiere, die mit der Außenwelt nicht in Berührung kommen, befinden sich in einem dauernden Quarantänezustand. Sie müssen vor unwillkürlich eingeschleppten Keimen, die sich unter den Schuhsohlen befinden können, die sich beim Niesen verbreiten, beim Atmen, sie müssen vor dem Besucher geschützt werden.

Die eine Maus jedoch, die Odilo mir zeigte – würde sie nicht, wenn sie zu ihrer Mäusefamilie zurückkehrte, die von mir eingeschleppten Keime ebenfalls übertragen können? War diese Maus also, da ich sie betrachten durfte, damit schon für immer aus der Tierzucht entfernt?

Odilo schaltete die Neonröhre aus. Der Raum schlug finster über uns zusammen, voll verborgenem Schrecken, ohne Grenzen, ohne Mitte, ohne jeden festen Ort. Ich irrte für ein paar Sekunden in dieser Unermeßlichkeit umher, ich irrte in Gedanken, hatte Angst, mich zu bewegen und an den Laborschrank zu stoßen. Ich hörte Odilos Atem, er versuchte, die zappelnde Maus günstig ins UV-Licht zu halten, und dann sah ich es: Sie leuchtete. Sie leuchtete wirklich. Nicht spektakulär, nicht so, daß ihr Leuchten den Raum bedeutend erhellt hätte. Das Leuchten, dicht an der Hautoberfläche, umspielte ihren Körper wie eine Aura, ein feinstes Schimmern, als sei es die Lebenskraft der Maus, die ein wenig über ihre Körpergrenzen hinausreichte, als sei das, was man so alltäglich Ausstrahlung nennt, plötzlich sichtbar gemacht. Kein außerordentliches Charisma, was auch zuviel verlangt wäre von einer jungen Maus, aber doch ein Nimbus, wie man ihn bei einem Heiligen erwarten würde, wie ihn vielleicht die Emmaus-Jünger endlich an Jesus wahrnahmen, als es hieß: Da gingen ihnen die Augen auf.

Die Maus leuchtete, aber ich mußte mich auf dieses Leuchten konzentrieren. An ihrem Schwanz entlang sah ich es am deutlichsten, sie schimmerte schwach grünlich wie die phosphoreszierenden Sterne, die man an die Kinderzimmerdecke klebt und die nachts das am Tage gespeicherte Licht wieder abgeben.

Ein gelbgrünes, ein unorganisches, ein künstlich-mechanisch wirkendes Licht, ein wie von außen zugesetztes, nicht aus eigener Kraft oder gar aus freiem Willen im Körper hergestelltes Licht; ein Licht, wie es bei Fäulnisprozessen entsteht; leuchtender Moder, Irrlichter, Pilze, das Licht der Zersetzung.

Odilos Erfolge habe ich immer als etwas Unmoralisches empfunden. Heutzutage gibt es natürlich keinen unmoralischen Erfolg, sondern mit jedwedem Erfolg befindet man sich automatisch auf der Seite des Schönen, Wahren und Guten. Er befaßte sich mit Lumineszenz, also gewissermaßen mit Schönheit, folglich galt seine Arbeit als wahr und als gut. Oder: Er verdiente gut, also war auch das Schöne und Wahre vorhanden. Ich hingegen stieß mich bereits an dem Ausdruck Luziferase. Das Verruchte, Egozentrische, Amoralische seiner Beschäftigung lag ja schon in diesem Wort. Wir wollen nicht vom Teufel sprechen, der Teufel ist abgeschafft, auch wenn wir der Meinung sind, daß er in manchen Fällen durchaus nützlich wäre, nützlich als Orientierungspunkt im Handeln, als ethisches Kriterium, als Figuration der Abschreckung. Freud konstatierte, der Teufel enthalte die abschreckenden Züge Gottes und erlaube, an Gott selbst als gütigen, huldvollen, gnädigen Vater zu denken. Heute sind wir nicht einmal mehr zu solch einer grobschlächtigen Spaltung fähig, mit der Abschaffung des Teufels ist Gott reingewaschen, aber auch ermattet: Statt dessen herrscht eine Gleichgültigkeit, die alles erlaubt. Was bleibt, ist der Name: Luziferase, Luziferin.

Die Substanz jenes Lichtengels, Lichtbringers, Leuchtendsten. Substanz des Fliegenfürsten, des Herren der Blendung, des selbstscheinenden Leibs. Substanz des Gefallenen, des Höllensturzes, Substanz der Trugbilder und Verführungen, Substanz des schönen Scheins und der Erscheinung der Welt. Die biologischen Benennungen unterliegen nicht dem Zufall, sie machen Zusammenhänge kenntlich, knüpfen neu erforschte Wesen an ihren Entdecker, verbinden einzelne Exemplare mit ihrer Familie, Gattung, Art und sperren sie so in ein System umfassender Verwandtschaft, und nun: Luziferase. Die Substanz, die alle Festigkeit, alle Gewißheit wieder aufhebt und die Dinge zurückführt auf das, was sie immer waren: ein flüchtiges Aufschimmern in der Zeit, ein lichter Streif im Raum, ein geheimnisvolles Aufflackern der Erinnerung, Deckerinnerung, Einbildung, Traum der Welt von sich selbst. Luziferase, Leuchtorgan des herrlichsten Engels. Schönheit des abgefallenen Lichts.

Ich war durch die luziferisierte Maus ein wenig beunruhigt. Allerdings verstand ich Odilo so, daß Luziferase hier nicht in Betracht kam. Wir hätten es hier mit GFP zu tun, grün fluoreszierendem Protein, und er führte aus, daß sie, die veränderte Maus, durchaus nichts zu überstrahlen imstande sei, vielmehr stets der Anregung durch das UV-Licht bedurfte, von sich aus nichts vermochte, Katzen beispielsweise nicht durch plötzliches Aufleuchten abschrecken würde, wie auch immer. Mich hingegen hätte interessiert, wie lange so eine Maus nach ihrem Ableben noch weiterleuchtete, aber es erschien mir unpassend, mich ausgerechnet danach zu erkundigen.

Wir standen im Dunkeln, Odilo dozierte über seine Forschungsarbeit, ich hörte weg und lehnte mich doch in seine Stimme, die zufrieden klang und etwas selbstgefällig, und während er sprach, schien die Dunkelheit zuzunehmen, nur die Maus trat zwielichtig hervor und säte Zweifel. Ich zweifelte plötzlich, ob ich mich überhaupt in dieser Situation befand, ich zweifelte an mir, ob ich mich körperlich im Raum aufhielt oder lediglich in Gedanken, ob ich nicht ortlos geworden war, zerstreut in der Finsternis.

Die Maus, zu meinem Erstaunen, erledigte mich. Mir schien, daß all meine Vermögen vor ihrem harmlosen Blick zerfielen.

Meine Patienten sahen grüne Mäuse in der Klinik – was sah ich?

Ich fühlte mich vom Wunder dieser Leuchtmaus verwirrt, ich fühlte meine Vorurteile angesichts ihrer täppischen Kindlichkeit pulverisiert, ich fühlte mich von der Maus seltsam angezogen.

Odilo erwies sich als taktile Begabung. Mit welch sanfter Eleganz er die Maus hielt; die Maus, der er alsbald, so fürchtete ich, mit einer raschen geübten Bewegung das Genick brechen würde.

Ich hätte die Maus gern gestreichelt, glaubte aber zu wissen, daß ich das nicht durfte. Ich hätte gern ihr noch kaum vorhandenes, eben erst sprießendes Körperhaar berührt, meinen Finger in dieses diffuse Licht gehalten, die flaumige Haut der Maus auf ihre irdische Verfaßtheit geprüft, dabei vielleicht auch die Innenfläche von Odilos Hand gestreift, zu einem einfachen Vergleich der Wärme – ich wußte, daß Odilo viel Wert auf seine gepflegten Finger legte, sich regelmäßig eincremte, was ich niemals tat, und was um so alberner wirkte, als seine Hände dunkel behaart waren – aber die Maus würde die weichen Polster seiner Hand an Zartheit übertreffen, ich streckte im Dunkeln schon den Arm aus, aber dann ließ ich es, dachte an Bazillen, Übertragungswege – doch ich atmete ja, atmete Keime aus, die mit einem Hauch durchaus auf den mäuslichen

Schnurrhaaren landen, sie infizieren konnten – die Maus besaß keinerlei Abwehrkräfte, sie war ohnehin todgeweiht – ich wagte mich nochmals vor, aber Odilo machte eine unwillkürliche Bewegung, wandte sich eifersüchtig ab, geriet zwischen mich und die Maus, und ich rammte ihn versehentlich am Oberarm. Er verlor das Gleichgewicht, suchte Halt, wollte sich an etwas festhalten und schloß die Faust.

Auch ich hatte an Standfestigkeit eingebüßt, war zurückgeschreckt und mit der Hüfte gegen den Lichtschalter geprallt. Die Röhre flammte auf, und Odilo ließ die zerdrückte Maus wie beiläufig in den Käfig zurückgleiten.

Die Maus wäre ohnehin gestreckt worden – was besagte, daß man Kopf und Rumpf auseinanderzog, bis es knackte – aber dennoch setzte sich in mir ein Gefühl des Unbehagens fest: Als hätte er sie nur getötet, damit ich sie nicht berührte.

Ich blieb nicht mehr lange. Wir tranken noch einen Automatenkaffee in der Lobby, dann verabschiedete ich mich rasch.

27 Doppelsonnen

Den Silvesterabend verbrachte ich im Vorgarten seines Elternhauses. Die Laterne auf dem Ziegelpfosten am Gartentor brannte, die Mauerkrone war dünn mit Schnee bedeckt. Seine Mutter hatte sich unwohl gefühlt und sich früh hingelegt. Odilo mochte das vorausgesehen haben. Er rief mich ein paar Tage vorher an, ob ich den Jahreswechsel mit ihm feiern wolle, er würde sich über meine Gesellschaft freuen.

Ich hatte andere Pläne gehabt, aber ich sagte alles ab, packte die Feuerwerkskörper, die ich schon besorgt hatte, in den Kofferraum und fuhr gegen Abend zu ihm.

Ich trug eine Pelzmütze mit Ohrenklappen und einen Wollmantel von meinem Vater, ich errichtete an der Gartenmauer eine Abschußrampe, und noch bevor ich klingelte, testete ich die erste Rakete.

Er riß voller Ingrimm die Haustür auf, dann sah er, daß ich es war. Ich lächelte breit unter meiner Mütze, warf die Feuerwerkspackungen auf den Teppich im Windfang und achtete peinlich darauf, daß sie nicht mit dem Schneematsch in Berührung kamen, den ich unter den Schuhen hereintrug.

Ein steifer Abend bei Champagner und klassischer Musik.

Ich hätte andere Aktivitäten vorgezogen. Man konnte mit Odilo jederzeit tiefschürfende Gespräche führen. Aber er war nicht gerade ein Freund, mit dem man Spaß hatte.

Wir saßen vor unseren Gläsern und beobachteten, wie die Bläschen hochstiegen. Die Musik lief gedämpft, damit seine Mutter nicht aufwachte.

Zu meiner Überraschung bekundete er intensives Interesse

am Verlauf meines Weihnachtsfestes. Bis dahin hatte er meinen familiären Hintergrund kaum zur Kenntnis genommen. Jetzt wollte er genau wissen, was wir getan hatten. Was gegessen. Wie wir einander beschenkten. Er fragte auch nach meiner Schwester. Ich erklärte, daß sie die Weihnachtstage nicht bei den Eltern verbracht hatte. Ich ahnte nichts.

Alle Weihnachtsabende übereinandergelegt ergeben fast dasselbe Bild. Man sieht im Zeitraffer, wie ich wachse, wie sich die Kleidermode ändert, man sieht die unterschiedliche Gestalt des Tannenbaums, der üppige Zweige ausbreitet und dann wieder schütter wird, sieht die armseligen stumpfen Nadeln mancher Jahre und die prächtig glänzenden anderer. Alle Weihnachtsabende übereinandergelegt ergeben ein Daumenkino, das ein leise bewegtes Motiv zeigt. Systematisch fährt die Fichte ihre Zweige ein und aus, blinken die Kugeln erst rot, dann gold, dann bunt, dann wieder rot, und für einen Moment brennen die Kerzen reglos elektrisch, während sie kurz darauf zu flackern und zu tropfen beginnen. Hefte mit Weihnachtsliedern klappen auf und zu, wieder auf. Lippen formen sich zu einem O, zu einem Kußansatz, ziehen sich in die Breite. Im Schlußbild sieht man mich zwischen den Eltern und Tante Sidonia, ich halte die Noten und erstarre in Gesang, man sieht mich im Schlußbild mit leidenschaftlich offenem Mund.

In diesem Jahr fiel meine Schwester aus, sie hatte andere Verabredungen getroffen, und ich mußte allein die Kinderrolle übernehmen. Normalerweise sangen wir fünfstimmig Weihnachtslieder, diesmal sangen wir zu viert, und wir gaben uns Mühe, einander nicht merken zu lassen, daß meine Schwester nicht dabei war.

Mit Freunden unterwegs, hatte Tante Sidonia gezischt, und vor Entrüstung überschlug sich ihre Stimme noch Minuten später, mitten im Lied.

Sie ist erwachsen, wir können ihr keine Vorschriften machen, hatte meine Mutter entschuldigend gemurmelt und vorgeschlagen, meine Schwester wenigstens anzurufen, aber dann bemerkten wir, daß niemand genau wußte, bei welchen Freunden sie eigentlich war. Kurz darauf rief Mila selbst an, teilte mit, sie hätten die Feier bereits hinter sich, die Geschenke, die Lieder, und wir sprachen ein wenig mit ihr über ein neutrales Thema, den Schnee.

Ausnahmsweise hatte es in unserer Region über die Feiertage geschneit. Der Schnee lag auf den Fensterbrettern und zog sich mit parabelhaftem Schwung an den Scheiben hoch. Von innen sah man, wie er das Glas an den Rändern eintrübte und nur ein gefiltertes, zauberhaft bläuliches Licht durchließ. Ich ließ mir den Hörer reichen und erinnerte Mila, daß wir früher manchmal Sprühschnee verwendet hatten, um diesen Effekt zu erzielen, widerliche Plastikkrümel, die aus der Düse stoben und an der Scheibe klebten und sich später nur mit Mühe wieder entfernen ließen, scheußlicher Kunstschnee, der aber von weitem heimelig wirkte, weil er trotz warmer Räume nicht die Form verlor. Indoorschnee, sagte Mila, moderner Unrat, und wir legten rasch auf. Indoorschnee. Ich benutzte damals Schablonen, um Sterne auszusparen, durchsichtige fünfzackige Sterne, von einem Strahlenkranz aus weißen Plastikfetzchen umhaucht.

Wir lehnten uns bedrückt zurück, mein Vater füllte unsere Gläser nach, wir aßen Weihnachtsgebäck.

Wir lungerten im Wohnzimmer in der Sitzgruppe, die ihre Position in all den Jahren nicht im geringsten verändert hatte, links vom Sofa die Fensterbank mit dem Christstern, den Alpenveilchen und Azaleen, daneben die Terrassentür mit dem Hebel und dem kleinen Knauf. Rechts die geschmückte Blautanne, sehr viel Lametta, silberne Kugeln und eine silbrig aufragende Spitze.

Wir tranken Glühpunsch und rieben die knirschenden Kandisbrocken der Printen zwischen den Zähnen, als kauten wir auf Juwelen. Knüppelharte Kräuterprinten, die man in ein heißes Getränk eintauchen mußte, um überhaupt hineinbeißen zu können. Aachener Printen, die das Aachen Karls des Großen in sich zu beschließen schienen, die karolingische Pfalzkapelle, auch die romanischen Kirchen des Rheinlandes, die Ottonen, die Kaiserkrone mit ihren goldgefaßten geschliffenen Edelsteinen, den ätherischen Farben, all das aßen wir mit der Hartprinte, und mir kam es vor, als sei sie nur deshalb so hart, um die Zeit besser speichern zu können, und als leiste sie nur deshalb so großen Widerstand, um uns in unserer Lebensmittelmüdigkeit noch einmal an das Glücksversprechen orientalischer Gewürze zu erinnern.

Zimtstangen, Gewürznelken, Sternanis. Ingwer, Koriander, schwarzer Pfeffer, Muskatnuß. Pottasche. Hirschhornsalz. Honig und Zitronat. Vanillestange. Brauner Rum. Ein Fläschchen mit Bittermandelaroma. Kakaopulver und Zuckerguß. Puderzucker, silberne Zuckerperlen, Hagelzucker: Wir aßen das Mittelalter und die Neuzeit, aßen Barock und Aufklärung, Reste alter Handelswege und der Kreuzzüge, aßen die Gepflogenheiten der Jahrhunderte und schließlich eine übersüße Gegenwart, die man zu Weihnachten durch persönlichen Verzehr dem Heiland opferte.

Meine Tante nahm zwei Spekulatius aus der Gebäckschale und legte sie vor sich auf die Serviette, sie deckte die Bildseiten auf, zwei Kärtchen eines Memoryspiels. Sie hatte einen Elefanten gezogen, dazu einen Müller. Seufzend biß sie in den Elefanten hinein.

Gebildbrote. Tronien. Aufdecken. Zudecken.

Meine Tante nippte am Glühpunsch und kaute schweigend, mit inneren Bildern befaßt.

Aufdecken: Fahrten mit dem Pferdeschlitten zur Christmette. Sidonia in eine Decke gehüllt, Johannes bis zur Nase unter einem Schaffell, die Mutter, ein wollenes Tuch umgebunden, singt.

Zudecken: Bei der Großtante seitens der Mutter in Köln, die ihre Söhne beide verloren hat, und der Sidonia nichts recht macht. Dort mit Johannes in einem schmalen Bett, Johannes, der sich an ihre Hand klammert und auch im Schlaf nicht losläßt.

Aufdecken: Gänsedaunen werden in ein Oberbett gestopft, Sidonia sitzt neben dem Ofen und ißt ein Schmalzbrot, Johannes, noch auf allen vieren, versteckt sich kichernd, bedeckt sich mit Federn.

Zudecken: Sosenpichlers, die Nachbarn linker Hand, die an einem kalten Abend aufbrechen zu Wanderungsbewegungen durch Europa, ein Oberbett im Gepäck.

Aufdecken: Der Kölner Pfarrer hat sein Wohnzimmer frisch tapeziert. Als Haushälterin serviert sie ihm und seinen Gästen ihren vielgelobten Schonkaffee.

Im Zimmer brannten nur die Kerzen am Baum. Sie ließen die Kugeln und das Lametta funkeln, und sie überzogen auch uns mit diesem Funkeln und Flackern. Eine unstete Bewegung glitt über die Gesichter und verschönerte sie, ließ die Augen glänzen, hob die Rundung eines Kinns hervor, vertiefte die Schatten zu etwas Samtigem, das mit der Tiefe des Zimmers verschmolz. Ich sah uns vor der geschmückten Tanne, umhüllt von den glitzernden Partikeln, als seien wir selbst diejenigen, die sie versprühten, hell hervortretende Köpfe, umgeben von schimmerndem Haar, hinter uns lange lamettahelle Schweife, Erinnerungen, die wir durch Raum und Zeit nachzogen. Von draußen, von der Straße aus konnte man uns leuchten sehen, Kometen, die sich einmal im Jahr auf ihrer Bahn trafen.

Ich erwachte bei Tagesanbruch vom Schaben des Schneeschiebers vor dem Haus. Mein Vater hatte in diesem Jahr einen besonderen Ehrgeiz entwickelt, den Schnee auf der Zufahrt so früh und so gründlich wie möglich zu räumen. Er hatte den Eindruck gewonnen, daß die Nachbarn, die viel später, wenn es schon richtig hell war, aus der Tür traten, etwas pikiert auf ihr eigenes dick zugeschneites Wegstück und seine strahlend rein daliegende Fläche blickten, und er hatte sich vorgenommen, hier den Winter über der Nachbarschaft ein leuchtendes Vorbild zu sein. Er schaufelte den Schnee, der ja irgendwohin mußte, an den Zaun, und dieser Zaun war jetzt bereits nicht mehr sichtbar, nur noch die Spitzen ragten heraus. Er schaufelte sehr systematisch, er kratzte über die Stellen, an denen der Schnee schon festgetreten war, damit man dort später nicht ausrutschte, und wenn es nichts mehr zu schaufeln gab, holte er den Straßenbesen und fegte die letzten Flocken an den Rand.

Am Abend wanderten wir durch die Neubausiedlung, und mein Vater kommentierte die Räumleistungen der Anwohner. Erst schaufeln, dann streuen, hatte er uns seit Kindheitstagen eingeschärft, und kritisch, aber mit triumphalem Unterton wiederholte er diese goldene Regel, als wir über einen Pfad voller halbflüssigem, knöcheltiefem Schneematsch stapften, in dem sich rosa Salzkristalle auflösten und der Masse eine graurosa Färbung verliehen. Mit einigen Partien des Bürgersteigs schien mein Vater halbwegs zufrieden. An manchen Stellen mußten wir storchig die Beine heben, ohne verhindern zu können, daß es uns kalt in die Schuhe rieselte, aber zumindest teilweise war der Schnee weggeschafft. Es gab, stellte mein Vater fest, einige Anwohner, die ihren Pflichten halbwegs korrekt nachgekommen waren, wenn auch natürlich niemand imstande gewesen war, so scharfkantig und so ebenmäßig zu schaufeln wie er.

Wir brachten Tante Sidonia zur Bushaltestelle. Normalerweise chauffierte mein Vater sie am Nachmittag des zweiten Feiertages zurück nach Köln. In diesem Jahr traute er sich nicht den Hang hinauf. Die Nebenstraßen waren nicht vom Schnee befreit, erst zwei Tage vor Silvester würde man es wieder wagen können, sie zu befahren.

Es ging steil bergan, wir schwitzten, obgleich wir froren. Um uns eine verheißungsvolle Schneedecke, unter der, wie bei einem Adventskalender, Lebkuchenherzen verborgen sein mochten, Rauschgoldengel, Spielzeug und Strohsterne. Kinderwünsche, Illusionen, Erwachsenenglück.

Wir stiegen keuchend unter den fallenden Flocken weiter empor, erdrückt von Verheißung. Die Welt lag unter Milliarden von Sternen begraben, Schneesternen, Aberwitz. Die Tiefe hinter den Flocken eine bestürzende Fülle, aus der die Kristalle wie ausgeleert fielen; eisige Oberflächen, filigran und kurzlebig, unberührbar, trudelten aus einem riesigen schwarzen Raum.

Als würde die Nacht in der Salzmühle zu glitzernden Körnern zermahlen werden, eine Nacht, ausgestreut in sich selbst, ein feines Gerieseln, das auf die Straßen fiel und alles lahmlegte, das ganze Getriebe zum Stillstand brachte.

Wir standen versuchsweise an der Haltestelle, es war spät, uns war kalt, in die Gegenrichtung sei seit Stunden nichts gefahren, so hatte uns ein Anwohner gewarnt, der mit der Zigarette vor seinem Haus auf und ab ging und seinen Pinscher unter der Laterne scharren ließ. Wir warten zehn Minuten, hatten wir uns gesagt, aber dann näherte sich nach fünf Minuten ein Licht, es tauchte am Ende der Straße aus der Dunkelheit auf und füllte für einen Moment alles aus. Der Bus kam, meine Tante stieg ein.

Soso, sagte Odilo, und es war nicht zu erkennen, ob mein Bericht ihn zufriedengestellt hatte.

Und – deine Schwester, wißt ihr denn jetzt, wo sie war?

Nein, sagte ich. Das ganze Thema langweilte mich.

Kurz vor Mitternacht zogen wir unsere Mäntel an und traten vor das Haus. In der gesamten Straße war niemand zu sehen, hier lebten vorwiegend ältere Menschen, die um diese Zeit in ihren Sesseln blieben und sich zuprosteten.

Wir zündeten die Raketen. Odilo war mit kindlichem Eifer dabei, mit einer verzerrten Freude, als gelänge es ihm zum ersten Mal in seinem Leben zu rebellieren. Ich hielt das Feuerzeug mit technischem Gleichmut an die Zündschnüre, hörte die Kracher detonieren, sah die Raketen explodieren und Funkengarben über den wattigen Himmel sprühen, ich ging systematisch vor, mit ruhigen, routinierten Bewegungen, ich fühlte mich ausgesprochen souverän.

Odilo war vom Feuerwerk regelrecht ergriffen. Er tänzelte aufgeregt hinter mir, las mir die Anleitungen auf den Verpackungen vor und beaufsichtigte, ob die Zündung erfolgte, ob ich es richtig machte, ob ich das Feuerzeug mit der gebotenen Sorgfalt aufflammen ließ. Er wiegte die langstieligen Raketen im Arm und hielt sie mir eine nach der anderen hin, er achtete darauf, daß nichts versehentlich in den Schnee geriet, er stampfte eine Stelle zurecht, auf die wir die Boxen mit den Kugelblitzen aufsetzen konnten, ohne daß für das Pulver hinter der dünnen Kartonwand Gefahr bestand, feucht zu werden.

Die Raketen gab er mir jeweils mit einer Verzögerung, als falle es ihm schwer, sich von ihnen zu lösen, als wolle er, an sie geklammert, am liebsten mit ihnen auffahren und mit ihnen am Himmel stehen.

Wir hatten Barocksonnen, Venezianische Fontänen, Riesenfontänen, Römische Lichter, Brillantfächer, Glorien, Wasserfälle in Silber und Gold. Hatten Jupiter- und Marsraketen,

Bengalische Streichhölzer, Silbertaler, Vesuve, Leuchtkugeln, Phönixe.

Die leuchtenden Körper schossen als Mutmaßung in den dunkelgrauen Raum, entfalteten sich in narzißtischem Glanz, sprenkelten die Nacht mit Magnesiumtropfen, drehten Feuerräder, ließen kunstvolle Sekundenwälder wachsen, verschwendeten schnellebig-gleißende, nutzlose Pracht.

Um uns verschlossen sich die Einfamilienhäuser tiefer in ihren strengen Vorgärten voll blaustichiger Fichten, duckten sich unter dem Qualm aus ihren eigenen normierten Schornsteinen, der weiter oben im Nachthimmel zerblasen wurde, lauerten auf uns in ihrer herrischen Selbstgewißheit.

Odilo erwies sich als dienstbares Geschöpf, kontrollierte meine Arbeit, leistete kleine Handreichungen, Odilo hockte neben mir im Schnee, Schatzsucher, Goldgräber, Revolutionär, und verscheuchte die bösen Geister des kommenden Jahres. Odilo, der sich ein Leben lang über proletarische Gebräuche wie den lautstarken Jahreswechsel lustig gemacht hatte, nahm meine Rede von den Dämonen, nahm unser Knall- und Rauchwerk überraschend ernst.

Als ich mich umdrehte, sah ich seine Mutter, ich sah sie unruhig durchs Treppenhaus steigen, sah sie von draußen, von der Straße aus durch die Wand aus Glasbausteinen, nur ein Schatten, in Fragmente zerteilt. Ich sah sie, ein zerrissener Hauch, der seine Teile noch mit großer Mühe im Rahmen der Fugen zusammenhielt, und mir kam es vor, als sei es diese Mühe, die bereits ihr Leben ausmachte und sie erschöpfte.

Odilo bemerkte sie nicht. Sein Haar schimmerte im geliehenen Glanz grün und rot; er fixierte das Feuerwerk, begab sich mit jeder Rakete in die Luft, konzentrierte sich darauf, wie sie zerglitzerte.

Als endlich alles verloschen und die Luft dicker geworden war, schien er auf den Geschmack gekommen. Er warf einen Fieberblick auf das Tribunal unglaubwürdiger Büsche, das das Gartenmäuerchen verdeckte. Fixierte hitzig die schneebeladenen Zweige der Tannen, die abgestorbenen Halme eines Ziergrases, die Ziegel, die im Schnee nach Moos und Moder rochen. In seinen Augen glomm plötzlich Lust am Aufruhr, er verlangte von mir das Feuerzeug, steckte das Ziergras in Brand, das auch brav entflammte. Er kokelte an einem lästig überstehenden Zweig, aber der hing naß und schneeig und entzündete sich nicht. Achtlos wandte er sich ab, dann hing der Zweig in seinem Rücken, dunkel geädert wie der Flügel der Gemeinen Stubenfliege. Odilo sengte sich den Ärmel an und kicherte blöde, und ich hinderte ihn daran, am Nachbarszaun zu zündeln, führte ihn statt dessen zu meinem Wagen, setzte ihn auf den Beifahrersitz und schnallte ihn an. Hatten wir einen lustigen Abend? In der Unterführung kurbelte er das Fenster herab und begann lauthals zu singen. Unterbrach sich: Welche Lieder meine Familie nochmal gesungen hätte am Weihnachtsabend? Keine Lieder, brummte ich unwirsch, Fenster zu, es ist kalt, und er ernüchterte innerhalb von Sekunden und kurbelte folgsam die Scheibe wieder hoch.

Wir kurvten eine Weile um das Endenicher Ei. Auf dem Rückweg scherte ich aufs Feld aus und drehte auch hier einige Runden, ich fuhr keine Kornkreise, sondern eine Unendlichkeitsschleife. Immer noch sprühten einzelne Feuerwerkskörper in die Luft, das Feld lag im Schwarzpulverdunst.

Barocksonnen, sang Odilo vor sich hin, und es war mir unendlich peinlich, daß er mit dem Singen nicht aufhörte, Barocksonnen, sang er, Doppelsonnen, Nebensonnen.

Selbstfliegende Felder, wie witzig, guck mal.

Die Sonne geht auf. Wir sind die Sonne.

Als wären wir unschuldig, aber woran?

Odilo war betrunkener, als ich gedacht hatte.

Doppelsonnen, sang er: zwei Freunde, die umeinander kreisen. Doppelsonnen: Eine ist meist kleiner und halb verdeckt. Unsichtbare Sonnen, unrealistische Sonnen, Sonne unterhalb des Horizonts. Nebensonnen. Gegensonnen. Die Idee einer Gegensonne gefiel ihm besonders.

Parhelion – Scheinsonne, posaunte er in die Nacht, Scheinsonne – Sonnenschein, völlig verrückt. Sundog, prahlte er, Schoßhund der Sonne, und wenn wir diesen entführten, wäre doch unser Sieg über jene schon näher gerückt.

Vor seinem Haus öffnete ich den Kofferraum, nahm das Bleigießset heraus, dessen ich mich bei meiner Ankunft vor Mitternacht noch zu sehr geschämt hatte, und bugsierte ihn mitsamt dem Set ins Haus.

Bleigießen. Ich goß einen Tannenzweig. Er goß eine undefinierbare Masse mit Auswüchsen, die er nicht deuten konnte.

28 Die rotierenden Orte

Ich hatte von einem entnadelten Tannenbaumskelett geträumt, dessen Zweige dicht mit moosgrüner Wolle umhäkelt waren, eine paßgenaue warme Hülle.

Es war der Tag, an dem Odilo mich im Schloß besuchen kommen wollte. Den ganzen Vormittag über ging mir der Tannenbaum nicht aus dem Kopf. Er lag in meinem Traum an einem Wegesrand, wie unser Kliniktannenbaum vor einigen Wochen draußen gelegen hatte, abgetakelt und abgeschmückt. Diese Anstaltstanne hatte vom ersten Tag an genadelt, sie hatte genadelt, noch bevor sie überhaupt, mit einer Schnur Elektrokerzen umwunden, in der Eingangshalle stand. Erst hatten mehrere Personen, mit Leitern und Seilen ausgerüstet, den Baum aufstellen müssen. Dann wurde der Hausmeister gesichtet, der eine Kabeltrommel hinter sich herzog. Er führte endlose Kabelschlangen durch die Halle, weil es in der Ecke, die man für den Baum gewählt hatte, keine Steckdosen gab. Später kam er mit dem Besen und fegte die Nadeln auf. Als der Baum abgebaut wurde, war er bereits sehr schütter. Die letzten Nadeln lösten sich, als er draußen lag und darauf wartete, zersägt, dann verheizt oder kompostiert zu werden. Auch mein geträumter Baum war vollständig kahl, aber die Nadellosigkeit spielte keine Rolle, da er diesen wohligen Wollmantel besaß, der jeden Zweig einzeln umschloß, ein Mantel in Tannenform, von trügerischer Gemütlichkeit.

Während ich am frühen Morgen mein Zimmer aufräumte, die Fenster aufriß und gewissenhaft lüftete, klammerte ich mich an das vage tröstende Nachgefühl dieses Traums. Schon am Vorabend hatte ich das Bedürfnis verspürt, den Pflegern Dampf zu machen, sie anzuhalten, einmal, nur einmal mit analer Gründlichkeit aufzuräumen, sich in einem weniger ruppigen Umgangston zu versuchen, auch die Patienten besser anzuziehen, ein einziges Mal nicht die ewige Sport- und Freizeitkleidung, nicht die nachlässigen Frisuren, die überhängenden Hemden. Ich beherrschte mich, ließ die Pfleger in Ruhe, trug ein angebrochenes Apfelmusglas zum Kühlschrank, ich wischte Fettflecken von der Heizung und wechselte meine Bettwäsche.

Sozialarbeiter, hatte Odilo meinen Beruf genannt, und das hieß für ihn, sich selbst so weit erniedrigen, daß das eigene Licht unter dem Scheffel keine Chance mehr hatte.

Warum tust du dir das an, hatte er gefragt, warum nicht wenigstens Arbeitspsychologe, Forensiker, eine gutbezahlte Stelle, angemessen, anspruchsvoll.

Deine romantische Poesie des Arzttums, hatte Odilo gesagt. Erfahrungsseelenkunde! Psychokatharsis! Nervenspezialist! Es ist doch so, daß du die Krisen der anderen zu deinen eigenen Krisen machst.

An diesem Morgen kam mir die Erkenntnis, daß wir es am Ende gar nicht den Eltern, auch nicht dem Chef, sondern in erster Linie den Freunden rechtmachen möchten: in ihren Augen gut dastehen, mit unserer sogenannten Entwicklung ihrem kritischen Blick standhalten, uns mit der Ausübung unserer Fähigkeiten ihrer Gesellschaft würdig erweisen. Ich traute Odilo ohne weiteres die größte Übersicht über meine Möglichkeiten zu, die beste Kenntnis meiner Talente, eine grauenhaft gründliche Einsicht in meine Stärken und Schwächen. Auf die Eltern konnte ich hierbei seit der Grundschulzeit nicht mehr zählen. Sie meinten es gut, aber mit allem, was ich lernte, mit jedem Bildungsschritt entfernte ich mich aus ihrem Gesichtskreis. Von Odilo erhoffte ich mir, was sie mir nicht mehr zu geben vermochten: Unterstützung, Anerkennung und Absolution.

Ich hatte übermäßig lange gelüftet, um die schlechten Gerüche aus dem Raum herauszubekommen. Aber das Muffige saß in den Wänden, der Raum war jetzt starkriechend und eiskalt.

Bei seiner Ankunft standen knöcheltiefe Pfützen vor dem Schloß, die er vorsichtig umschritt. Odilo, dunkelbeschuht, mit leicht eingedrehten Füßen, schlackerndem Gang.

Er hatte sich, das sah ich vom Fenster aus, in die alte Lodenjacke gekleidet, die er vorwiegend bei unseren Erlkönigfahrten getragen hatte, eine Jacke, die damals schon äußerst unmodern gewesen war und die er nun, womöglich in einem Anfall von Nostalgie oder als Zeichen der Verbundenheit, wieder herausgekramt hatte. Odilo, von allen unverstanden, genialisch, abschätzig: Ich sah ihn vom Schloßfenster aus, kam ihm nicht entgegen, wollte abwarten, wie er sich zurechtfand.

Der Zufahrtsweg lag windig und leer.

Einzig Herr P. hockte an den Pfützen, er hatte weißes Konfetti aus einem Locher mit roten Filzstiftkreuzen versehen und ließ jetzt die angekreuzten Boote schwimmen. Der Schwanenteich schien ihm für dieses Manöver zu riskant. Er hatte recht. Die Schwäne waren in der Lage, sein Konfetti irrtümlich zu fressen. Odilo umrundete höflich auch ihn, Herr P. erhob sich und deutete eine Verbeugung an. Odilo nickte gnädig und ging rascher, achtete kaum noch auf den nassen Grund.

Odilos Ankunft: Plötzlich sah ich die Leiter in der Ecke der Eingangshalle, sah mit seinen Augen den aufgerollten Teppichrest lehnen, erinnerte mich an den Stapel hölzerner Besteckschubladen, der seit Ewigkeiten am Tor vor sich hinrottete.

Immerhin, die Patienten, in der nicht ganz falschen Vermutung, es handele sich bei diesem Mann um einen Teil, vielleicht die Vorhut einer Prüfungskommission, die Patienten hielten sich tunlichst zurück.

Im Flur lungerte nur Herr Q., der auf ein gepflegtes Erscheinungsbild Wert legte, den immer gleichen Anzug mit dem immer gleichen Einstecktüchlein trug. Er verlebte den Tag im Schlendern durch die Korridore, drückte sich in den Sälen herum, sah sich außerstande zu lesen, außerstande, länger bei einer Sache zu bleiben. Diese Zerstreutheit rührte von den Medikamenten, die wir ihm verabreichten. Deren Nebenwirkungen waren zwar allgemein in den letzten Jahren zurückgegangen. Dennoch verhielten sich viele Patienten unkonzentriert, gedämpft. Bei einigen veränderte sich die Gesichtsfarbe, manchen fiel es schwer, deutlich zu sprechen, weil sie ihre Zunge als unbeweglich und vergrößert empfanden, als schwer und gelähmt.

Sanatoriumsbesucher, Kurgäste, Idioten? Nach langer Zeit fragte ich es mich erneut: Sah man den Patienten etwas an? Und wenn ja, was?

Ich mied mein Schlafzimmer mit seinen Nacht- und Küchengerüchen und führte den Freund in mein Büro. Dort wußte ich nicht, welchen Platz ich ihm anbieten sollte: meinen Schreibtischsessel, den Patientenstuhl? Odilo sah sich argwöhnisch um, wandelte argwöhnisch durch das Zimmer, nahm einen Kugelschreiber vom Tisch und studierte die Aufschrift des Urologen-Kongresses, er wog meinen Briefbeschwerer in der Hand, einen Kreidestein von der Ostsee, in dem man bei genauer Betrachtung einen Muschelabdruck erkennen konnte, und ich sagte mir stillschweigend, ja, er hat recht, es ist sentimental, sich solcherart ein Naturgefühl ins Haus zu holen, als habe man teil an den Kräften von Wetter und Zeit. Gleichzeitig hing ich an dem Stein; ich mochte das Gefühl von Wetter und Zeit, aber ich sah Odilos skeptischen Blick, und ich, wie gegen meinen Willen, pflichtete ihm bei. Er musterte die therapierelevanten Gegenstände in meinem Regal: bunte Holzfrüchte, mehrere neutral blickende Stoffpuppen, einige Kissen, gegen die ich die Patienten, wenn erforderlich, boxen ließ. Er schnippte prüfend gegen den Putz, der ihm den Gefallen tat, an der Kaminöffnung ein wenig zu bröseln. Odilo trug die Fingernägel noch immer lang und kratzte herausfordernd an einer losen Ecke der Tapete, aber die Tapetenbahn verweigerte sich, sie löste sich keineswegs ab, schlug nicht über ihm zusammen.

Dies also war mein Arbeitsplatz.

Türen schlossen nicht richtig. Es zog durch die Fensterritzen. In den Außenanlagen unbefestigte Wege, ein zugewucherter Park, ein veralgter Schwanenteich.

Er räusperte sich, zog ein schmales Päckchen aus der Jackentasche und schob es mir kommentarlos über den Tisch. Ich zog behutsam den Aufkleber der Buchhandlung ab und öffnete das Geschenkpapier so, daß ich es wiederverwenden konnte.

War ich von Odilo besessen? Alles, was von ihm kam, sei es ein Buch, sei es ein buntbedrucktes Geschenkpapier, hielt ich in Ehren, selbst wenn seine Geschenke, seine Zuwendungen für mich in Wahrheit erniedrigend waren.

Was brachte er mir mit? *Tonio Kröger und andere Meistererzählungen.* Was hieß das für ihn? Sein Fall, verklausuliert vom großen Thomas Mann. Was hieß das für mich? Ich war von Genies umgeben. Was hieß das für ihn? Seine Unzuverlässigkeit als Freund mußte von mir toleriert werden. Was hieß das für mich? Ich möge mich, wie immer, zusammenreißen.

Mir hatte Odilo von Anfang an die Rolle des Blonden und Blauäugigen zugewiesen, des Harmlosen, des Robusten; einschränkend mochte ich vor mir selbst anführen, ich sei ge-

naugenommen rotblond, meine Augenfarbe tendiere zu Grün
– aber selbstverständlich war ich keineswegs so dunkel in Habitus und Charakter wie er, nicht so sensibel, so selbstreflexiv,
so melancholieumflort, ich schien keineswegs zu begabt für die
frohsinnspralle, die oberflächliche Welt.

Dies hatte von Anfang an dazu geführt, daß er derjenige von
uns war, der im Zentrum stand – soweit man bei einer Menge
von zwei Personen von Zentrum überhaupt reden kann. Logi-
sche Folge: Ich entwickelte eine Spielart des Eckermann-Syn-
droms. Von ihm habe ich gelernt, daß man sich stets für das
Unglück, nie für die Glücklichen interessiert.

Ich hielt das Exemplar von *Tonio Kröger* in der Hand, als
hätte ich noch nie ein Buch gelesen, und dachte (was überhaupt nichts zur Sache tat) zwanghaft an unsere Personaltoilet-
te: Wie konnte ich Odilo im Verlauf dieses Tages davon abhalten, sie benutzen zu müssen? Und während ich mir solcherlei
unerfüllbare Aufgaben stellte, setzte Odilo sich schließlich auf
den Patientenplatz.

Er setzte sich schließlich auf den Patientenplatz. Odilo an diesem Ort erschien mir unglaubhaft; er war nicht dafür geschaf-
fen, einen solchen Besuch zu machen; ich begriff nicht, wes-
halb er gekommen war.

Er war blaß, wirkte dünnhäutig, unruhig. Immer wieder
schob er die Hände über die Schenkel zum Knie, zog sie an
den Innenseiten zurück. Mechanisch, wie ein Getriebe. Dann
ließ er die Arme hinter dem Stuhl hängen, die Lehne unter die
Achseln geklemmt.

Der Bund seiner Unterhose schob sich ein Stück aus dem
Hosenbund hoch. Er hatte sein Hemdende in die Unterhose
gesteckt. Das Hemd wiederum klaffte zwischen zwei Knöpfen
ein wenig auf, und man sah, mandelförmig, einen Schimmer
Unterhemd. Ich nahm, reine Übersprungshandlung, meinen

Terminplaner zur Hand, öffnete ihn und versuchte, beim Zu-
sammenklappen damit eine der Fliegen zu fangen, die sich mit
uns in diesem Raum aufhielten. Mehrmals schlug ich heftig
das Ringbuch zu. Fliegen erwischte ich nicht. Schließlich gab
ich Ruhe und setzte mich seitlich zum Schreibtisch, so, daß ich
seinem Blick aus dem Fenster folgen konnte. Unmengen von
Lanzettblättern draußen, langflatternd und schwarz im Wind.
Sie türmten sich, verhüllten etwas, eine immer höher steigende
Laubsäule.

Gummistiefelwetter. Ich holte aus meinem Kühlschrank
zwei Dosen Ingwerbier, er zuckte zusammen, als der Verschluß
knackte. An diesem Tag wurde es nicht richtig hell. Wir saßen
eine Weile im Schein der Schreibtischlampe, unsere Schatten
an der Wand schwangere Ratten und Maulwürfe, wir prosteten
den schwarzen Blättern zu, der Säule, die aufstieg und dann,
Schlächterseele in Rüschenbluse, heimtückisch wieder in sich
zusammenfiel.

Seine Zerrissenheit, sein Fremdkörpergefühl waren für mich
beinah physisch zu spüren. Auch ich begann, mich auf meinem Sitz zu winden, getrieben von einem grundsätzlichen
Unbehagen, beklemmender Enge, dem Drang, die eigenen
Körperwände zu übersteigen, auf jede mögliche Weise einen
Ausweg zu suchen, auch auf Kosten der eigenen Unversehrt-
heit. Ich atmete tiefer, sah ihn verständnisvoll an, wahrschein-
lich ein Fehler.

Ich erwartete ein Bekenntnis, etwa in Hinblick auf sein stets
virulentes Mutterproblem, ich erwartete etwas wie: Er fürchte sich vor sich selbst, vor einem Gewaltverbrechen, einer
nicht wiedergutzumachenden Tat. Oder: Er leide unter dem
Zwang, aus sich herausgehen zu wollen, es nicht zu dürfen,
aufgrund der Entscheidung einer unbekannten Instanz. Oder:
Die Durchschnittlichkeit der Verhältnisse, die unzureichende

Ausstattung seiner Person, die Mangelhaftigkeit seiner charakterlichen Bildung wolle er nicht als Behinderung betrachten, sie sporne ihn an. Er wehre sich dagegen, dem inneren Sog nachzugeben und zu scheitern, Scheitern sei leicht.

Ganz selbstverständlich erwartete ich, daß er sich mir als Freund, als Psychiater anvertrauen würde; allein, er brachte es angesichts der niederschmetternden Umgebung nicht fertig.

Statt dessen sprachen wir über Belanglosigkeiten. Sprachen so vor uns hin.

Er seinerseits residiere während seiner Symposien zur Biolumineszenz oft genug in Schlössern. Auch die Feiern mit seinen begüterten Freunden fänden nicht selten in Schlössern statt. Diese Schlösser, nebenbei bemerkt, seien tipptopp, denkmalgerecht restauriert, an ihnen gebe es nichts auszusetzen.

Ich erzähle ihm von den besonderen therapeutischen Anstrengungen, die in unserer Einrichtung gemacht werden.

Einwand: Müssen die psychisch Kranken ausgerechnet in einem Schloß wohnen? Die bauliche Substanz sei wenig geeignet, den Bedürfnissen einer solchen Einrichtung zu entsprechen; unübersichtlich, schlecht zu heizen, baufällig, unfreundlich eingerichtet.

Ich erwähne beflissen, was die Patienten gerne tun. Heute werden sie vorgezeichnete Tierfiguren ausmalen, sie ausschneiden, aufkleben.

Er: Wäre das Schloß, letztlich eine Perle unter den preußischen Spätbarockschlössern, noch zu retten?

Ich: Unsere Aufgabe sähen wir darin, den Patienten auch ein minimales barockes Lebensgefühl zu vermitteln. Die vorteilhafte Wirkung von Muße und ein wenig Überfluß, von schönem Schein und all den repräsentativen Äußerlichkeiten, nach denen man sich hier wohl gesehnt habe, gehöre zu den Credos unserer Klinik.

These: Während wir drüben ungerührt Gelsenkirchener Barock pflegten und die ästhetischen Vorgaben des Bauhauses kollektiv ignorierten, wurde hüben, wo man die ästhetischen Vorgaben des Bauhauses als Staatsreligion gehandhabt hatte, nach der Wende eine Schleuse geöffnet und alles mit Gelsenkirchener Barock überschwemmt.

Antithese: Auch zu DDR-Zeiten habe man durchaus klobiges, überladenes Mobiliar in zu kleine Wohnungen gepfercht, darin den Wunsch ausdrückend, zur bessergestellten Schicht zu gehören.

Er: erlaube sich die Bemerkung, daß es zu DDR-Zeiten offiziell gar keine bessergestellte Schicht gab.

Ich: gebe zu bedenken, daß dieses Schloß seine marginale Bedeutung aus einer nicht sonderlich ruhmreichen Vergangenheit ziehe. Ein haltloser Ort, gehalten allein von den zahllosen Schloßgeschichten Europas, die letztlich Gespenstergeschichten seien.

Er: ein hypothetischer, halluzinierter Ort?

Ich: ein Erinnerungsort.

Er: ein Wohnort, an dem die Gesellschaft endgültig versacke.

Ich: behaupte, das Schloß sei doch vorderhand ein Ort der Schonung, ein Rückzugsort.

Er: ganz im Gegenteil, es sei eine Immobilie wie ein Elektroschock.

Die Unterhaltung führte zu nichts.

Odilo sprach zu mir wie hinter Glas. Ich jedoch flog unaufhörlich auf ihn zu, flog mottenhaft gegen die Scheibe, ein dummes kleines Insekt, das angezogen blieb von einem kalten Licht.

Die Unhaltbarkeit des Schlosses begann erst mit seinem Besuch; als träte alles, was bisher im Dornröschenschlaf gelegen hatte, wieder in die Gegenwart ein. Er beschleunigte den sichtbaren Verfall, riß die Dinge aus ihrer Verborgenheit. Die Stuhlgerippe und versteinerten Schränke, die im Staub vergrabenen Heizkörper, die Tapetenfossilien. Alle Unbilden, mit denen ich mich arrangiert, die ich als gegeben hingenommen hatte, in denen ich sogar eine gewisse Herausforderung, ja einen Reiz gesehen hatte, wurden von einem Moment auf den anderen zu unzumutbaren Zuständen, zum endgültigen Niedergang.

29 Schwarze Maulbeeren

Schwarze Sonnenscheibe, du Ziel aller Jagd. Laß uns ins Schwarze treffen, laß uns also ein.

Einseitig bedruckte Papiertheaterfiguren, die auf abgeknickten Sockeln stehen, nach den Regeln der Gleichmäßigkeit zwischen Simsen, Binsen, Seggen verteilt. Spinettklänge, prunkvolle Jäger auf Pferden, ihr langsames Vorrücken, schnelleres Flüchten von Hasen und Wildschweinen. Papierenes Pirschen, Schleichen, Hocken und Kauern, während die Hirsche, große atmende Schachteln, majestätisch Linien durch eine horizontlose Landschaft ziehen, Hirsche ohne Hintergrund, die in Whiteout-Effekten äsen, prächtige Hirsche im Nebel der Einbildung. Sie springen fort, als die Sonne durchbricht.

Odilo, noch immer bei mir im Schloß. Wir saßen ein wenig herum, unterhielten uns, tranken Ingwerbier, bis es Zeit war, zu Mittag zu essen. In seinem Wagen fuhren wir zur Gaststätte im Dorf. Anstaltskost war ihm nicht zuzumuten. Wir drehten ein paar Schleifen, stellten Vergleiche mit dem Rheinland an. Die Wiesen bei uns grüner, hier grauer. Die Kühe bei uns glatter, wie gebürstet, hier hielt man eine widerstandsfähigere Rasse mit Wirbeln im Fell. Hier trugen die Kühe ein Äußeres wie bei uns die Rosettenmeerschweinchen. Wie war das zu bewerten? Wir wußten es nicht, empfanden darüber aber Einigkeit. Im Dorf hielt man die Tradition der Sättigungsbeilage hoch. In dieser Tradition kam nach dem Essen der Wunsch auf, sich die Beine zu vertreten. Sich die Beine vertreten: Mit Odilo verhielt ich mich regelmäßig frühvergreist. Wir kehrten zum Schloß zurück, stellten das Gefährt am Torhaus ab, schlenderten im Rentnertempo durch den Park.

Die Wege lagen aufgeweicht, von Kaninchen und Wühlmäusen zerlöchert. Der weiße Kies war über die Jahre hin größtenteils verschwunden. Tief eingedrückte Traktorspuren zogen sich die Heckenquartiere entlang. In den Siegeln stand das Wasser, über die preußischen Hecken hatte Waldrebe ihren graufiedrigen Flaum gebreitet. Ein Rechen, die rostigen Zinken nach oben, lag quer über dem Weg. Ich hob ihn auf und lehnte ihn an die federnde Hecke an. Der Hausmeister, der auch die Gartengestaltung unter sich hatte, scheiterte an der Parkpflege. Er fand keine Zeit, die Wege zu glätten, er mähte nicht die von Maulwürfen zerstörten Wiesen, er holte im Herbst kein Laub aus dem Schwanenteich. Für die Aufnahmen in unserem Prospekt, berichtete ich Odilo, hatten wir ihn angehalten, wenigstens ein kleines Stück der Hecke so zu beschneiden, daß man diesen Part als Vordergrund für das Schloßgebäude in Anspruch nehmen konnte. Frau Dr. Z. ist keine Romantikerin. Wilde Ruinenästhetik war für sie nicht in Frage gekommen, auch wenn sie zugeben mußte, daß unser Prospekt am Ende den Realitäten nicht ganz entsprach. Aber, argumentierte sie, wir werben mit dem, was wir anstreben, nicht mit den Zuständen, für die wir nichts können. Nein, behauptete sie, wir beschönigen nicht, wir zeigen vielmehr unsere Ziele. Die langfristigen. Außerdem sollte unser Prospekt auch gar keine Werbebroschüre sein, sondern lediglich ein Infoblatt, wir warben also nicht, wir informierten nur.

Odilo war nicht überzeugt. Er stolperte ostentativ auf dem unbefestigten Weg, stolperte unbeholfen an einer Stelle, an der es nichts zu stolpern gab, verwischte das Gespräch, führte es ins Belanglose, ins Nichts. Mit meinen Problemen vor Ort wollte er nichts zu tun haben.

Die Sichtachsen waren zugewuchert. Das Denkmal des Grafen in der Mitte der Sternkreuzung tauchte erst auf, als wir so gut wie vor ihm standen. Odilo umrundete es angewidert, das Gesicht war verwittert, die Schulterpartie und der Oberkopf verrußt. Odilo stellte sich zu ihm auf den Sockel. Mit einem Stöckchen polkte er losen Sand aus den Augenhöhlen und erkundigte sich nach den Lebensdaten des Grafen. Nach seiner Bedeutung, seinen Aktivitäten, seiner historischen Wirkung. Ich wußte nichts darüber, der Graf war unbedeutend, es störte mich, daß Odilo sich überhaupt damit befaßte. Als wir weitergingen, hatte er, das sah ich genau, die Haltung des steinernen Schloßherren eingenommen; Blick in die Ferne, das Kinn erhoben, die Arme verschränkt.

Der Schwanenteich lag verlassen da. Hinter ihm erhob sich düster und feucht die von Frau Dr. Z. so bezeichnete Grotte. Kein Vogel, überhaupt kein lebendes Geschöpf in der Nähe, nur Frau X. stand am Zaun und warf unverdrossen Brotbröckchen ins Wasser. Ihr Gesicht braunäugig, witternd, wie der schmale Kopf eines Rehs. Wir stellten uns neben sie auf die mürben Blätter vom Vorjahr, sie drückte Odilo etwas Brot in die Hand. Er schleuderte es hochmütig in den Teich. Er stützte die Ellbogen auf den Zaun und beschmutzte seine Jacke mit Vogeldreck. Frau X. fand ein Papiertaschentuch in ihrem Mantel und reichte es ihm. Er nahm es nicht. Sie griff seinen Ärmel und wischte daran herum; er ließ es ohne Widerstand geschehen. Starrte auf die Algen, die grünhaarig auftrieben. Auf einen öligen Teich voller Wasserleichen.

Ja, er hatte etwas Herrschaftliches erwartet, einen Nachmittag voll Harmonie und Eleganz.

Statt dessen Grünspan, moosige Urnen im Dickicht, ein unscharfer Park.

Ja, er habe geglaubt, aus mir sei etwas geworden. Eine harmonische Persönlichkeit in verantwortungsvoller Tätigkeit, umgeben von Standbild, Ziervase, Formbusch.

Statt dessen durchs kniehohe Wasser mit dem Aktenkoffer, durch die ewige Schilfnacht von der Arbeit nach Hause. Dieser klassische Gang mit Stullentasche, verschwitztem Hemd, auf die Warnblinkanlage zu. Durchs Wasser gehen, unentwegt durchs Wasser.

Ja, er begegne den Patienten mit einem gewissen Respekt. Er sei zwar davon ausgegangen, daß es auf die äußeren Umstände nicht ankomme. Daß man am Ende immer in der Lage sei, sich zusammenzureißen, klüger zu werden und nachzugeben. Aber er achte ihre beleidigte Weisheit und trübe Bemühung, ihre vergebliche Lebenserfahrung, ihre übermäßige Empfindsamkeit, ihren Konflikt.

Ja, er habe gehofft. Neues Leben blüht aus den Ruinen, usw.

Statt dessen ein Park voll historisch-politischer Zitate, ein ruinierter Park, ruinöse Garten-und-Park-Reste, vollgestopft mit den Trümmern der Revolution.

Er spuckte ein wenig beim Sprechen, er fragte: Fühlst du dich hier wirklich wohl?

Ich schloß die Hände um die Gitterbrüstung, drückte sie fest auf rauhe Farbe und rostige Pocken. Ich sah winzige Speicheltropfen, die aufblitzten, einen Bogen beschrieben, ins Wasser sanken.

Will man so leben? Von Versagern umringt? In einer heruntergekommenen Architektur, Abbild des Scheiterns einer ganzen Epoche?

Brüsk wandte er sich vom Teich ab und nahm Abstand von Frau X., nahm Abstand auch von mir. Von hinten sah ich die Falte, die der steife Hemdkragen in seinen ausrasierten Nakken drückte. Ich nickte Frau X. zu, die ihr Taschentuch auf das Geländer gebreitet hatte und jetzt die Hände darauf ruhen ließ, ich bemühte mich, Odilo einzuholen.

Er war blaß, fast so blaß wie ich, der ich als natürliche Haut-
farbe die Totenblässe der Rothaarigen aufweise. Unter seinen
Augen tiefe Ränder; er schien mir überarbeitet, er schien mir
angegriffen. Ununterbrochen sprach er über Dinge, die ihn nur
geringfügig interessierten. Ereiferte sich über Sachverhalte, die
ihn nichts angingen, nur um über das, was ihn angegangen
wäre, nicht reden zu müssen. Ich ging neben ihm her, und die
Spannung, in der sein Körper steckte, griff immer mehr auf
mich über.

Ich versteifte mich, biß die Zähne zusammen, überlegte
kurz, wie es wäre, den Arm um ihn zu legen, verwarf das sofort. Ein Handschlag war das höchste der Gefühle. Er sprach
immer schneller, gleichgültig worüber, panisch, verbohrt, mir
fiel es schwer, mich auf seinen Redeschwall zu konzentrieren.

Ich konnte nicht umhin, mir vorzuhalten, daß diese Umgebung, daß mein neues Leben auf sein hochtrabendes Gemüt
einen unangenehmen Eindruck gemacht hatten. Daß die All-
gegenwart der Patienten eine Beeinträchtigung darstellte, der
er nicht gewachsen war.

Fürsorglich rückte ich etwas näher an ihn heran. Er wich
mir aus, machte ein paar hilflose Schritte über die aufgeweichte
Wiese, durch den Dreck. Ein verschrecktes Pferd: Ich verspürte
den Impuls, ihm auf der flachen Hand ein Stück Würfelzucker
hinzuhalten.

Er trat weiter vorne zurück auf den Weg. Die Schlammrän-
der an seinen Schuhen zogen sich seitlich bis zur Schnürung
hoch.

Aus Gründen der Beschwichtigung, der Ablenkung sowie
parkführerhafter Gewohnheit steuerte ich nun den alten Maulbeerbaum an. Der Maulbeerbaum konnte als Sehenswürdig-
keit gelten. Er stammte aus der Zeit Friedrichs des Großen,

er hatte schon damals keinerlei Nutzwert, da es sich bei diesem Exemplar nicht um einen weißen, für die Seidenraupenzucht geeigneten Maulbeerbaum handelte, sondern um einen schwarzen, er war ein reines Ziergehölz, und er war noch gut in Schuß. Allerdings ließ er zu dieser Jahreszeit das Blattwerk vermissen, was seinem imposanten Erscheinungsbild ein wenig Abbruch tat. Dies war mir zu spät eingefallen; Odilo ging bereits voran, als ob er derjenige sei, der sich im Gelände auskennte. Wir schritten im Gänsemarsch entlang der Traktorfurche. Ich konzentrierte mich darauf, über ein paar morsche Äste zu steigen und gleichzeitig nicht ins Wasser zu treten. Als ich wieder aufblickte, sah ich Odilo von hinten. Er bog an der falschen Stelle ab. Dort führte kein Pfad ins Gebüsch. Dort gab es nur Dickicht. Nur Büsche, die sich wieder ausgebreitet hatten, unbeschnittene Eibenbüsche, wie sie auch vor Kellerfenstern stehen, um dort etwas Fehlendes zu markieren, Kulisse ihrer selbst, buschiger Budenzauber, Gaukelei, unendlich langsames schwarzgrünes Feuerwerk.

Als ich die Stelle erreichte, war er schon weg.

Ich trat nicht ins Gebüsch, sondern folgte dem offiziellen Weg bis zum Maulbeerbaum. Der Baum wiegte seine kahlen Äste; niemand hielt sich in der Nähe auf. Unter den Zierbaum hatte man als weiteren Zierat einige eiszeitliche Steine gewälzt, um den Eindruck von Natürlichkeit zu verstärken. Auf diesen Steinen hatten sich noch vereinzelt violette Flecken der überreifen Beeren gehalten. Odilo war nicht hier.

Ich lief dorthin zurück, wo er abgebogen war, und drückte mich zwischen den dichten Eiben durch.

Ich stapfte allein durch wütendes Gebüsch.

Daß man sich in diesem nicht allzu weitläufigen Park nicht mehr wiederfand, war natürlich vollkommen absurd. Ich lief zurück zum Torhaus. Sein Wagen stand nicht mehr da.

Es war nicht das erste Mal, daß er ohne ein Wort aus der

Zweisamkeit ausscherte. Ich tolerierte das, wenn auch zähneknirschend, als Kontaktproblem. Es war nicht das erste Mal, daß er sich heimlich davonmachte, um dann am nächsten Tag noch einmal anzurufen: Man habe sich im Park plötzlich verloren, es sei ohnehin schon spät gewesen, und ich hätte ja gewußt, daß er um diese Zeit wieder habe zurückfahren müssen.

Dennoch nahm ich ihm übel, daß er sich nicht verabschiedet hatte.

Es war das letzte Mal, daß ich ihn sah. Er stand auf dem matschigen Weg, dicht an der ausgearteten Hecke. Er bog ab, wo man eigentlich nicht abbiegen konnte, er wandte sich zur Seite, und das Letzte, Allerletzte was ich von ihm wahrnahm, war seine schmächtige Gestalt im niedersinkenden Licht. Odilo als Sol invictus: sein Haupt vor der glühenden Scheibe, im Strahlenkranz. Odilo mit flammendem Haar wie auf alten römischen Münzen: der Kaiser im Doppelprofil mit dem Sonnengott.

30 Epilog: Aurora borealis

Die Sonnenstrahlen verhüllen das Weltall. Helle Schleier lassen die Sterne verschwinden, der Mond wird verdeckt, die Tiefe mit Schein gefüllt. Vor der Finsternis hängt ein Vorhang aus Licht.

Das Unendliche schnurrt zusammen auf flüchtige Punkte, die wieder ihre Position einnehmen, erkennbare Körper auf ihren Flugbahnen, Fluchtwegen, Körper, von Eingebungen, Träumen, Ahnungen getrieben, überempfindlich gegen Eindrücke, subjektiv gefärbt, ein dünner Flor aus Erscheinungen, am künstlichen Tag wieder auferstanden, es ist die Verwandlung von Abwesenheit in Glanz.

In der Nacht habe ich Polarlicht gesehen. Ich erwachte gegen drei, schlurfte eine Runde durch die Gänge, erblickte vom Nordfenster aus einen rötlichen Schein am Himmel. Kein gleichmäßiger, langsam anwachsender Schimmer. Kein Sonnenaufgang, nicht schon um diese Zeit. Sondern ein abgerissenes Rot in Fetzen und Schlieren, beinah unnatürlich, wie der Widerschein einer Industrieanlage am bedeckten Himmel. Doch in dieser Gegend befinden sich keine Industrieanlagen. Pulsierende Bänder kriechen rot durch die Dunkelheit, ziehen sich zusammen zu rottriefenden Spiralen. Diffuse Vorhänge heben und senken sich, werden ein Stück auf- und wieder ein Stück zugezogen, ein sehr ferner Scheinwerfer strahlt sie an.

Wir haben hier für Polarlichtsichtungen relativ gute Bedingungen. Kaum Lichtverschmutzung, keine größeren Ansiedlungen in der Nähe, keine nennenswerte Straßenbeleuchtung.

Warum sollte ich nicht auch einmal Polarlicht sehen? Andere sehen weit spektakulärere Himmelserscheinungen, andere sehen Sonnenfinsternisse, andere sehen Kometen. Auch ich hätte lieber einen Kometen gesehen, den Halleyschen Kometen zum Beispiel, von dem es heißt, je bedeutender der Mann, desto öfter sieht er den Halleyschen Kometen. Mancher sah ihn einmal, Mark Twain und Ernst Jünger sogar zweimal. Ich habe ihn bei seiner letzten Erdannäherung verpaßt und werde wohl, das kann ich leicht ausrechnen, in meiner Lebenszeit keine zweite Chance bekommen.

Kann ich daher nicht froh und dankbar sein, wenigstens Polarlicht zu sehen? Ein unberechenbares Fluoreszenzphänomen, ausgesandt von unsichtbarem Ort, ein Licht, das richtungslos, ziellos durchs All strebt, wie wir?

Ich stehe am Fenster, ich stütze mich auf das Fensterbrett, um das Gesicht ans Glas zu pressen, meine vor Aufregung schwitzigen Hände kleben an der Lackierung fest. Mein Atem trübt die Scheibe, und ich rutsche ein Stück weiter, um die rötlichen Schlingen und Wirbel weiterhin ins Auge zu fassen, ich zwinge mich, sie mir genauestens einzuprägen. Als ich mich schließlich abwende, haften weiße Lacksplitter an meinen Handballen. Ich kratze und schnipse sie ab, hinterlasse harte Flöckchen auf den Bodendielen.

Am Morgen bin ich mir nicht mehr sicher, ob nicht das Ganze nur ein Traum war. Habe ich Polarlicht gesehen? Hat es mich ergriffen? Als ich mich wasche, finde ich ein Stückchen weißen Lack unter dem Daumennagel.

Vormittags werde ich zur Ergotherapie gerufen, weil ein Patient einen Tobsuchtsanfall erleidet. Herr P. hat sich gestern vom Mittagessen ein Fischstäbchen mit auf sein Zimmer genommen und es im Waschbecken schwimmen lassen. Die

Panade hat sich über Nacht abgelöst, und nun hat er es mit zur Ergotherapie gebracht, um ihm ein neues Schuppenkleid zu verpassen. Aber die Papierschnipsel, die er aufklebt, haften nicht. Als ich komme, packt er gerade einen Stuhl am Bein, haut ihn auf den Tisch, zerstört die Arbeiten von Frau Y. und Herrn Q., sein Fischstäbchen kommt glimpflich davon und zerbricht nur in zwei Stücke. Frau Y. sägt mit der Handkante verzweifelt an ihrem Oberschenkel, Herr Q. ist erstarrt. Ich entwinde Herrn P. den Stuhl, bette die unbekleideten Fischfragmente auf ein weißes Blatt Papier, nehme Herrn P. an die Hand. Sie ist weich wie der Bauch eines Tieres. Wir gehen in die Küche, reparieren das Fischstäbchen mit einem Zahnstocher, hüllen es in Paniermehl, tragen es zum Schwanenteich. Herr P. nimmt es vorsichtig vom Papiertablett auf, hockt sich nieder und setzt es ins Wasser. Es geht sofort unter. Nur das Paniermehl treibt auf der Oberfläche, bildet kleine Inseln wie Blütenstaub. Herr P. beruhigt sich. Auf dem Rückweg zum Schloß verwickelt er mich in ein Gespräch über die vernünftigen und unvernünftigen Änderungen im Steuerrecht, die die Regierung plant. Er ist Steuerberater aus Charlottenburg, noch immer betreut er einige Klienten. Jeden Mittwoch fährt er in sein Büro nach Berlin.

Mittags sehe ich die Patienten apathisch durch die Gänge ziehen, vollgepumpt mit Haloperidol, in kraftloser Zeitenthobenheit. Ich sehe sie mit Mühe einen Fuß vor den anderen setzen, nah an der Wand entlang, um sich gegebenenfalls abzustützen, so daß sich in Brusthöhe ein dunkles Band von den Berührungen der Hände abzeichnet, die Bahn, auf der sie lange und langsam kreisen. Sie gehen tagsüber die Runde, die ich bei Nacht mache, sie gehen lastend, resigniert um den leeren Mittelpunkt der Anlage, halten sich an der Wand fest. Frau Dr. Z. plant, diese Wand bis in eine Höhe von zwei Metern mit

Latexfarbe zu streichen, so daß man die Spuren menschlicher Finger abwaschen kann.

Nachmittags stehen im Kavaliershaus die Türen offen, es ist Besuchszeit.

Herr M. sitzt auf seinem Bett, blickt auf seine Schuhe, reagiert nicht auf Ansprache. Seine Gattin hat den einzigen Stuhl eingenommen, sie balanciert schmal auf der äußersten Kante, preßt die Knie aneinander, ringt verlegen die Hände, berichtet leise und monoton von Ereignissen in der Familie, der Verwandtschaft, der Nachbarschaft.

Herr W. lehnt kerzengerade als Schwellenhüter am Türrahmen, schaukelt den Oberkörper manchmal vor, bis er eine Schranke bildet, schnellt in die aufrechte Haltung zurück. Herr B. hat niemanden zu erwarten.

Herr S. tritt in Häschenpantoffeln aus seinem Zimmer und geht rückwärts wieder hinein. Er droht seinem Besuch mit einer prall ausgestopften Socke, die er in Höhe seines Hosenschlitzes schwenkt. Die Socke ist mit anderen schmutzigen Socken gefüllt, die oben herausquillen, und er versucht, das offene Ende der Wurst an seinem Gürtel festzuklemmen, was ihm zu seinem Ärger mißlingt. Der Besuch weiß sich nicht dazu zu verhalten. Wendet sich ab, räumt Schubladen auf.

Auch ich würde lieber Schubladen aufräumen, aber ich durchschreite den Korridor und zeige mich im Fernsehraum, demonstriere den Besuchern, daß wir alles im Griff haben, schüttele einige Hände, bewege mich lässig und wichtig, so daß den Angehörigen ein Arzt im weißen Kittel vor Augen steht, obwohl ich den Kittel nicht trage. Dann versuche ich mich selbstbewußt zu entfernen, wie mit einem Gummiband gehalten von den Blicken der Patienten, von den Blicken ihres hilflosen Besuchs.

Ich bin inzwischen imstande, innerhalb kürzester Zeit die

Härte und Glätte von Frau Dr. Z. zu entwickeln. Von einer Sekunde auf die andere werde ich frei von Mitgefühl, spüre, wie das Gummi spannt, reißt, auf die Starrenden zurückschnellt. Das müssen Sie können, hat Frau Dr. Z. gleich zu Anfang gesagt, sonst werden Sie hier nicht lange bleiben.

Der Hausmeister fährt auf einer Schubkarre Müllsäcke aus der Küche heran und reiht sie vor dem Torhaus auf. Er trägt einen Trainingsanzug, denselben dunkelblauen Trainingsanzug mit Ärmelstreifen, wie ihn unser Patient W. besitzt. Der Müll sackt nach, bewegt sich, als ob er immer noch atmete, Müll in barokker Zurichtung, im Faltenwurf der schwarzen Plastiksäcke, in nobel schimmernden Draperien, die noch für ein paar Schritte an mir kleben wie ein Umhang, eine Schleppe, die ich nachziehe, Körperschleppe aus schwarzglänzenden Speckrollen und unförmig schwappenden Fettpolstern, fremde Last, aber ich gehe weiter, kein Bleiben im Fleisch, fremde Last, die meinem Körper Raum hinzufügt, Raum, der hinter mir liegt.

Ich gehe an der Blumenuhr vor dem Torhaus vorbei, die mit Buschwindröschen überwuchert ist und immer die gleiche Zeit anzeigt. Einzelne rote Tulpen ragen heraus wie ekstatische Momente, die ich vielleicht abpflücken und in ein Zeitungsblatt schlagen, meiner Schwester mitbringen würde, stünden wir nicht unter der Beobachtung des dreieckigen Auges an der Wand.

Europäische Gartenarbeit, sage ich zu Odilo, bedeutet am Ende: die Landschaftstapete durchstoßen und sich in die Düsternis wühlen.

Ich, sage ich zu Odilo, erarbeite mir eine neue Landschaft, eine Landschaft, von Leere durchsickert, von den vorhergehenden Generationen auf uns gekommen, eine Landschaft, die sich genau hier, in der Anstalt, verdichtet.

Unser altes Leben in Europa ist verschwunden. Alle bilden sich ein, wir würden hier eine ruhige Kugel schieben, aber die Welt dreht sich weiter in ihrer zermürbenden Routine, Vernunftkugel, die nur das Sichtbare gelten läßt, Pathoskugel, die zu schätzen weiß, daß sie immer nur halb zu sehen ist, Unruhekugel, von der die Vergangenheit abfällt wie Staub.

Ich aber ziehe meine Schleppe nach, Last der Erinnerung, die sich in Falten legt wie die Müllsäcke, massiger und schwerer wird. Ich aber gehe weiter, kein Bleiben im Reiche des Fleisches – aßen wir nicht das ganze Barock, das komplette Rokoko, aßen alles auf, die Schleppen und Wülste, hängenden Brüste, die müde Haut und die süßen Zweifel, die Zuckerhüte und schließlich die Teller ... fremde Last, die ich mitziehe, doch, denke ich, doch du, meine Seele, nimm nicht die Last von mir, denn ich bin die Last.

Ich ziehe die Schleppe bedächtig voran – ich erarbeite mir eine neue Form, ich lege mich in Falten über die Landschaft, verliere mich in Abschweifungen, in einem gewissen Schwung, der über die Körpergrenzen hinausgeht, ich erscheine mir darin größer, mächtiger als sonst und bewege mich in diesem Scheinschwung weiter, ich falte mich in die Landschaft ein. In Falten gelegt, also zwiefältig, zweifelhaft auch die Bilder, an die ich mich erinnere, dicht aufeinandergestapelt zu einem Leporello, einem dicken dunklen Block –
Ich sehe meine Schwester vor einem Wildgehege in andächtiger Betrachtung der Rehe, sie wirft ihnen ein paar Kastanien zu, die ich aus meiner Hosentasche gezaubert habe, sieht zu, wie die Rehe die Kugeln in ihren weichen kastanienrunden Mäulern verschwinden lassen. Ich sehe mich selbst ein Eichhörnchen füttern. Es frißt mir Bucheckern aus der Hand, krallt sich mit seinen langgliedrigen Vorderpfoten an meinem Finger

fest. Ich sehe die Eltern in ihren Jugendkleidern, erinnere mich an ihren gemeinsamen, eng umschlungenen, ausschweifenden Gang, höre sie sagen: Daran kannst du dich gar nicht erinnern. – Doch leidet man nicht, höre ich mich zu Odilo sagen, nur allzuoft an Erinnerungen, die nicht die eigenen sind? Seltsame Versehrungen, die wir auf nichts zurückführen können, ein wiederkehrendes Unbehagen, für das wir vergeblich Gründe suchen – vom Durchdringen eines Bildes werden wir mit einem anderen abgelenkt.

Ich stelle mir vor, wie Odilo nachts aufsteht, sich mechanisch anzieht, die Kleider vom Vortag, die über dem Stuhl hängen, ich stelle mir vor, wie er sein Zimmer durchquert, ohne irgendwo anzustoßen, die Treppe hinabsteigt, ohne zu stolpern, den Autoschlüssel vom Haken nimmt und das Haus verläßt. Wie es ihm gelingt, seinen Wagen zu starten, die tausendmal geübten Bewegungen auszuführen, Bewegungen, die er auch im Schlaf kann, nur das Licht zu bedienen, vergißt er.

Schlafwandeln, sage ich zu Odilo, schlafwandeln und dann ohne Licht fahren, das kann natürlich nicht gutgehen.

Es ist, sage ich zu Odilo, für einen Erlkönig doch eine Provokation.

Am Himmel rasen verwüstete Wolkenordnungen, durch die immer wieder die Sonne bricht, unrealistisch gestaffelte Bewölkung, die sich treppenförmig in die Höhe schraubt, sich überstürzende Brunnen vor ausrasiertem Hintergrund, Brunnen, deren Ausguß verstopft ist, die überlaufen und alles überschwemmen. Ich bemerke eine besonders unglaubwürdige, nämlich wie ein Plattenbau geformte Wolke, ich bemerke kleine Flämmchen auf Geburtstagskuchen, dann einen weißen Lichteinfall, wie wenn ich den Kühlschrank öffne: Ich verharre im Licht meines vollkommen leeren Kühlschranks und träume von Männern in Trainingshosen, ich stehe im Licht meines vollkommen leeren Kühlschranks und träume von dem, was Männer in Trainingshosen tun. Ich betrachte die getürmten Wolken, die zu voluminös sind, denke ich, für diese Jahreszeit. Ich starre sie an wie die Buchstabentafel beim Augenarzt, auf der die Buchstaben zunehmend kleiner werden – ab wann kannst du nichts mehr entziffern? Meine Augen sind tadellos. Ich lese noch Buchstaben von einer Tafel ab, auf der nichts mehr steht.

Plötzlich sieht man die sonst unsichtbaren Bewegungen der Winde; Pflanzen weichen zur Seite, geben der Brise nach, geben Wege frei.

Frau Dr. Z. kommt mir entgegen, ich sehe sie überscharf, etwas, ihre Halskette, ihre Knöpfe, ihre Gürtelschnalle vielleicht, wirft Reflexe zurück, löst ihre klaren Konturen an einigen Stellen in diese übermäßige, sich überschlagende Schärfe auf; auch ich glänze, denke ich, und erscheine ihr unscharf, aber es stimmt nicht, denke ich weiter, ich habe die Sonne im Rücken und erscheine ihr als schwarzer Mann.

Ich gehe weiter auf sie zu. Als wir auf einer Höhe sind, tätschelt sie mich am Oberarm. Sie beklopft mich und nickt, etwas gönnerhaft, wie mir vorkommt: Wissen Sie was, Sie sollten ins Dorf ziehen. Bei uns nebenan wird ein Haus frei. Ich nicke ebenfalls, nicke ernsthaft, straffe mich, versuche noch einmal den seriösen Weißkitteleffekt zu erzeugen, aber ohne daß ich es wollte, sage ich: Nein, ich bleibe. Sage es etwas zu schroff. Sage es so still für mich, so innerlich, daß sie es vermutlich nicht hört.

Sie sollten ins Dorf ziehen, sagt Frau Dr. Z. zu mir. Am Ende der Hauptstraße sei auch eine Wohnung neu zu vermieten. Sie habe die Entrümpelungsfirma anrücken sehen. Die Erben der alten Dame beabsichtigten nicht, die Räumlichkeiten selbst zu nutzen.

Ich nicke bedächtig und lächele ärztlich, wie sie es mir beigebracht hat. Frau Dr. Z. verschränkt die Arme.

Im Dorf wäre ein kleines Haus zu haben, sagt Frau Dr. Z.

Mit Garage? frage ich.

Der Besitzer ist in den Westen gegangen, Arbeit suchen.

Ich nicke. Ich bin hypnotisiert von ihrem Kettenanhänger, einer goldenen Kaffeebohne, die sich mit ihrem Atem hebt und senkt.

Woher haben Sie das, frage ich. Ich weiß nicht, ob ich es innerlich frage.

Sie sollten ins Dorf ziehen, sagt Frau Dr. Z.

Danke, sage ich.

Dann schieben sich die Wolken weiter, ein unmerklicher Ruck geht durch das Gelände, über die Wege drängen vom Wind in die Länge gezerrte, japonisierende Zweige.

Der Hausmeister legt die Heckenschere beiseite. Er hat begonnen, sich in den Rhythmus der völlig verwachsenen Hecken hineinzudenken, hat an einer Stelle aus der Heckenverschwendung ein Stück herausgeschnitten, darüber geflucht, daß er nicht über geeignetes Gerät verfügt. Der Hausmeister steht im Wind, steckt eine Hand in die Tasche, legt eine Kunstpause ein.

Hier fehlt der Himmelsstrich, hatte Odilo gesagt, als er unserer ungepflegten Allee ansichtig wurde, und ich hatte nur genickt und zustimmend gebrummt und erst später erfahren, was ein Himmelsstrich ist, nämlich als Frau Dr. Z. davon sprach, irgendwann in fernerer Zukunft die Bäume so zu beschneiden, daß ihre linearisch gestutzten Kronen die Sichtachsen unterstrichen.

Der Wind bläst durch die Rohre eines Metallgatters. Ein dumpfes graues Pfeifen ertönt, orgelt ungewiß, als hörte ich es mit dem inneren Ohr, orgelt ungewiß irgendwo in mir wie Magenknurren.

Der Hausmeister sammelt an der Pferdestallruine Meisenknödel ein, die die Meisen den Winter über nicht angerührt haben. Mit der ihm eigenen Sturheit bringt er jetzt Nistkästen an. Ich verkneife es mir, ihn darauf hinzuweisen, daß die Meisen diese Stelle offensichtlich nicht schätzen. Die alten Pferdeställe sind gekachelt wie Naßzellen. Reste von verfaultem Stroh drängen sich am Fuß der türkis gefliesten Trennwände. Türen öffnen sich zum Feldrand. Hier endet unser Gelände. Ende der Jagd.

Ich habe die Sonne im Rücken, so daß ich alles in ihrem Licht sehe. Nur da, wo mein Körper sie hemmt, fällt Schatten auf meinen Weg. Es wäre besser, durchlässig zu sein für sie, rötliches Inkarnat, dessen Aufgabe darin besteht, durchglüht zu werden. So aber bin ich nur ein Hindernis, ein Schleier, der sich vor die Welt schiebt, ständig.

Ich habe die Sonne im Rücken, so daß ich alles in ihrem Licht sehe. Ich spüre ihre Strahlen, sie haken sich in meinem Mantel fest, und ich weiß, ich werde die Sonne hinter mir herziehen, die angeschlagene Sonne mit jedem Schritt weiterziehen, wie ich auch Odilo, als wäre er der Sonnenwagen, jeden Tag einmal um die Welt ziehe, ihn so weiterexistieren lasse, schwere, mühsame Aufgabe des Erinnerns.

Ich sehe ihn von hinten, er wendet der Sonne den Rücken zu. Die Strahlen dringen durch seine Jacke, sie krallen sich in seinen Nacken, heiß wie Metall im Fleisch. Dann dreht sich das Bild zur Seite, ich sehe ihn im Profil, er geht etwas vorgebeugt, mit hängenden Schultern, ich sehe auch ihn die Sonne ziehen, sehe, wie er sich stetig durch den leeren Raum bewegt, sehe ihn, wie ihm die Sonne gleichmäßig folgt.

Ich spiegele mich in der frisch ausgetriebenen Krone einer Birke, die sich selbständig neben dem Parkplatz angesiedelt hat. Ich spiegele mich im Flimmern der jungen Belaubung, im Schillern und Rieseln und Splittern, alles glänzt, als würde ich selbst dieses Licht aussenden, übertrieben hell und dann wieder zerscherbend, alles glänzt zu sehr, blendet mich, immer gleißender, bis ich nichts mehr erkennen kann.

Inhalt